EVA ALMSTÄDT

Akte Nordsee – Der Teufelshof

W0219151

Weitere Titel der Autorin:

Akte Nordsee – Am dunklen Wasser

Kalter Grund
Engelsgrube
Blaues Gift
Grablichter
Tödliche Mitgift
Ostseeblut
Düsterbruch
Ostseefluch
Ostseesühne
Ostseefeuer
Ostseetod
Ostseejagd
Ostseerache
Ostseeangst
Ostseegruft
Ostseefalle
Ostseekreuz
Ostseenebel

Ostseemorde
Ostseelüge – mit MP3-CD Kalter Grund

Dornteufel

Titel auch als Hörbuch und E-Book erhältlich

Über die Autorin:

Eva Almstädt absolvierte eine Ausbildung in den Fernsehproduktionsanstalten der Studio Hamburg GmbH und studierte Innenarchitektur in Hannover. Die Titel ihrer Ostseekrimireihe um die Lübecker Kommissarin Pia Korittki finden sich regelmäßig auf den Bestsellerlisten. AKTE NORDSEE – DER TEUFELSHOF ist der zweite Roman ihrer neuen Reihe um die Rechtsanwältin Fentje Jacobsen und den Journalisten Niklas John. Die Autorin lebt in Hamburg.

EVA ALMSTÄDT

AKTE NORDSEE

DER TEUFELSHOF

KRIMINALROMAN

Lübbe

Dieser Titel ist auch als E-Book erschienen

Die Bastei Lübbe AG verfolgt eine nachhaltige Buchproduktion. Wir verwenden Papiere aus nachhaltiger Forstwirtschaft und verzichten darauf, Bücher einzeln in Folie zu verpacken. Wir stellen unsere Bücher in Deutschland und Europa (EU) her und arbeiten mit den Druckereien kontinuierlich an einer positiven Ökobilanz.

FSC www.fsc.org
MIX
Papier | Fördert gute Waldnutzung
FSC® C014496

Originalausgabe

Dieses Werk wurde vermittelt durch die
Literarische Agentur Thomas Schlück GmbH, 30161 Hannover
Copyright © 2023 by Bastei Lübbe AG, Köln
Textredaktion: Dorothee Cabras
Titelillustration: © Sandra Cunningham / Arcangel | Iwan Williams / Arcangel | warat42 / shutterstock; watcher fox / shutterstock; A Jellema / shutterstock| Ivonne Wierink
Umschlaggestaltung: ZERO Werbeagentur, München
Satz: GGP Media GmbH, Pößneck
Gesetzt aus der Stempel Garamond
Druck und Verarbeitung: GGP Media GmbH, Pößneck
Printed in Germany
ISBN 978-3-404-18997-7

2 4 5 3 1

Sie finden uns im Internet unter luebbe.de
Bitte beachten Sie auch: lesejury.de

1. Kapitel

Diana Hoops klopfte an die Tür. Als niemand reagierte, kamen ihr Zweifel. In der Aufregung hatte sie gar nicht darüber nachgedacht, wie unpassend ihr unerwartetes Auftauchen sein könnte. Es war ja der Morgen nach Hennings und Annas Hochzeitsnacht. Wie peinlich, das frisch vermählte Paar so früh zu stören! Doch die Zeit drängte, und Hennings Eltern, Lucy und Gustav Fehnsen, waren ja auch noch da.

Sie hämmerte nochmals gegen das Holz und drückte dann die Klinke herunter. Die Hintertür war unverschlossen. Diana betrat den Vorraum zur Küche. An der großen Vordertür des Bauernhauses, die die Nachbarinnen, sie eingeschlossen, mit einer Girlande aus Eichenlaub, roten Rosen und winzigen Stramplern geschmückt hatten, war sie wie gewohnt vorbeigegangen. Die Babysachen würde das Paar definitiv bald gebrauchen können. Es hieß, Anna sei im vierten Monat schwanger, doch aus Gründen, die Diana nicht nachvollziehen konnte, wurde nicht offen darüber geredet. Sie verzog das Gesicht. Das war ihr zu kompliziert. Mit Hennings Braut war sie ohnehin noch nicht richtig warm geworden. Wie schade, dass Anna sich nichts aus Pferden machte.

»Moin! Ich bin's, Diana«, rief sie beim Betreten der Küche.

Keine Antwort.

Dass Lucy, Hennings Mutter, um halb neun morgens noch schlief, schien ihr höchst unwahrscheinlich zu sein. »Ich brauche nur mal kurz eure Hilfe!« Zwei ihrer Pferde, noch dazu die Jährlinge, waren ausgebrochen, und ihr Mann Lennard, der ihr normalerweise geholfen hätte, sie wieder einzufangen, war in aller Frühe nach Hohenlockstedt gefahren.

Ihr blieb nichts anderes übrig, als Henning oder an diesem besonderen Morgen vielleicht besser Gustav und Lucy zu bitten, ihr kurz zu helfen. Die Pferde tummelten sich sicher gerade auf einer der saftigen Weiden des Fehnsen-Hofs – zumindest hoffte Diana das. »Gustav? Lucy?«

Im Haus war es ungewohnt still. Die Küche sah so sauber und aufgeräumt aus, wie sie es erwartet hatte, bis auf ein paar bräunliche Schmutzflecken und ein winziges gelbes Blatt auf den hellen Fliesen. Über einer Stuhllehne hing Hennings dunkelgraues Jackett mit einer welken Blüte im Knopfloch. Eine Menükarte des Hochzeitsessens und etwas Tischschmuck hatten ebenfalls den Weg hierhergefunden und waren achtlos auf dem Esstisch abgestellt worden. Das frisch vermählte Paar war also heil nach Hause gekommen. Das war gut.

Die Eltern des Bräutigams hatten bereits um kurz nach elf Uhr das Fest verlassen, während das Brautpaar bis nach vier Uhr in der Früh im Gasthof geblieben war. Anna und Henning hatten jede Sekunde ihrer Hochzeitsfeier ausgekostet und beinahe den ganzen Abend getanzt.

Diana ging weiter in Richtung Diele und rümpfte unwillkürlich die Nase. Sie war weiß Gott nicht zimperlich, aber zu den normalen Gerüchen eines Landhaushaltes mischte sich ein anderer, ebenfalls vertrauter Geruch … Wie früher donnerstags bei Dianas Eltern. Seltsam, die Fehnsens schlachteten doch nicht mehr selbst.

»Lucy? Gustav? Wo seid ihr denn?« Diana fühlte sich mit einem Mal unwohl in ihrer Haut. Sie stieß die nur angelehnte Tür zum Wohnzimmer auf.

Ihr unsteter Blick streifte die zwei Sofas aus dunkelrotem Leder, den Couchtisch mit der Marmorplatte, die Messingstehleuchten. Alles sah hell und aufgeräumt aus, und der seltsame Geruch aus der Diele war hier kaum noch wahrnehmbar. Stattdessen roch sie dezent Möbelpolitur und Kaminholz.

Diana schüttelte den Kopf über ihren kleinen Panikanfall. Henning und seine frisch angetraute Frau Anna lagen sicherlich noch im Bett. Aber wo steckten Hennings Eltern? Gönnten sie dem jungen Paar nur ein wenig Privatsphäre an ihrem ersten Morgen nach der Hochzeit? Dann sollte sie das wohl auch besser tun.

Doch wenn Diana die Pferde nicht schnell wieder eingefangen bekam, musste sie die Polizei verständigen. Und der Dorfsheriff war sowieso nicht so gut auf sie zu sprechen. Lieber wollte sie die Angelegenheit mit Nachbarschaftshilfe lösen. Diana überlegte, wen sie sonst noch um Unterstützung bitten könnte, als sie ein Geräusch über sich hörte.

Ein leises Scharren, kaum wahrnehmbar, wenn es nicht so leise im Haus gewesen wäre. Merkwürdig.

»Hallo? Ist da wer? Ich bin's, Diana!«

Nichts. Erlaubten die sich einen Scherz mit ihr? Schwer vorstellbar. Jetzt wieder zu gehen und so zu tun, als wäre sie nie hier gewesen, war allerdings auch keine Option. Diana blieb nichts anderes übrig, als das Risiko einzugehen, ihre Nachbarn nach ihrer Hochzeitsnacht gleich nackt oder spärlich bekleidet auf dem Flur zu überraschen.

Diana war jedoch nicht zart besaitet. Entschlossen stieg sie die Treppe hinauf ins Obergeschoss. Der obere Flur hatte kein natürliches Licht, und im Dämmerlicht meinte sie, den seltsamen Geruch noch intensiver wahrzunehmen. Diana tastete erfolglos nach einem Lichtschalter. Vor ihr auf dem Boden lag etwas. Sie machte einen raschen Schritt darauf zu, rutschte weg, schrie erschrocken auf und fiel auf etwas. Auf einen leblosen Körper?

Entsetzt ertastete sie, auf was oder besser, auf wen sie gefallen war. Sie fühlte kühle Haut, feste Muskeln, strubbeliges, strohiges Haar. Hennings Haar? »O Gott! Nein!« Hastig rappelte Diana sich auf und hielt sich an der Wand fest.

Ihre Augen hatten sich inzwischen so weit an das Dämmerlicht gewöhnt, dass sie ihre eigenen Fingerabdrücke auf der weißen Raufasertapete sehen konnte, als sie die Hand sinken ließ. Wie peinlich!, war ihr erster, unsinniger Gedanke. Erst dann wurde Diana klar, dass das Klebrige, das sie an den Fingern spürte, Blut sein könnte – Hennings Blut.

Sie ließ sich mitten in die bereits angetrocknete Lache auf die Knie fallen und beugte sich zu dem jungen Mann, strich ihm über das Gesicht. »Henning? Mein Gott! Was ist passiert? Kannst du mich hören, Henning?«, stieß sie mit bebender Stimme hervor. »Ich bin's, Diana!« Sie setzte noch ein optimistisches »Es wird alles wieder gut!« hinzu.

Diana nahm sein Handgelenk und ertastete Hennings Puls. Seine Haut war feucht. Sie beugte sich vor, hielt Ohr und Wange nah an seinen Mund und seine Nase. Erleichterung durchflutete sie. Sie vernahm Atemgeräusche, spürte einen leichten Lufthauch. Er war bewusstlos, doch er atmete, er lebte. Diana rief sich ihre Erste-Hilfe-Kenntnisse in Erinnerung und versorgte Henning, so gut es ging. Dann zog sie ihr Handy hervor und wählte mit zitternden Fingern den Notruf.

Eine nüchterne, vertrauenerweckende Stimme versprach ihr, dass gleich Hilfe kommen würde. Sie musste zuerst ihren Namen und die Adresse des Unglücksortes angeben. Mit bebender Stimme schilderte sie Hennings Zustand und was sie bereits unternommen hatte, um ihm zu helfen.

»Wissen Sie, ob es vielleicht noch mehr Verletzte gibt?«, wurde sie schließlich gefragt.

Der Schreck fuhr ihr nochmals in die Glieder. Noch mehr Verletzte? »Ich … nein … Weiß ich nicht!«, stieß sie hervor.

»Schauen Sie bitte nach, ob noch jemand Hilfe braucht.«

»Aber ich muss doch ihm helfen!«

»Schauen Sie zuerst überall nach.«

Diana rappelte sich mit zittrigen Knien auf, diesmal darauf bedacht, nicht wieder die Tapete zu berühren. Doch welchen

Unterschied machte das noch? »Ich gucke jetzt in die Zimmer«, sagte sie. Der ruhig klingende Mann am anderen Ende der Leitung gab ihr die dazu nötige Entschlossenheit.

Diana stieg vorsichtig über Henning hinweg, der beinahe den gesamten Flur blockierte. Sie wusste nicht, welche Tür zu welchem Zimmer gehörte. Obwohl sie die Familie Fehnsen und deren Hof von Kindheit an kannte, war sie noch nie hier oben gewesen. Die erste Tür öffnete sich zu einem Raum mit einem großen, zerwühlten Doppelbett. Eines der Fenster stand offen. Das Geräusch, das Diana gehört hatte, musste von dem Fensterflügel verursacht worden sein. Dem Brautkleid, das wie ein Wasserfall aus Tüll und Seide über einen Sessel floss, nach zu urteilen, war es Hennings und Annas Zimmer. Doch von der Braut selbst gab es keine Spur. Wo mochte sie nur sein?

Diana wankte zurück, stieß nacheinander die Türen zu einem Badezimmer, hellblau gekachelt, zu einem Gästezimmer und einer kleinen Putzkammer auf. Vor der letzten Tür zögerte sie. Noch einmal rief sie zögerlich: »Lucy? Gustav?« Sie lauschte, erwartete längst keine Antwort mehr. Das Haus war still. Zu still.

Sie war nicht der Typ, der Unangenehmes hinauszögerte. Entschlossen drückte Diana die Klinke herunter. Direkt vor ihr befand sich das altmodische Doppelbett aus dunklem Eichenholz. Lucy und Gustav lagen nebeneinander. Sie auf der Seite, das lange Haar zu einem festen Zopf geflochten, er auf dem Rücken. Die Bettdecke sah zerwühlt aus, und zwei obszön anmutende dunkelrote bis schwarze Flecken befanden sich jeweils etwa in Brusthöhe. Es sah so aus, als wären sie im Schlaf erschossen worden. Das war doch nicht möglich! Nicht hier, in Nordfriesland.

Die blassen, starren Gesichter ihrer toten Nachbarn würde Diana nie vergessen. Denn Gustav und Lucy Fehnsen waren tot. Daran gab es keinen Zweifel.

Sie hielt noch immer das Handy umklammert und hob es nun langsam ans Ohr, als wöge es mindestens fünf Kilo. »Ich bin jetzt im zweiten Schlafzimmer«, sagte sie mit einem Schluchzen. »Hier sind zwei Tote. Es gibt einen Verletzten und zwei Tote auf dem Hof. Wo die Frau ist, die auch noch hier wohnt, weiß ich nicht.«

»Asyl?« Bendix stand barfuß, in Jogginghose und T-Shirt vor seiner Schwester und blickte sie treuherzig an.

Mit einem Schulterzucken ließ Fentje ihn eintreten. »Was treibt dich zu mir? Mein Kaffee oder meine Gesellschaft?«

»Beides natürlich!« Er grinste sie mit seinem unnachahmlichen Charme an und folgte ihr in die Küche.

Fentje Jacobsen bewohnte den Teil des Bauernhauses, der früher Stall und Diele gewesen war. Ihre Großeltern lebten im ursprünglichen Wohnbereich. Zwischenzeitlich war auch Fentjes sechzehnjährige Nichte Sofia in Fentjes Wohnung mit eingezogen. Ihr Bruder, Sofias Vater, der zu ihrem Leidwesen nur am Wochenende nach Hause kam, bewohnte noch sein altes Zimmer im Wohnbereich ihrer Großeltern, Gretje und Hinrich Jacobsen.

Sofias Mutter lebte im Ausland. Fentje wusste nicht einmal, wo genau sie sich gerade aufhielt. Sie kümmerte sich herzlich wenig um ihre Tochter. So war Fentje beinahe so etwas wie eine Ersatzmutter für Sofia. Sie tat, was sie konnte, und sie tat es gern, doch die Situation war für keinen der Beteiligten leicht. Auch nicht für ihren Bruder.

Fentje konnte sich bildhaft vorstellen, was Bendix am Sonntagvormittag hergetrieben hatte. »Gretje arbeitet wohl gerade die Hochzeit noch mal auf?«

Bendix ließ sich auf die Bank fallen. »Bitte, ich brauche einen richtigen Kaffee! Und du hast es erfasst. Sie redet aber nicht nur über die gestrige Hochzeit. Nein, die Familiengeschichten und Fehltritte sämtlicher Gäste sind ein Thema …«

»Es war aber auch eine tolle Feier«, sagte Fentje, während sie Kaffeebohnen in den Vollautomaten nachfüllte.

»Es war anstrengend! Ich habe noch nie so viel tanzen müssen wie gestern. Mit allen Frauen – eingeschlossen dir.«

»Na, besten Dank für diese Wohltat. Du hast doch die meiste Zeit an dem Tisch nahe der Bar gesessen und mit Hauke und den Martensen-Brüdern um die Wette getrunken.«

»Das war erst später.« Er rieb sich den Kopf. »Gretje hat übrigens mit Argusaugen überwacht, mit wem du wie oft getanzt hast, Schwesterlein. Gerade hat sie mal wieder den armen Hauke im Visier.«

»Wieso ist es der ›arme‹ Hauke?«

»Na, weil er dich seit Jahren anhimmelt, du ihn jedoch nie erhören wirst.«

»Er ist nur mein Nachbar und ein guter Kumpel.«

»Das sehen ein paar Leute hier auf Eiderstedt aber anders.« Er bedachte sie mit einem mitfühlenden Blick.

Fentje reichte ihm den Becher mit Milchkaffee.

»Ich habe übrigens bewundert, wie geschickt du dem Brautstrauß ausgewichen bist, indem du spontan ein bisschen Unkraut gezupft hast«, sagte er. »Ansonsten hätte der Strauß dich direkt an der Brust getroffen.«

»Ich weiß.« Fentje ließ sich ihm gegenüber am Küchentisch nieder. »Gretje war so enttäuscht darüber, dass ich ihn nicht aufgefangen habe, sondern Hennings Cousine aus Dithmarschen. Sie hat es mir immer wieder vorgehalten. Ich weiß ehrlich gesagt bald nicht mehr, was ich machen soll.«

Bendix grinste. »Heiraten. Mit Ende zwanzig wird es ohnehin Zeit.«

»Mir ist seit Ewigkeiten kein interessanter Mann mehr über den Weg gelaufen. Außerdem brauche ich all meine Energie, um meine Kanzlei aufzubauen.«

Bendix blickte demonstrativ aus dem Fenster. Vor ihnen dehnte sich zwischen ein paar alten, windschiefen Bäumen das flache grüne Marschland bis zum Horizont. Dunkelbraune und hellbeige Tupfer zeigten an, wo Schafe grasten oder lagen. Die Straße oder der nächste Hof waren von hier aus nicht auszumachen. »Wo erwartest du, so einen Mann zu treffen, Fentje?«

Sie zuckte mit den Schultern. »Ich treffe schon Leute.«

»Aber du triffst mehr Schafe, oder?«

»Ich mag unsere Schafe«, betonte sie.

»Langsam kann ich Gretjes Sorgen nachvollziehen«, spottete er. Oder schwang in seiner Stimme gar ein ernster Unterton mit?

»Was hast du heute vor?«, fragte Fentje, um wieder auf neutrales Terrain zu gelangen.

»Ich werde mit Sofia einen Strandspaziergang in St. Peter machen, wenn sie noch mag, mit ihrem Lenkdrachen, und dann dort irgendwo was essen gehen.«

»Klingt gut.«

»Willst du mitkommen?«

»Was? Nein! Das ist ein Vater-Tochter-Event. Da bin ich fehl am Platz.« Fentje strich sich eine verirrte braune Locke aus dem Gesicht. Der Gedanke an St. Peter-Ording hatte seit einiger Zeit den beunruhigenden Beigeschmack von etwas Ungeklärtem, dem sie nicht auf den Grund gehen wollte. »Ich muss noch ein paar Mandanten schreiben. Außerdem habe ich Opa versprochen, mit ihm die Melkmaschine zu reparieren«, sagte sie fest.

»Das Leben besteht nicht nur aus Arbeit, Fentje.«

»Willst du Kaffee bei mir trinken oder Lebensweisheiten verbreiten, Bendix?«

»Schon gut. Mach doch, was du willst.«

»Sowieso.« Aber der sonnige Sonntagmorgen war gerade ein bisschen trüber geworden.

2. Kapitel

»Wer kommt denn da?« Ein dunkelblauer, schlammbespritzter Kombi war schwungvoll auf den Hof gefahren und hielt vor der Brücke zu dem Graben, der den Jacobsen-Hof umgab.

Fentje reckte den Hals, um ebenfalls aus dem Fenster zu sehen. »Das ist doch Hauke. Und ich dachte, der läge noch in Sauer. Was treibt den denn so früh hierher?«

»Na, die Sehnsucht nach dir«, neckte Bendix sie.

Hauke kam eilig den Weg herauf zu Fentjes Eingangstür gelaufen. Er war blass und hatte den Blick starr geradeaus gerichtet.

Fentje stand auf, um ihn einzulassen. »Moin! Ist was passiert, Hauke?«

»Kann man so sagen.«

»Komm rein. Bendix und ich trinken gerade Kaffee.«

»Danke.« Hauke zog seine Clogs neben der Fußmatte aus und tappte auf bunten Wollsocken hinter Fentje in die Küche.

»Möchtest du auch einen Kaffee?«

»Nein, danke. Ich kann nicht lange bleiben.«

»Setz dich doch erst mal.« Fentje zog ihm einen Stuhl unter dem Tisch hervor und schenkte ihm ungefragt ein Glas Wasser ein. Ihr sonst so gelassener, beinahe stoischer Nachbar sah so aus, als hätte er es nötig.

Hauke setzte sich. »Die Fehnsens sind tot!«, platzte er heraus.

»Was? Das kann doch nicht wahr sein!«

»Meinst du die, bei denen wir gestern die Hochzeit gefeiert haben?«, vergewisserte sich Bendix.

»Lucy und Gustav sind beide tot. Und Henning geht es schlecht. Sie haben ihn ins Krankenhaus gebracht.«

»Hat es etwa gebrannt?« Doch Fentje hätte wohl mitbekommen, wenn ein Feuerwehrzug am Land der Jacobsens vorbei zum Fehnsen-Hof gefahren wäre. Er lag ja nur wenige Kilometer von ihnen entfernt.

»Jemand hat sie anscheinend im Schlaf erschossen!« Hauke starrte sie bei diesen Worten hilflos an. »Meine Ma hat's von ihrem Cousin gehört. Der kennt einen der Rettungswagenfahrer, die vor Ort waren. Doch sie kamen wohl zu spät. Nur Henning lebt noch. Aber er ist verletzt. Sie wissen noch nicht einmal, ob er durchkommt.«

»Das ist entsetzlich«, murmelte Fentje. »Und das in Hennings und Annas Hochzeitsnacht!«

»Was ist mit der Braut, der Ehefrau, meine ich?«, wollte Bendix wissen.

»Anna? Tja ......«

»Wenn sie noch lebt, steht sie bestimmt unter Schock«, vermutete Fentje. »Kümmert sich jemand um sie?« Nicht, dass sie Hennings Frau besonders nahestand, doch jemand sollte Anna beistehen. Auf der Hochzeitsfeier waren nur ihre Freundin Iveta und ein paar Bekannte von ihr anwesend gewesen. Enge Familienangehörige besaß Anna anscheinend nicht.

»Das ist es ja«, gab Hauke kopfschüttelnd zurück.

»Was ist mit Anna?«, fragte Bendix drängend.

Fentje erinnerte sich, dass ihr Bruder ein paar Tänze mehr als üblich mit der Braut getanzt hatte. Sie war aber auch eine wunderschöne Frau. In ihrem Hochzeitskleid hatte sie geradezu fantastisch ausgesehen.

Hauke blickte ihn düster an. »Sie konnten Anna nicht finden.«

»Was? Ist sie verschwunden? Wurde sie etwa entführt?«

»Nein. Wurde sie nicht. Sie hatte sich in der Scheune versteckt.«

Niklas John hätte sich sein weißes Hemd am liebsten vom Körper gerissen. Der feine Baumwollstoff scheuerte auf seiner malträtierten Haut, als wäre er aus Brennnesseln gewebt. Doch das Hemd auszuziehen und den verbrannten Astralkörper zur Schau zu stellen war in den Redaktionsräumen von *Der Tag* natürlich keine Option. Da musste er jetzt durch.

Er war am vergangenen Abend später als geplant auf Sylt losgefahren und erst gegen dreiundzwanzig Uhr in Hamburg angekommen. Statt nach Hause nach St. Peter-Ording zu fahren, hatte er lieber in Hamburg übernachtet, um gleich am nächsten Morgen in die Redaktion gehen zu können. Auf der Nordseeinsel hatte er einen Politiker aus Berlin aufgespürt und interviewt, der sich dort wegen seines korrupten Verhaltens vor der Welt und insbesondere vor Reportern versteckt hielt. Nicht, dass die »Insel der Reichen und Schönen« ein besonders geistreiches Versteck wäre. Geistreich war das Verhalten des Mannes, Korruption in solch offensichtlichem und unverschämtem Ausmaß, im Übrigen auch nicht. Das Interview hatte Niklas am gestrigen Abend nach etlichen Schwierigkeiten gerade noch rechtzeitig abgesendet. Deshalb wunderte er sich, dass der Chefredakteur ihn nun in sein Büro zitierte.

Der Lokalchefredakteur, Norbert Schneider, hatte auf Niklas' Frage, was das zu bedeuten habe, nur vage mit den Schultern gezuckt und war förmlich in seinen Computerbildschirm hineingekrochen.

Niklas straffte die Schultern und bereute es im selben Moment. Autsch. Wolfgang Beckmann sollte keinen Aufstand machen, sondern ihm einfach sagen, was er zu sagen hatte. Niklas war seit einiger Zeit freier Mitarbeiter der Zeitung, denn er war nicht mehr bereit gewesen, sich dem allgemeinen Speichellecken und der ängstlichen Dienstbeflissenheit dem Chefredakteur gegenüber anzuschließen. In den Redaktionsräumen von *Der Tag* gab es seit geraumer Zeit nur noch

»Freunde« und vor allem »Freundinnen« von Beckmann. Er scharte seine Jünger um sich. Die tapferen Kollegen, die nicht um diese Art von »Freundschaft« buhlten, saßen mittlerweile auf wackligen Stühlen.

»Ist Roland schon da drinnen?«, fragte Niklas einen Kollegen, der im Großraumbüro in der Nähe des Glaskastens seinen Arbeitsplatz hatte, in dem Chefredakteur Beckmann residierte. Niklas war mit dem Fotografen Roland Kopp, der ihn nach Sylt begleitet hatte, in Beckmanns Büro verabredet.

»›Der rasende Roland‹? Ich denke schon.« Der Kollege deutete mit dem Kopf in Richtung des Chefbüros. »Ich weiß aber nicht, wer da drinnen gerade wem den Kopf abreißt.«

Roland Kopp war für sein Temperament berüchtigt. Niklas unterdrückte ein Grinsen und öffnete die Tür.

Der Fotograf mit der kräftigen Gestalt und dem zum Bürstenschnitt geschorenen grauen Haar stand breitbeinig mit dem Rücken zu ihm. Er trug ein buntes kurzärmeliges Hemd, das seinen unverschämt braunen Nacken und die ebenso gebräunten Arme betonte. Anders als er selbst musste Roland eine Haut wie Teflon haben. Das war Niklas tags zuvor zum Verhängnis geworden.

»Da sind Sie ja auch schon, John!«, begrüßte der Chefredakteur ihn. »Herr Kopp hat mir gerade von Ihrem Ausflug auf die Insel berichtet. Ihr Text ist ja ganz brauchbar, aber die Foto-Lage ist echt bescheiden.« Beckmann starrte Roland Kopp ärgerlich an.

Niklas stellte sich neben den Fotografen. »Nachdem er uns entdeckt hatte, hat der Herr Politiker sich den ganzen Tag am FKK-Strand inmitten einiger unbekleideter Strandschönheiten aufgehalten, die wiederum von ihren Bodyguards begleitet wurden. Dort die Kamera zu zücken hätte Herrn Kopp in Lebensgefahr gebracht.«

»Warum haben Sie dem Politiker nicht später in seinem Hotel aufgelauert?«

»Er wohnt im Ferienhaus seines Bruders. Da kommt man nicht an ihn heran.« Dies herauszufinden hatte Niklas einige Mühen gekostet.

»Das eine Bild in der Strandbar ist doch brauchbar«, verteidigte sich Roland. »Da habe ich den voll erwischt.«

»Auf dem Foto hat der Kerl aber ein Champagnerglas vor der hässlichen Visage.«

»Das war der einzige Moment, wo ich freies Schussfeld hatte.«

»Und es passt ja auch«, kommentierte Niklas.

»Sie können gehen, Kopp!« Der Chefredakteur winkte den Fotografen hinaus. »Und Sie setzen sich endlich, John! So, wie ich zu Ihnen hochschauen muss, bekomme ich ja Nackenstarre.«

»Ich bleibe heute lieber stehen.«

»Wieso das denn?«

»Ein ganzer Tag in praller Sonne am Strand«, sagte er nur.

»Hä?«

»Ohne Lichtschutzfaktor.«

»Ja, und? Sie wohnen doch in St. Peter-Ording.«

»Aber normalerweise turne ich nicht am FKK-Strand herum. Bringt ihr die Korruptionsgeschichte nun oder nicht?«, fragte Niklas, um seinen Boss von der Vorstellung abzulenken, was am Strand passiert war.

»Klar. Bei den Spesen!« Der Chefredakteur bleckte die Zähne. Dann senkte er die Stimme. »Aber wir haben ein altes Foto aus Berlin von dem Kerl genommen. Haben Kopp und Sie den echt nicht in einem besseren Moment vor die Linse bekommen?«

»Nein, das war nicht möglich.«

»Wo haben Sie den Mann denn dann interviewt?«

»Später, in einer Strandbar, als sein Gefolge weg war.«

»Und da stand er Ihnen auf einmal dann einfach so Rede und Antwort?«, fragte der Chefredakteur.

»Er hat mich zu spät wiedererkannt, um noch wegzulaufen.«

»Was?«

»Tut nichts zur Sache. Das Interview sagt doch alles.« Niklas verschwieg, wie der Politiker und er sich gegenübergestanden hatten, diesmal mit Badehosen bekleidet.

»Ach, Sie sind es. Sie waren doch schon mit dem Fotografen am Strand«, hatte der Politiker bemerkt und ihn gemustert. »So voll bekleidet habe ich Sie gar nicht erkannt«, hatte er grinsend hinzugefügt und sich dann tatsächlich dazu herabgelassen, ihm ein kurzes Interview zu geben. Wenn er später lesen würde, was er da in Sekt- und Sommerlaune von sich gegeben hatte, würde ihm das Grinsen allerdings vergehen.

»Ist sonst noch was?«, erkundigte sich Niklas.

»Sie haben in Ihrer Heimat Nordfriesland echt was verpasst, John. Schneider musste Lafrentz hinschicken, weil Sie sich unter den Nackedeis geaalt haben. Noch nicht davon gelesen?«

»Sprechen wir von dem Doppelmord auf dem Bauernhof auf Eiderstedt?« Niklas hatte den Artikel des Kollegen bisher nur überfliegen können. Er war erleichtert gewesen, dass der Hof niemandem gehörte, den er kannte.

»Genau. Wollen Sie nicht die Nachdrehe schreiben?«

»Das überlasse ich Lafrentz. Das ist seine Geschichte.« Einem Kollegen ins Handwerk zu pfuschen, danach stand Niklas nicht der Sinn.

»Hm. Wie Sie meinen.« Der Chefredakteur sah ihn lauernd an.

»Sonst noch was?« Niklas wollte hier raus, am besten irgendwo unter eine kalte Dusche.

»War ein toller Trip nach Sylt mit dir, John!« Der Fotograf wartete vor der Tür auf ihn. Er hob schwungvoll den Arm. Niklas trat zur Seite, sodass der freundschaftliche Schlag auf seinen verbrannten Rücken gerade so eben noch ins Leere ging. »Wollen wir darauf einen trinken gehen?«, fragte Roland.

Niklas sah auf die Uhr. »Geht leider nicht. Ich hab es eilig. Ein andermal wieder.«

Blitzschnell knuffte der Fotograf Niklas mit der Faust auf den Oberarm. »Geht klar.«

Niklas verzog das Gesicht, beherrschte sich aber, einen Schmerzenslaut von sich zu geben. Er wollte dringend zurück an die Nordsee. Der Sylt-Trip hatte ihm einiges an Organisation abverlangt. Seit einer Weile lebte er mit einem Kater, den seine Ex-Freundin ihm hinterlassen hatte. Das Tier hatte während seiner Abwesenheit gut versorgt und mit Streicheleinheiten bedacht werden müssen. Eine Nachbarin hatte sich dazu bereit erklärt, das zu übernehmen. Aber sie bewohnte in dem Apartmenthaus, in dem er lebte, nur eine Ferienwohnung und reiste heute nach München zurück. Es war Zeit, dass er sich wieder selbst um alles kümmerte.

Auf der Fahrt wanderten Niklas' Gedanken beim Anblick der flachen Marschlandschaft mit den vereinzelt liegenden Höfen wieder zu dem Artikel seines Kollegen. Ein Ehepaar war am Sonntagmorgen erschossen im Bett auf ihrem Hof aufgefunden worden. Der erwachsene Sohn, der am Tag zuvor geheiratet hatte, war ebenfalls angeschossen worden und hatte bewusstlos im Flur vor dem Schlafzimmer seiner Eltern gelegen. Soweit Niklas es verstanden hatte, war es der jungen Ehefrau gelungen, vor dem Angriff zu fliehen. Als sie Schüsse gehört hatte, war sie aus dem Fenster geklettert und hatte sich außerhalb des Wohnhauses auf dem Gelände versteckt. Die Frau hatte sich angeblich erst wieder herausgetraut, als die Polizei vor Ort erschienen war. Es war eine haarsträubende Geschichte, die zu allen möglichen Spekulationen anregte.

Die betroffenen Menschen und ihre Angehörigen taten ihm leid. Und doch war er, als er den Artikel seines Kollegen gelesen und festgestellt hatte, wo der Hof lag, erleichtert gewesen, dass es sich nicht um den Jacobsen-Hof handelte.

Während der Recherchen zu einem anderen Kriminalfall hatte Niklas Fentje Jacobsen kennengelernt. Sie war eine junge Rechtsanwältin, die ebenfalls auf einem Hof auf der Halbinsel Eiderstedt wohnte. Dem Foto nach zu urteilen, bestand eine gewisse Ähnlichkeit zwischen den Gebäuden. Er war froh, dass Fentje und ihre Familie nicht in den Fall involviert waren. Obwohl er Fentje seit Monaten nicht gesehen hatte, musste er doch ab und zu an sie denken. Was unsinnig war. Diese Frau war gar nicht sein Typ. Er fand sie faszinierend und ihre Lebensweise überaus spannend, doch für eine kurze Affäre war sie bestimmt nicht die Richtige. Und zu mehr war er, nach seinen letzten Erfahrungen mit seiner Ex-Freundin, Patricia van Meeren, noch nicht wieder bereit. Würde er das je sein? Zum Teufel mit den Frauen … Er freute sich auf Blofeld, seinen Kater.

»Frau Fehnsen, Sie haben Besuch!«

Anna richtete sich im Krankenhausbett auf und strich sich eine Haarsträhne, die noch immer fest und klebrig von Haarspray war, aus dem verquollenen Gesicht. Trotz ihrer Verzweiflung und Trauer fühlte sie sich wie betäubt. Doch sie war nicht krank. Ihre Anwesenheit hier beschämte sie zusätzlich. Sie sollte gar nicht mehr im Krankenhaus sein. Sie musste ihr Bett für Menschen räumen, die ärztliche Hilfe benötigten. Ihr konnte hier sowieso keiner helfen.

Die Krankenschwester zog sich mit einem Nicken zurück.

Jorne und Gina Fehnsen traten ins Zimmer. Anna hatte ihre Freundin Iveta erwartet, nicht ihren Schwager und ihre Schwägerin. Sie verschränkte die Arme vor der Brust. Hennings Bruder Jorne Fehnsen und seine Frau Gina hatte sie erst kurz vor der Hochzeit einen einzigen Nachmittag lang kennengelernt. Henning und sie hatten mit ihnen in der beklemmenden Atmosphäre einer Neubauwohnung in der Hamburger HafenCity mit Blick auf die Elbe gesessen und stundenlang gewartet, bis der Kaffeeautomat einen einzigen Latte Macchiato ausgespuckt hatte. Als sie mit dem Fahrstuhl zurück in die Tiefgarage gefahren waren, hatte Henning gesagt: »Das wäre geschafft!«, und sie lange und innig geküsst.

Gina, eine zierliche Frau mit hellblonden Haaren, trat zu ihr ans Bett. »Wie geht es dir heute, Anna?«, fragte sie in dem falsch mitfühlenden Ton, den Menschen anschlugen, wenn sie verunsichert waren. Sie deutete auf die Beule an Annas Kopf. »Tut es sehr weh?«

»Es geht. Sie haben mir ein Schmerzmittel gegeben. Aber ich kann immer noch nicht fassen, was passiert ist …«

»Das ist doch verständlich. Du stehst unter Schock.« Gina setzte sich graziös auf einen Stuhl, der neben dem Bett stand, und nahm ihre steife Designer-Handtasche wie ein Kleinkind auf den Schoß.

Jorne blieb stehen. Er hob eine dunkelblaue Sporttasche hoch. »Wir haben dir ein paar Sachen zum Anziehen mitgebracht. Das ist dir doch recht?«

»Natürlich. Danke!« Nichts könnte ihr gerade weniger wichtig sein.

»Ich räume das mal in den Schrank.« Er wandte sich um.

»Können wir sonst noch irgendwas für dich tun?«, fragte Gina.

»Wie geht es Henning?«, wollte Anna wissen.

»Sie …« Gina sah Hilfe suchend zu ihrem Mann, der ihr den Rücken zugewandt hatte und Annas Sachen in den Spind legte. »Er hat viel Blut verloren und ist noch sehr schwach. Aber er wird wohl durchkommen. Jorne hat gerade mit dem Oberarzt auf der Intensivstation gesprochen.

Henning soll heute noch auf die normale Station verlegt werden.«

»Henning wird doch wieder ganz gesund?«, fragte Anna flehend.

Jorne fuhr herum. »Das kann uns niemand sagen. *Du* hast enorm viel Glück gehabt. Aber mein Bruder ist schwer verletzt, und unsere Eltern sind beide tot. Erschossen in ihrem eigenen Bett!« Er funkelte sie an.

»Das tut mir sehr leid. Ich weiß nicht, was passiert ist. Es ging alles so schnell.«

»Die Polizei wird bestimmt noch mal mit dir reden wollen«, sagte Gina und strich Anna über den Handrücken.

»Noch einmal?«

»Die haben den ganzen Hof abgesperrt. Sichern immer noch Spuren und so.«

»Weißt du, wo du jetzt hinkannst?«, fragte Jorne kühl. »Auf unseren Hof jedenfalls nicht.«

Er ist jetzt mein Zuhause, dachte Anna trotzig. Henning hat es so gewollt. Wir sind verheiratet. »Ich habe noch nicht darüber nachgedacht«, wich sie aus. Dann schaute sie demonstrativ aus dem Fenster. Sie ertrug Jornes anklagenden Blick keinen Moment länger.

»Spätestens morgen entlassen sie dich«, kündigte Gina an.

»Ich bin ja auch nicht krank«, antwortete Anna gleichgültig.

»Vielleicht kann deine Freundin dich eine Weile aufnehmen, bis alles geklärt ist? Diese …«

»Iveta? Sie wollte sowieso nachher noch im Krankenhaus vorbeikommen.«

»Dann hätten wir das ja geklärt.« Jorne lehnte sich gegen die Fensterbank, sodass er im Gegenlicht stand.

»Wie schön, dass du eine so gute Freundin hast«, sagte Gina.

»Ich verstehe immer noch nicht so ganz, wie du als Einzige dort rausgekommen bist.« Jorne sah sie mit schief gelegtem Kopf an. »Erklär es mir bitte!«

Anna blinzelte. »Ich bin aufgewacht, als Henning das Zimmer verlassen hat. Er hat mir an der Tür noch ein Zeichen gemacht, im Bett zu bleiben und leise zu sein. Als er draußen war, hörte ich die Schüsse. Ich bekam Panik und bin zum Fenster gelaufen und rausgesprungen.«

»Raus…gesprungen?«, echote Gina.

»Unter dem Schlafzimmerfenster ist doch dieses Vordach. Darauf bin ich gelandet. Von dort habe ich mich am Regenrohr runtergelassen. Es war alles so furchtbar, ich wusste nicht, wohin …«

»Du hättest die Polizei rufen können.« Jorne klang aufgebracht.

»Mein Handy befand sich noch oben im Schlafzimmer auf dem Nachttisch. Und der Hof liegt so einsam! Es war unheimlich … Ich hatte furchtbare Angst.«

»Hast du irgendwelche Leute gesehen? Oder Autos?«

»Nein.«

»Das kann doch nicht wahr sein!«

»Ich bin einfach, ohne mich umzuschauen, zur Scheune hinübergelaufen. Dort habe ich mich versteckt. Das habe ich aber auch alles schon der Polizei so gesagt.«

»Versteckt – bis zum Morgen?« Jornes Stimme triefte nur so vor Unglauben. »Und du hast also niemanden gesehen? Und es kam dir nicht in den Sinn, nach Henning zu schauen? Oder unseren Eltern?«

Anna schossen Tränen in die Augen. »Ich habe mir in der düsteren Scheune irgendwo den Kopf angestoßen. Ich muss bewusstlos geworden sein. Jedenfalls erinnere ich mich nicht mehr …«

»Das ist schwer zu glauben, Anna. Einfach schwer zu glauben.« Er starrte sie mit schmerzverzerrtem Gesicht an.

Dann wandte er den Blick ruckartig von ihr ab, als könnte er ihren Anblick keinen Moment länger ertragen.

Anna wischte sich übers Gesicht. Sie wusste, wie das alles klang. Und sie machte sich selbst die schlimmsten Vorwürfe.

»Jorne, Anna hat eine leichte Gehirnerschütterung erlitten, sagt der Arzt.« Gina versuchte wohl, die Situation zu entschärfen. »Du kannst ihr nicht die Schuld an alldem geben.«

Jorne gab ein schnaubendes Geräusch von sich.

»Ich bin müde. Ich möchte, dass ihr jetzt geht.« Anna schloss demonstrativ die Augen. Sie konnte die Anwesenheit von Hennings Bruder, der ihm zwar äußerlich ähnlich war, charakterlich jedoch überhaupt nicht, nicht länger ertragen.

»Natürlich. Du bist erschöpft, Anna. Du hast Schlimmes durchgemacht.« Gina erhob sich bereitwillig.

»Danke für deinen Besuch, Gina«, sagte Anna. Sie ließ die Augen geschlossen, bis sich die Tür hinter ihren Besuchern schloss.

3. Kapitel

In seiner Wohnung angekommen, riss Niklas sich als Erstes das Hemd vom Körper. »Schau nicht so entsetzt, Blofeld. Mein Nacken brennt wie Feuer. Du hast Fell, du kennst bestimmt keinen Sonnenbrand …«

Der Kater neigte den Kopf und sah ihn aus blauen Augen sinnierend an.

Niklas ging ins Bad und verdrehte den Hals, um die Ursache seines Elends im Spiegel zu betrachten. Er erhaschte einen flüchtigen Blick auf tiefrote Haut, die sich bald in großen Placken schälen würde. Auf den Anblick hin holte er sich ein Bier aus dem Kühlschrank, um sich wenigstens von innen zu kühlen.

Wie hatte er sich nur dazu hinreißen lassen können, ohne Sonnenschutz einen Tag am FKK-Strand zu verbringen? Das Interview war zwar nicht schlecht geworden, doch auf die Verbrennungen hätte er gern verzichtet. Er war davon ausgegangen, dass das, was der Fotograf an Sonne vertrug, auch ihm nicht schaden würde. Dabei hatte er nicht mit Roland Kopps Feuerbeständigkeit gerechnet.

Sein Handy auf dem Küchentresen klingelte. »John.«

»MacGraw hier«, ertönte ein grollender Bass. »Sind Sie der Reporter?«

»Worum geht's?«

»Um den zweifachen Mord auf Eiderstedt. Worum sonst?«

»Darüber berichtet ein Kollege von mir.«

»Ich will aber Sie!«

»Wer sind Sie? Und warum mich? Ich kann Ihnen sofort

die Kontaktdaten des zuständigen Kollegen in der Redaktion durchgeben.«

»Ich spreche nur mit Ihnen. Sie wohnen doch hier, oder? Man hat Sie mir empfohlen. Können wir uns treffen?«

Niklas versuchte, sich die kühle Bierflasche in den Nacken zu legen. Als er in die Nähe der betroffenen Hautregionen kam, hatte er den Eindruck, dass es zischte. »Wer sind Sie?«, fragte er erneut.

»Ich bin dabei gewesen – bei der Hochzeit. Und ich habe Fotos!«

»In welchem Verhältnis stehen Sie zu den Opfern?«

»Zu den Fehnsens? Meine Frau kennt die Familie … Ziemlich gut sogar. Ich weiß, was da passiert ist!«

Niklas kniff die Augen zusammen. War es möglich, dass der Mann tatsächlich etwas wusste? »Warum wenden Sie sich damit nicht an die Polizei?«

»Da war ich schon. Die ist nicht interessiert.«

Niklas merkte auf. Der Anrufer hatte ihm soeben einen winzigen Haken ins Fleisch getrieben. Die verlockende Chance, etwas wirklich Wichtiges in Erfahrung zu bringen, was die Polizei übersehen hatte. Und er musste sowieso noch etwas essen. Nach ein paar Tagen auf Sylt war sein Kühlschrank bis auf ein paar Grillsoßen leer. Er seufzte. Die Ankunft zu Hause hatte er sich anders vorgestellt. »Können Sie in einer Stunde im Restaurant *Strandgarten* in St. Peter-Ording sein?«

»Frau Jacobsen? Fentje Jacobsen. Ihr Name kam mir doch gleich so bekannt vor«, bemerkte Kriminalhauptkommissar Thorsten Reimers, der Fentje gegenüber in ihrem Büro Platz genommen hatte. »Sie sind doch die Anwältin.« Sein Gesichtsausdruck legte nahe, wie wenig er davon hielt.

»Wir haben bei den Mordermittlungen im Fall ›Sabrina Dierks‹ miteinander zu tun gehabt«, antwortete Fentje. Ihre

Erinnerungen an die Vernehmungen ihres Mandanten Tobias Asmus, der des Mordes an seiner Freundin verdächtigt worden war, waren nicht die besten. Immerhin war es ihr gelungen, Asmus' Unschuld zu beweisen, weil ein anderer des Mordes überführt worden war. Und das war nicht zuletzt dem Journalisten John und ihr zu verdanken gewesen. Niklas John. Ob er über den Mord an den Fehnsens berichtete?

»Ein spektakulärer Fall war das«, sagte der Kommissar. »Nun ja, und jetzt sind Sie schon wieder in einen Mordfall verwickelt, Frau Jacobsen.«

»Ich bin in nichts verwickelt.«

»Sie waren doch auf der Hochzeit von Henning und Anna Fehnsen. Sie stehen jedenfalls im Gästebuch und auf der Gästeliste.«

»Ja, ich war dort. Zusammen mit einhundertzwanzig weiteren Gästen. Die gesamte Nachbarschaft war eingeladen.«

Er verzog das Gesicht. »Das stimmt. Wir arbeiten daran.«

»Gibt es Neuigkeiten über Henning Fehnsen? Wie geht es ihm?«

»Darüber darf ich keine Auskunft geben.«

»Redet die Polizei mit jedem Gast?«

»Werden wir wohl, ja. Aber nun zu Ihnen: In welchem Verhältnis stehen oder standen Sie zu dem Brautpaar?«

»Die Fehnsens sind im weitesten Sinne Nachbarn von uns. Ich kenne Henning von Kindheit an. Wir waren schon im selben Kindergarten. Seine Eltern, Lucy und Gustav, kenne oder kannte ich natürlich auch.«

»Und Henning Fehnsens Frau, Anna Fehnsen?«

»Nicht so gut. Ich habe sie erst zwei- oder dreimal gesehen. Einmal haben wir uns zufällig in Husum getroffen, da hat Henning sie mir als seine Verlobte vorgestellt. Und dann habe ich sie erst wieder auf dem Polterabend und anschließend auf der Hochzeit gesehen. Ich finde sie sympathisch. Die beiden scheinen gut zueinanderzupassen.«

»Wie würden Sie Ihr Verhältnis zu Henning Fehnsen beschreiben?«, fragte Reimers.

»Nicht besonders eng. Wir hatten nach unserer Schulzeit wenig Berührungspunkte.«

Er starrte sie kurz an, machte sich eine Notiz. »Ist Ihnen am Polterabend oder während der Hochzeitsfeier irgendetwas aufgefallen, was mit dem Mordanschlag in Zusammenhang stehen könnte? Gab es Streit, Drohungen? Hat sich eines der Opfer dahingehend geäußert, dass es sich vor jemandem fürchtet?«

»Mir ist nichts dergleichen aufgefallen oder auch nur zu Ohren gekommen.«

»Hatten die Fehnsens Feinde?«

»Darüber weiß ich nichts.«

»Und Anna Fehnsen? Sie ist eine geborene Strode und kommt aus Lettland.«

»Auch darüber, ob Anna Fehnsen Feinde hatte, ist mir nichts bekannt.«

»Gab es Gerede darüber?«

»Also bitte. Ich sagte doch schon, dass ich nichts dergleichen gehört habe.« Fentje verschränkte die Arme vor der Brust. Die Art und Weise, wie Reimers die Befragung durchführte, missfiel ihr.

»Ich war auch schon bei Ihren Großeltern.« Der Kommissar sah sie intensiv an. »Wir müssen ja mit jedem sprechen.«

»Was haben sie denn gesagt?«, fragte Fentje mit einem leicht mulmigen Gefühl. Ihre Großeltern hörten wesentlich mehr Nachbarschaftsklatsch als sie und gaben das eine oder andere Detail auch gerne weiter.

»Warum wollen Sie das wissen?«, hakte Thorsten Reimers nach.

»Weil Sie es gerade so betont haben. Es hörte sich so an, als hätten meine Großeltern Ihnen etwas erzählt, dem Sie nachgehen wollen.«

»Darüber kann ich auch nichts sagen.«

Fentje nickte. »Also gut. Sonst noch etwas?«

»Wo finden wir Ihren Bruder und Ihre Nichte?«

Fentje blickte auf die Uhr. »Sofia hat nach der Schule noch Volleyballtraining. Mein Bruder Bendix ist sonst wohin unterwegs. Die kommen beide erst heute Abend wieder.«

Er seufzte. »Richten Sie ihnen bitte aus, sie mögen sich umgehend bei uns melden.« Er legte seine Karte auf den Tisch.

»Die Gäste einer Landhochzeit zu befragen ist sicher eine mühsame Angelegenheit«, bemerkte Fentje mit einem Anflug von Mitgefühl. »Ein Drittel der Leute hat wahrscheinlich nicht mal mehr klare Erinnerungen an den Abend. Aber ich kann mir nicht vorstellen, dass einer von den Gästen etwas mit den Morden zu tun hat. Ich meine, hier kennt man einander doch. Warum sollte jemand so etwas Schreckliches tun?«

»Das genau ist die Frage.«

»Mit was für einer Waffe ist denn geschossen worden?«, Fentje wurde erst jetzt so richtig klar, dass das Böse in diesem Fall nicht unbedingt von außen kommen musste. Bisher war sie davon ausgegangen, dass es Einbrecher gewesen waren und der Einbruch aus irgendeinem Grund eskaliert war. Doch soweit sie gehört hatte, waren Lucy und Gustav ja im Bett erschossen worden. Wie passte das zusammen?

Der Kommissar zögerte. Dann erwiderte er: »Darüber darf ich Ihnen eigentlich auch nichts sagen. Nur so viel: Es war ein Jagdgewehr. Eine Büchse. Noch dazu ein von Jägern häufig verwendetes Kaliber.«

»Oh, Mist«, entfuhr es ihr. Viele der Gäste waren Jäger. Bestimmt befand sich hier auf jedem zweiten Hof ein solches Gewehr im Waffenschrank. Ihr Großvater besaß mehrere Jagdwaffen.

»Sie haben es erfasst, Frau Jacobsen. Einen schönen Tag noch.«

»Iveta, ich brauche deine Hilfe?« Anna umklammerte die Hand ihrer besten Freundin. Sie war wunderbar warm und kräftig, mit Kunstfingernägeln, die sich in ihre Handflächen bohrten. Anna fühlte sich wie betäubt, sodass sie diesen kleinen Schmerz als angenehm empfand. »Hennings Bruder, dieser Jorne, der denkt anscheinend, dass ich etwas mit dem Überfall auf seine Eltern und Henning zu tun habe!«

»Wie bitte? Wie kommt der denn darauf?«, fragte Iveta Mertens entsetzt.

»Ich weiß es nicht. Er war vorhin mit seiner Frau Gina hier. Und er hat so merkwürdige Fragen gestellt: Warum ich aus dem Fenster geklettert bin. Und warum ich nicht sofort Hilfe geholt habe …«

»Wie will er das nachempfinden können? Er ist nicht nachts in einem Haus gewesen, in dem geschossen wurde.«

»Das Schlimme ist …« Anna zitterte. »Ich kann mir selbst nicht erklären, warum ich so gehandelt habe. Ich war einfach in Panik!«

»Das ist doch nur verständlich. Lass dir von dem kein schlechtes Gewissen einreden, Anna. Hast du schon etwas Neues von Henning gehört?«

»Sie haben mich eben ganz kurz zu ihm gelassen, aber er hat nicht viel gesprochen. Er sieht so schrecklich blass aus, Iveta!«

»Er schafft es bestimmt. Henning wird wieder gesund. Er ist doch jung und kräftig. Hast du mir nicht immer vorgeschwärmt, er sei stark wie ein Löwe?« Sie versuchte, ihre Freundin mit einem Lächeln zu beruhigen.

»Habe ich. Ist er auch. Er schafft es bestimmt. Er muss es schaffen«, wiederholte Anna. Es klang wie ein Mantra. Und dann, nach kurzem Nachdenken: »Die Polizei sagt, ich kann noch nicht wieder zurück auf den Hof, solange sie dort Spuren sichern.«

»Wann sind die denn damit fertig?«

»Ich weiß nicht, ob ich ohne Henning und seine Eltern überhaupt dort wohnen möchte … nach dem, was da Schreckliches passiert ist. Schon die Vorstellung, allein in dem Haus zu sein, macht mir Angst.«

Iveta sah unbehaglich drein. »Aber wo willst du denn sonst hin? Deine eigene Wohnung hast du aufgegeben. Und du willst doch nicht wieder zurück nach Lettland?«

»Nein. Solange noch ermittelt wird, muss ich sowieso in der Nähe bleiben. Kann ich nicht mit zu euch kommen?«

»Auf die Hallig? Denkst du, dass du dort wohnen darfst, solange die Polizei dir Fragen stellen will? Das wäre doch sehr aufwendig, immer mit der Fähre rüber und so. Und wer kümmert sich währenddessen um den Fehnsen-Hof?«

»Da hast du recht. Ich darf gar nicht weg.« Anna sackte in sich zusammen. »Aber ich möchte nicht dorthin zurück. Die Erinnerungen sind zu schrecklich. Noch dazu wäre ich ganz allein. Und ich kann mich doch auch nicht ohne die anderen um die Kühe und so kümmern.«

»Ich habe gehört, dass in so einem Fall ein Betriebshelfer auf dem Hof ist, um vorerst alles am Laufen zu halten.«

»Das ist gut.« Anna nickte ergeben. »Eine Sorge weniger.«

»Bleibt die Frage, wo du unterkommst, meine Liebe …«

»Kann ich das nicht morgen entscheiden?«, murmelte Anna. »Es ist mir gerade alles zu viel.«

»Okay, ruh dich aus«, gab Iveta sanft zur Antwort. »Ich schau mal, was ich tun kann, okay?«

Anna seufzte. »Du bist die Beste.«

»Nicht doch.« Iveta lächelte schwach. »Ich bin die männermordende Gefahr …«

»So etwas solltest du zurzeit nicht allzu laut sagen.«

4. Kapitel

Iveta Mertens verließ das Krankenhaus mit einem noch schlechteren Gefühl als dem, das sie auf der Fahrt hierher erfüllt hatte. Ihre Freundin Anna tat ihr entsetzlich leid. Sie waren vor mehr als fünfzehn Jahren zusammen aus Lettland nach Deutschland gekommen, über eine Organisation, die Praktikanten für landwirtschaftliche Haushalte vermittelte.

Anna und sie waren ausgerechnet auf der Nordseeinsel Föhr gelandet. Zunächst waren sie enttäuscht gewesen, weil die kleine Insel so weit ab von allem lag, was ihnen als junge Frauen wichtig war. Geschäfte, Sehenswürdigkeiten, Konzerte, Clubs, Gelegenheiten, neue Leute kennenzulernen.

Sie hatten sich zu dem Zeitpunkt nicht vorstellen können, wie gut es ihnen auf Föhr gefallen würde. Anna war auf einem Reiter- und Ferienbauernhof untergekommen, wo sie auch Gästekinder betreut hatte. Da Annas Großeltern selbst zwei Ponys gehabt hatten, konnte sie mit Pferden umgehen und war deshalb für diese Stelle ausgewählt worden.

Iveta hatte keinerlei Vorkenntnisse dieser Art vorweisen können. Sie war zuerst auf einem Hof gewesen, auf dem sie sich überhaupt nicht wohlgefühlt hatte. Ihre Arbeitgeberin hatte sie vom ersten Moment an nicht gemocht, weil sie gedacht hatte, eine junge Frau mit guter Figur, blondiertem Haar und langen Fingernägeln könne nicht richtig arbeiten … Was absolut nicht stimmte, denn Iveta konnte von jeher zupacken. Doch sie hatte das Glück gehabt, danach auf die Hallig Hooge vermittelt zu werden, auf den Hof der Mertens'.

Zuerst hatte es sogar Tränen gegeben, als die Entscheidung für die Hallig gefallen war, denn der Abschied von Anna war ihr schwergefallen. Aber dann hatte Iveta dort ihren heutigen Ehemann Ove kennengelernt. Und obwohl sie sich niemals hätte vorstellen können, einmal auf einer Hallig zu leben, war sie nun mit ihrem Ove und den gemeinsamen Kindern dort mehr als glücklich. Auch ihre Schwiegereltern waren von Anfang an freundlich und hilfsbereit gewesen. Sie hatte das große Los gezogen. Anna hingegen hatte mit ihrem ersten Mann anscheinend keine glückliche Ehe geführt. Trotzdem war ihr die Scheidung von ihm nicht leichtgefallen.

So war Iveta froh gewesen, als ihre Freundin ihr im vergangenen Jahr verkündet hatte, dass sie ihren neuen Freund Henning Fehnsen heiraten würde. Alles hatte sich so wunderbar angehört: Der gut aussehende und nette Henning schien wirklich ein Schatz zu sein, und er brauchte für den Hof mit dem großen Haus, den er übernehmen wollte, eine fähige Ehefrau an seiner Seite. Und da hatte er mit Anna einen Glücksgriff gelandet. Einzig Hennings Eltern hatten gewisse Vorbehalte gegen Anna gehabt. Doch fröhlich und optimistisch, wie sie war, war Anna davon überzeugt gewesen, die Schwiegereltern auch noch für sich gewinnen zu können.

Iveta und Ove waren mit ihrem jüngsten Sohn für die Hochzeitsfeier extra von der Hallig aufs Festland gekommen und hatten den Betrieb für zwei Tage einem Nachbarn anvertraut. Sie wohnten in einem Gasthaus. Doch nun mussten sie dringend zurück. Aber wie könnte sie ihre Freundin Anna allein lassen, ohne einen Ort, an dem sie bleiben konnte?

Iveta stieg in den Mietwagen und knallte die Tür hinter sich zu. Nein, das konnte sie nicht! Anna und sie hatten immer zusammengehalten. Wenn ihre Freundin nicht mit ihnen auf die Hallig kommen durfte, würde sie eine andere Bleibe für sie finden, wo sie gut aufgehoben sein würde.

Nur, welche?

Der *Strandgarten* war ein von Niklas sehr geschätztes Restaurant unweit seiner Wohnung. Er war oft hier und wurde seit geraumer Zeit wie ein guter alter Bekannter empfangen.

»Hi, Niklas. Schön, dich wiederzusehen? Bist du allein?«

»Hi ... Nein, ich erwarte heute noch jemanden«, antwortete er dem Kellner.

»Der Strandkorb hier vorn ist noch frei.«

»Ich möchte lieber einen normalen Tisch weiter hinten unter einem der Sonnenschirme.« Die Vorstellung, mit dem mysteriösen Anrufer eng Seite an Seite in einem Strandkorb zu sitzen, behagte ihm nicht. Er bekam einen Zweiertisch im Außenbereich und bestellte sich ein Bier.

MacGraw tauchte auf, als das frisch Gezapfte gerade serviert worden war. »Herr John?«

Niklas schaute auf und nickte.

»Ich sehe, hier bin ich richtig! Noch mal das Gleiche!«, rief der Mann dem Kellner zu und ließ sich auf den zweiten Stuhl fallen.

MacGraw war mehr Stimme als Köpervolumen. Nach ihrem Telefonat hatte Niklas einen Hünen erwartet. Doch der Anrufer war ein drahtiger, mittelgroßer Mann mit rotgrauem Haar und Bart, hellen Augen und ebensolcher Haut. Er war schätzungsweise Anfang sechzig – älter, als Niklas vermutet hatte.

»Womit kann ich Ihnen helfen?«, fragte Niklas.

»Nicht Sie mir. Ich Ihnen«, erwiderte MacGraw großspurig.

»Das wird sich zeigen. Sie meinten am Telefon, dass Sie mir etwas über die Morde auf dem Fehnsen-Hof zu sagen haben.«

»Das ist 'ne Riesengeschichte.«

»Das wird sich herausstellen. Was wissen Sie denn?«

»Moment!« MacGraw hob eine Hand. »So eine Auskunft ist doch etwas wert, oder?«

Niklas hob die Schultern. »Sie sind zu mir gekommen, nicht ich zu Ihnen. Sagen Sie, was Sie zu sagen haben, oder lassen Sie es bleiben.« Er trank einen großen Schluck Bier.

MacGraw nickte. »Aber wenn Sie schreiben, was ich Ihnen erzähle, dann hätte ich gern eine gewisse … Aufwandsentschädigung dafür.«

»Das kläre ich gegebenenfalls mit dem Chefredakteur.«

MacGraw trommelte unzufrieden mit den Fingern auf dem Tisch herum. Dann blickte er Niklas in die Augen. »Ihr Wort darauf?«

»Klar.«

»Mir bleibt wohl keine andere Wahl.«

»Tja, wenn es nicht mal die Polizei interessiert …«

»Ich bin mit meiner Lebensgefährtin hier. Sie war früher eine Nachbarin der Fehnsens. Ist hier auf Eiderstedt aufgewachsen und so … Karoline Pohlmann. Sagt Ihnen der Name Pohlmann etwas?«

Niklas krauste die Stirn. »Es gab doch mal ›Pohlmann Farben und Lacke‹.«

»Genau!« MacGraw grinste zufrieden. »Das sind die.«

»Aber die Firma existiert schon lange nicht mehr. Sie wurde aufgelöst.«

»Nein. Verkauft. Nach dem Tod des alten Pohlmann, Karolines Vater. Die waren sich alle nicht grün in der Familie. Doch nun lebt Karo ganz gut von dem Erlös. Und es gibt auch noch ihren Sohn. Frederik Pohlmann. Von dem haben Sie vielleicht auch schon gehört?«

»Ich kenne nicht jeden in Nordfriesland.«

»Er wohnt jetzt wieder in Karolines Elternhaus, in direkter Nachbarschaft der Fehnsens.«

»Was wollen Sie mir sagen?«

»Ich war im Haus, als der Bräutigam vor der Hochzeit bei Frederik gewesen ist. Dieser Henning sollte ja das Brautkleid nicht vor der Trauung sehen – alter Brauch und so –, und die

Braut war bei denen zu Hause. Also hat der Bräutigam sich bei uns umgezogen. Frederik hat Henning dann zur Kirche gefahren. Als Überraschung hat eine andere Nachbarin das Brautpaar nach der Trauung mit einer Kutsche abgeholt.«

Niklas trank sein Bier aus. »Kommen Sie bitte zur Sache.«

»Ich war schon umgezogen für die Feier, während Karo sich noch zurechtgemacht hat. Ich hatte nichts zu tun und saß im Garten herum. Da kam ein Auto angebraust, und ein älterer Mann stieg aus. Heute weiß ich, dass es der Vater des Bräutigams war: Gustav Fehnsen.« Er bekreuzigte sich tatsächlich. »Der Mann war puterrot im Gesicht und rief nach Henning. Der kam runter, schon geschniegelt und im Anzug, und der Alte überreichte ihm eine Ansteckblume. Sie standen vor der Haustür, deshalb konnte ich jedes Wort hören, das sie sagten.«

MacGraws Bier wurde serviert, und Niklas bestellte sich etwas zu essen. Wer weiß, wie lange das hier dauern würde? Außerdem waren die Burger ausgezeichnet und sein Kühlschrank immer noch leer.

»Und nun kommt's!« MacGraw hob sein Bierglas. »Der alte Herr sagte: ›Wir sind nicht sehr glücklich darüber, dass du Anna heiratest, deine Mutter und ich. Das weißt du. Und er warf ihm die Ansteckblume quasi vor die Füße.‹ Und Henning antwortete vollkommen ruhig: ›Vati, Anna und ich sind gestern auf dem Standesamt gewesen. Wir sind schon Mann und Frau. Was soll das jetzt noch?‹«

So ähnlich könnte mein Vater sich auch aufführen, dachte Niklas, der sich daran erinnerte, wie respektlos sich Alexander John im vergangenen Sommer Fentje Jacobsen gegenüber benommen hatte.

»Typisch Familie. Finden Sie nicht?«, feixte MacGraw. »Da schlummern die gefährlichsten Emotionen, die dann zu Mord und Totschlag führen. Ein guter Grund, Abstand zu halten.«

»Was passierte dann?«, fragte Niklas, der sich nicht über dieses Thema auslassen wollte. Mit der Tatsache, dass die Schwiegereltern die Braut nicht mochten, war noch kein Blumentopf zu gewinnen. Schließlich waren die Eltern des Bräutigams, nicht die Braut erschossen worden.

»Es kam noch dicker: Der Vater sagte zu seinem Sohn …« MacGraw beugte sich vor und senkte theatralisch die Stimme. »›Wir denken ja von niemandem etwas Schlechtes. Aber wir beide wissen, dass der Ex-Mann deiner Braut kriminell ist. Deine Mutter und ich fürchten, dass wir eines Tages noch tot in unseren Betten liegen werden. Tot in unseren Betten‹, hat er gesagt. Ich meine … Hä?« MacGraw hob die Augenbrauen.

»Ich habe es verstanden«, antwortete Niklas.

»Henning fehlten wohl die Worte bei diesen Anschuldigungen. Doch der Vater ließ nicht locker. Er fragte noch: ›Henning, warum konntest du nicht ein nettes Mädchen von hier heiraten?‹ ›Weil ich Anna liebe und kein nettes Mädchen von hier‹, hat der vollkommen ruhig erwidert. Obwohl ich denke, dass der innerlich gekocht haben muss, oder? ›Und dass Anna geschieden ist, macht mir überhaupt nichts aus. Mit ihrem Ex-Mann haben wir nichts zu tun‹, sagte Henning dann. ›Das denkst aber auch nur du!‹, hat der Vater daraufhin wütend gerufen. ›Sei nicht so schrecklich naiv, Henning!‹ Und dann ist Gustav Fehnsen zurück zu seinem Auto gestapft und weggefahren. Und Henning hat gegen eine große Milchkanne aus Blech am Eingang getreten, sodass sie scheppernd umgefallen ist. Dann hat er sie aber wieder aufgestellt und ist hineingegangen.«

Anstatt zurück in den Gasthof zu fahren, wo Ove und sie mit dem Kleinen für die Zeit der Hochzeitsfeierlichkeiten ein Apartment gemietet hatten, fuhr Iveta weiter zum Haus der Pohlmanns. Sie kannte die Familie gut. Nicht von der Halbinsel Eiderstedt, wo Iveta nie gelebt hatte, sondern von der Hallig Hooge. Da hatten die Pohlmanns schon seit den Zeiten des Großvaters ein wunderschönes Reetdachhaus als Ferienhaus.

Ihr Mann Ove war mit dem alten Wilhelm Pohlmann gut ausgekommen. Dessen Tochter Karoline hatte weniger Wert auf nachbarschaftliche Beziehungen gelegt, doch Ove war mit ihrem Sohn Frederik befreundet. Karoline Pohlmanns Sohn hatte das Ferienhaus auf der Hallig nach dem Tod des Großvaters übernommen und auch den ursprünglichen Wohnsitz der Pohlmanns auf Eiderstedt. Da Ove und sie sich während Frederiks Abwesenheit um das Ferienhaus kümmerten, auch wenn mal wieder eine Sturmflut drohte und noch Fahrzeuge oder Gegenstände gesichert werden mussten, würde Frederik ihr vielleicht jetzt mit Anna helfen. Platz genug hatte er ja. Und Annas Lage war verzweifelt. Es war einen Versuch wert.

Iveta bog in die lang gestreckte Zufahrt ein und hielt neben Frederiks Wagen, wie sie annahm. Erleichtert registrierte sie, dass der Mietwagen, mit dem Karoline und ihr Freund Malcolm gekommen waren, nicht vor dem Haus stand.

Die beiden lebten in Marbella, waren für die Hochzeitsfeier bis Hamburg geflogen und hatten sich dort ein Auto geliehen. Karoline Pohlmann war in Ivetas Augen eine selbstgerechte und stets auf ihren Vorteil bedachte Frau. Ove hatte ihr erzählt, dass sie sich kaum um ihren Sohn Frederik gekümmert, sondern diese Aufgabe ihren Eltern, Wilhelm und Anneliese Pohlmann, überlassen hatte. Als Frederik sechzehn Jahre alt gewesen war, war Karoline vollständig nach Marbella umgezogen.

Was machte das mit einem Kind, wenn die Mutter es einfach so verließ, um in Spanien mit ihrem Freund zusammenzuleben? Da war es nur gerecht, dass der Großvater das Erbe seinem Enkel überlassen und der Tochter nur den Pflichtteil hatte zukommen lassen.

»Und das war wahrscheinlich auch noch zu viel für diese egoistische Person«, murmelte Iveta, als sie aus dem Auto stieg. Sie ging zur Haustür und klopfte.

Karoline, mit einer Art Strandkleidchen in Orange- und Pinktönen und mit Flipflops bekleidet, öffnete ihr die Tür. »Iveta? Was kann ich für dich tun?«

»Ist Frederik da?«

Karoline drehte sich um und rief in die hinter ihr liegende Halle: »Fredi, Besuch für dich!« Als keine Antwort kam, sagte sie mit einem Schulterzucken: »Er ist auf der Terrasse. Komm einfach mit.«

Iveta folgte ihr durch die kleine Eingangshalle mit der geschwungenen, weiß lackierten Holztreppe. Auf der Terrasse saß Frederik am Gartentisch vor einem Becher Kaffee und einem Laptop.

»Iveta! Schön, dich zu sehen!« Er stand auf und küsste sie auf beide Wangen. »Was kann ich für dich tun?«, wollte nun auch er wissen. Dass sie einfach so einen Freundschaftsbesuch machte, schien außerhalb des Vorstellungsvermögens der Pohlmanns zu liegen. »Ist was auf der Hallig?«, fragte er besorgt.

»Nein, da ist alles in Ordnung«, beeilte sie sich zu sagen. »Wir fahren auch heute Abend noch zurück.«

»Setz dich doch.« Er zog einen Gartenstuhl vor. »Nach den Ereignissen hält einen hier auch nicht mehr viel. Ich kann es gar nicht fassen, so schrecklich ist das alles. Dürft ihr denn schon weg?«

»Ove hat der Polizei klargemacht, dass wir unsere Tiere nicht länger dem Nachbarn überlassen können. Und unsere zwei älteren Kinder waren jetzt auch lange genug bei Freunden. Außerdem wissen wir eh nichts, was zur Aufklärung dieses … schrecklichen Verbrechens beitragen kann.«

»Verstehe. Wie auch?« Er blickte ihr in die Augen. »Wie geht es Anna und Henning?«

»Vielleicht solltest du deinen Gast fragen, ob sie auch einen Kaffee will«, mischte Karoline sich ein. Sie hatte sich auf eine Liege gesetzt, die Füße hochgelegt und steckte sich Wattebäusche zwischen die Zehen.

»Oh, Entschuldigung, Iveta. Möchtest du Kaffee?«

»Nein, danke. Ich war gerade im Krankenhaus. Und ich bin wegen Anna hier. Ich mache mir Sorgen um sie. Es geht ihr verständlicherweise sehr schlecht.« Iveta machte eine kleine Pause. »Und sie weiß nicht, wohin«, setzte sie hinzu. »Nach Hause, also auf den Fehnsen-Hof, kann sie jedenfalls erst mal nicht.«

»Wann wird sie aus dem Krankenhaus entlassen?«, erkundigte sich Frederik.

»Morgen wahrscheinlich.«

»Was ist mit Henning?«, ließ sich Karoline wieder von schräg rechts vernehmen. Sie hatte eine Flasche pinkfarbenen Nagellack aufgeschraubt und hielt den Pinsel in der Hand. Ein Tropfen Lack fiel auf den Terrassenboden.

»Darüber weiß ich nichts Genaues«, bekannte Iveta. Warum fühlte sie sich in Karolines Gegenwart eigentlich so unbehaglich? »Anna durfte kurz zu ihm. Sie sagte mir, Henning habe noch nicht viel gesprochen.«

»Armer Henning!« Karoline lackierte den Nagel ihres rechten großen Zehs. »In der Hochzeitsnacht angeschossen zu werden! Und beide Eltern auf einen Schlag tot!«

»Wir wissen, was passiert ist, Mutter. Was soll das also?«, fuhr Frederik sie aufgebracht an. »Es ist alles schlimm genug, auch ohne dass du es kommentierst.« Sein Gesicht war blass und verzerrt.

»Darf man in diesem Haus nicht mal seine Meinung sagen?«

»Kann Anna vielleicht ein paar Tage bei dir wohnen, Frederik?«, fragte Iveta, bevor die Stimmung zwischen Mutter und Sohn weiter eskalierte. »Nur, bis sich alles geklärt hat.«

»Malcolm meint, das kann dauern …«, kam es von der Liege.

»Ich weiß nicht, Iveta«, antwortete Frederik zu ihrer Enttäuschung. »Meine Mutter und Malcolm reisen morgen ab, wenn sie es denn dürfen. Und ich allein im Haus mit Anna? Das könnte Anlass zu Klatsch und Tratsch geben.«

Das hatte Iveta nicht bedacht.

»Dein Problem hat sich gerade gelöst, Fredi«, sagte Karoline. »Malcolm meinte eben am Telefon zu mir, wir sollten besser noch ein paar Tage bleiben. Wegen der Ermittlungen …«

Iveta sah, wie sich Frederiks Augenbrauen zusammenzogen. Er war ein gut aussehender Mann, doch Iveta wollte ihm nicht unbedingt in die Quere kommen, wenn er richtig sauer war … Er hatte sich jedoch schnell wieder im Griff und lächelte Iveta an. »Wenn das so ist, spricht doch eigentlich nichts dagegen, dass Anna ein paar Tage bei uns im Gästezimmer wohnt.«

»Wir räumen aber nicht das Blaue Zimmer!«, rief Karoline.

»Mutter, hier ist doch Platz genug.«

»Ich sag es ja nur!«

»Ich habe morgen jedoch leider den ganzen Tag in der Firma zu tun. Wie kommt Anna her?«, hakte Frederik nach.

Das hatte Iveta noch nicht bedacht. »Ein Taxi?«, schlug sie zögernd vor.

»Das ist nicht schön. Könntet ihr, du und Malcolm, sie nicht abholen, Mutter? Ihr habt hier doch nichts zu tun.«

»Da muss ich Malcolm fragen …«, wich Karoline einer definitiven Antwort aus.

»Wo ist er überhaupt?«

»Er wollte nach St. Peter-Ording fahren.«

»Warum das denn? Und ohne dich?«

Karoline hatte den letzten Zeh ihres linken Fußes bearbeitet und drehte sich zu ihnen um. »Ich mache mir nichts aus der Nordsee, das weißt du doch, Fredi. Eine Kindheit mit Sommern auf der Hallig, das hat mich kuriert.«

Die Vorstellung, Anna in ihrem Zustand der Gnade Karoline Pohlmanns und der ihres Lebensgefährten Malcolm MacGraw auszusetzen, missfiel Iveta. »Macht euch bitte keine Mühe. Ich organisiere da was. Wenn ihr nur ein Gästezimmer für sie bereithaltet, wäre das großartig ...«

»Ich gebe dir gleich einen Hausschlüssel für sie mit. Dann ist Anna unabhängig. Ihr Zimmer liegt im Obergeschoss. Die erste Tür links. Sie müsste sich nur das Bad mit meiner Mutter teilen.«

»Vielen Dank, du bist eine große Hilfe!«

»In dieser Situation müssen wir Nachbarn füreinander einstehen.«

Karoline erhob sich so rasch, dass das Nagellackfläschchen zu Boden fiel und auslief. »Ich brauche einen Drink!« Sie humpelte mit der Watte zwischen den Zehen ins Haus, ohne sich um das Malheur zu kümmern.

5. Kapitel

»Wat gift dat denn hüt Avend to eeten, Gretje?«, erkundigte sich Hinrich Jacobsen, als er zur Küchentür hereinkam. Als er seine Enkel sah, schwenkte er wieder um auf Hochdeutsch: »Oh, hallo, Fentje, Bendix. Schön, euch zu sehen!«

»Es gibt heute Kaiserschmarren mit Apfelkompott, Hinrich. Das habe ich dir doch schon gestern gesagt.«

»Ach so.« Er verbarg seine Enttäuschung, so gut es ging, und kam zum Tisch. Fentje bewunderte seine Haltung. Er hatte den ganzen Tag im Stall und auf der Schafweide gearbeitet und sich wahrscheinlich auf etwas Deftiges zu essen gefreut. Doch aus unerfindlichen Gründen kochte seine Frau fast nur noch süße Sachen.

»Es sind bestimmt auch noch Brot und Käse da. Für den ersten großen Hunger vorweg?«, schlug Fentje vor.

»Gute Idee. Du bist ein Schatz, Kindchen!« Er setzte sich zu ihnen und sah von einem zum anderen. »Und was ist das hier? Ein Familienrat?«

»Wir reden über das, was bei den Fehnsens passiert ist«, antwortete Bendix. »Das geht wohl gerade keinem von uns aus dem Kopf.«

»Und über die Ermittlungen der Polizei«, ergänzte Fentje. »Bei mir waren sie vorhin auch.«

»Die haben den gesamten Inhalt meines Waffenschranks konfisziert«, beschwerte sich Hinrich.

»Die suchen nach dem Jagdgewehr, mit dem die Fehnsens erschossen wurden«, erklärte Fentje. »Das würde ich an deren Stelle auch so machen.«

»Aber doch nicht bei uns!«, empörte sich Gretje. »Wir

sind immer wunderbar mit Lucy und Gustav ausgekommen. Und sogar mit Henning. Obwohl er früher ein wilder Bursche war. Erinnerst du dich, als er und Frederik Pohlmann dich mal mit deinem Schal an einen Laternenmast gebunden und mit Schnee eingeseift haben, Fentje? Dein Gesicht war ganz rot.«

»O Gott, Oma. Das ist fast zwanzig Jahre her.«

»Ich hatte ja erwartet, dass er das eines Tages wiedergutmachen würde«, gab sie vieldeutig zurück.

»Was meinst du denn damit?« Fentje ahnte Schreckliches.

»Nun: Henning suchte eine Frau für seinen Hof und heiratet dann diese Anna. Eine geschiedene Frau. Und nicht von hier. Und schwanger soll sie angeblich auch noch sein …«

»Oma!«, fiel Bendix ihr streng ins Wort.

»Du hast mich nicht ausreden lassen, Junge. Ich wollte noch sagen: geschieden, aber nett! Ich fand sie nett. Das, was da passiert ist, hat sie jedenfalls nicht verdient.«

»Niemand hat so etwas verdient. Ich hoffe, sie finden den Mörder. Es ist ein scheußliches Gefühl zu wissen, dass sich so jemand hier in der Gegend herumtreibt«, entgegnete Bendix. »Noch dazu mit Sofia im Haus, die langsam flügge wird.«

»Langsam?«, fragte Fentje. Ihre Nichte war gerade sechzehn geworden und mehr als flügge. Für eine Recherche auf der Hamburger Reeperbahn hatte sie Fentje bezüglich eines entsprechenden Outfits beraten.

»Und dann nimmt einem die Polizei noch die Gewehre weg, mit denen man Haus und Familie verteidigen will«, regte Hinrich sich weiter auf.

»Aber das eine, das du immer hinter unserem Schlafzimmervorhang versteckt hast, haben sie doch nicht gefunden, oder, Hinrich?«, wollte Gretje wissen.

Bendix und Fentje starrten ihren Großvater verblüfft an. »Du hast der Polizei eines deiner Gewehre vorenthalten?«

»Was soll ich denn tun, wenn hier ein Mörder frei herumläuft? Ihn mit Gretjes Kaiserschmarrn bewerfen?«

»Bitte melde dieses Gewehr auch noch der Polizei«, sagte Fentje. »Du bringst uns damit sonst alle in Teufels Küche.«

Gretje blickte aus dem Fenster. »Oh, Kindchen, du musst schnell zu dir rübergehen. Und kämm dich vorher einmal.«

»Wieso das?«

Ihre Großmutter deutete mit dem Kopf hinaus und lächelte. »Hauke kommt.«

»Dann kann er doch hier reinkommen.« Fentje stand auf, um den Nachbarn durchs Fenster zu Gretje und Hinrich hereinzurufen. Sie widerstand allerdings der Versuchung, ihr Haar extra noch mal durchzuwuscheln.

»Er will doch nur zu dir, Fentje!«, drängte ihre Großmutter.

»Ich muss auch los.« Bendix sprang auf.

»Und ich mach mir ein Brot!« Hinrich erhob sich ebenfalls.

»Na gut. Dann gehe ich eben zu mir rüber. Doch du redest wirklich morgen noch mal mit der Polizei, Opa?«

»Meinetwegen. Aber nur für dich, Fentje.«

»Danke, Opa. Es ist wichtig.« Sie ging zur Tür, von wo aus sie in den Vorraum gelangte, der ihre Wohnungen miteinander verband. Was ihr Nachbar wohl von ihr wollte? Hauke hatte nicht so ausgesehen, als wäre das ein entspannter Freundschaftsbesuch. Hoffentlich brachte er keine schlechten Nachrichten über Henning.

Auf ihrer Türschwelle stoppte Fentje abrupt. Da lag seltsam verdreht ein graubraunes Wesen. Das dunkle Fell war aufgerissen, förmlich zerfetzt, und ein Ohr hing nur noch an einem dünnen Faden. Dort, wo die Augen hätten sein sollen, starrte sie in leere Höhlen, in denen das weiche Innere erkennbar war. »Hauke, was ist das?«

»Oh, das gehört Kari.« Er pfiff nach den Border Collies. »Nimm Hasi mit«, befahl er dem jüngeren seiner Hunde.

»Ich kaufe ihr regelmäßig einen einfachen Stoffhasen zum Spielen«, erklärte er beinahe entschuldigend. »Sonst nimmt sie sich meine Schuhe vor.«

»Sie hat ihm die Augen herausgefetzt«, sagte Fentje. »Und ein Ohr abgerissen. Ich dachte, Border Collies sind Hütehunde.«

»Sind sie auch. Jeder will sich doch mal austoben.«

Nachdem Hauke an Fentjes Küchentisch saß, die Hunde zu seinen Füßen, und mit einem kalten Bier und Chips versorgt war, sah er sie nachdenklich an.

»Was ist los, Hauke. Wenn es schlechte Neuigkeiten gibt, möchte ich es sofort wissen.«

»Ich komme gerade aus dem Krankenhaus. Anna wird morgen entlassen, und Henning ist auch schon wieder von der Intensivstation runter. Es geht ihm etwas besser. Ich konnte kurz mit ihm reden.«

»Das klingt nach guten Neuigkeiten«, sagte Fentje vorsichtig.

»Ja. Doch er realisiert jetzt, dass seine Eltern beide tot sind, in ihren Betten erschossen, und er ist ziemlich fertig deswegen.«

Fentje nickte. »Verständlich. Anna wird ihm hoffentlich helfen können, das alles zu verarbeiten.«

»Und der Gedanke an sein Baby«, ergänzte Hauke.

»Dann stimmt es also, dass Anna schwanger ist?«

»Ja. Henning hat es mir neulich schon erzählt. Das Kind soll im November kommen.«

»Wie traurig für Lucy und Gustav, dass sie das nicht mehr miterleben werden.« Fentje trank langsam einen Schluck kaltes Bier. »Wie ich Lucy kenne, war sie sicherlich ganz aus dem Häuschen vor Freude.«

»Ich weiß nicht.« Hauke drehte die Bierflasche auf dem Tisch. »Es ist nur …«

»Was ist los, Hauke?«

»Gustav und Lucy waren Henning zufolge nicht so glücklich über die Schwangerschaft.«

»Lag es etwa daran, dass Anna schon vor der Heirat schwanger geworden ist?«, fragte Fentje mit einem Seufzer.

»Nein, das war es nicht, glaube ich.«

»Sondern?«

»Sie waren sich nicht sicher, ob Henning wirklich der Vater ist.«

»Oh.« Fentje enthielt sich eines Kommentars. Das waren alles Spekulationen. Und keine freundlichen.

»Annas Ex-Mann tauchte ein- oder zweimal auf dem Hof der Fehnsens auf. Er hat wohl ein paar Andeutungen gemacht.«

»Das hört sich eher so an, als wollte er nur Unfrieden stiften. Vielleicht war er eifersüchtig?«

»Mag sein.« Hauke wirkte nicht überzeugt. »Jedenfalls lässt Henning fragen, ob du dich für ihn um die Sache kümmern kannst.«

»Was meint er mit ›kümmern‹?«

»So wie im letzten Sommer, als du herausgefunden hast, dass Steffen Ohmsen die Lehrerin ermordet hat, nicht dein Mandant.«

»Hauke, das war doch etwas ganz anderes.«

»Henning macht sich Sorgen, dass die Polizei ihn verdächtigen könnte.«

»Das kann ich mir nicht vorstellen.«

»Er ist derjenige, der profitiert. Und …« Er zögerte. »Es gab wohl vor der Hochzeit einen heftigen Streit zwischen ihm und seinem Vater.«

»Aber Henning ist derjenige, der angeschossen wurde«, wandte Fentje kopfschüttelnd ein. So langsam wurde ihr die Tragweite von Haukes Besuch bewusst.

»Henning bittet dich erst mal nur, bei seinen Befragungen durch die Polizei dabei zu sein. Damit er sich nicht unwissentlich in die Scheiße reitet, auf gut Deutsch. Das ist doch dein Job. Ich meine …« Er hob den Arm und wedelte in Richtung der Kanzleiräume. »Wozu machst du das hier denn sonst?«

Fentjes Herz pochte. Zumindest ihre Neugierde war geweckt. »Also gut. Ich werde morgen früh gleich ins Krankenhaus fahren und mit Henning sprechen. Vorher sollte er nicht mit der Polizei reden. Dann werden wir weitersehen.«

Hauke rückte ein Stück näher zu ihr. »Du bist ein Schatz, Fentje!« Er drückte ihr einen Kuss auf die Wange. »Aber das wusste ich ja schon immer.«

Einer der Hunde unter dem Tisch gab ein dunkles »Wuff« von sich.

Fentje dachte an das Ding ohne Augen und Ohr, das ebenfalls dort lag.

Am nächsten Morgen fuhr Niklas wieder in die Redaktion. Er fühlte sich seit seinem Sylt-Trip noch nicht viel besser. Der Arzt, den er am vergangenen Tag noch aufgesucht hatte, hatte ihm Verbrennungen zweiten Grades auf vierzig Prozent der Körperoberfläche bescheinigt. Da die verschriebene Salbe seiner Ansicht nach nicht viel brachte, half jetzt nur noch Ablenkung.

Niklas hatte seine Meinung geändert. Er wollte nun doch eine anständige Nachdrehe über die Morde auf dem Fehnsen-Hof schreiben. Die Halbinsel Eiderstedt war sein Revier, und er fühlte sich dafür verantwortlich, dass alles, was in der Zeitung stand, auch gut recherchiert war. Zum anderen hatte dieser MacGraw seine Neugierde geweckt.

»Sie müssen einen Moment warten, John. Er telefoniert«, sagte die Assistentin des Lokalchefs mit einem bedeutungsvollen Blick in dessen Richtung.

»Es geht um die Mordsache auf Eiderstedt. Ich werde die

Nachdrehe schreiben«, verkündete Niklas, als Schneider sein Telefonat beendet hatte. »Spätestens um drei heute Nachmittag haben Sie sie auf dem Tisch.«

»Ich habe hier aber schon was von Lafrentz«, wandte Schneider missmutig ein.

»Was schreibt er denn?«

»Nichts Neues jedenfalls«, gab der Lokalchef zu. »Das ist natürlich großer Mist. Er hat den Bericht von gestern nur umformuliert. Das ist doch kein Journalismus. Die Leute wollen etwas erfahren, was sie bisher noch nicht wussten. Sonst müssen sie unsere Zeitung gar nicht erst aufschlagen.«

»Ich habe einen Informanten aus dem Umfeld der Familie«, erwiderte Niklas.

»Der was behauptet?«

»Es geht um angebliche Familienstreitigkeiten. Ich muss das erst noch überprüfen. Aber die Polizei sollte wissen, dass wir die Sache verfolgen, damit die nichts übersehen. Es könnte spannend werden …«

»Dann legen Sie in Gottes Namen los. Wenn Sie recht haben, wird das vielleicht was für die Titelseite. Bisher sieht es nämlich ziemlich mau aus.«

»Ich kümmere mich darum.« Niklas erhob sich.

»Und, John …«

»Was ist noch?«

»Das war gute Arbeit auf Sylt. Unser korrupter Politiker wird sich in Zukunft zweimal überlegen, wem er an der Strandbar in Sektlaune ein Interview gibt.«

»Das denke ich auch.«

»Aber lassen Sie bei Ihrem nächsten Einsatz etwas weniger Textil fallen, John. Wenn man Sie so sieht, bekommt man ja Angst.«

6. Kapitel

In Lafrentz' erstem Artikel stand nicht viel mehr, als Niklas ohnehin schon wusste. Eine nicht namentlich genannte Nachbarin hatte ein frisch verheiratetes Paar am Morgen auf seinem Hof aufsuchen wollen. Warum, das erwähnte der Kollege nicht. Wahrscheinlich hatte Lafrentz nicht sehr gründlich recherchiert, sondern nur schnell diesen für Niklas' Geschmack etwas zu reißerischen Text geschrieben.

Die Nachbarin war in das Haus gegangen – wie war sie dort hineingelangt? Besaß sie einen Schlüssel? – und hatte die Eltern des Bräutigams erschossen in ihrem Bett aufgefunden. Der Sohn hatte verletzt durch einen oder mehrere Schüsse im Flur gelegen. Er war ins Krankenhaus gebracht worden. Die junge Ehefrau war von der Polizei wenig später in der Scheune versteckt gefunden worden. Unverletzt bis auf einen verstauchten Knöchel und eine leichte Kopfverletzung, wie es hieß. Man hatte sie ebenfalls ins Krankenhaus gebracht. Ihre große Hochzeitsfeier am Vorabend in einem nahegelegenen Gasthof wurde noch erwähnt.

Dazu gab es ein düsteres Foto von einem für die Gegend typischen Bauernhof, flankiert von einem Graben und einer Reihe windschiefer Bäume. Im Hintergrund waren ein Polizeifahrzeug, ein Mann im Overall der Spurensicherung und ein Stück Absperrband zu erkennen. Das Bild war nicht schlecht. Und Lafrentz hatte noch den Ort des Verbrechens genannt: Wulkenbüll.

Genau dorthin fuhr Niklas nun. Von unterwegs versuchte er, einen alten Bekannten, Staatsanwalt Andreas Borgholz, zu erreichen. Niklas schuldete ihm noch eine Partie Golf, hoffte aber, dieses Ereignis eine Weile hinauszögern zu können. Er hatte als Junge auf Föhr Golf spielen gelernt, unter anderem, weil sein Vater es wollte, doch es war nie *sein* Sport geworden. Niklas tat es, weil es nützlich war. Sein Herz hing an spannenden, Wagemut erfordernden Sportarten wie Kitesurfen und Skifahren. Und er joggte einigermaßen regelmäßig an den Salzwiesen entlang, einfach um in Form zu bleiben.

»Moin … Niklas John hier. Wie geht es Ihnen, Herr Borgholz?«

»Fragen Sie nicht! Arbeit, nichts als Arbeit. Ich habe seit Tagen keine Bälle mehr schlagen können.«

»Das ist aber nicht gut.«

»Sie rufen bestimmt wegen des zweifachen Mordes auf Eiderstedt an«, sagte der Pressestaatsanwalt hellsichtig.

»Auf dem Bauernhof in Wulkenbüll«, fügte Niklas hinzu. Er erwähnte den Ortsnamen, um sicherzugehen.

»Waren Sie schon dort?«

»Bin auf dem Weg. Ich war aus beruflichen Gründen auf Sylt, als es passiert ist.«

»Sylt? Da gibt es hervorragende Golfplätze …«

»Bin leider nicht dazu gekommen, das auszutesten.«

»Tja, John. So ist das Leben. Hart und ungerecht. Sie sind in diesem Fall etwas spät dran, fürchte ich. Wir haben unseren Täter schon. Es gibt in Kürze eine Pressekonferenz und wohl auch einen Haftprüfungstermin. Die Mail ist eben rausgegangen.«

»Und wer war es Ihrer Ansicht nach?«

Der Staatsanwalt lachte auf. »Guter Versuch, John. Wir sehen uns in Flensburg.«

Doch da würde Niklas die Informationen nur gemeinsam mit den Kollegen von der Konkurrenz erhalten. Es war ihm zuwider, das Gleiche wie alle anderen zu schreiben. Außerdem war er neugierig, wen die Polizei so schnell als Beschuldigten präsentieren wollte. MacGraws Andeutungen zufolge hatte womöglich der Ex-Mann der Braut etwas mit den Morden zu tun. War er eifersüchtig? Rachsüchtig? Nur, warum hätte er die Eltern des neuen Ehemannes erschießen sollen? Hätte er nicht eher seine Ex-Frau angegriffen? Das Naheliegende schien zu sein, dass der Sohn erst seine Eltern im Schlaf getötet und dann auf sich selbst geschossen hatte. Womöglich, um von seiner Schuld abzulenken? Aber dann wäre die Waffe in seiner Nähe aufgefunden worden. Es sei denn, seine frisch angetraute Frau war auch seine Komplizin. Niklas seufzte. Er wusste noch viel zu wenig.

Wulkenbüll war ein Ort wie aus dem Bilderbuch. Nachdem Niklas das Eidersperrwerk passiert hatte, fuhr er die letzten Kilometer durch eine flache, von Gräben und Deichen durchzogene Landschaft. Das saftige Grün erstreckte sich unter einem hellblauen Himmel bis zum Horizont.

Viele Häuser in Wulkenbüll hatten klassische Backsteinfassaden, Sprossenfenster und tief gezogene Dächer, zum Teil aus Reet. Einige der Gärten waren von Mauern umgeben und mit Heckenrosen bepflanzt. Eines der Wahrzeichen des Ortes war die alte Nikolaikirche, die auf einer Warft thronte und von alten Linden umstanden war.

Niklas passierte die Kirche und folgte den Angaben auf seinem Navigationsgerät, bis er vor dem Hof der Fehnsens stand. Ein Stück Polizeiabsperrband hing noch an einem der Pfosten des Gartenzauns. Ansonsten deutete nichts mehr auf ein kürzlich geschehenes Verbrechen hin.

Niklas stieg aus und ging langsam über den Hofplatz. Er prägte sich die Lage und den Zustand der Gebäude ein. Versuchte, ein Gefühl für diesen Ort zu bekommen. Der Hof war ein für die Halbinsel Eiderstedt typischer alter Haubarg mit einem imposanten Dach aus Reet. Er hatte einen nahezu quadratischen Grundriss, was, so viel wusste Niklas, auf ein Vierständerhaus hindeutete. Die Mauern waren aus Backstein, mit zwei Giebeln über dem Stall und der verglasten Doppeltür. Vor dem Haus blühten üppig Bauernrosen. Der Haupteingang befand sich an der rechten Seite. Ein Kiesweg führte Niklas zu einer grün-weißen Kassettentür.

Er sparte es sich, zu klopfen oder zu klingeln, denn die Tür war noch von der Polizei versiegelt. Wie er vermutet hatte, war noch niemand wieder zu Hause. Niklas umrundete das Haus, ohne etwas Auffälliges zu entdecken. Was hatte er erwartet? Einschusslöcher? Einen Zettel unter dem Türspalt mit der Aufschrift *Ich komme euch holen*?

An der Rückseite gab es einen nachträglich errichteten Anbau mit einem flachen Dach. Er trat ein paar Schritte zurück. Die Schlafzimmer lagen wohl im ersten Stock. Oberhalb des Anbaudachs sah Niklas zwei Fenster. Die frischgebackene Ehefrau war wahrscheinlich dort hinausgeklettert. Bei einem Sprung in die Tiefe hätte sie sich sonst mehr als einen verstauchten Knöchel zugezogen.

Wahrscheinlich hatte sie sich vom Dach an der Windschutzwand neben der Terrasse heruntergelassen. Der wilde Wein, der sich daran hinaufrankte, war neben dem Anbau abgerissen, die Blätter wurden bereits gelb. Der Boden war gepflastert, sodass die Polizei keine Fußabdrücke hatte sichern können.

Ob die schon wussten, wie der Täter ins Haus gelangt war? Vorausgesetzt, er war wirklich von außen gekommen.

Niklas ging weiter zu einem modernen Stallgebäude. Die Tore standen offen, und es war leer. In den Boxen lag frisch aufgeschüttetes Stroh. Die Tiere schienen gerade auf der Weide zu sein. Es musste jemand herkommen und sich um das Vieh kümmern. Aber gerade war zum Glück niemand anwesend.

Neben dem Stall gab es noch eine Scheune älteren Baujahres. Hier sollte sich die junge Ehefrau versteckt gehalten haben, bis die Polizei eingetroffen war. Niklas wollte nicht unbedingt Hausfriedensbruch begehen, indem er einfach hineinging. Neugierig war er aber schon. Wieso war sie ausgerechnet hier hineingelaufen? Der Fehnsen-Hof lag etwas außerhalb des Ortes. Trotzdem hätte Niklas erwartet, dass sich die Frau, nachdem sie Schüsse gehört hatte, in ihrer Panik und Angst zu irgendwelchen Nachbarn geflüchtet hätte, um Hilfe zu holen, anstatt sich in diesem alten Kasten zu verkriechen. Er konnte ihre Reaktion nicht nachvollziehen. Aber Panik brachte die seltsamsten Handlungen hervor.

Der Riegel des Scheunentores war mit einem Vorhängeschloss und ebenfalls einem polizeilichen Siegel versehen. Doch beim Umrunden des Gebäudes fand Niklas eine Nebentür, die einladend einen Spalt offen stand.

Hatte er von drinnen nicht gerade das jämmerliche Maunzen einer Katze gehört, die in Schwierigkeiten steckte? Da musste er doch nachsehen … Er zog die Tür über das hoch wuchernde Gras auf und trat in die Dunkelheit.

Hier gab es reichlich Möglichkeiten, sich zu verstecken. Die Scheune wurde offensichtlich schon seit Jahren, wenn nicht seit Jahrzehnten, als Aufbewahrungsort antiker Trecker sowie alter Möbel und Gerätschaften genutzt, von denen man sich noch nicht trennen wollte. In dem Dämmerlicht, das in schmalen Streifen durch die Holzverschalung der Seitenwände fiel, konnte er nicht viel erkennen. Staub flirrte in der Luft, und er musste niesen.

Niklas stellte sich vor, wie die Frau in den frühen Morgenstunden hier hereingekommen war. Wie sie im Düsteren umhergetastet hatte, immer lauschend, ob ihr nicht jemand folgte. Und wie sie sich dann in dem Wissen, dass ihr Mann vielleicht erschossen worden war, hier irgendwo verborgen gehalten hatte. Viele Stunden lang. Niklas nahm an, dass sie ihr Handy nicht bei sich gehabt hatte, weil sie sonst wohl die Polizei gerufen hätte.

Er hingegen zog sein Smartphone hervor und leuchtete

damit den Boden der Scheune ab. Auf dem festgetrampelten Lehmboden waren eine Menge Fußspuren großer Schuhe und Stiefel zu erkennen, die im Wesentlichen in eine Richtung führten. Niklas folgte ihnen bis zu einer niedrigen Brettertür. Hier endeten die Spuren, der Boden war im Wesentlichen aufgewühlt.

Niklas hatte das Versteck der Frau gefunden. Schwer vorstellbar, wie sie dort, in dem engen Verschlag, bis in die Morgenstunden gekauert hatte … Das Ganze war ein Drama und ein Rätsel. Und es forderte ihn geradezu heraus, es zu lösen.

Er war erleichtert, als er wieder hinaus in den Sonnenschein trat. Niklas zog die Tür so weit zu, wie er sie vorgefunden hatte. Dann dachte er über seinen nächsten Schritt nach.

Auf einer Weide hinter der Scheune grasten Pferde. Vorhin waren sie ihm noch nicht aufgefallen. Sie mussten gerade erst dort hinaufgelassen worden sein. Eine Frau war bei ihnen. Möglicherweise war sie eine Nachbarin der Fehnsens. Vielleicht sogar *die* Nachbarin?

Niklas stieg über das Weidegatter und ging auf die Frau zu.

Sie war groß und schlank, mit einem langen Pferdeschwanz. Sie entdeckte ihn beinahe sofort und schaute grimmig, als er näher kam.

»Moin, das sind Quarter Horses, nicht wahr? Die Fuchsstute ist eine wahre Schönheit.«

»Es sind Morgan Horses. Sie sind den Quarter Horses recht ähnlich. Aber besser!«, wurde er berichtigt. »Die Leute verwechseln die beiden Rassen schnell mal.«

»Da bin ich wohl direkt in die Falle getappt. Eine Freundin von mir betreibt einen Westernstall in der Nähe von Heide. Daher weiß ich ein klein wenig was über Westernpferde.«

»Meinen Sie den Stall von Inga Hansen?«

»Genau. Kennen Sie Inga?« Genau genommen war sie die Freundin seiner Ex-Freundin, aber darauf kam es im Moment wohl nicht an.

»Ja, ich kenne sie. Die Westernreiter-Kreise sind klein.« Sie lächelte, und ihr ansonsten eher strenges Gesicht hellte sich auf. »Ich bin Diana Hoops. Mein Stall und das Haus befinden sich dort drüben.« Sie deutete zum anderen Ende der Weide, wo sich Dächer über ein paar Büsche und niedrige Kiefern erhoben.

»Niklas John«, stellte er sich vor. »Demnach sind Sie eine Nachbarin der Fehnsens.« Niklas tätschelte der Stute den Hals.

»Warum wollen Sie das wissen?«, fragte sie mit neu erwachendem Misstrauen.

»Ich bin von der Zeitung. Ich recherchiere über das Verbrechen, das bei den Fehnsens passiert ist.«

»Die Presse war schon bei denen auf dem Hof.« Sie klang so, als wollte sie das Gespräch damit abschließen.

Er nickte. Die Stute rieb den Kopf an seiner Schulter. »Ich habe eben mit dem zuständigen Staatsanwalt telefoniert. Die sind sich schon ziemlich sicher, wer der Täter war.«

»Und wer soll das gewesen sein?« Die Frau zog die Augenbrauen zusammen.

»Das geben die erst noch bekannt. Ich habe allerdings ein ungutes Gefühl bei dem Tempo, das Polizei und Staatsanwaltschaft vorlegen. Das ging alles sehr zackig …«

»Sie denken, die verdächtigen womöglich den Falschen? Henning Fehnsen zum Beispiel?«

Sie sorgte sich also um ihren Nachbarn. Das war interessant. »Es wäre nicht das erste Mal, dass man bei einem dramatischen Fall, der die Gemüter erregt, schnell einen Schuldigen präsentieren will.«

»Ich wollte gerade zurückgehen. Haben Sie nicht Lust auf einen Eiskaffee auf der Terrasse? Mein Mann erwartet mich schon.«

Wenn Niklas von Diana Hoops' Ehemann Schwierigkeiten erwartet hatte, weil er spontan mit dessen Frau zum Kaffee auftauchte, so wurde er positiv überrascht. Als der große, etwas pausbäckige Mann hörte, worum es ging, zog er Niklas eilig einen weiteren Terrassenstuhl heran. Der Tisch war mit einer rot-weißen Plastikdecke bedeckt. Eine Kanne kalter Kaffee, ein Tontopf mit frisch aufgeschlagener Schlagsahne und eine Familienpackung Vanilleeis standen kurze Zeit später bereit.

Lennard Hoops gab großzügig Eis in die Becher und schenkte Kaffee dazu ein. Diana löffelte die Schlagsahne darauf. Diana erzählte ihrem Mann, was Niklas ihr berichtet hatte.

»Sie denken, die wollen Henning dafür drankriegen?«, fragte Lennard Hoops.

»Der Staatsanwalt hat keinen Namen genannt. Soweit ich weiß, ist Henning Fehnsen noch im Krankenhaus. Da kann er nicht gleichzeitig dem Haftrichter vorgeführt werden«, antwortete Niklas.

»Und wenn die Anna meinen?«, sagte Diana.

»Womöglich, weil sie Ausländerin ist?«, vermutete ihr Mann.

»Henning Fehnsens Ehefrau? Wo kommt sie eigentlich her?«, hakte Niklas nach. Soweit er sich erinnerte, hatte sein Kollege dieses Detail in seinem Artikel nicht erwähnt.

»Aus dem Baltikum. Von Estland. Oder Lettland oder Litauen oder so.«

Diana nickte. »Aus Lettland.«

Niklas fühlte sich an etwas erinnert und atmete tief durch. Es war zu lange her.

»Anna ist wohl diejenige, die profitiert hätte, wenn nicht nur ihre Schwiegereltern, sondern auch ihr frisch angeheirateter Ehemann gestorben wäre.« Diana Hoops schüttelte unwillig den Kopf.

»Das kann ich mir von ihr nicht vorstellen«, sagte Lennard Hoops im Brustton der Überzeugung. »Anna ist keine Mörderin.«

»Sie hat einen Stein bei dir im Brett, Lenny. Spätestens, seit du bei der Hochzeit ihr blaues Strumpfband ersteigert hast. Wo ist es überhaupt? Unter deinem Kopfkissen?«, fragte Diana mit einem Augenzwinkern.

»Henning und sie wirkten so verliebt. Sie würde ihm so etwas Schreckliches niemals antun. Immerhin ist doch auch auf ihn geschossen worden.«

»Ich kann mir selbst nicht vorstellen, dass es Anna war«, gab Diana zu. »Sie hätten sie sehen sollen, als die Polizei sie aus der Scheune gebracht hat. Sie mussten sie beinahe tragen. Das arme Ding hat gezittert wie Espenlaub.«

»Wie haben sie sie überhaupt entdeckt?« Niklas hatte die vollgestellte Scheune noch vor Augen.

»Spürhunde«, antwortete Diana lapidar. »Sie hätte ja auch tot irgendwo auf dem Grundstück liegen können. Bei dem Blutbad ...«

»Woher wissen Sie das?«

»Ich war als Erste im Haus, nachdem es passiert war.«

»Der Anblick der Toten und des Verletzten war sicher ein Schock für Sie«, sagte Niklas vorsichtig. Würde sie über das furchtbare Erlebnis mit ihm reden?

Diana nickte und sah in die Ferne, wo ihre Pferde friedlich grasten. Sie kniff die Augen zusammen. »Ich bin morgens hin, weil ich Lucys oder Gustavs Hilfe brauchte. Zwei meiner Pferde waren ausgerissen und vergnügten sich auf deren Weide. Das Hochzeitspaar wollte ich direkt nach der Hochzeitsnacht natürlich nicht stören. Es war ungefähr halb neun. Normalerweise wären zumindest Gustav und Lucy längst auf den Beinen gewesen.«

»Wie sind Sie reingekommen?«

Sie winkte ab. »Ach, hier schließt doch keiner ab. Und

wenn, hätte ich gewusst, dass der Schlüssel zur Hintertür in der Blumenampel liegt. Doch wie erwartet war die Tür unverschlossen. Ich bin also rein, habe gerufen … Und da habe ich es schon gerochen … Ein Geruch wie beim Schlachten.«

»Oh, nein, Diana!« Ihr Mann rührte heftig in seinem Kaffee. »Das hast du mir so noch gar nicht erzählt. Warum hast du mich da nicht gleich angerufen? Ich wäre sofort zu dir gekommen.«

»Das weiß ich doch.« Sie bedachte ihn mit einem warmen Blick. »Aber ich wollte den Ernst der Lage nicht wahrhaben. Ich meine, so was denkt man ja nicht. Dass den Nachbarn etwas Schreckliches passiert ist. Jedenfalls bin ich im Erdgeschoss herumgegangen. In der Küche und im Wohnzimmer war niemand. Auf einmal hörte ich von oben ein Geräusch. Ich bin also hoch, und da lag Henning im Flur, in einer Blutlache.«

»War er bei Bewusstsein?«, fragte Niklas.

Diana schüttelte den Kopf. »Nicht wirklich. Ich habe sofort einen Rettungswagen gerufen. Und der Mann auf der Rettungsleitstelle hat mich … Er hat mich aufgefordert nachzusehen, ob noch jemand verletzt wurde. Ja …« Sie hob ergeben die Schultern. »So habe ich dann Lucy und Gustav gefunden. Beide tot. Erschossen. Den Anblick vergesse ich wohl nie.«

7. Kapitel

Niklas betrat den Gasthof von Wulkenbüll, in dem die Hochzeit von Anna und Henning Fehnsen gefeiert worden war.

»Wir haben noch nicht geöffnet«, sagte eine junge Frau mit einem Nasenpiercing und schwarz gefärbten Haaren. Sie hatte einen Wassereimer und einen Wischmopp in den Händen.

»Tut mir leid. Die Tür stand offen, da dachte ich, ich bekäme vielleicht schon einen Kaffee?«

Die Schwarzhaarige musterte Niklas mit unverhohlenem Interesse. »Ma?!«, rief sie laut. »Ist Kaffee da?«

Niklas hörte eine ihm unverständliche Antwort aus dem Hintergrund.

»Also gut. Wenn Sie wollen, können Sie sich drinnen hinsetzen, und ich bringe Ihnen gleich den Kaffee.«

Niklas betrat den Gastraum. Wie schon im Eingangsbereich roch es auch hier nach einer Mischung aus deftigem Essen und altem Bier, überdeckt vom Duft eines Zitronenreinigers. Nur intensiver.

Niklas setzte sich und sah sich um. Der Raum war anscheinend vor nicht allzu langer Zeit renoviert worden. Die Wände strahlten in frischem Lindgrün, die Polster der rustikalen Bänke waren mit einem modern aussehenden Stoff bezogen, und auch die Vorhänge und Tischdecken sahen neu aus. Von der Hochzeit, die am Samstag hier stattgefunden hatte, war nichts mehr zu sehen, außer ein paar Reiskörnern in den Ritzen der Eingangsstufen. Vielleicht hatte die Feier auch nicht hier, sondern in einem weiter hinten liegenden Saal stattgefunden.

Die junge Frau kam mit einem Tablett mit einem großen Becher Kaffee sowie Milch und Zucker zu ihm. »Sie sind nicht von hier, oder?«

»Doch. Ich wohne in St. Peter-Ording.«

»Oh, also kein Tourist.« Sie schien erfreut zu sein. »Was führt Sie ausgerechnet nach Wulkenbüll.«

»Hier war doch am Samstag eine Hochzeit.«

»Haben Sie etwas vergessen? Es hängen noch zwei Jacken an der Garderobe.«

»Ich war nicht dabei. Ich bin von der Zeitung.«

»Oh ... Ach so.« Sie trat einen Schritt zurück. »Schrecklich, das alles.«

»Waren Sie denn am Samstagabend hier?«

Sie blickte kurz über ihre Schulter. »Ich soll eigentlich vorne aufwischen. Aber ja, ich habe bei der Hochzeitsfeier Getränke serviert.«

Er wog ab, ob er sie bitten sollte, sich zu setzen, doch sie wirkte zu nervös. »War es eine schöne Feier?«, erkundigte er sich stattdessen.

»Auf jeden Fall war sie riesig. Hundertzwanzig Leute. Es gab ein kaltes und warmes Büfett, eine dreistöckige Hochzeitstorte, eine Mitternachtssuppe, und es wurde viel getanzt. Sie hatten einen Discjockey aus Kiel, der richtig gute Mucke gemacht hat. So möchte ich auch mal heiraten.«

»Ich drücke Ihnen die Daumen.«

»Nur ... das, was danach passiert ist, war natürlich furchtbar. Ich konnte es nicht glauben, als ich es gehört habe.«

»Wieso, denken Sie, ist das passiert?«

Sie riss die Augen auf. »Das weiß ich doch nicht! Von Hennings Seite war das bestimmt niemand. Die Familie lebt hier seit ewigen Zeiten. Aber die Braut ...«

»Kennen Sie sie?«

»Nur vom Sehen. Und von der Feier natürlich. Sie war so schön! Sie hatte ein langes Kleid an, das wie angegossen saß.

Und sie hat die Figur dafür. Vorn war es hochgeschlossen, aber mit einem tiefen Rückenausschnitt. Ich kann Henning verstehen, dass er da schwach geworden ist.«

Das war eine seltsame Formulierung. Man heiratete doch nicht, weil man schwach geworden war. »Was meinen Sie damit?«

Sie senkte die Stimme. »Alle haben gesagt, dass Henning sich Probleme einhandelt, wenn er sie heiratet. Sie kommt aus Lettland, wissen Sie? Sie ist eigentlich mal für ein landwirtschaftliches Praktikum hergekommen, aber es heißt, dass sie nur auf der Suche nach einem deutschen Mann war.«

»Kann man ihr das übel nehmen?«, erwiderte Niklas, obwohl sein Herz zu pochen begann. Sein Verdacht, dass er diese Anna womöglich kannte, flackerte wieder in ihm auf.

»Na ja. Und sie war bereits geschieden.«

Der Name Anna war nicht so selten. Und dass sie geschieden war, sprach eigentlich dagegen, dass es die Anni war, die er mal gekannt hatte. »Haben Sie zufällig ein Foto von der Braut?«

»Was? Ich?« Sie deutete auf ihre Brust.

»Sie sagten doch, dass ihr Kleid so schön war.«

»Ja, das stimmt. Ich habe ein paar Handyfotos von ihr im Brautkleid gemacht«, gab die junge Frau zu.

»Darf ich sie sehen?«

»Aber nicht für die Zeitung!«

»Nein. Ich möchte nur einen Blick darauf werfen.«

Sie zog ihr Smartphone hervor und scrollte rauf und runter. Dann drehte sie das Handy und hielt es ihm hin. Braut und Bräutigam standen vor dem Gasthof und posierten für die Kameras. Niklas musterte das Gesicht der Frau, vergrößerte es mit einem Handgriff.

Die Braut war professionell geschminkt und hatte falsche Wimpern. Ihr Haar war hochgesteckt und mit kleinen weißen Blumen dekoriert. Nur ein paar Strähnen rieselten ihr lockig die rechte Schulter hinunter. Ihr Haar war länger geworden, und sogar die Farbe hatte sich verändert, von Dunkelblond zu einem warmen Weizenblond. Doch es war Anni. Anni, seine erste Liebe auf Föhr.

Ich bin zu weich! Kaum kommt einer, schaut mich mit Hundeblick an und bittet mich um etwas, schon werde ich schwach. Na gut, aber Hauke ist auch ein Sonderfall, dachte Fentje. Er war ein guter Freund und ihr Nachbar, der ihrem Opa des Öfteren mit seinen Hunden half, wenn Schafe umgetrieben werden mussten. Und auch sonst … Doch dass er laut ihrer Oma angeblich mehr wollte als ihre Freundschaft, machte ihre Beziehung nicht einfacher.

Typisch nordfriesisch-zurückhaltend, wie sie beide waren, war es nie zu einer Aussprache zwischen ihnen gekommen. Herrgott! Hauke hatte noch nicht einmal den Versuch unternommen, sie zu küssen … Auf der Hochzeit von Henning und Anna hatte er ein paar Pflichttänze absolviert, doch dann schnell ein Bier nach dem anderen heruntergestürzt, bis er nicht mehr fähig gewesen war zu tanzen – während sie mit jedem verfügbaren männlichen Wesen getanzt hatte, das nett und willig gewesen war.

Und nun sollte sie sich um Haukes besten Freund Henning Fehnsen kümmern. Eine Freundschaft zu dritt war das nie gewesen. Irgendwann, in grauer Kinderzeit, hatte Henning es mit seinen Hänseleien Fentje gegenüber zu weit getrieben. Die Episode mit dem Schal und dem Laternenpfahl, an die Oma sich erinnerte, war eher die Spitze des Eisbergs gewesen. Fentje hatte Henning eines Tages, als er sie mal wieder triezte, die Nase blutig geschlagen. Daraufhin war Funkstille zwischen ihnen gewesen, die auch Haukes Vermittlungsversuchen widerstanden hatte. Fentje war von da an noch weniger als Luft für Henning gewesen, und das hatte ihre Teenagerzeit und sogar das junge Erwachsenenalter überdauert. Sie hatte deswegen sogar überlegt, ob sie überhaupt zu seiner Hochzeit gehen sollte.

Doch da er sie ausdrücklich und hochoffiziell mit eingeladen hatte, wäre es ihr kindisch erschienen, der Feier fernzubleiben. Vielleicht war es ja ein Friedensangebot gewesen? Und nun waren Hennings Eltern tot, ermordet, und er lag in der Klinik und brauchte angeblich ihre Hilfe.

»Wenn einen die Anwälte schon im Krankenhaus aufsuchen, ist man wohl in echten Schwierigkeiten«, wurde Fentje von Henning begrüßt.

Sie zuckte zusammen. Henning sah blass und mitgenommen aus, als hätte ihm der gewaltsame Tod seiner Eltern den Boden unter den Füßen weggezogen. Was verständlich war. Trotzdem versuchte er noch, Witzchen zu machen und sich möglichst wenig anmerken zu lassen. Das hatte Fentje in ihrer Umgebung schon häufiger erlebt. Gerade Männer versuchten so, ihre tiefen Gefühle zu verbergen. »Hauke hat mich darum gebeten herzukommen. Er denkt, ich könnte dir vielleicht helfen.«

»Er ist ein echter Freund.«

»Da sind wir einer Meinung.«

Henning ließ das Kopfteil des Bettes ein Stück hochfahren. Seine Schulter war bandagiert, und er hatte tiefe Schatten unter den Augen. »Nimm dir den Stuhl dort, Fentje«, forderte er sie auf. »Oder willst du lieber stehen?«

Sie zog den Besucherstuhl heran und setzte sich. »Es tut mir sehr leid, was mit deinen Eltern passiert ist, Henning. Und mit dir. Wie geht es dir heute?«

»Danke. Mit den Drogen, die sie einem hier verpassen, ist es einigermaßen auszuhalten. Ich werde morgen entlassen.« Er verzog das blasse, angespannte Gesicht zu einer Grimasse. »Aber die Polizei will mich dann gleich befragen. Bisher hat der Oberarzt sie noch in Schach halten können, von wegen nicht aufregen und so. Doch ab morgen bin ich den Wölfen schutzlos ausgeliefert.«

Fentje fand seine Formulierung seltsam. »Erwartest du, dass die Befragung durch die Polizei schwierig werden könnte?«

»Was weiß denn ich?«, entfuhr es ihm. »Mit so etwas habe ich keinerlei Erfahrung. Das ist dein Job. Hauke meinte, dass du doch letztes Jahr recht erfolgreich diesen Tobias Asmus vertreten hast. Der war ja auch unschuldig und wurde von der Polizei zu Unrecht verdächtigt.«

»Ich habe Tobias Asmus vertreten, das ist richtig. Ich kann dich zu deiner ersten Befragung begleiten und danach schauen wir, ob du überhaupt meine Hilfe brauchst. Was meinst du?«

Sie sah ihm an, wie sehr es ihm missfiel, sie um etwas zu bitten. Selbst wenn es sich um eine professionelle Dienstleistung handelte, für die er sie würde bezahlen müssen. Das Licht fiel durch die breite Fensterfront direkt auf Hennings Gesicht. Auf dem Nasenrücken hatte er eine feine, blasse Narbe. War die etwa von ihr?

»Okay, Fentje. Was kostet das?«, fragte er.

Fentje nannte ihm ihr Honorar.

»Ich frage mal nicht nach dem Freundschaftspreis, aber gibt es einen Nachbarschaftsnachlass?«

Fentje hatte derlei schon erwartet. Hier hielten die Leute ihr Geld zusammen, egal, wie es um ihre Finanzen stand. Sie war selbst so erzogen worden und konnte nicht anders. Sie nannte ihm den etwas reduzierten Preis, den sie sich im Vorfeld schon überlegt hatte.

»Und da fährst du immer noch deinen uralten Pick-up?«, erwiderte er mit gespieltem Entsetzen.

»Ich mag den. Und er ist praktisch.«

»Nichts für ungut. Dann ist es abgemacht. Mein Bruder holt mich morgen um zehn Uhr hier raus und fährt mich direkt aufs Polizeirevier. Wollen wir uns dort vor der Tür treffen?«

»Können wir so machen. Jorne muss nicht dort auf dich warten. Ich kann dich dann mit zurücknehmen.«

»Gut, dass du es ansprichst: Ich darf laut Polizei noch nicht wieder zu mir nach Hause. Du musst mich zu Frederik Pohlmann fahren. Dort komme ich erst mal unter. Genauso wie Anna.«

»Kein Problem«, sagte Fentje. »Wir können morgen auch gleich klären, wann du wieder zurückkannst. Gibt es etwas, was ich vor der Befragung wissen sollte?«

»Meinst du, ob ich unschuldig bin oder nicht?« Er funkelte sie an, was ihn mit den geröteten Augen und den drei Tage alten Bartstoppeln bedrohlich aussehen ließ. Beinahe konnte sie wieder den eisigen, mit Sandkörnern versetzten Schnee auf ihrem Gesicht spüren.

»Ich gehe davon aus, dass du unschuldig bist, Henning. Ich meinte eher, ob es etwas gibt, das die Polizei gegen dich verwenden könnte. Es ist hilfreich, wenn ich so etwas vorher weiß.«

Er schnaubte. »Ich bin der Alleinerbe des Fehnsen-Hofs. Mein Bruder Jorne wurde schon ausgezahlt. Meinst du so etwas?«

»Du hast es erfasst. Hast du vielleicht finanzielle Probleme?«

»Bevor ich deine Hilfe brauchte jedenfalls nicht.«

»Na, dann auf gute Zusammenarbeit!« Fentje erhob sich. Sie betrachtete ihn von oben, was ihr sonst, bei seinen fast zwei Metern Körpergröße, nicht möglich war. »Wenn noch was ist, ruf mich an.« Sie legte ihre Visitenkarte auf die Bettdecke.

»Du mich auch …«, hörte sie ihn beim Hinausgehen murmeln.

8. Kapitel

Kriminalhauptkommissar Thorsten Reimers von der Bezirkskriminalinspektion Flensburg begrüßte Fentje und ihren Mandanten kühl. Der missbilligende Blick, mit dem er sie beim Eintreten musterte, seine weichen Lippen mit den herabhängenden Mundwinkeln, die nicht die Spur eines Lächelns zeigten, verursachten bei ihr ein ungutes Gefühl, was die anstehende Vernehmung anging.

Reimers stellte Henning Fehnsen und Fentje seine neue Kollegin vor. Kriminalhauptkommissarin Carla Scarpetta hatte dunkle, glatte Haare, die sie zu einem sehr festen Knoten im Nacken geschlungen trug. Tat das nicht weh? Die durchtrainierte Frau hatte ein schmales Gesicht mit einer langen Nase. Wenn Thorsten Reimers die Bulldogge war, dann war sie der Dobermann. Keiner der beiden zeigte zur Begrüßung auch nur den Ansatz eines Lächelns.

Henning, der anderes gewohnt war, sank nach seinem freundlichen »Moin!« auf einen der bereitstehenden Stühle. »Scarpetta wie die Romanheldin?«, fragte er. Für Henning war es anscheinend eine ganz neue Erfahrung, von einer Frau mit weniger als Wohlwollen oder Interesse betrachtet zu werden. Er ignorierte Carla Scarpettas offensichtliche Feindseligkeit.

»Möchten Sie auch noch italienische Schuhe erwähnen?«, entgegnete sie eisig.

»Sparen Sie sich den Small Talk für die Freizeit«, sagte Reimers genervt.

Und von da an wurde es minütlich ungemütlicher.

Zunächst wurde Henning haarklein zu seinen familiären Verhältnissen und dem Verlauf seiner Hochzeitsfeier befragt.

Er antwortete erst einigermaßen bereitwillig, im Laufe der Vernehmung jedoch zunehmend gereizt auf die vielen Fragen. Die Kommissare bohrten daraufhin umso hartnäckiger nach.

Fentje beobachtete Hennings körperliche Reaktionen genau, bereit, auf Beendigung der Befragung zu bestehen, sollte sich sein gesundheitlicher Zustand verschlechtern.

Es kristallisierte sich heraus, dass Henning der Einzige war, der finanziell vom Tod beider Elternteile profitierte. Sein Bruder Jorne war, wie Fentje schon wusste, bereits ausbezahlt worden, und Henning erbte das Haus, den Hof und alles, was sonst noch da war. Der Hof war allerdings verschuldet, weil sich die Fehnsens vor ein paar Jahren einen modernen Mähdrescher zugelegt und einen neuen Stall gebaut hatten. Dafür hatten sie Kredite aufgenommen. Fentje hörte das zum ersten Mal und ärgerte sich, dass Henning es ihr gegenüber noch nicht erwähnt hatte. Doch das ließ sich zu seinem Vorteil nutzen.

»Herr Fehnsen erbt auch Schulden, Kredite, die er bedienen muss. Außerdem wird es ihm nur sehr schwer möglich sein, den Hof ohne die Hilfe seiner Eltern zu bewirtschaften. Er profitiert nicht, sondern neben dem emotionalen Verlust ist ihm durch den Tod seiner Eltern auch wirtschaftlicher Schaden entstanden«, argumentierte sie.

»Gibt es eigentlich irgendwelche Lebensversicherungen?«, fragte der Dobermann.

Henning schaute Fentje an. »Muss ich darauf antworten?«, signalisierte sein Blick. Sie nickte andeutungsweise. Wenn es so war, würde es sowieso herauskommen. Da war es besser, von Anfang an mit offenen Karten zu spielen.

»Was meine Eltern im Laufe ihres Lebens so abgeschlossen haben, weiß ich nicht«, erklärte Henning. »Mein Vater hat da gern sein eigenes Süppchen gekocht.« Es schwang eine Spur Bitterkeit mit.

»Sie wissen also nicht, ob Ihnen nun eine Lebensversicherung ausbezahlt wird?«

»Nein. Ich muss die gesamten Aktenordner durchforsten. Dann weiß ich vielleicht mehr.«

»Und was ist mit Ihnen und Ihrer Frau?« Carla Scarpetta sah von ihren Unterlagen auf. »Gibt es da Lebensversicherungen? Das werden Sie doch wohl wissen.«

»Es gibt eine Lebensversicherung für den Fall, dass ich sterbe oder einen schweren Unfall habe. Und die habe ich mit der Eheschließung auf meine Frau übertragen. Das ist aber von alldem hier vollkommen unabhängig.«

Carla Scarpetta hob vage die muskulösen Schultern, die in dem knapp sitzenden T-Shirt gut zur Geltung kamen. »Ihre Frau profitiert also.«

»Nur, wenn ich sterbe.«

»Wer hat auf Sie geschossen, Herr Fehnsen?«

»Herr Fehnsen weiß nicht, wer auf ihn geschossen hat. Es war zu dunkel«, erklärte Fentje.

»Aber der Schuss traf ihn von vorn in die rechte Schulter.«

»War es ein aufgesetzter Schuss?«, fragte Fentje.

»Nein, das war es nicht«, sagte Reimers. »Doch es ist trotzdem möglich, dass er auf sich selbst geschossen hat oder jemand anders in seinem Auftrag.«

»Lag die Tatwaffe in seiner Nähe?«, fragte Fentje. Sie ging davon aus, dass dem nicht so war. Warum sollte sich die Polizei sonst für die Jagdgewehre ihres Großvaters interessiert haben?

»Nein«, räumte Thorsten Reimers ein. »Aber ein Komplize könnte sie beseitigt haben.«

Henning schüttelte ungläubig den Kopf. »Warum zum Teufel sollte ich das tun?«, fragte er aufgebracht.

»Um davon abzulenken, dass Sie es waren, der Ihre Eltern in ihrem Bett ermordet hat«, gab Carla Scarpetta zurück.

»Nein, das habe ich ganz sicher nicht! Sie …« Er beugte

sich zu der Kriminalhauptkommissarin vor, verzog jedoch schmerzerfüllt das Gesicht und sackte zurück.

»Geht es noch, Henning?«, erkundigte sich Fentje. »Wir können jederzeit abbrechen, wenn sich dein Gesundheitszustand verschlechtert.«

Carla Scarpetta sah sie mit schmalen Augen an.

»Nein, bringen wir es hinter uns«, stieß Henning hervor.

»Selbst wenn es möglich sein sollte, dass er sich die Schusswunde selbst beigebracht hat, wovon ich nicht ausgehe«, erklärte Fentje, »müsste er dann doch Schmauchspuren an den Händen und an der Kleidung haben. Ist das so?«

»Dazu sagen wir nichts.«

»Ich werde sowieso Akteneinsicht in die Ermittlungsakte beantragen.«

»Es wurden keine Schmauchspuren gefunden«, räumte Reimers ein.

»Er könnte Handschuhe getragen haben«, wandte seine Kollegin ein.

»Also gut. Nehmen wir an, Herr Fehnsen habe sich Handschuhe angezogen, bevor er in der Hochzeitsnacht die Schüsse auf seine Eltern und sich selbst abgegeben hat. Weiterhin nehmen wir an, dass er sich auch noch etwas Langärmeliges übergezogen hat, um seine Arme und das T-Shirt, das er zum Schlafen trug, zu schützen. Doch wie hat er sich das alles wieder ausgezogen, nachdem die Kugel eines Gewehrs seine Schulter durchbohrt hat? Und vor allem: Wo sind diese Sachen und die Waffe geblieben?«

»Daran arbeiten wir noch.«

Fentje lächelte.

»Da weder Schmauchspuren an seinen Händen festgestellt wurden noch Handschuhe auffindbar waren, mit denen er sich geschützt haben könnte, kann mein Mandant weder seine Eltern noch sich selbst erschossen beziehungsweise angeschossen haben.« Sie blickte zu Henning hinüber. »Und in

Anbetracht seines Gesundheitszustandes werden wir jetzt gehen.«

»Wie Sie meinen«, sagte Carla Scarpetta. »Aber damit ist die Ermittlung noch lange nicht abgeschlossen.«

»Davon gehe ich aus.« Fentje erhob sich.

Henning stemmte sich ebenfalls aus dem Stuhl hoch. Er tat ihr den Gefallen, ein wenig zu wanken, sodass sie ihn am Ellenbogen stützen musste.

Zufrieden registrierte Fentje beim Hinausgehen Thorsten Reimers' besorgten Blick.

»Was hältst du von der Sache?«, fragte Henning, als sie das Gebäude verlassen hatten.

»Ganz ehrlich: Ich brauche mehr Informationen. Das war heute ein einziger Eiertanz da drinnen. Wenn du möchtest, dass ich weitermache, dann musst du mir gegenüber offen sein und mir alles erzählen, was wichtig sein könnte. Und ich muss noch mit ein paar weiteren Leuten reden.«

»Hm. Toll«, sagte er sarkastisch.

»Vielleicht bin ich auch nicht die Richtige für dich? Ich bin als deine Nachbarin und Bekannte sehr nah an allem dran. Du kannst dir auch einen Rechtsbeistand aus Husum oder von noch weiter weg suchen.«

»Nein. Wenn ich wirklich jemanden brauche, dann will ich dich.«

Hört, hört, dachte Fentje. Sie gingen zu ihrem Pick-up, der in der Sonne brütete. »Und was ist mit Anna?«, fragte sie, als sie Henning die Tür aufhielt.

»Was soll mit ihr sein?«

»Der Hof, diese Lebensversicherung. Wenn du ebenfalls gestorben wärst, wie wäre dann ihre Situation?«

Henning schien darüber nachzudenken. Als Fentje den Motor startete, antwortete er: »Sie bekäme meine Lebensversicherung wohl ausbezahlt. Das übrige Erbe, der Hof und das alles, ginge ebenfalls an sie. Aber ich weiß nicht ... wie das mit unserem ungeborenen Kind ist. Das wäre bestimmt auch erbberechtigt. Oder? Da müsstest du unseren Notar fragen.«

Fentje nickte. »Anna würde in finanzieller Hinsicht wohl in jedem Fall profitieren, oder nicht? Damit hätte sie ein Motiv.«

»Du meinst, die denken so? Das gefällt mir nicht, Fentje.« Henning schloss erschöpft die Augen.

»Ich frage mich, ob nicht Anna diejenige ist, die einen Rechtsanwalt braucht.«

Während der Rückfahrt tippte Henning auf seinem Smartphone herum. Er wurde immer nervöser. Als sie sich Wulkenbüll näherten, sagte er: »Fentje, ich habe ein blödes Gefühl.«

»Was ist los?«

»Ich erreiche Anna nicht.«

»Vielleicht ist etwas mit ihrem Handy?«

»Eigentlich ist sie immer erreichbar. Sie ist absolut handyverrückt.«

»Trotzdem kann doch irgendwas sein, dass sie nicht ans Telefon gehen kann.«

Henning schüttelte den Kopf.

Fentje blickte kurz zur Seite. Er hatte die Lippen zusammengepresst und rieb sich die Stirn. »Ist dir nicht gut, Henning?«

»Doch. Mit mir ist alles in Ordnung. Aber mit Anna stimmt etwas nicht. Es passt nicht zu ihr, dass ich sie in so einer Situation nicht erreiche.«

»Sie ist doch bei Frederik und Karoline Pohlmann untergekommen. Hast du die Nummer der Pohlmanns?«

»Ich habe Fredis Handynummer eingespeichert. Warte kurz. Da ist sie. Einen Moment ...« Er lauschte ein paar Sekunden dem Freizeichen, dann sagte er: »Moin, Frederik. Henning hier. Ich versuche, Anna zu erreichen. Ist sie bei dir?« Er presste das Smartphone ans Ohr. Die Sekunden dehnten sich, während Hennings Atmung heftiger wurde. »Was?!«, rief er aus. »Warum gibt mir denn keiner Bescheid?«

Fentje fuhr rechts ran.

»Um wie viel Uhr?«, herrschte Henning seinen Gesprächspartner an. »Und wer ist bei ihr? ... Sie ist allein? Oh, Mist! Ihr dachtet, ich bin ja jeden Moment da? Na, super.« Wieder hörte er zu. Was Frederik Pohlmann zu ihm sagte, konnte Fentje nicht verstehen, doch Henning ruderte einen Moment später mit seinen Anschuldigungen zurück: »Ja, sie kann sehr stur sein. Tut mir leid, dass ich dich eben angefahren habe. ... Ja, es ist wirklich zu viel im Moment. Danke!« Er beendete das Gespräch und starrte geradeaus auf den Deich. »Warum fährst du nicht?«

»Was ist passiert, Henning?«

»Anna wird von der Polizei vernommen. Deswegen kann sie nicht ans Telefon gehen«, antwortete er bitter.

»Sie befragen sie ebenfalls. Das war zu erwarten.«

»Gestern war die Polizei schon in Wulkenbüll und hat sie bei Frederik im Haus vernommen. Heute ist sie nach Flensburg beordert worden. Sie haben sie abgeholt.«

»Das klingt nicht so gut.«

»Was soll ich nur tun, Fentje? Ich habe Angst, dass sie sie über den Tisch ziehen, weil sie Ausländerin ist.«

»Immerhin spricht sie hervorragend Deutsch. Wer ist bei ihr?«

»Anna wollte erst mal keinen Anwalt. Sie sagte, sie sei ja unschuldig. Und Frederik wollte sich nicht einmischen. Er dachte, ich kümmere mich darum, wenn ich gleich wieder da bin.«

Fentje dachte kurz nach. »Also gut. Mein Vorschlag ist, dass ich dich zuerst zu Frederik bringe, damit du dich einen Augenblick ausruhen kannst. Danach fahre ich sofort in meine Kanzlei und telefoniere. Ich schaue, was ich für Anna tun kann. Du willst sicher, dass sie einen fähigen Rechtsbeistand bekommt?«

»Natürlich! Ich werde sie doch nicht im Stich lassen. Und ich will auch nicht die Füße hochlegen. Ich muss sofort wieder nach Flensburg!«

»Du sollst noch nicht wieder Auto fahren, Henning. Und ganz im Vertrauen: Du machst auch nicht den Eindruck, als könntest du es. Du siehst echt zum Fürchten aus.«

»Ich lasse meine Frau nicht allein!«

»In Flensburg kannst du wenig bis gar nichts ausrichten. Und wenn du zusammenklappst, nützt Anna das auch nichts. Im Gegenteil, Henning.«

»Mir fällt schon etwas ein.«

9. Kapitel

Die Pressekonferenz war gut besucht. Kein Wunder, bei einem zweifachen Mord auf einem Bauernhof, der ausgerechnet in der Hochzeitsnacht des Sohnes verübt wurde. Das Verbrechen hatte die Züge eines Thrillers, eines Kriminalfalls und sogar einer klassischen Tragödie, fand Niklas. Er hatte jedoch kein besonderes Interesse mehr daran, über den Fortgang der Ereignisse zu berichten. Dazu hatte er Anna mal zu nahegestanden … Er wollte nur wissen, wen die Polizei als Beschuldigten präsentieren würde.

Leider hatte er dem Lokalchef zugesagt, weiter über den Fall zu schreiben, und hängen lassen wollte er ihn auch nicht.

Niklas stand, wie meistens bei Pressekonferenzen, an der Seite des Raumes. Er beobachtete seine Kollegen, die mit Mikrofonen und Kameras hantierten oder mit ihren Handys und Notizen beschäftigt waren. Als die Pressesprecherin und der leitende Ermittler, Hauptkommissar Thorsten Reimers, sowie ein Polizist in Uniform den Raum betraten, hoben sich die Köpfe, und es wurde ruhiger. Niklas kannte die meisten der anwesenden Kollegen, zumindest vom Sehen. Sogar das Lokalfernsehen war aufgeschlagen. Nur ein paar sehr junge Kolleginnen und Kollegen schienen neu im Geschäft zu sein.

Alles ging seinen gewohnten Gang. Reimers referierte in trockenem Beamtendeutsch, was die Polizei bei ihren Ermittlungen herausgefunden hatte. »Wir haben bereits eine Tatverdächtige, die morgen dem Haftrichter vorgeführt wird.«

»Wird schon Strafantrag gestellt?«, rief einer der altgedienten Journalisten in den Raum.

»Nein, noch nicht. Aber bis wir so weit sind, soll die Beschuldigte in U-Haft genommen werden. Es handelt sich schließlich um ein Kapitalverbrechen. Außerdem besteht unseres Erachtens Fluchtgefahr.«

»Um wen handelt es sich bei der Beschuldigten?«

»Um die neue Schwiegertochter des Ehepaares, das ums Leben gekommen ist.«

Niklas sank das Herz. Ausgerechnet Anni ... oder Anna, wie sie jetzt anscheinend genannt wurde. Er konnte es kaum fassen.

»Auf welche Art von Beweisen stützt die Polizei sich da?«

Gute Frage! Niklas merkte auf.

»Dazu werden wir zum derzeitigen Stand der Ermittlung nichts sagen.«

Na klasse.

»Wann genau ist denn der Haftprüfungstermin?«

»Kein Kommentar«, mischte sich die Pressesprecherin ein. »Haben Sie sonst noch Fragen, meine Damen und Herren?«

»Gehen Sie auch noch anderen Spuren nach?«

»Selbstverständlich. Wir ermitteln weiterhin in alle Richtungen.«

»Was ihr nicht sagt!«, rief eine Stimme, die Niklas kannte. Es war Roland Kopp, der Fotograf, mit dem er gerade auf Sylt zusammengearbeitet hatte. »Provokation« war quasi sein zweiter Vorname.

»Wenn Sie sich nicht zusammenreißen, lassen wir Sie aus dem Raum entfernen«, rief die Pressesprecherin genervt aus.

Sofort wurde Murren laut. Niklas fragte sich, was Kopp hierhergetrieben hatte. Reimers' liebreizendes Antlitz oder das der Pressesprecherin doch bestimmt nicht.

»Sonst noch etwas?«, fragte der Hauptkommissar.

»Wie sieht es aus mit weiteren Verdächtigen?«

»Stimmt es, dass der Sohn des ermordeten Paares noch auf der Intensivstation liegt und um sein Leben kämpft?«

»Sind nicht vorher Drohbriefe eingegangen?«

»Wo ist die Tatwaffe?«

»Was ist mit einem Raubüberfall?«

Niklas wandte sich ab. Normalerweise blieb er, bis die meisten Kollegen gegangen waren, und stellte seine Frage, wenn kein anderer mehr zuhörte. Was nützte ihm eine Antwort, die alle anderen auch bekommen hatten? Doch Kommissar Reimers und die Pressesprecherin waren schon im Aufbruch begriffen. Die würden heute nichts mehr sagen. Und er wollte Kopp vor dem Ausgang abfangen.

Einige der Presseleute standen noch vor dem Gebäude. Ein paar Kollegen machten Fotos oder gaben vor einer Kamera Kommentare ab. Der Fotograf war nicht mehr zu sehen.

Niklas blickte die Straße hinunter. Das leuchtend gelbe Fahrzeug dahinten im Parkverbot war das von Roland Kopp. Niklas setzte zu einem kleinen Sprint an und erwischte den Kollegen, als der gerade anfahren wollte. »He, Kopp. Ich wusste nicht, dass du auch an den Morden von Wulkenbüll dran bist.«

»Hey, Niklas! Und ich habe dich da drinnen gar nicht gesehen.«

»Was machst du hier?«

»Ich war rein aus Interesse dabei. Und du?«

»Ich schreibe weiterhin über den Fall.«

»Das habe ich mir gedacht. Ich wollte nur schon mal in Erfahrung bringen, wann wir die Täterin abschießen können.«

Niklas zog die Augenbrauen zusammen. »Du meinst, wann wir die Beschuldigte fotografieren können?«

»Meinetwegen auch das.«

»Ich kümmere mich um die Fotos«, sagte Niklas. »Dann musst du nicht extra noch mal herfahren.«

»Weißt du denn schon, wann der Haftprüfungstermin ist?«

»Noch nicht.«

»Ich will aber auch ein paar Fotos machen. Wer zuerst den Termin in Erfahrung bringt, sagt dem anderen Bescheid.«

»Geht klar.« Alles andere wäre eine Kampfansage.

»Wir sehen uns vor dem Landgericht!« Kopp grinste und gab Gas.

Niklas atmete auf. Roland Kopp würde Anna nicht »abschießen«, wie er es nannte. Wenn er den genauen Haftprüfungstermin rechtzeitig herausfand, würde er ihn Kopp mitteilen müssen. Versprochen war versprochen. Was der Kollege nicht bedacht hatte, war, dass der Termin im Amtsgericht stattfinden würde, nicht im Landgericht, wenn noch kein Strafantrag gestellt worden war. Ein kleiner, aber feiner Unterschied. Der Anna hoffentlich davor bewahren würde, als Beschuldigte in einem Mordfall in der Zeitung gezeigt zu werden. Denn sie war keine Mörderin. Dessen war Niklas sich sicher.

Niklas war um halb acht Uhr morgens in St. Peter-Ording losgefahren, um trotz des Berufsverkehrs rechtzeitig in Flensburg zu sein. Noch fünfzehn Minuten, eher weniger, bis Anna nebst Begleitung für ihren Haftprüfungstermin vor dem Amtsgericht auftauchen würde. Er fürchtete, dass sie die Nacht in Polizeigewahrsam hatte verbringen müssen.

Zumindest hatte Andreas Borgholz sich dazu herabgelassen, Niklas die genaue Uhrzeit des Termins mitzuteilen. Wahrscheinlich würde er später den Preis dafür einfordern: eine Partie Golf mit dem Journalisten, um ihm sein Können unter Beweis zu stellen.

Niklas entschied sich für den Seiteneingang des Amtsgerichts. Durch den Haupteingang gingen sie bei solchen Terminen nie. Und er nahm auch nicht an, dass sie Anna durch die »Krawalltür« geleiten würden. Das war ein weiterer Nebeneingang, der randalierenden, spuckenden oder sonst irgendwie unangenehmen Zeitgenossen auf dem Weg ins Gericht vorbehalten war.

Noch war er der Einzige hier. Wo blieben sie nur alle? Hatte niemand sonst den genauen Termin herausgefunden? Niklas rechnete fest damit, dass zumindest Roland Kopp auftauchen würde, um Fotos zu machen. Er hatte Kopp die Uhrzeit per SMS mitgeteilt. Zunächst war der Fotograf bestimmt zum Landgericht gefahren. Doch früher oder später würde der Kollege feststellen, dass er dort falsch war, und der Weg hierher war nicht weit. Reporter von anderen Zeitungen könnten sich ebenso noch hier einfinden. Deswegen hatte Niklas eine frühere Kollegin aus Flensburg angerufen und sie um einen Riesengefallen gebeten. Wenn es klappte, stand er zwar in ihrer Schuld, doch wenn er damit Anni retten konnte, sollte es ihm recht sein.

Niklas hatte zwar seine Kamera mitgebracht, doch er wollte kein einziges Foto damit machen. Im Gegenteil. Er war fest entschlossen, seine frühere Freundin davor zu bewahren, auf dem Weg ins Gericht »abgeschossen« zu werden. Zum einen hatte er sich noch nie mit dieser Terminologie anfreunden können, und dass das ausgerechnet Anna widerfuhr, wollte Niklas um jeden Preis verhindern. Sie war keine Verbrecherin und hatte es nicht verdient, so in den Medien zu erscheinen, schwarzer Balken über den Augen oder Verpixelung hin oder her.

Ein junger Mann mit langen rotblonden Haaren und einer Nikon um den Hals trat zu ihm. »Sind wir hier richtig?«, erkundigte sich der Reporter leicht verunsichert. »Die Wulkenbüll-Morde?«

»Schwer zu sagen. Ich bin heute nur der Ersatzmann für alle Fälle«, behauptete Niklas. »Mein Fotograf hat sich am Haupteingang des Gerichts postiert.«

»Oh, Mist. Ich bin allein hier. Was mache ich denn da?« Der Reporter ging ein Stück die Straße entlang, um zum Haupteingang schauen zu können.

»Es gibt noch einen dritten Eingang«, bemerkte Niklas, als der junge Mann zurückkam.

»Was? Das auch noch?«, fragte der.

»Dort hinten. Wenn Sie sich da hinstellen, decken wir alle drei Möglichkeiten ab.« Es war nicht nett, die Unwissenheit des jungen Kollegen auszunutzen, aber Anna ging eindeutig vor.

Der junge Kollege pendelte verunsichert zwischen dem Seiteneingang und der Krawalltür.

Erleichtert sah Niklas, dass seine ehemalige Kollegin, Saskia Wendt, auf ihn zukam. Sie warf die langen schwarzen Haare zurück und tat so, als sähe sie ihn gar nicht. Trotz des sonnigen Wetters trug sie einen offenen weißen Mantel mit einem schwarzen Minikleid darunter. Sie hatte nicht nur verstanden, was er von ihr wollte, sondern sich auch bestens vorbereitet. Saskia zwinkerte Niklas zu und sah sich dann suchend um.

Roland Kopp tauchte wie befürchtet eilig aus einer Seitenstraße auf und lief ebenfalls auf Niklas zu. »Bin ich zu spät? Ich Idiot war am Landgericht«, rief er. »Wo ist die Mörderin?«

»Nein, alles in Ordnung«, beruhigte Niklas ihn. Er deutete mit dem Kopf in Saskias Richtung. Sie arbeitete nicht mehr als Reporterin, doch nun tat sie so, als wollte sie ebenfalls vor dem Gericht fotografieren. »Hast du die schon gesehen?«, raunte er Roland zu.

Kopp blickte zu Saskia hinüber. »Na klar. Aber erst die Arbeit.« Er brachte sich mit seiner Kamera ebenfalls in Position. »Geh du auf die andere Seite, Niklas«, wies er ihn an. »Falls sie uns austricksen wollen und die Mörderin dahinten aussteigen lassen.«

Verdammt, das lief nicht wie geplant! Er warf Saskia einen auffordernden Blick zu. »Geht klar. Doch wir haben noch etwas Zeit«, behauptete er. »Die Schwarzhaarige schaut dich übrigens immerzu an.«

»Echt jetzt?« Roland, hin- und hergerissen zwischen Pflicht und Verlangen, blickte zu Saskia. Sie tat so, als suchte sie den besten Standort, um ein Foto zu machen, doch zwischendurch zwinkerte sie Roland zu. Das hatte später seinen Preis, wie Niklas wusste. Mindestens ein Essen in einem Restaurant mit Michelin-Stern.

»Halte mal die Stellung, Niklas. Ich geh doch mal kurz zu ihr rüber.« Roland konnte offensichtlich nicht anders.

Mehrere Fahrzeuge fuhren gleichzeitig vor. Das erste, ein dunkelgrauer Mercedes, hielt direkt vor dem Seiteneingang an. Ein Streifenwagen und ein weiteres Zivilfahrzeug folgten. Die Beifahrertür des Mercedes öffnete sich, und ein Polizist stieg aus. Er sah sich nach allen Seiten um, stellte sich dann mit überkreuzten Armen vor den Wagen und blickte Niklas an. Ein weiterer Polizeibeamter stieg aus und versperrte Roland den Weg zurück. Eine der hinteren Türen des Wagens öffnete sich, und eine Polizistin kam heraus. Sie zog die Autotür noch ein Stück weiter auf und schaute, als nichts passierte, in das Fahrzeug.

Niklas' junger Kollege stand vor der Krawalltür auf verlorenem Posten. Niklas hob die Kamera, um Roland zu signalisieren, dass er fotografierte. Doch der lief los.

»Weg da!«, fauchte er, kam neben Niklas zum Stehen und riss die Kamera hoch.

Niklas sah durch die Autofenster eine Bewegung. Gleich würde Anni aussteigen! Er packte den Fotografen am Arm und zog ihn zur Seite. Saskia kam ebenfalls zu ihnen, schob sich vor sie. Ihr knisterndes schwarzes Haar war nur Millimeter von Niklas' Gesicht entfernt.

»Ich mach das!«, rief Roland und hieb auf Niklas' verbrannten Oberarm, um ihn wegzudrängen.

Niklas sah Anna Fehnsen, seine Anni, wie sie mit gesenktem Kopf und der Kapuze ihres Sweaters tief im Gesicht eilig zwischen zwei Beamten in das Gerichtsgebäude ging. Niklas umfasste Saskia, um an Kopp heranzukommen und dessen Arm mit dem Fotoapparat in eine andere Richtung zu drücken. Gerade noch rechtzeitig, bevor Roland Kopp eine ganze Salve von Fotos schießen konnte. So standen sie zu dritt, eng umschlungen, ein Gewirr aus Armen und Fotoapparaten.

»He, was soll das? Passt doch auf!«, schimpfte der Fotograf.

»Was soll das, mich anzurempeln?«, konterte Niklas. »Ich hatte sie doch schon beinahe.«

Er hörte das Geräusch von hämmernden Absätzen auf Asphalt, das direkt neben ihm verstummte. »Sie sind es tatsächlich!«, erklang eine weibliche Stimme. Er kannte sie gut – sehr gut sogar.

Niklas schaute an Saskias schwarzem Schopf vorbei und erblickte Fentje Jacobsen, die wie ein Racheengel vor ihnen stand. Mit ihr hatte er nicht gerechnet, und es verschlug ihm beinahe den Atem.

»Niklas John. Was tun Sie da alle so eng umschlungen? Typisch Presse. Stecken alle unter einer Decke …«

»Ich gehe dann mal«, meinte Saskia.

»Moment! Wer sind Sie, schöne Frau?«, rief Roland ihr hinterher. »Niklas, kennst du sie nicht? Willst du mich nicht vorstellen?«

Doch Saskia grinste Niklas verschwörerisch an, winkte noch einmal und ging mit langen Schritten davon.

»Schade«, sagte Roland. Und dann zu Fentje: »Also zu Ihnen, meine Liebe! Da Sie und Niklas sich offensichtlich ebenfalls kennen – ich bin sein Kollege.«

»Wie schön.« Sie zog eine Augenbraue hoch.

»Kopp, angenehm. Ich bin auch beim *Tag*. Man nennt mich auch den ›rasenden Roland‹.«

»Na, wunderbar. Aber dieses Mal waren Sie wohl nicht schnell genug.« Die Tür des Gerichts hatte sich hinter der Beschuldigten und ihren Begleitern geschlossen.

»Verteidigen Sie Anna Fehnsen, Frau Jacobsen?«, fragte Niklas.

Die Anwältin trug Pumps und ein Kostüm mit einem nicht allzu langen Rock. Keine Strümpfe. Ihr Haar war hochgesteckt, doch einzelne Strähnen lösten sich schon wieder und wehten im Ostseewind. Sie sah fantastisch aus – für eine Landpomeranze wohlgemerkt –, wie sie da wie eine Rachegöttin stand.

»Kein Kommentar, Herr John«, antwortete sie kühl. Ihr Blick wanderte noch einmal zu Saskia, die sich immer weiter entfernte.

Ein großer Mann, blass und mit einem Dreitagebart, trat hinter Fentje Jacobsen. Er legte ihr eine Hand auf die Schulter. »Gibt es wirklich keine Möglichkeit, mit Anna gemeinsam reinzugehen, Fentje?«, fragte er sie in vertraulichem Tonfall.

Sie drehte sich zu ihm um, sodass er die Hand herunternehmen musste. »Nein, Henning«, antwortete sie mit sanfter Stimme. »Aber ich weiß, wo wir auf Anna warten können.«

Sein Gesicht verzog sich leicht, als hätte er Schmerzen.

Der Mann, mit dem Fentje hergekommen war, war offensichtlich Henning Fehnsen. Annas zweiter Ehemann. Angeschossen und ebenfalls unter Mordverdacht stehend – oder vielleicht auch nicht mehr? Ihrem Auftreten nach zu urteilen, war Fentje Jacobsen Henning Fehnsens Rechtsbeistand. Und seine Nachbarin, vielleicht auch eine gute Freundin?

»Dann einen schönen Tag noch«, sagte sie mit einem letzten Blick auf Niklas. »Sie können hier ja nichts Schlimmes mehr anrichten.« Und damit entfernte sie sich.

Roland Kopp sah ihr nach. »Guck doch, guck!« Er haute rhythmisch gegen Niklas verbrannten Arm, wie er es schon auf Sylt getan hatte, als dessen Haut förmlich in Flammen gestanden hatte.

»He, lass das, Kopp!«

»Du, ich glaube, die steht auf mich.«

»Welche?«

»Egal. Beide?«

Niklas sah Fentje nach, wie sie neben Henning Fehnsen in Richtung Haupteingang ging. Sie neigten im Gehen einander die Köpfe zu, als sie miteinander redeten. Es gefiel ihm nicht. Und ihm gefiel auch nicht, dass es ihm nicht gefiel. Es sollte ihm gleichgültig sein. Doch die Anwältin spürte womöglich, dass sie ihr immer noch nachblickten. Kopp stierte ihr geradezu hinterher und gluckste.

Also wandte Niklas sich ab. »Sag jetzt nichts«, gab er dem Fotografen drohend zu verstehen. Das Wiedersehen mit Fentje Jacobsen weckte die Erinnerungen an ihre gemeinsamen Recherchen im vergangenen Jahr. Sie waren nach anfänglichen Schwierigkeiten recht erfolgreich gewesen und hatten sogar einen Mordfall aufgeklärt. Nachdem es vorbei gewesen war, hatte er ein- oder zweimal überlegt, sie anzurufen, weil er sie wiedersehen wollte. Doch wozu? Sie passten so gar nicht zusammen, und offensichtlich wollte sie auch nichts mehr von ihm wissen. Das schmerzte. Doch er war auch dankbar, denn das Schicksal hatte ihm die Entscheidung, noch einmal Kontakt zu ihr aufzunehmen, gerade abgenommen. Es hatte keinen Sinn.

10. Kapitel

Mit der Begründung, ein paar Schmerztabletten einwerfen und sich ausruhen zu wollen, zog Henning sich nach der Rückkehr aus Flensburg ins Gästezimmer zurück.

»Ist Anna in Untersuchungshaft?«, fragte Frederik Pohlmann, nachdem sein Freund außer Hörweite war.

Fentje seufzte. »Ja, leider. Der Haftprüfungstermin ist angeblich nicht optimal verlaufen. Ich konnte noch kurz mit Annas Verteidiger reden. Der Staatsanwalt hat wohl schwere Geschütze aufgefahren.«

»Ich verstehe nicht, was die gegen Anna in der Hand haben. Ausgerechnet Hennings Braut …«, sagte Frederik kopfschüttelnd.

»Es wiegt anscheinend schwer, dass sie sich so lange versteckt gehalten und keine Hilfe geholt hat.«

»Klingt für mich nicht nach einer kaltblütigen Killerin«, erwiderte Frederik. »Hast du noch Zeit für einen Kaffee oder was Kaltes zu trinken? Draußen auf der Terrasse? Ich möchte noch etwas mit dir besprechen.«

Fentje sah auf ihre Armbanduhr. »Kaffee geht ja immer. Eine halbe Stunde habe ich noch.«

»Wunderbar.«

Sie folgte Frederik in eine weitläufige, minimalistisch eingerichtete Küche: Edelstahl und schwarze Lackfronten. Von hier aus ging es zwei Stufen hinunter in den Wohnbereich, dessen Panoramafenster den Blick auf die Holzterrasse und den dahinterliegenden Garten lenkten.

»Was möchtest du, Cappuccino oder Caffè Latte?«

»Caffè Latte, bitte.«

»Setz dich schon mal draußen hin. Ich komme gleich mit dem Kaffee.«

Fentje schlenderte über den schwarzen Granitfußboden in Richtung der weit offen stehenden Glasschiebetüren. Frederik konnte quasi seine gesamte Wohnzimmerwand zur Seite schieben. Es war ein sonniger Tag, doch die dunkelgraue Loom-Sitzgruppe lag unter einem Marktschirm im Schatten. Bevor sie hinausging, zog Fentje die Schuhe aus, um nicht mit den Absätzen zwischen den Holzplanken stecken zu bleiben. Barfuß über Frederiks Terrasse zu gehen und das warme Holz unter den nackten Fußsohlen zu spüren erzeugte ein seltsames Gefühl von Vertrautheit.

Die Familie Pohlmann gehörte im weitesten Sinne zur Nachbarschaft der Jacobsens. Doch da Frederiks Großvater, Wilhelm Pohlmann, kein Landwirt gewesen war, sondern ein Vermögen mit der Produktion von Farben und Lacken gemacht hatte, war schon das Verhältnis zwischen Fentjes Großeltern und Frederiks Großvater nicht besonders eng gewesen. Sie selbst hatte nie viel Kontakt mit Frederik gehabt. Henning schien auch heute noch recht gut mit ihm befreundet zu sein, wenn erst Anna und jetzt er bei ihm im Haus wohnten.

Vielleicht lag ihre Fremdheit daran, dass Frederik zwar bei seinen Großeltern aufgewachsen war, sich aber zwischendurch auch bei seiner Mutter in Spanien aufgehalten hatte. In den Ferien, wenn die Kinder und Jugendlichen aus den einzelnen Nachbardörfern sich zusammengerottet und die Gegend unsicher gemacht hatten, hatte Frederik seine Zeit oft im Ferienhaus seines Großvaters auf einer Hallig oder in Spanien verbracht. Er war immer etwas außen vor gewesen, unnahbar, auch durch das Vermögen, das den Pohlmanns nachgesagt wurde.

All das ging Fentje durch den Kopf, als sie sich in einen der Sessel setzte. Ein leichter Wind strich über die Terrasse.

Das Schilfrohr in einem Kübel raschelte. Hier war es gut auszuhalten. Und es war einfacher für sie, sich über die nachbarschaftlichen Beziehungen zu den Pohlmanns Gedanken zu machen oder über Hennings und Annas Sorgen, als über ihre Begegnung mit Niklas nachzudenken.

Es war seltsam gewesen, ihn so unerwartet wiederzusehen, gestand sie sich dennoch ein. Sein Anblick hatte ihr Herz schneller schlagen lassen. Und nicht nur vor Ärger über die Fotoaktion vor dem Gericht. Wahrscheinlich hatte sie vor allem deshalb so spöttisch reagiert, weil er keinesfalls hatte merken sollen, dass sie verwirrt war. Hatte er eigentlich versucht, Anna zu fotografieren, als sie ins Gericht geführt wurde, oder hatte er sie, im Gegenteil, davor bewahrt? Es hatte so ausgesehen, als wäre er dem Fotografen absichtlich in die Quere gekommen.

Aber dann war da noch diese andere Reporterin gewesen, die sich so an Niklas rangeschmissen hatte. Der Anblick, wie sie so nah beieinandergestanden hatten, hatte den Eindruck erweckt, als wären sie ein eingespieltes Team. Oder mehr? Das war ja auch gut möglich. Hatte sie etwa gedacht, sie, Fentje, sei die Einzige, die gern mit Niklas zusammenarbeitete? Sie schüttelte verärgert über die eigene Naivität den Kopf.

Trotz der Tatsache, dass sie alle mit Kameras bewaffnet gewesen waren, war es offensichtlich keinem der drei gelungen, ein Foto von Anna zu machen. Das immerhin war eine Erleichterung. Doch warum hatte Niklas das verhindern wollen? Bildete sie sich da nicht etwas ein, weil sie ihn mochte? Es war sein Job als Journalist, über aufsehenerregende Fälle zu berichten und gegebenenfalls auch für Fotos zu sorgen.

Fentje lehnte sich zurück, schlug die Beine übereinander und versuchte, sich zu entspannen. Die Sitzpolster waren weich und bequem. Ein Laptop stand aufgeklappt auf dem

Tisch, daneben befand sich ein Becher mit einem Rest Kaffee darin.

»Das hier ist mein Lieblingsplatz«, sagte Frederik, als er ein Tablett auf dem Tisch abstellte.

»Von hier aus hat man einen tollen Blick«, gab Fentje zurück.

»Finde ich auch. Mein Großvater hat das Haus erbaut. Er wollte unbedingt weit gucken können. Das ist ihm ja auch gelungen.«

Der Kaffee war sehr gut. »Worüber willst du mit mir reden, Frederik?«, fragte Fentje.

»Ich mache mir Sorgen um Henning. Und auch um Anna, aber die kenne ich nicht so gut wie ihn. Er leidet wie ein Hund. Anna ist seine große Liebe. Erst die Traumhochzeit und nun das ...«

»Ja, mir tut er auch leid. So haben die beiden sich das bestimmt nicht vorgestellt. Doch Anna hat wohl einen erfahrenen Anwalt an ihrer Seite.«

»Wenn du irgendwelche Hilfe brauchst, um diese Sache aufzuklären ...« Er breitete die Arme aus.

»Frederik, ich ermittle nicht. Das ist Sache der Polizei.«

»Ich weiß. Aber trotzdem. Ich habe das ungute Gefühl, dass die sich zu sehr auf Henning und Anna konzentrieren. Ich sage, die Täter kamen von außerhalb des Hauses.«

»Das ist zum jetzigen Zeitpunkt schwer zu beurteilen. Es gab angeblich keinerlei Einbruchspuren.«

»Weil die Hintertür der Fehnsens nie abgeschlossen ist.«

»Aber ein Fremder kommt nicht zufällig vorbei, probiert die Tür aus, findet sie offen vor, tötet die Eltern mit einem Jagdgewehr und schießt Henning in die Schulter.«

»Es sei denn, er hat das Haus nach etwas durchsucht und wurde von ihm dabei gestört.«

»Warum sollte der Einbrecher dann noch in Lucys und Gustavs Schlafzimmer gegangen sein und sie im Schlaf erschossen haben? Leute, die in fremde Häuser einsteigen, wollen Beute machen und vermeiden es normalerweise tunlichst, Menschen umzubringen.«

»Vielleicht waren die auf Drogen oder so?«

»Hm, das wäre möglich.« Fentje rührte in ihrem Kaffee. »Doch was könnten Einbrecher, selbst wenn es sich um durchgeknallte Junkies gehandelt hat, auf dem Fehnsen-Hof gesucht haben?«

»Das weiß ich auch nicht. Ich finde nur, die Polizei sollte in alle Richtungen schauen. Zum Beispiel auch …« Er brach ab und sah zur Seite.

»An wen denkst du?«

»Es ist verdammt blöd, mit dem Finger auf jemanden zu zeigen …«

»Es ist auch verdammt blöd für Anna und Henning, unter Verdacht zu stehen.«

Frederik nickte, ohne sie anzusehen. Sie konnte verstehen, dass er niemanden fälschlich beschuldigen wollte. Doch wenn er etwas wusste, das diesen Fall womöglich aufklären konnte, wollte sie diesen Hinweisen nachgehen. Das war sie Henning, all ihrer Kindheits- und Jugendquerelen zum Trotz, schuldig.

»Wenn wir Henning und Anna helfen wollen, darf es diesbezüglich keine Geheimnisse geben, Frederik«, sagte sie eindringlich.

Er blickte sie wieder an. »Du hast ja recht. Aber es ist kein gutes Gefühl, private Dinge auszuplaudern.«

»Das verstehe ich. Ich werde nichts weitergeben, was nicht direkt zur Aufklärung des Verbrechens beiträgt.«

»Schon gut, ich vertraue dir, Fentje. Du bist eine von uns.«

Stimmte das?, fragte sie sich. Wer war »uns«? Doch sie nickte aufmunternd.

»Ich habe auch schon an Jorne gedacht«, gab er zögerlich

zu. »Ich fürchte, Hennings Bruder steht in letzter Zeit unter einem ziemlich schlechten Einfluss.«

Fentje beeilte sich, ihren Mund wieder zu schließen. Sie hatte mit vielem gerechnet, aber damit nicht. Wie Henning kannte sie natürlich auch seinen Bruder Jorne schon ihr Leben lang. Sie hatte ihn nie weiter beachtet, weil es wenige Berührungspunkte zwischen ihnen gegeben hatte. Er war zwei Jahre jünger, sodass sie in der Schule nie gemeinsame Kurse besucht hatten. Im Schulbus war er stets für sich geblieben. Ein ruhiger, im Gegensatz zu dem allseits beliebten Henning leicht überheblich wirkender Zeitgenosse. Sie erinnerte sich nur, dass die beiden Brüder sich regelrecht aus dem Weg gegangen waren, als sie älter wurden. Jorne war so schnell wie möglich von zu Hause fortgezogen, weil er das Landleben und die Menschen auf Eiderstedt angeblich für rückständig hielt. Mit solchen Bemerkungen scharte man in der Gegend natürlich keine Freunde um sich. Doch das machte ihn noch lange nicht zu einem Verbrecher.

»Guck nicht so entgeistert, Fentje. Ich sage ja nur, dass ich Jornes Verhalten merkwürdig finde und mir so meine Gedanken darüber mache.«

»Welches Verhalten?«, hakte sie nach.

»Kennst du seine Frau Gina?«

»Nur vom Sehen auf der Hochzeit.«

»Sie ist der kälteste, geldgierigste Mensch, der mir bisher untergekommen ist. Und ich kenne so einige.«

»Okay …«

»Sie setzt Jorne angeblich erheblich unter Druck, ihr die hohen Ansprüche an ein Schickimicki-Leben zu erfüllen. Sie wohnen in einem Luxusapartment in der HafenCity, Gina fährt ein nigelnagelneues Mini Cabriolet, er einen großen Rover. Sie trägt nur Designerklamotten, spielt Golf und muss mindestens drei Mal im Jahr in den Urlaub fliegen. Ausschließlich in Fünf-Sterne-Resorts selbstverständlich.«

Das aus Frederiks Mund zu hören kam Fentje etwas seltsam vor. Aber was wusste sie schon? »Das ist erst mal alles kein Verbrechen«, erwiderte sie vorsichtig.

»Als Jorne seiner Familie eröffnete, dass er heiraten wolle, fragten die ihn unisono: ›Aber doch nicht etwa Gina?‹«

»Dass Lucy und Gustav mit Jornes Frau nichts anfangen konnten, ist ja wohl selbsterklärend. Hast du auch irgendwas Konkretes, wo ich mit Recherchen ansetzen könnte?«

»Ich habe von anderer Seite läuten hören, dass Jorne in großen finanziellen Schwierigkeiten steckt. Doch statt ihren Mann in dieser misslichen Lage zu unterstützen, erhöht Gina den Druck. Die Frau hat noch keinen Tag in ihrem Leben richtig gearbeitet. Aber sie will jetzt unbedingt eine Finca auf Mallorca kaufen. Henning meint, Jorne sei ihren Vater in letzter Zeit mehrmals um Geld angegangen. Sein Bruder müsse Gina wohl hörig sein. So …« Frederik hob die Hände. »Genug gesagt.«

Fentje betrachtete ihn nachdenklich. »Danke, dass du es mir erzählt hast. Ich kann jetzt auch verstehen, wieso du Bedenken hattest. Aber die Polizei sollte das ebenfalls wissen. Zumindest das mit den finanziellen Schwierigkeiten, in denen Jorne angeblich steckt.«

»Das habe ich denen schon mitgeteilt.«

»Und?«

Er hob die Schultern. »Nun sind die am Zug.«

»Es ist verdammt unangenehm, in diese Richtung Nachforschungen anzustellen.«

»Das ist es. Doch Hennings Bruder Jorne hat eindeutig ein Motiv, seine Eltern und seinen Bruder nebst Ehefrau zu ermorden, bevor womöglich noch ein weiterer Erbe geboren ist. Das ist sogar ein ziemlich starkes Motiv, auch wenn uns das nicht gefällt. Wenn alle vier gestorben wären, hätte Jorne alles geerbt.«

Fentje war enttäuscht, doch sie konnte sich auch vorstellen, weshalb Henning ihr das noch nicht erzählt hatte. Die Familie war in seiner Welt eine Art Heiligtum. Auch ihr selbst widerstrebte es zutiefst, in diese Richtung zu recherchieren. Doch es nützte nichts. Um Henning und Annas Unschuld zu beweisen, musste die Wahrheit ans Licht kommen. Was Fentje zum nächsten, äußerst beunruhigenden Punkt führte. Der Täter hätte demnach sein Ziel noch gar nicht erreicht: Waren Anna und Henning weiterhin in Gefahr?

»Es ist eine verdammt unangenehme Situation«, bemerkte Frederik, der sie intensiv ansah. »Und ich bedauere, dass du da hineingezogen wurdest. Aber Henning vertraut dir …«

Fentje sah Henning und Frederik wieder vor sich, wie sie sie als Dreizehnjährige mit ihrem Schal am Laternenpfahl festgebunden hatten. Wie Henning sie lachend eingeseift und wie Fredi ihm dabei zugesehen hatte. Nichts als alter Kinderkram … »Wir kennen uns wirklich seit Ewigkeiten.« Sie erhob sich. »Und es gibt viel zu tun!«

Frederik stand ebenfalls leichtfüßig auf. »Danke. Für alles, Fentje.«

»Wenn du noch mehr erfährst oder mir deine Quellen nennen kannst, ruf mich jederzeit an, Frederik.«

»Mach ich.« Er begleitete sie durch die beinahe tennisplatzgroße Wohnhalle nach draußen, wo Fentje wieder in die Schuhe schlüpfte. »Und noch etwas, nur zu deiner Beruhigung: Ich habe einen Angestellten, Rico, der sich um mein Haus und das Grundstück kümmert, auch wenn ich mal länger abwesend bin. Vielleicht hast du ihn schon bemerkt? Er sieht zwar abenteuerlich aus, aber ich würde ihm mein Leben anvertrauen. Seine Wohnung liegt über den Garagen, und er hat ein Auge auf alles und jeden, der sich nähert. Besser als jeder Bodyguard und auch als das Alarmsystem, das ich installiert habe.«

»Gut zu wissen«, antwortete Fentje.

»Henning ist jedenfalls bei mir sicher.«

»Dann hoffen wir mal, dass er es noch ein paar Tage hier aushält. Auf seinem Hof wartet reichlich Arbeit auf ihn.«

»Ich rede mit ihm.«

Doch Frederik schaffte es nicht, Fentjes Befürchtungen gänzlich zu zerstreuen. Was sie gerade erfahren hatte, warf ein ganz neues Licht auf das Verbrechen. Vielleicht war es noch nicht vorbei …

11. Kapitel

Die *Bar Oskar* an der Dorfstraße von Tating war für einen Donnerstagabend gut besucht. Das lag wohl auch an den Morden auf dem Fehnsen-Hof, die das Bedürfnis, sich untereinander auszutauschen, geweckt hatten. Das nahm Niklas wenigstens an. Er mochte die Bar sehr, doch meistens kam er nicht so weit. Er war eher in einem der Läden in St. Peter-Ording anzutreffen, von wo aus er zu Fuß nach Hause gehen konnte. Er schlängelte sich durch die herumstehenden Gäste und suchte sich einen Platz am Tresen.

Ob auch Fentje manchmal hierherkam? Die Bar lag nicht weit von ihrem Haus entfernt. Rasch streifte er die Anwesenden mit einem prüfenden Blick. Die meisten waren zu zweit oder in kleinen Gruppen da. Männer und Frauen, von Anfang zwanzig bis Mitte fünfzig, doch Fentje war nicht unter ihnen.

Das Zusammentreffen mit ihr heute vor dem Amtsgericht hatte ihn kalt erwischt. Dabei hatte er sie in den letzten Monaten doch erfolgreich aus seinen Gedanken verdrängt. Nur, um jetzt wieder ihr intelligentes Gesicht mit dem amüsierten Glimmen in den Augen vor sich zu sehen! Ja, ja, du findest bloß ihren Verstand anziehend, verspottete Niklas sich selbst. Über ihren schönen Körper machst du dir überhaupt keine Gedanken.

»Moin? Willste auch was trinken?«, fragte ihn der Barkeeper. Er war ein schlaksiger junger Mann mit einem Ziegenbart. Die Ärmel seines schwarzen Hemdes waren hochgeschoben. Seine Handgelenke waren dünn und mit einem geflochtenen Lederband umwickelt.

»Ein gezapftes Pils, bitte.«

»Null drei oder null fünf?«

Niklas zog eine Augenbraue hoch und grinste.

»Also ein großes.« Der junge Mann nickte anerkennend und machte sich an die Arbeit.

»Ihr habt ja gut zu tun heute«, bemerkte Niklas, als das Pils vor ihm abgestellt wurde.

»Das kannste wohl laut sagen. Und Stella und ich müssen das heute alles allein stemmen. Dabei war klar, dass es so voll werden würde.«

»Wieso das?« Niklas stellte sich unwissend.

»Normalerweise ist donnerstags viel weniger los. Die meisten sind nur zum Tratschen wegen der Hochzeit hergekommen. Und wegen der anschließenden Morde.«

»War das hier in der Nähe? Ich habe von dem Überfall und den Morden in der Zeitung gelesen.«

Der Barkeeper rollte mit den Augen. »Ganz in der Nähe, sage ich dir. Da kannst du hinspucken. Die Leute hier sind in heller Aufregung. Kann man ihnen nicht verdenken. Einige glauben sogar, dass es die Mafia war!«

»Die … was?«

Der Barkeeper zuckte mit den Schultern. »Ist nicht von mir. Aber die Handschrift ist schon … also … Es könnte sich um organisierte Kriminalität handeln. Die Polizei ermittelt jedenfalls in diese Richtung.«

Niklas war darauf vorbereitet gewesen, stundenlang an der Bar zu sitzen und Gespräche über Fußball, das Wetter, die Ernte und Gott und die Welt zu initiieren, ohne dass etwas dabei herauskam. Er war beinahe betroffen, wie einfach das lief. »Ach ja?«, fragte er aufmunternd.

»Ist nicht von mir, doch die haben heute schon die junge Ehefrau hopsgenommen …«

»He, Justin, noch ein Bier! Und quatsch nicht so viel mit der Presse!«, wurde der Barkeeper ruhig aufgefordert.

Niklas blickte sich über die Schulter um. Schräg hinter ihm stand ein Mann in seinem Alter, in kariertem Hemd und Jeans. Er hatte ihn schon einmal gesehen, und zwar auf dem Jacobsen-Hof. Der Mann bedachte ihn mit einem warnenden Blick.

»Und Sie sind …?«, fragte Niklas.

»Hauke Schubert, wenn Sie es so genau wissen wollen«, antwortete er abweisend. »Lassen Sie uns besser in Ruhe.«

»Ich trinke mein Bier, wo ich will«, antwortete Niklas gelassen.

»Das ist ja gut und schön. Aber wir wollen nicht, dass das alles später in der Zeitung steht«, erwiderte Hauke. »Also, Justin, quatsch lieber nicht so viel.«

»Ich lass mir doch nicht den Mund verbieten«, konterte der Barkeeper.

Ein rotgesichtiger Mann, der am Ende des Tresens saß, mischte sich ein: »Recht so, Justin. Du kannst hier reden, mit wem und so viel du willst.« Er klang angetrunken und schien nur auf sein Stichwort gewartet zu haben. »Ich sage ja, dass das alles auch mit Hennings Schuld war.«

Hauke Schubert stemmte die Hände in die Seiten. »Sei ganz vorsichtig, Jensen!«

»Wenn Henning sich nicht mit dieser Frau eingelassen hätte, gegen Gustavs und Lucys ausdrücklichen Willen, dann wären seine Eltern jetzt nicht tot!«

Nach diesen Worten wurde es still im Gastraum.

»Hier ist dein Bier, Hauke«, bemerkte Justin, dem sichtlich unbehaglich zumute war. Er schob ihm eilig ein volles Glas hinüber.

»Was hast du da eben gesagt?«, fragte Hauke den Mann am Ende des Tresens.

Der stand auf und kam langsam wie ein Schwergewichts-Boxer auf dem Weg in den Ring auf ihn zu. »Diese Anna ist schuld, dass Lucy und Gustav tot sind. Das wissen doch alle«, antwortete er so laut, dass jeder im Raum es hören konnte. »Nur wagt niemand, es auszusprechen.«

»Du kennst sie doch gar nicht!«, stieß Hauke wütend, aber auch ein bisschen verunsichert hervor. »Wie kannst du so etwas behaupten?«

»Wir kennen diese Frau zwar nicht, doch das ist auch gar nicht nötig, wenn man weiß, wer ihr Ex ist.«

Hauke stand wie erstarrt da. Anscheinend wusste er nicht, was er dieser immensen Anschuldigung entgegenhalten sollte. Vielleicht gingen seine Gedanken auch in dieselbe Richtung, doch er fühlte sich verpflichtet, seinen Freund Henning und dessen Frau zu verteidigen. »Halt einfach deinen Mund, Jensen!«, meinte er nach einem Moment des Schweigens.

»Was für Justin gilt, gilt für mich einmal mehr. Ich sage, was mir passt, und lass mir auch nicht den Mund verbieten.« Das Gesicht des Mannes rötete sich noch mehr. Seine Artikulation klang verwaschen.

»Rede, was du willst. Aber nicht über Henning Fehnsen und Anna. Noch dazu in dieser Situation. Verstanden?« Hauke griff nach seinem Bier, um zu seinem Tisch zurückzugehen.

Der Mann, den Hauke »Jensen« genannt hatte, setzte ihm nach, in einer Geschwindigkeit, die Niklas ihm in diesem angetrunkenen Zustand nicht zugetraut hatte. Seine Rechte war zur Faust geballt, und er zielte auf Haukes Flanke, etwa auf Höhe der Nieren. Niklas stieß den Angreifer zur Seite, bevor der einen Treffer landen konnte. Jensen strauchelte und stützte sich beidhändig auf einem der Tische ab. Etwas fiel klirrend auf den Kneipenboden.

Jensen bückte sich hastig danach, doch Niklas kam ihm zuvor. Zwei weitere Gäste griffen daraufhin nach Jensen, der wie ein Stier schnaubte, und hielten ihn je an einem Arm fest. Niklas hob das Objekt in die Höhe und betrachtete es.

Hauke hatte sich umgedreht und verfolgte die Szene mit großen Augen. Ihm schien noch gar nicht so recht klar zu sein, was gerade passiert oder, besser, nicht passiert war.

Niklas reichte dem Barkeeper einen etwa acht Zentimeter langen Metallhaken mit Griff.

»Was ist das?«, fragte Justin den Angreifer.

»Na, was wohl? Ich habe Pferde. Das ist ein Hufauskratzer«, erwiderte Jensen, nachdem ihn die Männer, die ihn festhielten, ein wenig geschüttelt hatten.

Der Barkeeper verzog verächtlich das Gesicht und schob das Fundstück, das dem Mann aus der Faust gefallen war, außerhalb von dessen Reichweite. »Du hast ab sofort Hausverbot, Jensen«, sagte er mit vor Verachtung bebender Stimme. »Und deinen Hufauskratzer kassiere ich ein.«

Zur Trauerfeier für Gustav und Lucy Fehnsen war die alte Kirche von Wulkenbüll, die auf einem Hügel thronte, bis auf den letzten Stehplatz belegt. Es war ein spätgotischer Backsteinbau und eigentlich überdimensioniert für das kleine Dorf. Doch heute warteten die Trauergäste auch dicht gedrängt im Vorraum, um dabei zu sein. Dem Andrang bei Fentjes Ankunft nach zu urteilen standen die Menschen mittlerweile sicher bis zur Tür hinaus und auch den Weg von der Kirchwarft hinunter bis an die schmiedeeiserne Pforte. Wer ganz da unten ausharrte, hatte später die Poleposition zum Grab und auch zum Gasthof, wo der Leichenschmaus stattfinden würde.

Es hatte den Anschein, als wollten alle Bewohner der Halbinsel Eiderstedt dem ermordeten Ehepaar Fehnsen die letzte Ehre erweisen. Und etwas Sensationslust war bei dem einen oder anderen vielleicht auch dabei.

Fentje hätte gern auf diese Veranstaltung verzichtet, aber das ging natürlich nicht. Sie hatte mit ihrer Familie einen Platz in einer der letzten Bänke gefunden. Erst beim Ausmarsch aus der Kirche, mit den beiden Eichensärgen voran, sah sie Henning Fehnsen, eingerahmt von seinem Bruder Jorne und dessen Frau Gina, an sich vorüberziehen.

Fentje hoffte, dass die Sargträger sich vor der ihnen bevorstehenden Aufgabe nicht zu viel Mut angetrunken hatten und dass alles pietätvoll ablaufen würde. Hier auf dem Land übernahmen diese Aufgabe noch oft die Nachbarn. Ihr Opa war auch gefragt worden, doch er war mittlerweile mit seinem kranken Rücken nicht mehr in der Lage, einen Sarg mitzutragen. Und Bendix, ihr Bruder … Nun, Fentje konnte ausnahmsweise einmal gut verstehen, warum er »nicht zugegen gewesen« war, als in der Nachbarschaft gefragt worden war.

Henning sah grauenhaft aus. Er war sehr blass, hatte beinahe bläulich schimmernde Haut, strähnige Haare und dunkle Schatten unter den Augen. Er hätte so auch ohne den Einsatz von Schminke in jedem Vampirfilm besetzt werden können. Ganz anders sein Bruder Jorne. Er hielt den Kopf zwar brav gesenkt, doch sein Gesicht sah angespannt, beinahe erregt aus. Als hätte er Mühe, den Blick nicht interessiert umherschweifen zu lassen. Seiner Haltung nach zu urteilen, schien er wachsam, geradezu auf der Hut zu sein. Dieser Eindruck von ihm war sicher nur eine Nachwirkung ihres Gesprächs mit Frederik. Sie sollte versuchen, einen kühlen Kopf zu bewahren, und nicht zu viel auf den kursierenden Klatsch geben, sagte Fentje sich.

Gina Fehnsen, Jornes Frau und somit Hennings Schwägerin, war eine Augenweide, auch und gerade in ihrem Trauerdress. Diese Bezeichnung drängte sich Fentje unwillkürlich auf. Das schwarze Kostüm betonte ihre Sanduhrfigur. Dazu trug sie hohe schwarze Sandaletten, sodass ihre Füße auf den unregelmäßigen Bodenfliesen der uralten Kirche kaum Halt fanden. Ihre Hand mit den »French Nails« – diese Bezeichnung hatte Fentje von Sofia gelernt – krallte sich an Hennings Oberarm, als sie einmal ins Wanken geriet. Ihr Gesicht war mit viel Make-up in das einer Schaufensterpuppe verwandelt worden, und sie trug eine schwarze Kreppschleife in den hochgesteckten blonden Haaren. Der alte Hitchcock hätte seine Freude an ihr gehabt.

Hennings Frau Anna fehlte. Und dies in mehr als nur einer Hinsicht, dachte Fentje. Sie war froh, dass sie selbst die Entscheidung, Anna in Untersuchungshaft zu nehmen, nicht zu verantworten hatte.

Nun waren die Leute in ihrer Bank an der Reihe, sich zu erheben. Sie folgten dem quälend langsamen Trauerzug hinaus an die frische Luft. Fentje atmete auf. Ein paar Krähen saßen in den Wipfeln der alten Linden. Einige erhoben sich krächzend in die Lüfte, als würden ihnen die vielen Menschen zu viel. Genug mit den Assoziationen zu irgendwelchen Filmen, ermahnte Fentje sich kopfschüttelnd. Konzentriere dich auf die Leute. Es war durchaus möglich, dass Lucys und Gustavs Mörder gleich im Gasthof ein Glas Schnaps auf die Verstorbenen erhob.

12. Kapitel

»Also, unsere alte Magd Leni hat immer behauptet, dass der Fehnsen-Hof dort steht, wo früher der Teufelshof war. Das erklärt so einiges.« Fentjes Großmutter saß an einem der langen Tische im Gasthaus von Wulkenbüll, wo der Leichenschmaus stattfand, und sah von einem zum anderen.

»Warum hieß der denn ›Teufelshof‹?«, fragte Sofia.

»Lass mal, Gretje«, bat Fentje ihre Großmutter. »Nicht hier und nicht heute. Möchte jemand noch einen Kaffee oder ein Stückchen Butterkuchen?«

»Nein. Aber mich interessiert dieses Teufelsding. Und die anderen hören uns sowieso nicht zu«, sagte Sofia.

»Es ist nur eine alte Sage von der Halbinsel Eiderstedt«, erklärte Fentje. »Davon erzählen sie einem in der Grundschule. Hast du etwa nicht aufgepasst?« Sie hoffte, dass das Thema sich damit erledigt hatte.

»Wir haben bis zur Vierten immer nur Sexualkunde durchgenommen und warum die Bienen sterben und so was«, entgegnete Sofia. »Erzähl doch bitte, Omilein!«

»Und bring mir dazu ein Stückchen Kuchen und einen Kaffee mit, Fentje!«, bat ihre Großmutter. »Oder ist noch Hochzeitssuppe da?«

»Es gibt heute keine Hochzeitssuppe, Oma. Gulaschsuppe oder belegte Brote sind vielleicht noch im Angebot.«

»Ach, ich dachte … Dann lass mal, Kind. Eine Limo reicht mir.«

Fentje stand auf, um das Gewünschte zu holen. Gegen Sofia und Gretje gemeinsam kam sie nicht an. Zwei sture Jacobsen-Frauen auf einem Haufen … Und es war ja nur eine grausame alte Sage. Es schien Fentje etwas pietätlos zu sein, sie ausgerechnet heute zu erzählen, doch außer Sofia würde wohl tatsächlich niemand zuhören.

Als Fentje zurückkam und sich auf ihren frischen Kaffee freute, war ihre Großmutter gerade an der Stelle angelangt, an der die arme junge Bauersfrau, die allein auf ihrem Hof zurückgeblieben ist, erfährt, dass ihr Mann in der Schlacht bei Bornhöved im Jahre 1227 ums Leben gekommen ist. Grausam verstümmelt natürlich ... Und die ruchlosen Sieger sind auf dem Vormarsch und brandschatzen, vergewaltigen und morden, wen und was ihnen auf ihrem Weg durch Nordfriesland in die Quere kommt. Auch die Geschichte der Halbinsel Eiderstedt war natürlich voller Mord und Grausamkeiten.

»Es hieß, die Bäuerin hungerte und darbte, denn allein war es ihr weder möglich, die Felder zu bestellen, noch, auf die Jagd zu gehen. Sie war so arm, dass es auch nichts gab, was sie in der Stadt verkaufen konnte. Und so fürchtete sie, den nahenden Winter nicht zu überleben.

Da kam ein Fremder auf das Land der Bäuerin geritten. Er war gut gekleidet und hatte ein frisch erlegtes Reh auf seinem Pferd dabei. Er hielt an ihrem Hof an und bat sie um Wasser aus dem Brunnen, um sein Reittier zu tränken. Als das geschehen war, dankte er ihr und fragte sie wegen eines heraufziehenden Unwetters nach einer Unterkunft im Stall für die Nacht. Die Bäuerin erlaubte es ihm, und als er am Morgen ging, legte er ihr zehn Goldmünzen auf den Tisch und ließ ihr auch das Reh, damit sie wohlversorgt durch den Winter kam.

Sie wusste nicht, wie sie ihm danken könnte, doch er sagte, das Einzige, was er von ihr verlange, sei, dass sie Stillschweigen über seinen Besuch bewahre, ihr Leben lang und gegenüber jedermann.«

»Da liegt natürlich der Haken!«, rief Sofia, die ausnahmsweise an den Lippen ihrer Urgroßmutter hing. Selbst Fentje, die die Sage kannte, konnte sich der Faszination der alten Geschichte nicht ganz entziehen.

Gretje bedachte sie mit einem strengen Blick. »Die Bäuerin versprach es ihm und dachte dann nicht mehr daran. Hatte ich schon gesagt, dass es ein sehr gut aussehender Fremder war?«

»Es ist *immer* ein gut aussehender Fremder.« Fentje vermutete, dass Gretje diesen Teil zur Sage hinzudichtete. Die Version, an die sie sich erinnerte, stammte allerdings tatsächlich noch aus ihrer Grundschulzeit.

»Dieser gut aussehende Fremde war natürlich der Teufel«, sagte Sofia.

»Still, Kind! *Ich* erzähle. Also, die arme Bäuerin versteckte die Goldmünzen. Sie wirtschaftete sparsam, schaffte etwas Vieh an und kam so recht gut durch den Winter. Und als der Frühling nahte, kehrte ihr Mann zu ihr zurück. Er hatte die Schlacht schwer verletzt überlebt und war von dort ansässigen Bauern in den Wintermonaten gesund gepflegt worden. Die Frau war überglücklich. Bald darauf stellte sie fest, dass sie schwanger war.«

Gretje machte eine bedeutungsvolle Pause. »Das Kind kam natürlich zu früh zur Welt. Und es war über die Maße groß und hatte kohlschwarze Augen und rabenschwarzes Haar, ganz anders als die Bauersleute.«

»Das Kind war vom Teufel!«

Gretje ließ sich nicht beirren. »Der Mann wurde argwöhnisch und zwang seine Frau, ihm zu sagen, was während seiner Abwesenheit passiert war. Da beichtete die Bäuerin ihm von dem Fremden, der ihr das Leben gerettet hatte, und verriet damit das Geheimnis.«

»Und was passierte dann?«, wollte Sofia wissen.

Fentje erhob sich von ihrem Platz. »Ich möchte noch ein paar Worte mit Henning reden«, sagte sie. Der stand gerade mit ihrem Großvater am Tresen. Die Gelegenheit war günstig. Und das Ende der Sage kannte sie ja.

»Der Bauer wurde zornig und vertrieb Frau und Kind vom Hof, sodass sie jämmerlich verhungerten. Als er Kunde von ihrem Tod bekam, erschien kurz darauf der Fremde …«, hörte Fentje ihre Großmutter noch erzählen.

Es kam zu einem Streit zwischen dem Bauern und dem Fremden, erinnerte sich Fentje. Der Fremde war tatsächlich der Teufel. Er geriet schrecklich in Wut über den Verrat der Frau und den Tod seines Kindes. Er stampfte daraufhin mit seinem glühenden Pferdefuß auf die Schwelle des Hauses. Das Sagenbuch in der Grundschule hatte eine holzschnittartige Illustration zu der Szene gezeigt. Funken stoben von dem Teufelshuf auf das Reetdach der Kate, die daraufhin lichterloh in Flammen aufging. Da war der Bauer auch tot – Ende der Geschichte.

Bei der Sanierung des Fehnsen-Hofs war in den Sechzigerjahren ein Feldstein im Fundament entdeckt worden, der eine Vertiefung in Form eines Pferdehufs aufwies. Fortan hieß es, der Fehnsen-Hof sei auf den Grundmauern dieses »Teufelshofs« errichtet worden, obwohl sich ansonsten keinerlei Belege für diese Annahme finden ließen.

Fentje stellte sich zu ihrem Großvater und Henning. »Das war trotz der schlimmen Umstände eine würdige Trauerfeier«, sagte sie zu ihrem Mandanten. »Lucy und Gustav hätten es so gewollt.«

Henning nickte. »Danke, Fentje. Ich habe bis zuletzt nicht gewusst, ob ich das hier in diesem großen Rahmen durchziehen kann. Aber ich denke auch, dass es richtig so war.«

»Dein Bruder Jorne und Gina haben dir bestimmt geholfen?« Wie kam sie darauf, das jetzt zu fragen?

»Alle möglichen Leute haben mir wahnsinnig geholfen«, wich Henning einer direkten Antwort aus. »Du auch, Hinrich. Ich weiß, dass du bei den Sargträgern dabei sein wolltest. Und das rechne ich dir hoch an.«

»Ich hätte es auch noch gekonnt«, erklärte Fentjes Großvater. Er machte sich breit, sodass sein schwarzes Jackett gefährlich spannte. Sie war froh, dass er doch noch den richtigen Anzug im Schrank gefunden hatte. Den, den er sich vor dreißig Jahren zwangsweise für seine silberne Hochzeit hatte anschaffen müssen. Zuerst hatte er ihn nicht entdeckt und es mit seinem Hochzeitsanzug probiert. Oder war es der Konfirmationsanzug gewesen? Daraufhin hatte er Gretje beschuldigt, den Anzug zu heiß »gewaschen« zu haben, und sie hatte ihrerseits behauptet, ein Fremder sei ins Haus gekommen und habe ihren schwarzen Hut zum Eiersammeln gestohlen. Der Teufel lauerte überall.

»Nun überlass solche Aufgaben mal den jüngeren Leuten«, sagte Henning. »Du hast deine Pflicht getan. Und ein bisschen Einsatz für die Gemeinschaft tut den Jüngeren auch ganz gut.«

»Hast ja recht, Henning.« Fentjes Großvater hob sein Glas. »Auf deine Eltern, auf Lucy und Gustav!«

Auch Fentje wurde ein Schnapsglas in die Hand gedrückt, und alle tranken es gehorsam aus.

Hauke kam hinzu und bedeutete dem Kellner, mit dem Tablett mit Schnäpsen noch einmal herüberzukommen. Sie bedienten sich.

»Auf dass Anna bald wieder bei uns ist!«, sagte Henning. Alle legten den Kopf in den Nacken. Das volle Tablett wurde neben ihnen auf dem Tresen abgestellt.

»Auf dass der Mörder gefasst und bestraft wird!«, rief Hauke.

»Darauf trinke ich«, pflichtete Henning ihm schon etwas undeutlich bei. Alle vier kippten sich den nächsten Schnaps in die Kehle.

Fentje hustete. Um sie herum wurde alles ein wenig unscharf.

»Auf den Fehnsen-Hof!«

»Op gode Naverschop!«

»Richtig: auf gute Nachbarschaft!«
»Auf Wahrheit und Gerechtigkeit!«
Und sie tranken und tranken.

Niklas drückte auf *Senden* und schickte einen kurzen Text, einen weiteren Nachbericht über die Morde in Wulkenbüll, an die Redaktion. Die Kernaussage war, dass die Polizei die Ehefrau des Sohnes unter Tatverdacht in Untersuchungshaft genommen hatte. Über die nicht vorhandenen Fotos würde sich der Lokalchef zu Recht aufregen. Niklas hatte keine gemacht, und die Bilder, die Kopp liefern konnte, zeigten bestimmt alles Mögliche, nur nicht die Beschuldigte.

Niklas hatte in seinem Text nicht an Kritik über die Vorgehensweise der Behörden gespart. Es war ihm egal, ob Staatsanwalt Borgholz sich womöglich darüber ärgerte. Eine etwas differenzierte Betrachtung behördlicher Zwangsmaßnahmen hatte noch nie geschadet. Ansonsten hatte er nichts Neues zu berichten, weil er nichts Neues herausgefunden hatte. Und das nervte ihn.

Nein, es ging ihm dabei nicht um die Zeitung, die Neugierde der Leser oder seine Journalistenehre. Es behagte ihm nicht, dass Anni in Untersuchungshaft saß und gegen eine graue Wand schaute, während er mit Croissant, Milchkaffee und einer Schale frischer Blaubeeren auf seiner Dachterrasse frühstückte und dabei auf die im Sonnenlicht flirrende Nordsee blickte.

Diese Frau war keine Mörderin. Sicher, Menschen konnten zum Äußersten getrieben werden. Menschen änderten sich. Aber dass seine ehemalige Freundin eiskalt ihre Schwiegereltern in ihrem Bett erschossen hatte, dann versucht haben sollte, ihren Ehemann quasi noch in der Hochzeitsnacht umzubringen, und sich danach in der Scheune versteckte, bis die Spürhunde der Polizei sie fanden – nein, das war unvorstellbar.

Er fühlte seidiges Fell an seinem Unterschenkel. Blofeld strich um sein nacktes Bein und probierte die Croissant-Krümel, die hinuntergefallen waren. Niklas strich dick Butter auf den letzten Rest Croissant in seiner Hand und reichte ihn seinem Kater. Der schnupperte skeptisch, leckte mit der rosa Zunge die Butter ab … und trollte sich in Richtung Terrassenliege.

»So, so, zur Not frisst du die Butter auch ohne Brot. Was habe ich mir da für eine verwöhnte Brut ins Haus geholt?«

Blofeld würdigte ihn keines Blickes, sondern sprang auf die weißen Polster. Er tretelte ein bisschen darauf herum und ließ sich dann elegant nieder. »Ins Haus geholt« hatte Niklas sich den Kater eigentlich nicht. Seine Ex-Freundin Patricia hatte ihr Haustier bei ihrem Auszug einfach bei ihm gelassen. Erst hatte sie noch behauptet, sie würde das Tier irgendwann abholen. Doch dann passte es ihr hier nicht und dort nicht. Und inzwischen war Niklas bereit, Blofeld mit seinem Leben zu verteidigen. Er würde ihn jedenfalls nicht mehr hergeben.

Der Kater drapierte gekonnt den buschigen Schwanz um sich herum und senkte den Kopf auf die Pfoten. Dann schloss er blinzelnd die Augen. So oder so ähnlich würde er es den lieben langen Tag aushalten, während Niklas … Ja, was konnte er tun?

Die Vorwürfe gegen Anni oder Anna, wie sie jetzt genannt wurde, schienen etwas mit ihrem Ex-Mann zu tun zu haben. Niklas rekapitulierte noch einmal die Gespräche in der Bar. Der Mann namens Jensen, der angetrunkene Schlägertyp, hatte behauptet, Anna sei schuld an Lucy und Gustav Fehnsens Tod. Das sei allgemein bekannt. Und dann hatte er gesagt: »Wir kennen diese Frau zwar nicht, doch das ist auch gar nicht nötig, wenn man weiß, wer ihr Ex ist.«

Wenn man weiß, wer ihr Ex ist.

Niklas wusste nicht, wen Anni in der Zwischenzeit geheiratet hatte. Er hatte den Kontakt zu Anni Strode, wie sie damals noch hieß, verloren, als er die Insel Föhr verlassen hatte. Er war neunzehn Jahre alt gewesen, hatte ein Volontariat bei einer Zeitung in Hamburg vor sich gehabt, ein Studium und ein aufregendes Leben, wie er gedacht hatte. Und er hatte sich bei seiner Abreise geschworen, nie wieder auf die Nordseeinsel zurückzukehren. Aber das war erst kurz vor seinem Aufbruch gewesen …

Anni war ein Jahr älter als er. Damals war sie zwanzig Jahre alt gewesen und hatte schon seit einem halben Jahr ein landwirtschaftliches Praktikum auf Föhr absolviert. Diese Art Praktika für junge Leute aus Lettland waren damals von der Landwirtschaftskammer organisiert worden.

Anni und Niklas lernten sich auf der Strandparty eines Schulfreundes kennen. Anni war so voller Leben, so lustig und wunderschön. Er verliebte sich Hals über Kopf in sie. Sie wurde seine erste richtige Liebe. Er war noch Jungfrau, und sie überwältigte ihn einfach mit ihrem Charme und ihrer Zärtlichkeit. Die Wochen mit Anni waren die wunderbarsten seines Lebens – ein traumhafter Sommer auf der Insel Föhr. Er dachte damals nicht nach, stellte nichts infrage. Nahm einfach an, dass das Leben so leicht und voller Möglichkeiten sei, ohne dass er etwas Besonderes dafür leisten müsse.

Ihm war nicht klar, wie privilegiert er aufgewachsen war. Er kannte zu jener Zeit nur Leute, die so lebten wie er. Und es kam ihm damals überhaupt nicht in den Sinn, dass Anni vielleicht nicht nur während eines Praktikums auf einem Bauernhof die Hühner füttern und die Küche wischen wollte, sondern mit der Hoffnung nach Deutschland gekommen war, hier möglicherweise einen Ehemann zu finden und ein neues Leben zu beginnen. Sie sagte diesbezüglich nie etwas. Doch als klar war, dass Niklas die Insel bald verlassen würde, und zwar ohne sie, da machte sie Schluss mit ihm.

Er war so tief verletzt, dass er über ihre Beweggründe gar nicht nachdachte. Niklas nahm an, dass sie sich in einen anderen Mann verliebt habe. Und er wollte gar nicht wissen, wer der Glückliche war.

Zwei Tage vor seiner Abreise war er noch bei seinem Kumpel Paul gewesen, um sich zu verabschieden. Pauls Eltern besaßen eine Ferienwohnung auf Föhr; er war regelmäßig dort, und so kannten sie sich seit Jahren. Sie hatten zwei Bier auf dem Balkon von Pauls Eltern getrunken. Oder auch drei … Niklas war mit dem Fahrrad nach Hause gefahren. Er hatte sein Rad in die Garage gestellt, und auf dem Weg ins Haus hatte er ein helles Lachen gehört.

Noch heute verkrampften sich seine Schultern bei der Erinnerung daran. Zuerst hatte er einfach auf sein Zimmer gehen und die Tür hinter sich zuknallen wollen. Was ging es ihn an, mit wem sein Vater sich amüsierte? Hätte er das doch nur getan!

Verdammte Neugierde! Seine Mutter und sein Vater waren zu dem Zeitpunkt schon lange geschieden gewesen. Alexander John hatte immer mal wieder Freundinnen gehabt, denen Niklas kaum Beachtung geschenkt hatte, weil sie so schnell wechselten. Er ging an diesem Abend in die Küche, ohne Licht zu machen. Von draußen schwebten Stimmen und leise Musik durch das gekippte Fenster in die Küche. An der Zimmerdecke war ein zuckender Lichtschein zu sehen von den Fackeln und Windlichtern, die auf der Terrasse brannten. Fast wie bei einer Gartenparty … Niklas trat ans Fenster und schaute hinaus.

Sein Vater saß an seinem angestammten Platz im Gartensessel auf der Terrasse, von wo aus er sein parkähnliches Grundstück überblicken konnte. Und ihm gegenüber saß Anni. *Seine* Anni!

Nach dem ersten Schock bemerkte Niklas, dass Anni immerhin nicht allein dort war. Eine Freundin von ihr war ebenfalls anwesend. Sie hieß Iveta und war eine aparte, tatkräftige Frau mit grünen Augen und kurzen dunklen Haaren. Er hatte sie ein paar Mal gesehen, wenn die jungen Leute aus Lettland sich auf Föhr getroffen hatten. Laut Anni hatte Iveta sie überredet, sich für das Praktikum in Deutschland zu bewerben.

Anni, Iveta und sein Vater hatten jeweils ein Glas Rotwein vor sich stehen. Ihre Gesichter leuchteten im warmen Licht der Flammen. Sie schienen sich gut zu amüsieren.

Der Schock über Annis Anblick, wie sie entspannt dort saß und einer der angeberischen Geschichten seines Vaters lauschte, fühlte sich für Niklas wie ein Fausthieb in den Magen an. Doch er konnte den Blick nicht von der Szene abwenden.

Was machte Anni hier?

Warum trank sein Vater mit den beiden jungen Frauen aus Lettland ein Glas Wein auf der Terrasse? Er sonnte sich in der freundlichen weiblichen Aufmerksamkeit, so viel war offensichtlich. Baggerte er Anni oder deren Freundin etwa an? Und das, obwohl er sehr wohl von Anni und seinem Sohn und von dessen Kummer wegen des jähen Beziehungsendes wusste.

»Das war doch abzusehen«, hatte Alexander John nur beiläufig gesagt, als Niklas ihm betrübt davon erzählt hatte. »Du bist noch jung. Ihr habt unterschiedliche Lebenspläne. Das musste ja so kommen.«

Doch an diesem Abend sah es so aus, als zöge Alexander John aus der Misere seines Sohnes auch noch unverfroren seinen Vorteil. Und das war unverzeihlich.

Niklas' Abschied von seinem Vater fiel entsprechend frostig aus. Niklas ging fort, baute sich sein Leben auf und vergaß Anni irgendwann beinahe. Sie war in seinem Kopf zu einer wehmütigen, zärtlichen Erinnerung an seine erste Liebe verblasst. Ein wundervoller Sommer mit einem hässlichen Ende auf Föhr.

Und nun saß Anni, die nun Anna Fehnsen hieß, fern ihrer Heimat, in Flensburg in Untersuchungshaft. Man wollte sie des zweifachen Mordes und des versuchten Mordes anklagen.

Soll sie doch sehen, wie sie da wieder herauskommt, war

einer der Gedanken, die Niklas im Kopf herumspukten. Das war die Stimme seines neunzehnjährigen, gekränkten Ichs. »Das ist ja wohl kaum meine Verantwortung«, flüsterte es ihm zu.

Klar, Anna hatte einen Anwalt, und sie hatte einen neuen Ehemann: Henning Fehnsen. Ein freundlicher, intelligenter Mann, jedoch mit wenig Fantasie, wenig Zeit und einem Haufen Problemen am Hals, wie Niklas es einschätzte. Außerdem steckte dieser Henning knietief in den Ereignissen mit drin. Er hatte wohl kaum einen Überblick. Henning Fehnsen konnte ihr deshalb gar nicht effektiv helfen. Wenn alles seinen üblichen Lauf nahm, würden die Mühlen der Justiz seine Anni zermahlen, egal, welches Urteil am Ende gesprochen werden würde. Denn das bekam man nach einem Prozess. Nicht Gerechtigkeit, sondern nur ein Urteil.

Anni brauchte ihn jetzt. Das sagte ihm sein verzeihendes, erwachsenes Ich. Irgendjemanden außer der Polizei und der Staatsanwaltschaft, der sich noch für ihre Belange interessierte. Doch wie konnte er ihr helfen?

13. Kapitel

»Wach endlich auf, Sonnenschein!«, ertönte eine viel zu gut gelaunte, männliche Stimme.

»Lass mich in Ruhe!« Fentje drehte sich stöhnend auf die andere Seite.

»Es ist nach sechzehn Uhr. Du hast fast zwei Stunden geschlafen.«

Die Vorhänge wurden aufgezogen, und grelles Licht flutete in Fentjes Schlafzimmer. »Untersteh dich, Bendix! Das ist Folter!«

»Du hast nur einen Kater, Schwesterchen.«

»Gar nicht. Ich habe Kopfweh. Verschwinde!«

»Nicht so garstig, bitte. Freu dich lieber, dass ich hier bin. Wann hattest du eigentlich das letzte Mal einen Mann in deinem Schlafzimmer?« Er wich geschickt einem Kissen aus, das quer durch den Raum in seine Richtung flog. Als seine Schwester nach dem Buch auf ihrem Nachttisch griff, wandte er sich vorsorglich zur Tür. »Nun komm schon, Fentje. Steh auf. Die anderen machen sich schon Sorgen um dich.«

Sie blinzelte und stöhnte gleich darauf. »Warum das denn?«

»Bei den Mengen an Schnäpsen, die du vernichtet hast.«

»Das waren doch höchstens zehn.«

Er grinste. »Ich habe nicht mitgezählt. Und Opa kann sich auch nicht mehr erinnern, wie viele es waren. Gretje macht ihm gerade die Hölle heiß.«

»Warum das denn?«

»Weil er angeblich wieder mit ihrer Cousine Berta geflirtet hat, als er blau war.«

»Ja, und?«

»Gretje droht auszuziehen.«

»Was?! Okay. Gebt mir eine Viertelstunde.«

Sofia trat hinter Bendix ins Zimmer. In der Hand hielt sie ein Glas mit einer blutroten Flüssigkeit darin.

»Was ist denn heute hier los? Familienrat in meinem Schlafzimmer?« Fentje setzte sich ruckartig im Bett auf, hielt sich aber sogleich wieder den Kopf. »Oh, verdammt, wie das pocht! Und mir ist übel.«

Bendix grinste.

»Ich habe etwas für dich.« Sofia reichte ihr mit geheimnisvoller Miene das Glas.

»Was ist das?« Fentje schnupperte an dem dickflüssigen Getränk.

»Ach, nur Gemüsesaft, Worcestersoße, Tabasco, Salz, Pfeffer, Sellerie und ein … klitzekleines bisschen Wodka.«

»Was soll das denn?«

»Das hilft gegen den Kater. Nennt sich ›Bloody Mary‹.«

»Ich weiß, was eine ›Bloody Mary‹ ist. Aber du?« Sie wandte sich an ihren Bruder. »Was sagst du zu den Kenntnissen deiner Tochter?«

»Ich hab's gegoogelt«, redete Sofia sich raus. »Für dieses Rezept hatte ich alles zur Hand. Oder wären dir ein Rollmops im Bett oder ein Espresso mit Zitronensaft lieber gewesen?«

»Raus, alle beide! Ich steh schon auf. Aber allein.«

Eine halbe Stunde später erschien Fentje frisch geduscht und angezogen, mit feuchten Haaren und einer Sonnenbrille auf der Nase, in Gretjes Küche.

»Kindchen, dich schicken die Götter!«, sagte ihre Großmutter und warf die Hände in die Luft.

»Nee, nur Sofia und mein vorwitziger Bruder.«

»Hat's geholfen, Fentje?«, ließ sich Sofia von der Küchenbank vernehmen.

»Wir sprechen uns noch«, konterte Fentje. »Und ich habe gehört, du willst uns verlassen, Gretje?«

»Dien Grotvadder het dat nich beter verdeent«, sagte sie aufgebracht und wiederholte auf Hochdeutsch, damit es auch alle mitbekamen: »Dein Großvater hat es nicht besser verdient.«

»Was hat er getan?«

»Vorhin hat er unverhohlen Berta aus Poppenbüll schöne Augen gemacht. Ist es denn die Möglichkeit? Berta ist nur eine angeheiratete Cousine von ihm.«

»Das kann ich mir gar nicht vorstellen. Er stand doch die ganze Zeit mit mir und Henning an der Bar.« Fentje nahm sich ein Glas, füllte es mit Leitungswasser und stürzte es herunter. »Ich weiß es nicht nur, ich kann jeden einzelnen Schnaps, den wir zusammen getrunken haben, fühlen.«

»Ach, Kindchen. Schon damals, bei der Hochzeit seiner Schwester, hat Hinrich viermal mit Berta getanzt, aber nur dreimal mit mir.«

»Gretje, ich konnte da nicht mehr mit dir tanzen, weil Berta mir auf mein Hühnerauge getreten war!«, verteidigte sich Hinrich.

»Das sagst du doch nur so.« Sie wiegte den Kopf. »Aber getanzt hat die wie ein Trampeltier, das stimmt schon. Sagst du das auch nicht nur so?«

»Nein, es ist die Wahrheit«, versicherte ihr Hinrich. »Und was soll der offene Koffer auf meinem Bett? Wo willst du überhaupt hin? Wir brauchen dich hier doch!«

»Ich könnte zu Diana und Lennard gehen. Die haben mir gestern erzählt, dass sie schöne neue Ferienwohnungen gebaut haben.«

Die Ferienwohnungen waren noch in Planung, und es war nicht einmal sicher, ob es je eine Baugenehmigung dafür geben würde. Aber das konnte Fentje ihrer Oma jetzt nicht sagen. Für die Idee, Diana und Lennard aufzusuchen, hätte sie Gretje allerdings küssen mögen. Wieso war sie nicht schon längst selbst darauf gekommen? »Gretje, ich habe genau aufgepasst. Hinrich hat zwar viel zu viele Schnäpse getrunken, wie ich auch, doch er hat keine Sekunde mit Berta aus Poppenbüll geflirtet«, sagte Fentje mit aller Überzeugungskraft, die sie trotz ihrer Kopfschmerzen und des flauen Gefühls im Magen aufbringen konnte.

»Hat er wirklich nicht?«

»Berta ist seit drei Jahren tot, Omilein«, ließ sich Sofia aus dem Hintergrund vernehmen.

Fentje wurde noch flauer, und sie musste schlucken. Ihre Großmutter nahm es unterschiedlich auf, wenn ihre Vergesslichkeit offensichtlich wurde. Meistens überging sie es, aber manchmal machte es sie auch so betroffen, dass es Fentje ins Herz schnitt, das mitzuerleben.

»Was, wirklich?«, fragte Gretje. »Dat deit mi leed.« Sie schüttelte betrübt und wohl auch ein wenig verwirrt den Kopf.

»Glövst du mi nun, Gretje?«, fragte ihr Ehemann vorsichtig.

»Nein, ich habe gesehen, was ich gesehen habe. Doch ich verzeihe dir, Hinrich. Und ich koche dann auch wieder.«

Hinrichs Gesicht hellte sich auf. »Ich würde so gern mal wieder am Sonntag einen Rehbraten essen.«

»Wir haben noch ein Reh im Keller hängen!«, bemerkte Bendix. »Das muss zubereitet werden. Es fällt sonst noch aus der Decke.«

»Ich mag es ›haut goût‹«, verteidigte Hinrich sich. Er meinte damit das mehrtägige Abhängen des Wildfleischs, bis der typische Wildgeschmack entstand. »Was sagst du, Gretje?«, fragte er hoffnungsvoll.

»Gern, aber ein andermal. Für morgen habe ich ›Errötendes Bauernmädchen‹ geplant. Die Johannisbeeren sind reif. Und für Sonntag Grießschnitten mit Kirschkompott.«

Als Niklas mit seinem Wagen von der Fähre rollte, begrüßte ihn die Insel Föhr mit blauem Himmel und Schäfchenwolken. Die Fahnen auf dem Vorplatz knatterten im Wind, und Möwen stießen ihre melancholischen Schreie aus. Es herrschte eine ihm vertraute, sommerliche Stimmung, die ihn ein bisschen wehmütig werden ließ.

Zuletzt war Niklas mit Fentje Jacobsen hier gewesen, als sie über den Mord an einer Lehrerin recherchiert hatten. Da war wegen eines heraufziehenden Sturms die letzte Fähre ausgefallen, und sie hatten bei seinem Vater im Haus übernachten müssen. Bei der Erinnerung an das herablassende Benehmen seines Vaters, vor allem Fentje gegenüber, verkrampften sich Niklas' Hände am Lenkrad.

Noch einmal würde er seinen Vater nicht um ein Bett für die Nacht bitten. Da Niklas nicht wusste, wie lange er auf Föhr brauchte, hatte er sich vorsichtshalber in einem Hotel in Wyk ein Zimmer gebucht. So war er frei, den ganzen Nachmittag und Abend Erkundigungen einzuziehen, ohne ständig auf die Uhr zu schauen, wann die letzte Fähre zurück aufs Festland fuhr.

Immer mitten hinein ins Geschehen, das war sein Plan. Und dann schauen, was dabei herauskommt, und entsprechend darauf reagieren. Er wusste noch, dass Anna bei der Familie Wegner ihr Praktikum absolviert hatte. Also würde er dort starten, wo auch Annas Zeit in Deutschland begonnen hatte.

Er ließ die letzten Häuser von Wyk und die Kirche hinter sich und fuhr die Chaussee mit den nach Osten geneigten Straßenbäumen hinunter. Es waren enorm viele Radfahrer unterwegs, deutlich mehr als zu der Zeit, als er noch den größten Teil des Jahres hier verbracht hatte. Besonders auf die kleinen Kinder und die Leute auf den E-Bikes musste man als Autofahrer achten. Er kniff die Augen zusammen, um die Abfahrt zu dem Hof nicht zu verpassen, auf dem Anna gearbeitet hatte.

Es war fünfzehn Jahre her. Niklas hoffte, dass jemand bereit war, sich mit ihm über die ehemalige Praktikantin zu unterhalten. Mitten in der Urlaubssaison und kurz vor der Ernte hatte man dort bestimmt alle Hände voll zu tun. Ein großes Schild kündigte den Reiter- und Ferienbauernhof mit Hofladen an. Er bog auf die schmalere Straße und sah schon in der Ferne die Dächer der Hofstelle, die sich über den flachen Horizont erhoben.

Beim Betreten des Hofladens ertönte eine Kuhglocke. Eine Frau stand mit dem Rücken zur Tür und bestückte einen Ständer aus Holzkisten mit Lavendelsäckchen.

»Hallo, Birthe«, sagte Niklas. Es war lange her, doch die kleine, leicht mollige Frau mit den hellblonden Haaren war unverkennbar die Bäuerin.

Sie drehte sich um und fasste sich an die Brust. »Huch! Ich dachte, es wären Kunden, die sich erst mal in Ruhe umschauen wollen.« Sie sah ihn mit ihren von hellen Wimpern umrahmten Augen eindringlich an. »Meine Güte! Niklas John? Bist du es wirklich?«

»Ja, ich bin mal wieder auf der Insel. Ihr habt euch ganz schön vergrößert.« Er blickte sich anerkennend um. »Ein schöner Laden ist das.«

»Ach ja, damals habe ich noch von einem Karren in der Remise aus verkauft. Aber auch wir müssen mit der Zeit gehen. Wie lange ist es her?«

»Fünfzehn Jahre.«

Birthes Haar war von ein paar hellgrauen Strähnen durchzogen, und ihre Lachfältchen traten deutlicher hervor. Ansonsten hatte sie sich in Niklas' Augen in den letzten Jahren kaum verändert. »Ja, ja, die Zeit rast. Lass dich mal richtig ansehen, Niklas. Damals warst du noch ein grüner Junge, und heute …« Sie schnalzte anerkennend mit der Zunge. »Aber wie ich sehe, trägst du noch keinen Ehering.«

»Ich habe die Richtige wohl noch nicht gefunden.«

»Ach was, du könntest an jeder Hand fünf haben. Und du arbeitest für die Zeitung, sagt dein Vater.« Ihre Augenbrauen zogen sich zusammen. »Bist du wegen Anni hier?«

Auch auf Föhr wusste man also schon Bescheid. Was hatte er denn erwartet? »Ja, das bin ich. Ich kann nicht glauben, dass sie eine Mörderin sein soll. Ich versuche, etwas Licht in die Sache zu bringen.«

»Hm.« Sie stellte die letzten Stoffbeutelchen auf das Regalbrett. Dann drehte sie sich wieder zu ihm um. »Möchtest du vielleicht einen Kaffee?«

»Sehr gern. Oder ein Glas Wasser. Ist ein warmer Tag.«

»Unsinn. Wenn schon, denn schon. Wir setzen uns draußen auf die Bank. Wenn Kunden kommen, muss ich die aber bedienen.«

»Schon klar. Kann ich dir helfen?«

»Nein, nein. Ich bin gleich wieder da.«

Niklas setzte sich auf die Bank vor dem Laden, die im Schatten einer Buche stand. Bienen summten in den Lavendelsträuchern in den großen Blumenkübeln, und ein Entenpaar watschelte über den gekiesten Hof. Er beobachtete einen Mann mit drei kleinen Kindern, der zum Spielplatz hinter dem Stall schlenderte. Das war ein Feriengast, wie Niklas annahm. Die Kinder stoben in Richtung des eingezäunten Areals, in dem, damals jedenfalls, Zwergkaninchen und Meerschweinchen gehalten wurden. Es hatte zu Annis Aufgaben gehört, die Apartments zu putzen, die Pferde und Kleintiere zu versorgen und in der Küche zu helfen. Sie hatte auch bei der Betreuung der Ferienkinder geholfen und abends des Öfteren gegen ein Taschengeld auf Kinder aufgepasst, deren Eltern mal ein paar Stunden für sich haben wollten. So war ihre Zeit immer begrenzt gewesen.

Niklas erinnerte sich peinlich berührt, wie wenig Verständnis er für ihre Lebensweise gezeigt hatte. Er hatte nicht begriffen, warum Anni arbeiten wollte und nicht mehr Zeit mit ihm verbrachte. Als der verwöhnte Sohn eines wohlhabenden Vaters hatte er damals höchstens mal gegen eine gute Entlohnung auf dem Golfplatz gejobbt.

Birthe erschien mit einem Tablett, auf dem eine Thermoskanne, eine Zuckerdose, ein Kännchen mit Milch und zwei Becher standen. »Also, ich kann jetzt gut eine Tasse Kaffee gebrauchen«, sagte sie und schenkte ein. »Ich bin seit fünf Uhr auf den Beinen.«

»Seid ihr schon in der Ernte?« Niklas gab reichlich Milch in den Kaffee.

Die Bäuerin blickte unwillkürlich gen Himmel. »Noch nicht, nächste Woche geht es los.«

»Und habt ihr viele Gäste?«

»Alles belegt. Und das seit Wochen … Aber deswegen bist du doch nicht hier, Niklas.«

Er musste lächeln. Beinahe hätte er ihre direkte Art vergessen. »Stimmt. Es geht um Anni. Wir sind uns kurz vor dem Gericht begegnet. Ich habe versucht zu verhindern, dass die Presse ein Foto von ihr kriegt. Davor hatte ich sie ehrlich gesagt nicht mehr gesehen oder von ihr gehört, seit ich die Insel verlassen habe. Anni hatte mit mir Schluss gemacht … Wir haben uns komplett aus den Augen verloren.«

»Sie hatte zwar mit dir Schluss gemacht, Niklas, aber mehr gezwungenermaßen. Es hat ihr ganz schön zugesetzt, dass du einfach deine Pläne ohne sie verfolgt hast. Und es tat sogar mir weh, sie damals so zu sehen. Ihr Männer wisst oft nicht, was ihr anrichtet. Anna hatte gehofft, dass ihr zusammenbleibt. Sie mochte dich sehr … Und du hast es anscheinend gar nicht begriffen.«

»Nein.« Er rührte in seinem Kaffee. »Ich war zu jung und wohl auch zu blöd. Ich wusste theoretisch, dass einige der Praktikantinnen hergekommen waren, weil sie hofften, vielleicht einen Ehemann zu finden und dann bleiben zu können. Einige von denen haben es ja auch bewusst forciert …«

»Aber so war Anna nicht«, erwiderte Birthe und sah ihn mit schmalen Augen an. »Sie war eher schüchtern. Sie hat wohl darauf gehofft, doch sie hätte sich niemals jemandem aufgedrängt. Und unabhängig davon hatte sie sich in dich verliebt.«

Niklas brach der Schweiß aus, was auch an dem warmen Sommerwetter liegen mochte. »Ich habe es vermasselt. Ich fühlte mich zu jung für eine feste Bindung und habe keinen Gedanken an Annis schwierige Lage verschwendet.«

Birthe nickte. »Schön, dass du jetzt klarer siehst. Aber für Anna kommt diese Erkenntnis natürlich zu spät.«

»Was ist passiert, nachdem ich weg war?«

Birthe trank einen Schluck Kaffee und sah in die Ferne. »Anna hatte noch ein paar Monate auf Föhr. Es war noch nicht zu spät. Erinnerst du dich an ihre Freundin Iveta?«

Niklas nickte.

»Iveta hat sie überredet, mehr auszugehen und Leute zu treffen. Sie hat Anna überall mit hingeschleppt.«

»Daher also …«, sagte Niklas.

»Was meinst du?«

»Nichts.« Er wollte ihr nicht erzählen, dass er Anna und Iveta bei seinem Vater gesehen hatte. Und wie eifersüchtig und wütend es ihn gemacht hatte. »Hatte sie … Erfolg?«, brachte er hervor.

»Wie man es nimmt. Ich sah sie leiden. Doch sie hielt sich tapfer. Und letztlich war sie wohl erfolgreich, wenn man es so nennen darf.«

»Ich habe von einem Ex-Mann gehört. Einem Mann, den Anna geheiratet hat und von dem sie geschieden wurde, bevor sie Henning Fehnsens Frau wurde.«

»Ich kann dir dazu nicht viel sagen, Niklas. Sie muss ihn erst kurz vor Ende ihres Aufenthalts bei uns kennengelernt haben. Wolf und ich haben den Mann nur einmal kurz gesehen.«

»Was war er für ein Typ?«

Birthe setzte den Kaffeebecher ab. »Keine Ahnung. Ich würde dir ja helfen, wenn ich könnte. Aber es ist lange her.«

»Erinnerst du dich an irgendwas? Seinen Vornamen, seinen Beruf? Wo sie sich kennengelernt haben? Woher er kam?«

»Es wurde erzählt, er sei ein Geschäftsmann, was immer das heißen mag. Er kam nicht von Föhr. Und kennengelernt hat Anna ihn angeblich auf einem Segeltörn.«

»Und wem gehörte das Boot?«

Birthe strich sich eine helle Haarsträhne aus dem Gesicht. »Frag doch mal deinen Vater«, sagte sie.

14. Kapitel

Nachdenklich legte Fentje ihr Smartphone beiseite. Annas Anwalt hatte ihr gerade mitgeteilt, dass die Polizei endlich die Tatwaffe gefunden hatte. Das Gewehr war in einem Gebüsch in der Nähe der Scheune auf dem Fehnsen-Hof gefunden worden. Es handelte sich um eine Sauer 200. Die Repetierbüchse war ein gebräuchliches Gewehr und schon lange auf dem Markt. Es gab sie in verschiedenen Kalibern, aber bei der Tatwaffe handelte es sich um das Kaliber 7x64. Und die Waffe stammte mit hoher Wahrscheinlichkeit aus Gustav Fehnsens Waffenschrank. Das verstärkte den Verdacht auf Henning und Anna und damit auch Fentjes Kopfschmerzen.

Immerhin half ihr die Konzentration auf ihren Beruf, die Sorgen um ihre Großmutter und ihre Familie in den Hintergrund zu drängen. Sie saß an ihrem Schreibtisch und sah hinaus in die Ferne. Wenn sie Henning und seiner Frau helfen wollte, musste sie herausfinden, wer noch ein Motiv für die Morde an seinen Eltern hatte. Solange niemand anders ernsthaft als Täter in Betracht gezogen wurde, stand es schlecht um ihren Mandanten und seine Frau, selbst wenn keiner von ihnen schuldig gesprochen werden würde. »Aus Mangel an Beweisen.« Da blieb immer etwas hängen. Umso mehr, wenn man auf der Halbinsel Eiderstedt lebte.

Fentje konnte sich nicht vorstellen, dass Henning hier noch seines Lebens froh werden würde, wenn es hinter seinem Rücken immer mal wieder hieß, dass er oder seine Frau vielleicht doch … Nein, so ein gesellschaftliches Leben wäre undenkbar für ihn. Und der Täter, dessen Motiv vielleicht war, dass der Hof verkauft werden würde, hätte gewonnen.

Also: Denk nach! Was war das Motiv? Wer profitierte?

Frederik Pohlmann hatte eine einfache Antwort darauf gefunden. Wenn Gustav und Lucy und auch Henning und Anna tot wären, ohne dass Anna ein Kind geboren hatte, so wäre Jorne Fehnsen der Nächste in der Erbfolge. Und seine Frau Gina würde ebenfalls davon profitieren.

Fentje hatte nie direkt mit Jorne zu tun gehabt. Er war Hennings jüngerer Bruder und hatte im Bewusstsein der Leute immer in dessen Schatten gestanden. Henning war dreiunddreißig, Jorne musste demnach inzwischen einunddreißig Jahre alt sein. In einer Gesellschaft, in der bei Männern immer noch wilde Robustheit und Draufgängertum geschätzt wurden, war der feingliedrige und etwas kränklich wirkende Jorne stets weniger beachtet worden. Während Henning aussah wie sein Vater Gustav – groß, kräftig und dunkelhaarig –, kam sein jüngerer Bruder eher nach seiner zarten Mutter Lucy.

Fentje erinnerte sich, dass Jorne ein paar Jahre im Schultheater mitgespielt hatte. Sie selbst hatte ihn mal in dem Stück *The Importance of Being Earnest* gesehen. Er war als englischer Dandy richtig gut gewesen und hatte viel Beifall bekommen. Und jetzt kam ihr auch wieder in den Sinn, dass ihr damals schon unangenehm aufgefallen war, dass nur Lucy bei der Aufführung anwesend gewesen war. Henning und Gustav waren nicht zugegen gewesen, um Jorne eine der tragenden Rollen spielen zu sehen. Was löste das für Gefühle in einem Heranwachsenden aus?

Doch Fentje konnte ihn sich nicht als Mörder seiner Eltern vorstellen. Das sah man den Menschen meistens nicht an, aber trotzdem …

Konnte Jorne eigentlich schießen? Wenn es nach seinem Vater gegangen war, hatte er es sicherlich lernen müssen. Mit einem Jagdgewehr umgehen zu können gehörte auf dem Land für viele einfach dazu. Und die Tatwaffe stammte nun auch noch aus Gustavs Waffenschrank. Im Zweifelsfall wussten nur Gustav, Lucy, Henning und eben auch Anna und Jorne, wo der Schlüssel dazu zu finden gewesen war. Laut Henning hatte der jahrelang in einem kleinen Extrafach in Gustavs oberster Schreibtischschublade gelegen.

Für Jorne als möglichen Täter sprach weiterhin, dass er wahrscheinlich auch noch einen Haustürschlüssel zum elterlichen Hof besaß und zudem wusste, dass seine Eltern die Hintertür selten abschlossen. Seine Frau und er hatten für die Hochzeitsfeier in einem Ferienapartment in der Nähe übernachtet, wo niemand sie kommen und gehen gesehen hatte. Seine Frau Gina schwor sicherlich Stein und Bein, dass er nach der Feier mit ihr zusammen in dem Apartment gewesen war. Möglicherweise war Jornes Plan gewesen, ins Haus seiner Eltern einzudringen, die vier in ihren Betten zu erschießen und dann vorzutäuschen, dass ein Fremder ins Haus eingedrungen war. Doch Annas Flucht durch das Fenster und die Tatsache, dass sie stundenlang unauffindbar geblieben war, hatten den Plan vereitelt.

Doch wie verzweifelt musste ein Mensch sein – oder wie zwingend das Motiv –, um so etwas Grausames zu tun? Es war schwer vorstellbar. Trotzdem war es noch lange nicht unmöglich.

Fentje musste mit Jorne sprechen, um ein Gefühl dafür zu bekommen, ob er zu so etwas fähig sein könnte. Aber Hennings Bruder lebte mit seiner Frau in Hamburg. Wie vielen Landbewohnern war Fentje der Gedanke, in die Großstadt zu fahren, nicht sonderlich angenehm. Außerdem fühlte sie sich nicht ausreichend vorbereitet. Sie wollte zuvor genau wissen, wie die Auffindesituation im Hause Fehnsen gewesen war. Abzuwarten, bis sie offiziell Einsicht in die Ermittlungsakte bekam, war keine Option. Das dauerte ihr zu lange. Doch sie könnte – von Nachbarin zu Nachbarin – mit Diana sprechen. Und Henning konnte ihr mit Jornes Telefonnummer, der Adresse und vielleicht einem harmlos wirkenden Vorwand für einen Besuch aushelfen.

Fentje erhob sich mit neu erwachtem Elan. Aber wenn sie Dianas Entgegenkommen und Unterstützung wollte, sollte sie sich vielleicht eine Pferdetrense über die Schulter hängen …

Wenn Niklas eins nicht wollte, dann war es, auf Föhr seinen Vater zu treffen. Doch das Schicksal konfrontierte die Menschen ja oft erbarmungslos mit genau den Dingen, die sie tunlichst zu vermeiden suchten. Man konnte an so etwas wachsen, scheitern oder das Unvermeidliche zumindest noch ein paar Stunden aufschieben.

Nach dem Besuch bei Birthe Wegner hielt Niklas an einem Café in Alkersum an und setzte sich draußen an einen Tisch im Schatten eines Sonnenschirms. Er bestellte Kaffee, Wasser und ein belegtes Brötchen. Die Festnetz-Nummer von Annas Freundin Iveta hatte er schnell herausgefunden. Sie hieß mit Nachnamen inzwischen Mertens. Normalerweise erschwerte es die Suche, wenn Frauen heirateten und einen neuen Namen annahmen. Aber auf der Hallig Hooge wohnten nun mal nicht so viele Menschen.

Iveta war sofort am Apparat, und sie erinnerte sich an ihn. Das war einerseits gut, da er nicht viel erklären musste, anderseits schlich sich ein zurückhaltender Unterton in ihre Stimme, sobald sie ihn erkannte. Wahrscheinlich musste sie gerade daran denken, wie Anna und er sich getrennt hatten.

»Ich kann nicht glauben, dass Anna etwas mit dem Tod ihrer Schwiegereltern zu tun hat. Deswegen recherchiere ich.«

»Okay, Niklas. Ich gehe mal davon aus, dass du ihr damit hilfst und sie nicht noch tiefer reinreitest.«

»Ich habe gestern verhindert, dass vor dem Gericht ein Foto von ihr geschossen wurde, das dann nie wieder aus dem Internet verschwunden wäre. Falls das etwas zählt.«

»Also gut. Wenn du mit mir reden willst, musst du aber herkommen. Über wichtige Dinge spreche ich nicht am Telefon. Oder ist dir das zu umständlich, Niklas?«, fragte sie herausfordernd. Nicht zum ersten Mal dachte er, dass die Frauen, die auf den Inseln und Halligen lebten, kein Blatt vor den Mund nahmen. Wer mit Sturmfluten fertig werden musste, hatte verständlicherweise wohl auch keine Angst, seinen Mitmenschen mal auf die Füße zu treten.

»Ich komme zu dir auf die Hallig. Ich bin sowieso gerade auf Föhr. Wann geht die nächste Fähre?«

»Heute passt es mir nicht mehr, Niklas. Du kannst morgen gleich das erste Schiff nehmen. Ich hole dich am Anleger ab.«

»Um wie viel Uhr?«

Sie schien ein Lachen zu unterdrücken: »Abfahrt ist um zwölf Uhr von Wyk auf Föhr. Ist das genehm?«

»Wunderbar. Danke, Iveta.«

Also konnte er erst morgen mit Annas Freundin sprechen. Da es keinen Sinn hatte, in der Zwischenzeit noch mal nach St. Peter-Ording zurückzufahren, war klar, was als Nächstes anstand. Niklas trank aus, bezahlte und ging zurück zu seinem Wagen.

Den Weg, den er fahren musste, hätte er im Schlaf gefunden. Den Weg zum Haus seines Vaters im Süden der Insel. Und er würde nicht vorher anrufen. Niklas wollte ihn überraschen.

Diana Hoops kniete vor einem Lattenzaun und schwang einen Pinsel mit weißer Farbe. Ihre Bewegungen wirkten lustlos und ungeduldig.

»Hi, Diana«, sagte Fentje. »Du bist ja Tom-Sawyer-mäßig unterwegs. Ich habe dir aber leider keine tote Ratte oder Murmeln mitgebracht.«

Diana blickte sich um. Sie hatte einen weißen Farbspritzer

auf der Stirn und die Augenbrauen konzentriert zusammengezogen. »Hallo, Fentje! Du hast *was* nicht?«

»Ach, Tauschobjekte, damit ich den Zaun für dich weiter streichen darf – wie bei *Tom Sawyer.*«

»Kenne ich nicht. Willst du das wirklich für mich übernehmen?« Sie hielt Fentje den Pinsel hin. »Ich kann bei der Hitze gut darauf verzichten.«

Fentje fühlte sich tatsächlich einen Moment versucht, als sie die Dose mit frisch glänzender Farbe und die ungestrichenen Holzlatten betrachtete. »Nein«, erwiderte sie dann bedauernd. »Können wir uns einen Moment unterhalten?«

»Oh, das klingt ernst.« Diana drückte den Deckel auf die Farbdose und wickelte den feuchten Pinsel in Folie ein. »Ich wollte sowieso gerade eine Pause machen.« Sie erhob sich mit einem kleinen Stöhnen. »Komm mit.«

Im Haus angekommen, nahm Diana eine Flasche Limonade aus dem Kühlschrank. »Für Kaffee ist es zu warm, oder?«

»Mir ist alles recht.«

Diana holte eine Keksdose aus dem Schrank und stellte sie auf den Küchentisch auf einen Stapel Zeitschriften und Briefe. Fentje setzte sich, und Diana schenkte ihnen zwei Gläser ein.

»Also, was hast du auf dem Herzen?«

»Ich bin Hennings Anwältin«, sagte Fentje.

Diana nickte. »Gut zu wissen, dass du es machst.«

»Im Moment sieht es zwar gerade ganz gut für ihn aus, aber das gilt nicht für Anna. Außerdem möchte ich auf alles vorbereitet sein.«

»Verstehe. Doch was kann ich da tun?«

»Du hast seine Eltern und ihn an dem Morgen gefunden, oder?«

»Ja, und ich habe Albträume deswegen.«

»Das kann ich mir vorstellen. Trotzdem würde ich gern

wissen, was genau am Sonntagmorgen passiert ist. Henning hat kaum Erinnerungen daran, und Anna … war ja in der Scheune.«

»Anna …« Dianas Gesicht verdüsterte sich.

»Was ist mit ihr?«

»Ach, eigentlich gar nichts. Nur so ein Gefühl.«

»Erzählst du mir, wie das an dem Morgen nach der Hochzeitsfeier abgelaufen ist?« Fentje trank einen Schluck Orangenlimonade. Auf Dianas »Gefühle« Anna betreffend wollte sie später zurückkommen, wenn die Nachbarin der Fehnsens sich warmgeredet hatte.

Diana erzählte, wie sie morgens zu Gustav und Lucy gegangen war, weil sie Hilfe beim Einfangen von zwei Pferden gebraucht hatte. Die hatten es irgendwie geschafft, einen Zaun zu überwinden, da sie wohl das Gras auf einer Weide der Fehnsens grüner gefunden hatten. Sie berichtete, dass die Hintertür der Nachbarn mal wieder nicht abgeschlossen gewesen war. Sie war eingetreten und hatte gerufen, aber niemand hatte ihr geantwortet. Es war unheimlich still gewesen.

»Hast du sonst noch etwas Außergewöhnliches bemerkt?«, hakte Fentje nach. »Einbruchspuren. Spuren eines Kampfes oder Anzeichen dafür, dass jemand irgendwelche Sachen durchwühlt hat?«

Diana zuckte mit den Schultern. »Ein paar Dinge, die sie wohl von der Hochzeitsfeier mitgebracht hatten, lagen auf dem Tisch herum. Ansonsten war alles so ordentlich wie immer bei Lucy.«

»Wie hast du Henning gefunden?«

»Ich habe ein Geräusch gehört. Eine Art Scharren, das eindeutig von oben kam. Henning muss kurzfristig das Bewusstsein wiedererlangt haben. Oder vielleicht war es auch nur das offene Fenster im Schlafzimmer? Ich lief hoch und fand ihn oben im Flur in seinem Blut.«

»Kannst du beschreiben, wie genau er dort lag?«

»Halb auf der Seite. Es war grauenhaft. Ich habe nach seinem Puls gefühlt. Henning war bewusstlos, aber immerhin lebte er. Ich habe ihm gesagt, dass alles wieder gut wird, und ihm geholfen, so gut ich konnte. Dann habe ich sofort einen Rettungswagen und die Polizei gerufen.«

»Hat Henning irgendetwas zu dir gesagt?«

»Nein, das konnte er doch nicht.«

»Und was war mit Gustav und Lucy?« Fentje wollte das eigentlich nicht so genau hören. Sie wusste, sie würde die Bilder, die die Schilderung heraufbeschwören würde, nicht so schnell wieder loswerden. Doch es nützte ja nichts.

Diana berichtete, wie sie von dem Mann von der Rettungsleitstelle aufgefordert worden war nachzusehen, ob noch jemand verletzt sei.

»Ich ging also los und öffnete alle Türen. Lucy und Gustav lagen tot in ihren Betten«, fuhr Diana leise fort. Sie kratzte nervös über einen Farbfleck auf ihrem linken Daumen. »Ich konnte die Einschusslöcher sehen, in ihrer Brust. Alles war voller Blut. So unglaublich viel Blut. Der Geruch … Und ihre Gesichter … Das vergesse ich nie.«

»Eine grausame Tat«, sagte Fentje. »Gab es Spuren im Blut? War es verwischt? Hast du Fußabdrücke bemerkt?«

Diana schüttelte nachdenklich den Kopf.

»Hast du auch in das Schlafzimmer von Henning und Anna geschaut?«

»Natürlich. Ich musste doch überall nachsehen. Ich habe im oberen Stockwerk in sämtliche Räume geguckt. Das Schlafzimmer von Henning und Anna war leer. Das Bett zerwühlt, kein Blut … Nur ihre Hochzeitssachen lagen verstreut im Raum herum.« Diana sah zur Seite. »Es war ihre Hochzeitsnacht. Und dann das!«

»Kannst du dir vorstellen, nur vorstellen, dass Anna etwas mit der Sache zu tun hat?«

»Nein«, antwortete Diana heftig. »So etwas traue ich ihr nicht zu.«

Fentje horchte auf. »Aber du traust ihr etwas anderes zu?«

»Ich nicht. Ich kannte sie ja kaum. Doch … es gab natürlich Gerede. Ich meine, du kennst das ja.«

Nur zu gut, dachte Fentje. »Worüber wurde denn geredet?«, fragte sie.

Diana schaute zur Seite. »Anna soll schwanger sein. Deswegen vielleicht auch die etwas eilig anberaumte Hochzeit.«

»Das wäre ja nicht ungewöhnlich«, erwiderte Fentje.

»Lucy soll nicht sehr glücklich darüber gewesen sein.«

»Woher weißt du das?« Fentje fand es schwer vorstellbar, dass die sanfte und empathische Lucy sich nicht auf ihr erstes Enkelkind gefreut haben sollte, doch auch Hauke hatte ja so etwas erwähnt.

»Ich habe mich neulich mit der Pastorin aus Wulkenbüll unterhalten. Sie hat ihr Pferd, einen Friesen, bei uns stehen, weißt du?« Mit dem Kopf deutete sie hinaus in Richtung der Weiden. »Sie erzählte mir, dass Lucy in den letzten Wochen viel Zeit bei Irma verbracht hat.«

»Irma Andresen? Die alte Hebamme, die neulich gestorben ist? Die Frau, die angeblich halb Eiderstedt auf die Welt geholfen hat?«

»Genau die.« Ein Lächeln stahl sich in Dianas angespanntes Gesicht. Doch sie wurde sofort wieder ernst. »Lucy hat eine Art Sterbebegleitung gemacht. Die beiden, Irma und Lucy, standen sich wohl recht nahe. Irma hat sowohl Henning als auch Jorne auf die Welt geholt. Henning war angeblich ein Riesenbrocken und ein Sterngucker-Baby. Jedenfalls hat die Pastorin mir das so erzählt. Irma hatte noch gesagt, Lucy habe Zweifel daran, dass Annas Kind wirklich von Henning ist.«

Fentje schwirrte der Kopf. Wie kam die Pastorin dazu, der Nachbarin der Fehnsens so etwas Privates über Anna,

Henning und Lucy zu erzählen? Andererseits hatte sie das nun schon öfters gehört. Vielleicht sollte sie dem Gerücht einmal nachgehen …

»Möglicherweise dachte sie, ich könne Lucy ein offenes Ohr schenken«, ergänzte Diana, als hätte sie Fentjes Gedanken gelesen. »Die Pastorin sagte mir außerdem, Irma sei in den letzten Tagen vor ihrem Tod sehr unruhig gewesen. Da sind wohl alle möglichen Sorgen und Nöte zur Sprache gekommen.«

»Woher kamen Lucys Zweifel an der Vaterschaft ihres Sohnes?«

»Das weiß ich nicht.«

Fentje nickte. »Danke, dass du es mir erzählt hast, Diana.«

»Ich mache das für Henning.« Ein »Nicht für dich« schwang mit.

»Verstehe.«

Dianas Gesicht war immer noch leicht gerötet. Doch das lag nicht mehr an der Wärme. In der Küche der Hoops war es angenehm kühl.

Fentje erhob sich, und auch Diana stützte sich auf die Tischplatte, um aufzustehen. Sie seufzte. »So, jetzt habe ich oft genug über diese schreckliche Angelegenheit geredet. Ich brauche ein bisschen Ablenkung.« Sie sah aus dem Fenster in Richtung ihrer Pferdekoppeln.

»Mit wem hast du denn noch über die Morde gesprochen? Mit der Polizei?«

»Ach, mit der auch. Aber die meine ich nicht. Wir hatten auch schon einen Reporter hier.«

»Ach so.« Fentje versuchte, sich ihre Beunruhigung nicht anmerken zu lassen. »Von welcher Zeitung denn?«

»Vom *Tag*. Stell dir vor: Ich habe ihn auf der Weide getroffen. Er hat sich nach unseren Pferden erkundigt. Und er ist zufällig ein Bekannter einer Freundin von mir. Kennst du den Westernreitstall *Morningside Ranch*?«

»Ich habe davon gehört, doch ich war noch nie da. Aber die Welt ist klein. Wie hieß der Reporter denn?«

»Niklas John. Er hat mit Lennard und mir einen Eiskaffee getrunken.«

15. Kapitel

»Ach, du bist es, Niklas!«

Bei dem süffisanten Ton seines Vaters bereute Niklas seinen Entschluss, ihn in seinem Haus zu besuchen, sogleich. Aber er wollte etwas von ihm. Da waren seine Gefühle ihm gegenüber zweitrangig. »Hast du eine halbe Stunde Zeit für mich?«

Sein Vater musterte ihn von oben bis unten. »Meinetwegen. Scheint dir ja wichtig zu sein. Ist es dir auf der Terrasse angenehm?«

»Wo du willst«, stieß Niklas zwischen zusammengepressten Kiefern hervor. Sein Vater schlenderte ihm barfuß und mit Bermudashorts und einem hellrosa Polohemd bekleidet voraus durch die weitläufige Diele und das Wohnzimmer im Landhausstil bis auf die Terrasse. Eine aufgeschlagene Zeitung – *Der Tag* – lag auf dem Tisch. Daneben standen ein Glas Rotwein und die dazugehörige, halb leere Flasche. Wie damals … Es war erst später Nachmittag. Änderte sein Vater gerade seine Trinkgewohnheiten?

»Setz dich, Niklas. Willst du auch ein Glas Wein? Ich habe hier einen hervorragenden Barolo.«

»Ein Wasser wäre nicht schlecht.«

Milde lächelnd holte Alexander John ihm das Gewünschte. Niklas wusste nicht, was daran amüsant sein sollte. Als er versorgt war, lehnte sich sein Vater in seinem Terrassenstuhl zurück und verschränkte die Arme hinter dem Kopf. Für seine fünfundsiebzig Jahre zeichneten sich noch sehr ordentliche Muskeln unter der Haut der gebräunten Arme ab. »Also, was treibt dich hierher? Der Wunsch nach meiner Gesellschaft wird es doch wohl kaum sein. Brauchst du mein Flugzeug? Brauchst du Geld?«

»Es ist unser gemeinsames Flugzeug. Aber nein, ich brauche nichts dergleichen von dir. Ich schreibe über die Morde auf dem Bauernhof in Wulkenbüll.«

»Ich habe davon gelesen. Eine üble Geschichte.«

»Anna Strode, mit der ich mal befreundet war, ist darin verwickelt. Erinnerst du dich an sie?«

Alexander Johns Gesicht verzog sich ungläubig. »Unsere kleine Anni … aus Lettland?«

»Sie war nicht ›unsere‹ Anni. Aber ja, wir meinen wohl dieselbe Frau.«

Sein Vater schüttelte in gespielter Bekümmerung den Kopf. »Sie kam mir gleich vor wie eine Frau, die die Männer verrückt machen kann. Im guten wie im schlechten Sinne. Tja …« Er trank sein Glas leer.

»Was soll das heißen: ›tja‹? Denkst du, Anna hat etwas mit den Morden zu tun?«

»Wenn du das nicht befürchten würdest, Niklas, dann wärst du doch nicht hier.«

Ein Punkt für seinen Vater. »Anna sitzt in Untersuchungshaft. Staatsanwaltschaft und Polizei scheinen sich demnach recht sicher zu sein, dass sie ihre Täterin oder Mittäterin schon haben. Ich fürchte, dass die deswegen nicht mehr genügend in andere Richtungen ermitteln.«

»Das ist bedauerlich. Aber was habe ich damit zu schaffen?«

Niklas ballte unter dem Tisch eine Hand zur Faust. »Kurz bevor ich ausgezogen bin, nachdem Anni mit mir Schluss gemacht hatte, habe ich sie spät abends einmal hier auf der Terrasse gesehen, mit dir und einer Freundin.«

»Wenn das stimmt, ist es aber schon lange her. Du kannst von einem Mann meines Alters nicht erwarten, dass er sich an solche Belanglosigkeiten erinnert.«

»Das nennst du eine ›Belanglosigkeit‹, wenn du ein paar Tage, nachdem dein Sohn sich von seiner Freundin getrennt hat, ebendiese Frau abends zu dir auf ein Glas Wein einlädst?«

Alexander John zog eine Augenbraue hoch. »Ja. Es war vollkommen harmlos. Was dein hormongetriebener Verstand daraus gemacht hat, ist dein Problem, Niklas.«

Er hätte nicht herkommen sollen. An seinem Vater perlten jeder noch so berechtigte Vorwurf und jede Emotion ab wie von Teflon. Es war ihm kein Stück unangenehm. Im Gegenteil, es amüsierte ihn. Niklas atmete tief durch und lockerte ganz bewusst die Hand. »Weißt du, was Anna getan hat, was ihr passiert ist, nachdem ich fort war?«

»Das hast du mir doch gerade erklärt. Sie hat anscheinend mit ihrer Freundin bei älteren, wohlsituierten Männern Wein getrunken.«

»Sie hat bald darauf geheiratet. Kennst du den Mann?«

»Dem Wunsch ihrer Freundin gemäß, habe ich sie zu ein paar Veranstaltungen mitgenommen. Nur, damit Anna einige neue Leute trifft und auf andere Gedanken kommt.«

»Solltest du sie verkuppeln?«

Er lachte auf. »So weit, es ›verkuppeln‹ zu nennen, würde ich nicht gehen. Aber diese Frauen waren ja alle darauf erpicht, hier eine gute Partie zu machen. Doch Anni …«

»Was war mit ihr?«

»Sie mochte dich wirklich, Niklas.« Sein Blick sagte, dass er das kaum fassen konnte. »Und sie hat unter eurer Trennung gelitten. Sie wollte zu der Zeit von anderen Männern nichts wissen. Ihre Freundin hat versucht, auf sie einzuwirken, damit sie sich zusammenreißt und vielleicht noch jemanden kennenlernt. Alles nur, damit sie nicht zurück in das kleine Kaff in der Pampa muss, aus dem sie beide kamen.«

»Aber dafür benötigte Anna doch keinen Mann.«

»Nein. Aber es hilft, oder?«

»Und? Hat sie sich daraufhin ›zusammengerissen‹?«

Sein Vater hob die Schultern. »Das kann ich dir wirklich nicht sagen.« Sein Mundwinkel zuckte. »Meine Bemühungen haben sie jedenfalls nicht interessiert.«

»Deine ... was? Sie war die Freundin deines Sohnes!«

»Nein, zu dem Zeitpunkt nicht mehr. Mein Gott, ich war freundlich und hilfsbereit, mehr nicht.«

Niklas starrte seinen Vater an. »Wo hast du sie mit hingenommen? Wen hat sie getroffen? In was für Kreise ist sie da hineingeraten?«

»Hör mal, du glaubst doch nicht, dass irgendein Kontakt, den ich ihr vermittelt habe, zu den Schwierigkeiten geführt hat, in denen die Frau jetzt steckt?«

»Warum nicht? Ich finde es gar nicht so unwahrscheinlich. Du kennst die seltsamsten Leute.«

»Aber Verbrecher und Mörder sind nicht darunter.«

»Bist du dir sicher?«

Sein Vater schaute plötzlich wieder amüsiert. »Wer kann das schon sein? Was führt dich wirklich her, Sohn? Doch nicht ein Flirt, der x Jahre zurückliegt.«

»Ich möchte wissen, mit wem Anna in den Jahren nach unserer Trennung zu tun hatte.«

»Und du glaubst, dass du ihr damit helfen kannst?«

»Ich werde es zumindest versuchen.«

»Und was genau erwartest du von mir?«

»Die Namen und Adressen der Leute, mit denen du Anna in Kontakt gebracht hast. Direkt und vielleicht auch indirekt.«

»Du kannst doch nicht ernsthaft annehmen, dass ich mich nach der langen Zeit daran erinnere.«

»Streng dich an. Du kannst es zumindest versuchen.«

Sein Vater bedachte ihn mit einem zweifelnden Blick. Dann sagte er: »Da du eh keine Ruhe geben wirst, bis du bekommen hast, was du willst, Niklas ... Ich werde in mich gehen und dir dann eine Mail schicken. Aber versprich dir nicht zu viel davon. Und geh bitte keinem meiner Freunde mit dieser Geschichte auf die Nerven – wenn dir das möglich sein sollte.«

»Ich brauche die Namen schnellstmöglich.«

»Du bekommst die Mail morgen früh.«

Niklas nickte. Sein Vater mochte zynisch und gefühlskalt sein, doch auf seine Zusagen war Verlass. »Danke, Vater.« Er erhob sich. »Ich finde allein hinaus.«

Sein Vater hob die Weinflasche und schenkte sich mit Bedacht sein Glas wieder voll. »Ach ja, Niklas …«

»Was ist?«

»Nichts.« Alexander John hielt das Weinglas in seiner rechten Hand. Mit der linken machte er eine Bewegung, als wollte er eine Fliege verscheuchen.

Niklas stieg wenig später in sein Auto und rollte zum Tor hinaus. Es glitt geräuschlos hinter ihm zu. Erleichtert, dem Haus seines Vaters und dessen Gesellschaft entkommen zu sein, fuhr er mit offenem Verdeck in Richtung Wyk. Hoffentlich pustete ihm der Fahrtwind die schalen Erinnerungen aus dem Kopf! Es roch nach frisch gemähtem Gras und Wattenmeer. Das löste gemischte Gefühle in ihm aus. Eine flüchtige Erinnerung an Sommerferien, Surfen und endlos scheinende Sommer am Strand. Doch es waren auch die Gerüche einer verkorksten Kindheit.

Das gestrige Gespräch mit Diana ging Fentje nicht aus dem Kopf. Lucy sollte den Verdacht geäußert haben, dass das Kind, das Hennings Braut Anna erwartete, nicht von ihrem Sohn sei? Wie kam Lucy auf diese Idee, und warum hatte sie diese Sorge der sterbenden Hebamme anvertraut und nicht innerhalb der Familie besprochen, wie es naheliegend gewesen wäre?

Sofia steckte den Kopf zur Tür hinein. »Kommst du mit mir baden, Fentje?«

»Wo? In der Tränkekuhle auf der Weide?« Als Kind hatte Fentje mit großem Vergnügen darin geplanscht – und tat es auch heute manchmal noch. Sofia hingegen konnte sich schon lange nicht mehr für diese Art der Abkühlung begeistern.

»Nee, in der Nordsee natürlich.«

Fentje sah auf die Uhr. Es war halb elf. »Bist du aus dem Bett gefallen, Sofia?«

»Da oben ist es ab neun zu warm zum Schlafen. Und nun will ich baden gehen und hab keine Lust, mit dem Fahrrad zu fahren.«

Das war wenigstens ehrlich. »Und was ist mit deinem Vater?«, fragte Fentje.

»Ach, der liegt noch im Bett. Der ist heute Morgen erst um fünf nach Hause gekommen.«

Bendix hatte den Freitagabend also genutzt, um sich zu amüsieren. Immer, wenn ihr Bruder ein paar Tage länger da war, spürte Fentje, dass ihrem Leben etwas fehlte. Leichtigkeit und Vergnügen, um nur das zu nennen, was ihr spontan in den Sinn kam. Doch sie war froh, dass Bendix gerade einen Teil seines Urlaubs auf dem Jacobsen-Hof mit seiner Tochter verbrachte. In den Sommerferien wollte er noch mit Sofia für eine Woche nach Griechenland fliegen, und das bei den Temperaturen, die dort im Hochsommer herrschten. Aber Sofia freute sich riesig darauf, und das war die Hauptsache.

Dass T-Shirt klebte Fentje schon jetzt verschwitzt unter den Armen. Sie stellte sich vor, wie sie in die Nordsee eintauchte. »Also gut«, sagte sie. »Noch ein Telefonat und wir fahren los.«

»Super, Tantchen. Ich pack dir auch einen Bikini ein. Oder willst du nackt baden?«

»Nenn mich nicht ›Tantchen‹!«

»Alles klar.« Sofia grinste und verließ das Büro.

Also noch der eine Telefonanruf und dann ab ins Meer. Fentje rekapitulierte, was sie von Hennings Bruder wissen wollte. Und über ihn …

Sie wählte Jorne Fehnsens Festnetznummer in seiner Hamburger Wohnung. Eine Mobilnummer von ihm besaß sie nicht, und sie hatte vergessen, Henning danach zu fragen.

»Ja?«, rief eine weibliche, gestresst klingende Stimme.

»Hier ist Fentje Jacobsen. Mit wem spreche ich?«

»Mit Gina Fehnsen.«

Seine Frau also. »Ich vertrete Henning als Anwältin. Wir haben uns auf der Hochzeit und auch auf der Trauerfeier gesehen.«

»Ach, je. Eine schlimme Sache. Wie kann ich Ihnen helfen?«

»Ich möchte mit Jorne sprechen.« Jorne Fehnsen und sie hatten sich immer geduzt. Fentje wusste nicht, warum sich daran etwas geändert haben sollte.

»Er ist nicht da.«

»Wie kann ich ihn denn erreichen?« Fentje bemühte sich um einen verbindlichen Tonfall. »Es geht um Hennings Interessen.«

»Das ist aber schwierig«, antwortete Jornes Frau. Im Hintergrund röhrte ein Staubsauger. »Er hat wahnsinnig viel zu tun.«

»Geben Sie mir einfach seine Handynummer. Ich versuche es dann selbst.«

»Das … will er nicht.«

Fentje krauste die Stirn. »Ich bin doch nicht irgendwer. Ich bin Anwältin und versuche, seinem Bruder zu helfen. Es handelt sich hier um eine Notlage. Seine und Hennings Eltern sind getötet worden.«

»Ermordet. Glauben Sie, ich wüsste das nicht?«, zischte die Frau. »Was denken Sie, was wir gerade durchmachen?«

»Das glaube ich Ihnen aufs Wort. Und es tut mir aufrichtig

leid. Würden Sie Jorne dann ausrichten, dass er mich dringend zurückrufen soll?«

Gina seufzte vernehmlich. »Nein, den Glastisch nicht mit dem Lappen!«, rief sie jemandem im Hintergrund zu. »Also gut«, kam es dann. »Ich habe jetzt was zu schreiben. Wo kann mein Mann Sie erreichen?«

Fentje diktierte ihr ihre Mobilnummer. Sie würde das Handy dann mit an den Strand nehmen müssen. Sie hoffte, dass Jorne sie heute noch zurückrief.

»Ich geb' s weiter«, kam es von Gina Fehnsen. »Und vergessen Sie nicht wieder den Spiegel über dem Sideboard!«

Der zweite Teil ihrer Ansage galt offensichtlich nicht Fentje. »Danke. Es wäre gut, wenn Jorne sich so schnell wie möglich bei mir meldet.«

»Ich verstehe.«

»Vielen Dank! Wie gut kennen Sie Anna eigentlich?«

»Hennings Frau? Nicht sehr gut.«

»Und was für einen Eindruck haben Sie von ihr?«

»Also … Eigentlich fand ich sie ganz nett«, antwortete Gina Fehnsen vage.

»Und Jorne?«, fragte Fentje.

»Er meinte, sie sei nur hinter Hennings Geld her!«, platzte es aus Gina Fehnsen heraus. »Aber das habe ich nie gesagt«, setzte sie hinzu.

»Von mir erfährt er nichts«, versicherte Fentje ihr. Sie zog konzentriert die Augenbrauen zusammen und legte den Köder aus: »Anna scheint mit Henning ja wirklich eine recht gute Partie gemacht zu haben …«

»Wenn man auf einem Bauernhof leben und Kühe melken will.«

»Glauben Sie, Anna wollte das gar nicht?«

»Darüber weiß ich nichts. Sie kommt doch vom Land. Sie wirkte recht zufrieden.«

»Hat sie sich gut mit Lucy und Gustav verstanden?«

Gina Fehnsen lachte auf. »Was glauben Sie denn? Als Schwiegertochter hat man es bei denen echt nicht leicht. Da kann ich Ihnen ein Lied von singen! Aber die beiden haben sich nach außen hin natürlich nichts anmerken lassen. Der tolle Henning macht ja nie einen Fehler. Die Hochzeit, die Tischreden, das war alles eine einzige Farce.«

»Wieso das?«

»Lucy und Gustav mochten Anna nicht. Oder sie hatten aus anderen Gründen Vorbehalte gegen die Eheschließung. Ich könnte mir vorstellen, dass es daran lag, dass Anna schon einmal verheiratet war. Jedenfalls wollten sie Anna nicht als Schwiegertochter haben.«

»Und wie war das bei Ihnen und Jorne?«, hakte Fentje nach.

»Da haben die sich nicht mal die Mühe gemacht, Begeisterung zu heucheln.«

»Glauben Sie, dass Anna etwas mit den Morden zu tun haben könnte?«

Fentje hörte wieder eine Art Zischen. »Die Polizei wird schon wissen, was sie tut. Ich muss auflegen.«

16. Kapitel

Wider Erwarten genoss Niklas die Fährüberfahrt von Wyk über Amrum zur Hallig Hooge. Er war das letzte Mal im Rahmen eines Schulausflugs dort gewesen, in einem Alter, in dem ihn das Halligleben nur peripher interessiert hatte. Besonders, da er danach einen Aufsatz über das Erlebte hatte schreiben müssen. Die Schule hätte ihm das Verfassen von Texten beinahe verleidet. Der Ausflug hatte jedenfalls kurz nach den Herbstferien stattgefunden. Die Nordsee war an dem trüben Herbsttag so unruhig gewesen, dass einige Mitschüler hatten spucken müssen.

Dieses Mal lag das Meer ruhig und bleiern da. Er beobachtete die Wolken am Horizont und hoffte, dass sie nicht Vorboten eines Sturms waren. Niklas stand die ganze Zeit über an Deck. Die Fähre nahm ihren Weg durch das mit Tonnen markierte Fahrwasser durch das Wattenmeer. Im Hintergrund konnte er verschiedene flache Landzungen ausmachen, doch er fand es schwierig zu sagen, was davon Insel, was Hallig und was das Festland war.

Als sie sich dem Anleger der Hallig näherten, kam eine Durchsage. Die Ausflugsgäste, die Hooge besuchen wollten, und wohl auch ein paar Einheimische sammelten sich, um auszusteigen.

Niklas ging als einer der Letzten von Bord. Er hatte das Gefühl, von hier aus schon die gesamte Hallig überblicken zu können. Zwei Pferdewagen mit jeweils zwei Kaltblütern davor standen auf einem geteerten Platz am Anleger neben einem Wartehäuschen.

Ein VW Caddy kam die schnurgerade Straße heruntergerast und stoppte gegenüber dem Wartehäuschen. Eine Frau in abgeschnittenen Jeans und einem Top sprang heraus. Sie hatte kurze dunkle Haare und war braun gebrannt. Iveta, Annas Freundin, sah sich unter den Ankommenden um. Sie winkte Niklas zu, als sie ihn entdeckte. »Willkommen auf Hooge!«

»Danke! Nett von dir, dass du mich abholst.«

»Ich war sowieso eben noch auf der Hanswarft zum Einkaufen. Steig ein.«

Iveta und Ove Mertens wohnten auf der Albertswarft. Ein Schild neben der Auffahrt, die den Hügel hinaufführte, wies auf zwei Ferienwohnungen hin. »Um die Übernachtungsgäste kümmere ich mich«, sagte Iveta ungefragt, als sie schwungvoll die Auffahrt hochfuhr. »Wir nehmen auch Gastvieh auf unseren Sommerweiden auf, und Ove arbeitet im Küstenschutz und als Hausmeister für drei Ferienhäuser. Er ist ein sehr guter Handwerker.«

»Das muss man hier wohl auch sein.« Niklas' Blick ging über die von Prielen und Gräben durchzogenen Wiesen, die sich, unterbrochen nur von ein paar weiteren Warften, bis zum Horizont erstreckten. »Landunter« hatte er bisher nur im Fernsehen oder damals in dem Film in dem Sturmflutkino auf Hooge gesehen. Man brauchte sicher gute Nerven, wenn das Wasser höher und höher stieg, bis nur noch die künstlich errichteten Erdhügel mit den Häusern darauf aus der windgepeitschten Nordsee ragten. »War es schwer, sich einzugewöhnen?«

»Es ist ein besonderes Leben«, gab Iveta zu. »Aber ich mag es so.«

»Habt ihr Kinder?«

»Oh ja. Wart's nur ab.«

Die Kinder waren vier, sechs und sieben Jahre alt. Das Älteste war ein Mädchen, die anderen beiden Jungen. Sie tobten im Garten herum, wo es ein kleines Trampolin, eine Schaukel und eine Sandkiste gab. Da alle drei Kinder hellblond und blauäugig waren, hatten sich hier wohl Oves Gene durchgesetzt.

»Wir setzen uns vor die Küche«, sagte Iveta. »Da habe ich die Rabauken im Blick.«

Niklas nahm an einer Sitzgruppe aus Teakholz unter einem Sonnenschirm Platz.

Iveta holte Mineralwasser und Gläser und gesellte sich dann zu ihm. »Womit kann ich dir helfen, Niklas? Und vor allem: Wie geht es Anna?«

»So genau weiß ich das nicht. Ich habe sie nur kurz vor dem Gericht gesehen, vor ihrem Haftprüfungstermin.«

»Glaubst du, sie muss lange in Untersuchungshaft bleiben? Ich kann mir das gar nicht vorstellen.« Iveta rieb sich die Arme.

»Je schneller der Fall aufgeklärt wird, desto eher ist sie wieder draußen. Hoffe ich zumindest! Ich habe schon über den Fall recherchiert, weil ich darüber schreiben musste. Aber es liegt auch noch einiges im Dunkeln.«

»Ist das nicht Sache der Polizei?«

»Ja, im Prinzip schon. Doch da rührt sich anscheinend momentan nicht so viel. Oder waren die schon hier? Haben sie wenigstens telefonisch Erkundigungen über Anna eingezogen?«

Iveta schüttelte stumm den Kopf, mit ihrer Aufmerksamkeit halb bei den tobenden Kindern.

»Wer ist Annas Ex-Mann, Iveta?«

»Er heißt Thomas. Thomas Meyer.«

»Was weißt du über ihn?«

Iveta kniff die Augen zusammen. »So gut wie nichts. Der ist doch Geschichte.«

»Ist er etwa tot?« Das wäre ein ungünstiges Zusammentreffen für Anna.

»Schön wär's. Nein, im Ernst. Anna hat zum Glück irgendwann erkannt, dass Thomas nichts für sie ist, und sich von ihm getrennt.«

»Was weißt du noch über ihn?«

»Sie haben unter anderem in Neumünster und in Heide gewohnt. Er ist dauernd umgezogen. Thomas war gar nicht gut für Anna. Er hat anscheinend ständig versucht, sie zu isolieren und zu kontrollieren. Deshalb weiß ich auch so wenig über diese Zeit.«

»Kannst du mir sagen, wo er jetzt lebt?«

Sie schnaubte, schüttelte den Kopf.

»Warum sind Anna und er so oft umgezogen?«

»Ich nehme an, dass er sich immer wieder irgendwo verdrücken musste.«

»Was ist er denn von Beruf?«

»Er nannte sich ›Unternehmensberater‹ und ›Coach‹, aber wie der jemanden beraten wollte, weiß ich nicht. Eigentlich hat er immer nur irgendwelche Videos gedreht und Leute verarscht. Sie haben im Grunde die ganze Zeit von Annas Geld gelebt.«

»Woher hatte sie das Geld?«

»Na, die *kann* arbeiten. Und sie ist sich auch nicht zu schade dafür. Sie hat auf dem Markt Obst und Gemüse verkauft und frühmorgens Büros geputzt. Dabei ist sie schlau. Schlauer als ich. Sie hätte ihr Abitur nachmanchen und studieren sollen.«

Niklas drehte sein volles Wasserglas auf dem Tisch hin und her. »Was denkst du, Iveta: Könnte dieser Thomas Meyer etwas mit den Morden an Annas Schwiegereltern zu tun haben?«

Iveta schob die Unterlippe vor und schüttelte dann zögerlich den Kopf. »Das traue ich dem nun auch wieder nicht zu.«

»Warum nicht?«

»Ich weiß nicht. Er ist hinterhältig. Aber er war nie brutal, soweit ich weiß. Ich glaube nicht, dass er in irgendeiner Form körperliche Gewalt ausübt, um zu bekommen, was er will. Da kennt der andere Methoden. Außerdem hat er doch gar kein Motiv.«

»War Anna schon ganz von ihrem Ex-Mann los, als sie Henning Fehnsen kennenlernte?«

»Natürlich! Sie lebten jedenfalls nicht mehr zusammen. Anna hatte sich nach zehn Jahren Ehe von Thomas getrennt. Doch es dauerte noch ein paar Jahre, bis sie geschieden wurden. Ich glaube, Anna hatte Angst vor diesem Schritt. Ihr Ex-Mann wollte die Trennung nicht so recht wahrhaben. Thomas hat Anna ab und zu noch angerufen, um sich mit ihr zu treffen, auch wenn sie das nicht wollte.«

»Hat sie nachgegeben und einem Treffen mit ihm zugestimmt?«

»Niklas, das weiß ich nicht. Wie du siehst …« Sie deutete auf die flirrende Weite unterhalb der Warft. »… leben wir hier ziemlich ab von allem.«

»Aber du stehst wieder in engem Kontakt zu Anna?«

Ihre Augen verengten sich. »Da ist Ove«, sagte sie. Ein Mann kam mit ausgreifenden Schritten den Hang hinauf.

Er begrüßte Niklas mit festem Händedruck und prüfendem Blick aus strahlend blauen Augen. Sein hellblondes Haar lichtete sich über der Stirn. Aber es war klar, woher die Kinder ihr Aussehen hatten. »Sie sind ein Freund von Anna?«, fragte er. »Was ihr da passiert ist, tut mir wahnsinnig leid.«

»Ja, es ist wohl für alle ein Schock«, sagte Niklas. »Ich war früher gut mit Anna befreundet, doch in den letzten fünfzehn Jahren hatten wir keinen Kontakt mehr.«

»Niklas war Annas erste große Liebe«, fügte Iveta in bedeutungsvollem Tonfall hinzu.

»Und sie die meine«, gab er unumwunden zu. Doch bedeutete das, dass man für alle Zeit zusammenbleiben musste?

»Ja, es läuft im Leben nicht immer alles nach Plan.« Ove blickte zum Haus. »Ich mach mich kurz frisch, aber ich muss noch mal los.«

»Wohin denn?«

»Rico hat mich drüben auf der Rugenswarft bei etwas um Hilfe gebeten«

»Willst du nicht auch etwas trinken, Ove?«

Er warf einen Blick auf die Wasserflasche und schüttelte den Kopf. »Wasser ist was für die Viecher.«

Er ist unbelehrbar, sagte Ivetas Blick. »Was noch, Niklas?«, fragte sie dann. »Für diese Auskünfte über Thomas hättest du doch nicht herkommen müssen. Da kannst du besser …« Sie unterbrach sich.

»Was kann ich besser?«

»Deinen Vater fragen«, antwortete sie giftig.

»Bei dem war ich schon«, sagte Niklas zähneknirschend. »Ich habe euch an dem einen Abend nämlich zusammen bei ihm auf der Terrasse sitzen gesehen.«

»Hast du Anna etwa hinterherspioniert?«, wollte Iveta in scharfem Tonfall wissen.

Ove erhob sich und ging mit ausgreifenden Schritten in Richtung Verandatür.

»Wohl kaum«, antwortete Niklas, als Ivetas Mann außer Hörweite war. »Das Haus meines Vaters war zu dem Zeitpunkt noch mein Zuhause. Ich habe nur aus dem Fenster geschaut.«

»Verdammt, Niklas. Das Ganze war doch deine Schuld!«

»Meine Schuld?«

»Anna war am Boden zerstört, nachdem sie mit dir Schluss gemacht hatte. Dein Vater hatte leichtes Spiel.«

»Leichtes Spiel?«, hakte er entsetzt nach.

»Nicht, was du denkst«, erwiderte sie und warf ihm einen wütenden Blick zu. »Ach, geh mir besser aus den Augen, Niklas John!«

Fentje wollte an ihrer üblichen Stelle am Deich baden gehen, doch Sofia bestand darauf, nach St. Peter-Ording an den Strand zu fahren.

»Komm schon. Das ist viel interessanter«, sagte sie.

»Da wird heute höllisch was los sein«, wandte Fentje ein.

»Das ist doch gerade gut. Vielleicht fahren sich ein paar Touris fest. Die können wir dann aus dem weichen Sand rausziehen!«

»Ja, das ist immer ein großer Spaß«, meinte Fentje ironisch. »Das Abschleppseil ist natürlich allzeit an Bord.«

Sie fuhren die B202 hinauf und über den Deich auf den Ordinger Strand. Wie erwartet, parkten diverse Pkw und Wohnmobile auf dem dafür freigegebenen Strandabschnitt. Dahinter standen Strandkörbe und zwei der Pfahlbauten, für die St. Peter-Ording bekannt war.

In einem weiteren Bau auf Pfählen an einer anderen Stelle des Strandes hatte Fentje im letzten Sommer einen Brand miterlebt, bei dem sogar der Wirt verletzt worden war. Niklas und sie hatten ihn gerade noch rechtzeitig herausgebracht. Inzwischen waren Bar und Restaurant renoviert und neu eröffnet worden. Fentje war aber noch nicht wieder dort gewesen.

Sie gingen den langen Holzsteg hinunter in Richtung Wasser.

Sofia drehte sich tanzend im Kreis. »Oh, wie schön, oh, wie schön! Sag, dass es hier schöner ist als an deinem grünen Strand, Tantchen!«

»Den feinen Sand kannst *du* ja hinterher aus dem Auto saugen.«

»Ha, ha, als würde der auffallen! Der neutralisiert doch eher den Schafsdreck.«

»In meinem Auto ist kein Schafsdreck im Innenraum.«

»Dafür hinten auf der Ladefläche umso mehr.«

Sofia fand einen Platz, der ihr genehm war, und ließ die

Badetasche fallen. Sie zogen T-Shirt und Shorts aus. Bikini beziehungsweise Badeanzug hatten sie sich schon untergezogen. Im Nu waren sie im Wasser.

Fentje schwamm ein paar kräftige Züge hinaus und tauchte unter. Die beste Methode, um unschöne Gedanken aus dem Kopf zu vertreiben. Gedanken an Mandanten und Menschen, die wahrscheinlich unschuldig im Gefängnis saßen. An Menschen, die unwiderruflich tot waren, und auch an solche, die sich immer in alles einmischten und die sie lieber nicht noch einmal wiedersehen wollte.

Als sie durchgekühlt aus dem Wasser stieg und nach ihrem Handtuch in der Tasche griff, hörte sie, dass ihr Telefon klingelte. Sie fischte es heraus. »Jacobsen.«

»Hier ist Jorne. Gina sagt, dass du mich sprechen willst?«, klang es unwirsch an ihr Ohr.

»Moment, ja, das stimmt. Es geht um Henning und Anna.«

»Um Henning ist okay. Er ist schließlich mein Bruder. Von Anna möchte ich lieber nichts mehr hören. Und Henning sagt, dass du ihn vertrittst?«

»Das stimmt.«

»Hältst du das für eine gute Idee?«

»Ja, das tue ich. Henning übrigens auch. Deswegen muss ich auch mit dir reden. Wann passt es dir?«

»Das ist zurzeit ganz schlecht. Ich habe gerade unheimlich viel zu tun. Da kann ich nicht schon wieder zu euch an die Nordsee fahren.«

»Dann treffen wir uns bei dir. Ich komme nach Hamburg.« Sie bereute schon jetzt, das Angebot gemacht zu haben, aber es musste sein.

»Wenn du meinst. Moment mal.« Es entstand eine kleine Pause, in der er vielleicht seine Termine checkte, vielleicht auch nicht. »Nächste Woche Dienstag habe ich noch etwas Luft.«

Fentje erwog, ihn zu drängen, dass sie früher miteinander sprachen. Doch Jornes Reaktion auf Anna machte das Argument zunichte, dass er seiner Schwägerin damit vielleicht aus der U-Haft helfen konnte. Jorne klang jetzt schon mehr als genervt. Fentje wollte nicht riskieren, dass er sich gänzlich weigerte, sich mit ihr zu unterhalten. Dienstag musste reichen. »Um wie viel Uhr treffen wir uns wo?«, fragte sie.

»Hm. Meinetwegen um siebzehn Uhr bei mir. Das müsste ich schaffen. Ich schicke dir die genaue Adresse aufs Handy, okay? Findest du in die HafenCity?«

»Ja, klar. Bis dann …«

»Was ist denn los, Fentje?«, fragte Sofia, die ebenfalls aus dem Wasser gekommen war. »Eben sahst du noch so entspannt aus.«

»Es ist nichts.«

»Ging es bei dem Anruf um die Morde bei den Fehnsens?«

»Ja«, gab Fentje zu. »Im weitesten Sinne schon.«

»Ich wollte sowieso noch mal mit dir reden. Ich meine jetzt, wo du dich um Henning kümmerst …«

»Wieso das?«, erwiderte Fentje erstaunt.

»Bosse behauptet, dass auf der Hochzeit was Komisches passiert ist.«

»Wer ist Bosse?«

»Der ist auf meiner Schule. Aber eine Stufe über mir. Er hat auf der Hochzeitsfeier als Kellner gejobbt.«

»Dann sollte dein Bosse damit sofort zur Polizei gehen.«

»Die haben ihn schon befragt. Doch die Polizisten haben sich anscheinend nicht so richtig dafür interessiert.« Sofia rubbelte sich mit dem Handtuch die Haare trocken. Dann sah sie wieder auf. »Ich hab ihm gesagt, dass du Hennings Anwältin bist. Soll ich euch mal zusammenbringen?«

17. Kapitel

»Nimm Iveta ihr Benehmen bitte nicht übel«, bat Ove ihn, als sie nebeneinanderher zu der anderen Warft hinübergingen. Ove kümmerte sich dort um ein Ferienhaus, wenn deren Besitzer nicht auf Hooge waren. »Wenn es um Anna geht, ist sie empfindlich. Und dass Anna jetzt in Haft ist, ist ja auch wirklich grausam.«

»Deswegen bin ich hier. Ich möchte Anna helfen und etwas Licht in diese Angelegenheit bringen.«

Ove musterte ihn. »Aber das ist Sache der Polizei.«

»Sicher ist es das. Doch manchmal übersehen die auch etwas.«

»Wenn du meinst.« Ivetas Mann klang nicht überzeugt. »Ich wollte dich jedenfalls mal kurzfristig aus der Schusslinie bringen.«

»Danke, ich weiß das zu schätzen.«

»In einer halben Stunde ist Iveta wieder runtergekocht und die Ruhe selbst.«

»Du musst es ja wissen.«

»Oh ja, das weiß ich.«

»Wie war es eigentlich auf Annas Hochzeit?«, fragte Niklas. »Gab es irgendwelche Warnzeichen, dass so etwas Schreckliches passieren würde?«

»Ich habe nichts bemerkt.« Er lachte auf. »Aber ich merke auch nicht viel, behauptet Iveta. Jedenfalls nicht, wenn es um zwischenmenschliche Beziehungen und so geht. Wenn eine schwere Sturmflut kommt, das spüre ich in meinem großen Zeh, den ich mir mal gequetscht habe.«

Je weiter sie auf der schnurgeraden Teerstraße gingen,

desto kleiner wurde die Warft mit dem Haus der Mertens hinter ihnen, bis es beinahe wie ein Modell einer Märklin-Eisenbahn aussah. Das vor ihnen liegende Ferienhaus war ein ansehnlicher Bauernhof mit zwei Nebengebäuden. Das Reet sah hell und neu aus, alle Fenster waren mit modernen Rollläden verschlossen.

Ove ging Niklas mit großen Schritten voraus, über den kurz geschorenen Rasen die Warft hinauf. »Ich muss mit Rico ein Dachfenster auswechseln. Du kannst dich gern so lange ein bisschen umschauen. Die gesamte Anlage ist sehenswert.«

»Ist Rico der Besitzer?«

»Nein, nur ein Angestellter vom Festland, der hier ebenfalls ab und zu nach dem Rechten sieht.«

»Kann ich euch helfen?«

»Zwei Leute reichen vollauf. Sonst treten wir uns auf die Füße. Nur allein geht es nicht so gut. Deshalb hat Rico mich eben angerufen.« Ove entfernte sich. Er winkte einem breit gebauten Mann in blauem Arbeitsoverall zu, der aus einem der Nebengebäude getreten war und zu ihnen herüberstarrte. Als er Ove erkannte, ging er sofort wieder hinein.

Da Niklas' Hilfe offensichtlich weder vonnöten noch erwünscht war, tat er wie geheißen und wanderte auf der Warft herum. Neben einem der Nebengebäude stand ein kleiner schwarzer Toyota, mit dem besagter Rico und die Hausbesitzer wahrscheinlich hier auf der Hallig unterwegs waren. Niklas nahm nicht an, dass der Mann den Wagen vom Festland mitgebracht hatte.

Als es von außen nichts mehr anzusehen gab, wanderte Niklas weiter und gelangte in einen großzügigen Innenhof, der zwischen den drei Gebäuden lag. Der Boden war zum großen Teil mit roten Ziegelsteinen gepflastert, und es blühte üppig in Terrakottakübeln und den von Buchsbaumhecken eingefassten Beeten. Der Hof war zu einem großen Teil windgeschützt und sonnig. An dem Lattenzaun, der ihn umgab, neigten sich üppig blühende Stockrosen im Wind.

Es gab verschiedene Sitzgelegenheiten, von der Hollywoodschaukel – einer geschmackvollen Version – über zwei Strandkörbe bis hin zu einladend aussehenden Sitzgruppen. Zwischen den Gebäuden hatte man jeweils einen weiten Blick hinunter in die Salzwiesen bis zur Nordsee.

Nur nutzte das Haus momentan anscheinend niemand. Wem das alles wohl gehörte?

Mehr zum Zeitvertreib schoss Niklas ein paar Fotos mit seiner Kamera, die er wie meistens bei sich trug. Er nahm Gebäudeteile oder Elemente des Innenhofs aufs Korn, fotografierte zwischen den Gebäuden hindurch auf die Weite der Hallig. Eine getigerte Katze tauchte hinter einer Hausecke auf. Niklas kniete sich auf den Rasen und machte auch von ihr einige Fotos.

Hinter ihm knirschten Schritte. »Ich bin fertig hier«, sagte Ove. »Wollen wir wieder?«

Niklas richtete sich auf. »Ja. Ich habe in der Zwischenzeit das Anwesen bewundert. Wem gehört das alles?«

Ove zögerte. »Der Besitzer ist da etwas empfindlich und möchte nicht, dass es allgemein bekannt wird.«

»Ein Prominenter? Verstehe.« Wenn er selbst bekannt wäre, würde Niklas so ein privates Fleckchen Erde auf einer Hallig wahrscheinlich auch beschützen. Niklas war nicht übermäßig an Prominentenstorys interessiert und schrieb auch nicht gern darüber. Das überließ er den Jungs und Mädels von der »Show«, wie die Kollegen im Verlag genannt wurden. Die waren mit vielen Promis per Du und ließen sich zu Partys und Events einladen. Das war nicht sein Ding.

»Vielleicht hätte ich dich besser nicht mitnehmen sollen«, meinte Ove, als sie auf dem Rückweg waren. »Rico hat nachgefragt, was du so machst.«

»Und? Hast du es ihm erzählt?«

»Ja. Aber ich habe ihm auch gesagt, dass du privat hier bist, wegen Ivetas Freundin Anna.«

»Ich bin nicht an der Hütte seines Bosses interessiert, falls er das befürchtet«, erwiderte Niklas.

»Er hat gesehen, dass du Fotos gemacht hast.«

»Ja, und?«

»Die Besitzer der Ferienhäuser sind eben manchmal etwas empfindlich, was ihre Privatsphäre angeht. Trotzdem bin ich froh über den zusätzlichen Verdienst als Hausmeister. So viele Möglichkeiten, Geld zu verdienen, gibt es auf einer Hallig nicht.«

»Ich hoffe, du bekommst meinetwegen keine Schwierigkeiten«, sagte Niklas, obwohl er sich keiner Schuld bewusst war.

»Nein, ist auch egal. Ich vermute, Iveta hat jetzt Kaffee und Kuchen für uns. Sie backt auch immer für unsere Feriengäste, und egal, was sie macht, es schmeckt hervorragend. Was sagst du?«

Es gab ein Blech »Spiegeleierkuchen«, wie Ove ihn nannte, mit Aprikosen und einer Pudding-Schmand-Schicht, dazu frisch aufgebrühten Tee und Kaffee, Wasser und Saftschorlen für die Kinder. Die zwei Jungen und das Mädchen hielt es nicht lange am Tisch.

Als sie lärmend davongestoben waren, sagte Niklas: »Ich muss das Thema ›Anna‹ noch einmal aufgreifen. Da ist zum einen ihr Ex-Mann, über den ich Erkundigungen einziehen werde. Die Sache mit meinem Vater lassen wir vielleicht besser außen vor …«

»Ich bin ganz deiner Meinung. Wenn du da Weiteres wissen willst, musst du ihn selbst fragen.«

»Das habe ich schon befürchtet«, erwiderte Niklas mit einem sarkastischen Lächeln. »Aber ich wüsste gern noch mehr über Annas Verhältnis zu den Fehnsens.«

»Ich fand, dass Anna und Henning gut zusammenpassen«, sagte Iveta nachdenklich. »Beide sind sehr bodenständig. Er gibt ihr Sicherheit, und sie bringt Licht und Farbe in sein Leben. Sie kommt vom Land, sie mag das Landleben. Sie liebt Henning und er anscheinend auch sie. Besser geht es doch gar nicht. Deswegen habe ich nicht verstanden …« Sie stockte unbehaglich.

»Was hast du nicht verstanden, Iveta?«

»Warum Hennings Eltern Anna so kühl aufgenommen haben. Sie hat mir vor der Hochzeit ihr Leid geklagt. Sie haben nichts gesagt, aber sie haben sie wohl spüren lassen, dass sie nicht die erste Wahl ist. Ich meine, eine Frau wie Anna – was wollten sie denn noch für ihren Sohn?«

»Denkst du, es lag daran, dass sie Lettin ist?«

»Das weiß ich nicht. Doch wie idiotisch wäre das denn? Es kommt schließlich auf die Persönlichkeit an, nicht auf die Nationalität.«

»Sie haben vielleicht befürchtet, dass Anna ihren Sohn nur wegen seines Vermögens heiratet.«

»Also, besonderen Luxus kann er Anna nun nicht gerade bieten. Die Hochzeitsreise, die aus nachvollziehbaren Gründen erst nach der Ernte im Oktober stattfinden soll, wird eine Reise an die Mosel sein.«

»Unglücklicherweise haben sich mit dem Tod von Hennings Eltern die finanziellen Bedingungen vielleicht gerade geändert.«

»Eine gruselige Unterstellung ist das.«

»Ich spreche nur aus, was die Staatsanwaltschaft ins Feld führen kann.«

»Anna hat mal erwähnt, dass Lucy und Gustav wohl nicht gut damit klargekommen sind, dass sie geschieden ist. Die Schwiegermutter war sogar gegen ein weißes Hochzeitskleid und hat etwas Cremefarbenes vorgeschlagen. Schneeweiß, das passe nicht bei einer Braut, die zum zweiten Mal heiratet.«

»Aber Anna hat getan, was sie für richtig hielt.« Niklas erinnerte sich an das Foto von Anna in ihrem Brautkleid.

»Sie trug ein wunderschönes weißes Kleid. Sehr schlicht. Es hat ihre Schönheit und ihre natürliche Anmut betont.«

Niklas lächelte.

»Möchtest du ein Foto von ihr sehen?«

Er zögerte, doch Iveta suchte bereits auf ihrem Handy danach und hielt ihm das Display dann hin. Niklas konzentrierte sich auf Annas Gesichtsausdruck. Trotz der Querelen, von denen er gerade erfahren hatte, sah sie am Arm ihres Bräutigams glücklich aus. »Eine wunderschöne Braut!« Nichts auf dem Bild deutete auf drohendes Unheil hin.

»Ja, nicht wahr?«, bestätigte Iveta ihm und nahm ihr Handy wieder an sich.

»Wie war die Feier?«, fragte Niklas.

»Na ja, bei uns hätten wir mehr daraus gemacht.«

»Inwiefern?«

»Nachdem das Brautpaar aus der Kirche kommt, muss es bei uns in Lettland etliche Spiele und Herausforderungen meistern, bis es endlich zum Ort der Feier gehen darf. Das dauert manchmal Stunden, und alle haben viel Spaß. Je länger dieser Hochzeitsmarathon andauert, desto länger hält angeblich auch die Ehe …«

»Aber diese Spielchen, wie vor der Kirche einen Baumstamm durchsägen und so, gibt es hier doch auch.«

»Ja, doch das ist dann nur ein einziges Spiel. Vielleicht zwei. Und das war's«, sagte Iveta. »Ich habe versucht, Annas und Hennings Feier mit zu organisieren. Doch das hat nicht so richtig geklappt.«

»Das tut mir leid.«

»Sie haben alte Fotos von Henning und Anna an die Wand projiziert. Vom Kinderbild bis hin zu gemeinsamen Fotos der beiden. Nur war von Anna natürlich herzlich wenig dabei.«

»Haben sie dich nicht um Fotos von ihr gebeten?« Niklas fragte sich, wo ihn das Gespräch hinführte. Aber gerade wenn die Leute ins Erzählen kamen, erfuhr man in einem Nebensatz wichtige Dinge.

»Nein, sie haben nur bei Annas Tante in Lettland angefragt. Dort, wo sie aufgewachsen ist, weil ihre Eltern ja schon lange tot sind. Die hat so ungefähr ein Babyfoto und ein Einschulungsfoto geschickt. Und viel mehr war nicht dabei von Anna, bis auf die gemeinsamen Fotos des Paares, die während ihrer Zeit mit Henning entstanden sind. Und ein paar wenige von ihr hier auf der Hallig.«

»Also hatte man sich doch an dich gewandt?«

»Nein«, sagte sie mit starrer Miene.

»Und von wem stammten die Fotos von Anna auf der Hallig?«

»Ich glaube, die waren auch von ihrer Tante. Anna hatte mich mal mit ihrer Cousine auf Hooge besucht. Von ihr könnten die Fotos zu der Tante nach Lettland gekommen sein.«

Niklas überlegte. »Wer hat die Hochzeitsfeier der beiden denn im Wesentlichen organisiert?«

»Hennings Bruder und seine Frau. Seltsame Leute, wirklich seltsam!«

»Danke, dass du mir das erzählt hast, Iveta.«

»Gern geschehen. Aber hilft das Anna wirklich weiter?«, fragte sie zweifelnd.

»Ich versuche mein Bestes.« Er war so konzentriert gewesen, dass er gar nicht bemerkt hatte, dass Ivetas Mann aufgestanden und fortgegangen war. Erstaunt blickte er sich um. »Wo ist Ove eigentlich hin?«

»Ich glaube, Rico hat ihn noch mal angerufen.«

»Macht er viel für die Leute dort?«

»Ja, schon. Doch er wird auch gut dafür bezahlt.« Aber Iveta sah nicht so glücklich aus.

Niklas nickte. Die Bezahlung war natürlich nicht alles.

18. Kapitel

Fentje traf Bosse am selben Nachmittag in einem Eiscafé in St. Peter-Ording. Der junge Mann hatte sich nach Sofias Vermittlung sofort bereiterklärt, mit Fentje zu reden.

Bosse war ein schlaksiger Heranwachsender mit dunkelblonden Locken. In seinem jungenhaften Gesicht züchtete er etwas, was wohl mal ein Bart werden sollte. Fentje erinnerte sich, ihn auf der Feier gesehen zu haben, doch er war nicht für ihren Tisch zuständig gewesen. Bosse schaute zunächst verlegen drein, fing sich aber schnell und grinste, als sie sich im Café gegenübersaßen.

»Krass, dass Sie Sofias Tante sind«, sagte er.

»Wieso?«

»Sie sehen viel jünger aus.«

»Wir sind nur vierzehn Jahre auseinander.«

»Und Sie sind Anwältin?«

»Wir können gern Du sagen. Aber ja.«

»Geht klar.«

Sie schob ihm die Eiskarte rüber. »Du bist eingeladen. Such dir was aus.«

»Und Sie … äh, du?«

»Ich nehme hier immer das Spaghettieis.«

Sie plauderten über die Schule – über die Fentje nur rudimentäre Informationen von Sofia hatte – und das Sommerwetter, bis die Eisbecher serviert wurden. Bosse hatte einen Baileys-Becher gewählt. Erst als er sein Eis vor sich stehen hatte, fragte Fentje ihn nach der Hochzeit von Henning und Anna Fehnsen.

»Ich habe schon öfter bei solchen Veranstaltungen im

Catering gearbeitet«, begann er. »Hochzeiten, Geburtstage und Firmenjubiläen. Das ist zwar anstrengend, weil man stundenlang und oft bis tief in die Nacht auf den Beinen ist und die ganze Zeit konzentriert und freundlich sein muss, aber es gibt auch fast immer ein anständiges Trinkgeld.«

»Gerade bei ihrer Hochzeit wollen die Gastgeber großzügig sein, kann ich mir vorstellen.«

»Ja. Und man kann erwarten, dass sie gute Laune haben. Ich meine, sonst müssten sie den Zauber doch gar nicht erst veranstalten.«

»Das sehe ich auch so. Und wie war es bei den Fehnsens?«

»Es war von Anfang an tierisch anstrengend. Eigentlich schon, bevor es losging.«

»Wieso das?«

»Das lag unter anderem an den alten Fehnsens, also an den Eltern des Bräutigams. Das Brautpaar selbst, Henning und Anna, war gut drauf und beinahe entspannt. Es gibt ja Bräute, die sind auf ihrer Hochzeit eher so wandelnde Zeitbomben. Superemotional und superangespannt. Aber Anna machte den Eindruck, als wollte sie das Fest genießen, auch wenn nicht alles so lief, wie sie es sich vielleicht vorgestellt hatte.«

»Was lief denn nicht so, wie sie es sich vorgestellt hatte?«

»Also, ich habe das nur am Rande mitbekommen. Aber sie war wohl etwas enttäuscht darüber, dass auf dem Weg von der Kirche zur Feier so wenig passiert ist. Das ist in Lettland anscheinend anders.«

»War das alles?«

»Danach lief es eigentlich okay. Das Essen, die Trinksprüche und Reden … Der Tisch mit den Geschenken hat sich ja beinahe durchgebogen.«

»Die Fehnsens sind eine alteingesessene Familie.«

»Meine Eltern sind erst vor ein paar Jahren mit mir hergezogen. War eine ganz schöne Umstellung, von Hannover hierher.«

»Das kann ich mir vorstellen.« Oder auch nicht, dachte Fentje, die ihr Leben lang auf der Halbinsel Eiderstedt gelebt hatte. »Und was ist auf der Hochzeitsfeier passiert, das dir seltsam vorgekommen ist?« Sie war ja selbst dort gewesen, und ihr war nichts aufgefallen.

»Ich habe an dem Tisch der Brautleute bedient. Als das Tanzen anfing, waren Anna und Henning natürlich kaum noch auf ihren Plätzen zu finden. Anscheinend mussten sie der Reihe nach mit allen Gästen tanzen, die noch einen Fuß vor den anderen setzen konnten.«

»So oder so ähnlich.« Fentje lächelte.

»Hennings Eltern haben nur die ersten Tänze mitgemacht und kamen dann an ihren Platz zurück.« Er löffelte den Baileys vom Grund seines Bechers.

»Ja, das habe ich auch gesehen. Ich fand es etwas schade, dass sie sich so wenig unter die Leute gemischt haben. Unter die, die auch nicht tanzen wollten, meine ich.« Fentjes Großmutter war einmal zu ihnen hinübergegangen, um ihnen noch mal persönlich zu gratulieren und natürlich um etwas Klatsch auszutauschen. Gretje war jedoch schnell wieder zum Rest der Familie zurückgekehrt, weil diese Quelle anscheinend rasch versiegt war. Danach hatte sie Fentje getriezt, ja keinen Tanz auszulassen. Deswegen hatte sie auch so wenig von dem mitbekommen, was außerhalb der Tanzfläche los gewesen war.

»Es war so gegen elf Uhr. Ich bin zu dem Tisch des Brautpaares gegangen, um noch einmal die Getränkewünsche aufzunehmen. Die Mutter des Bräutigams saß da und starrte Löcher in die Luft. Sie hat mich gar nicht gehört, als ich sie angesprochen habe. Ihr Mann musste sie anstupsen, bevor sie mir gesagt hat, dass sie nichts mehr trinken möchte.«

»Kann es nicht sein, dass sie einfach erschöpft war nach diesem Tag?« Doch das passte nicht zu dem Bild, das Fentje von Lucy Fehnsen hatte. Sie hatte die Frau immer als Energiebündel und Macherin erlebt.

»Nein. Sie wirkte nicht müde auf mich. Eher im Gegenteil: Sie war mit einem Mal total blass und hatte weit aufgerissene Augen. Sie schien mit ihren Gedanken schlagartig ganz woanders zu sein. Und bei der Getränkerunde zuvor war sie noch voll dabei gewesen, beinahe unangenehm bevormundend.«

»Man kann ja auch ganz plötzlich müde werden.«

Bosse leckte seinen Eislöffel ab und legte ihn beiseite. »Sie war aber nicht müde. Sie wirkte eher verängstigt, fast ... erschüttert.«

»Und das siehst du den Leuten einfach so an?« Fentje provozierte ihn bewusst. Vielleicht war ihm ja noch mehr aufgefallen.

Er grinste schief. »Meine Mutter ist Psychotherapeutin. Sie hatte ihre Praxis mal bei uns im Haus. Ich weiß, wie die so aussehen.«

»Hm, meinst du wirklich? Hast du auch beobachten können, was ihr sonderbares Verhalten ausgelöst hat?«

»Nein, ich war ja nur ab und zu an dem Tisch. Es war nach einem dieser Spiele, glaube ich, oder, nein, nachdem die Fotoshow gelaufen war.«

»Welches der Spiele?«

»Die amerikanische Versteigerung des Strumpfbandes.«

»Ich erinnere mich dunkel. Das war aber doch vollkommen harmlos.« Lennard Hoops hatte das Strumpfband der Braut ersteigert und war tatsächlich ein bisschen rot geworden, als er es in Empfang genommen hatte.

»Lucy Fehnsen sah so aus, als hätte ihr gerade jemand eine tödliche Diagnose gestellt. Und das Merkwürdige daran ist doch ...«

»Ja?«

»Dass sie am nächsten Morgen wirklich tot war.«

Fentje ließ seine Worte einen Moment lang wirken. »Das kann aber doch nur ein Zufall sein. Lucy Fehnsen ist ja nicht an einer tödlichen Krankheit gestorben.«

»Vielleicht hatte sie ja eine Vorahnung.«

»Für die Spökenkiekerei sind auf Eiderstedt aber andere zuständig.«

»Spöken… was?«

»Hellsehen, Wahrsagerei …«, übersetzte Fentje. »War das alles?« Bosses Beobachtung war zwar interessant, doch sie konnte nicht erkennen, wie sie das weiterbrachte. Sie erinnerte sich an das, was Diana über Lucy gesagt hatte: dass sie in den Wochen zuvor am Sterbebett der alten Hebamme gesessen hatte. Vielleicht hatte sie das Erlebnis mitgenommen, oder sie hatte am Sterbebett der alten Dame etwas erfahren, an das sie auf der Hochzeitsfeier zu späterer Stunde hatte denken müssen. Die Versteigerung des Strumpfbandes konnte es ja wohl kaum gewesen sein. Hatte eines der gezeigten Fotos Lucy verärgert oder erschreckt?

»Das war noch nicht alles. Lucy und Gustav Fehnsen sind kurz darauf nach Hause gegangen. Viel zu früh für die Eltern des Hochzeitspaares! Es gab ein bisschen Gerede darüber. Auch hinter dem Tresen.«

Fentje war der frühzeitige Aufbruch der Eltern des Bräutigams gar nicht aufgefallen. Erst gegen zwei Uhr nachts, nach einem Tanzmarathon, der selbst Oma Gretje zufrieden gestellt hatte, hatte sie bemerkt, dass die Plätze von Hennings Eltern leer und verlassen aussahen. Aber selbst da hatte Fentje noch nicht geschaltet, dass sie gegangen waren, sondern angenommen, dass die sich nur woanders hingesetzt hatten. »So ein Gerede hinter dem Tresen ist ja manchmal recht aufschlussreich«, sagte sie aufmunternd.

»Ihr Mann soll Frau Fehnsen mehrmals gefragt haben, was denn los sei, warum sie schon gehen wolle, doch sie wollte nur nach Hause. ›Nicht hier, vor den Leuten‹, soll sie ihm auf seine Fragen hin sinngemäß geantwortet haben.«

»Also gab es einen Grund. Sei es nun ein Migräneanfall oder eine plötzliche Übelkeit. Lucy Fehnsen wollte bestimmt nur nicht einen allgemeinen Aufbruch auf der Hochzeitsfeier ihres Sohnes provozieren.«

»Ich habe noch etwas gehört«, fuhr Bosse fort, ohne auf Fentjes Einwände einzugehen. »Bevor sie den Saal verließ, ist sie ihrer Schwiegertochter auf die Damentoilette gefolgt, also der anderen.«

»Du meinst Gina Fehnsen. Aber die Toilette mussten wir alle mal im Laufe des Abends aufsuchen.«

»Ja, ja, doch Lucy Fehnsen war erst kurze Zeit, bevor sie gegangen ist, dort.«

»Das spricht für Kopfschmerzen oder Übelkeit«, erwiderte Fentje.

Bosse ließ sich nicht beirren. »Ja, aber Susi, die mit uns bedient hat, war zufällig zur selben Zeit auf der Toilette. Sie hat gehört, wie die alte Frau Fehnsen etwas zu ihrer Schwiegertochter gesagt hat. Die hat das Klo angeblich gar nicht aufgesucht, sondern wollte nur reden.«

Nun wurde Fentje hellhörig. »Was soll Lucy zu Gina gesagt haben?«

Bosse zuckte verlegen mit den Schultern. »Susi war schon dabei, sich die Hände zu waschen. Sie hat nur so etwas gehört wie: ›Wir können ihn in Verwahrung nehmen. Kann Jorne ihn uns gleich zu unserem Auto rausbringen?‹«

»›In Verwahrung nehmen‹? *Das* waren Lucys Worte?«

Er nickte. »So oder so ähnlich hat sie sich ausgedrückt – behauptet Susi.«

»Was meinte Lucy Fehnsen denn damit?«

»Woher soll ich das wissen? Susi hat daraufhin die Damentoilette verlassen. Soll ich noch mal bei ihr nachfragen?«

»Auf keinen Fall«, widersprach Fentje scharf.

»Dann war das für Sie wichtig, was ich mitbekommen habe?« Er sah etwas zu erfreut aus.

»Das kann ich noch nicht sagen. Aber du musst vorsichtig

sein. Zu niemand anders ein Wort darüber, okay? Es sei denn, es ist die Polizei.«

Niklas nahm die Fähre von Hooge um fünfzehn Uhr vierzig und ließ sich zurück nach Wyk schippern. Doch anstatt von dort die Rückfahrt nach Dagebüll anzutreten, wie er es geplant hatte, fuhr er noch einmal zu seinem Vater.

Die letzte Fähre von Föhr nach Dagebüll ging heute um neunzehn Uhr. Die würde er dann zwar verpassen, doch er wollte John senior unbedingt noch nach Thomas Meyer fragen, und am Telefon würde ihn sein alter Herr nur abwimmeln.

Während der langen Überfahrt hatte Niklas genügend Zeit, sich um eine weitere Hotelübernachtung und um Blofelds Betreuung in St. Peter-Ording zu kümmern. Das Apartmenthaus, in dem er wohnte, besaß praktischerweise einen Concierge-Service, der sogar am Wochenende zu erreichen war. Zu einer der Mitarbeiterinnen hatte er einen guten Draht. Sie erklärte sich gern bereit, seinen Kater für eine weitere Nacht zu versorgen.

»Das ist überhaupt kein Problem. Sie haben ja für solche Notfälle extra einen Schlüssel bei uns deponiert«, sagte sie.

»Das ist total nett von Ihnen. Ich weiß nicht, was ich ohne Sie täte. Und Blofeld auch nicht.«

»Ihr Kater bekommt sogar etwas Ansprache und ein paar Streicheleinheiten von mir.« Sie lachte.

»Mein Kater ist zu beneiden«, ging Niklas auf ihren leichten Tonfall ein.

»Viel Spaß noch auf Föhr, Herr John! Oder müssen Sie arbeiten?«

»Es ist eher Arbeit, ja. Aber trotzdem danke! Bis morgen dann.«

Als er an diesem Tag zum zweiten Mal mit dem Auto über die Insel fuhr, auf der er seine Jugend verbracht hatte, wurde er beinahe ein bisschen wehmütig. Besonders, wenn er an seine erste Liebe dachte. Er hatte heute mehr über Anna gesprochen als in den letzten fünfzehn Jahren zuvor zusammengenommen. Nachdem sie mit ihm Schluss gemacht hatte, hatte er sich kaum mehr erlaubt, an sie zu denken. Sie hatte jedes Recht der Welt gehabt, zu tun und zu lassen, was sie für richtig hielt. Anna hatte es in ihrer Kindheit und Jugend weit schwerer gehabt als er. Doch dass sie ausgerechnet auf die Hilfe seines Vaters gebaut hatte, und sei es auch nur auf Ivetas Veranlassung hin, das machte ihm immer noch zu schaffen.

Im Grunde fühlte er sich mitschuldig.

»Ist Annas Freund gut weggekommen?«, erkundigte sich Ove beiläufig.

»Er ist nicht mehr Annas Freund«, korrigierte Iveta ihn. »Aber ja, ich habe ihn zum Anleger gefahren. Nun ist er auf dem Weg zurück nach Föhr.«

»Soll ich helfen?« Ove deutete auf die drei Eimer mit Krabben, die zu Ivetas Füßen standen. Das Krabbenpulen war ebenfalls ein Nebenerwerb auf der Hallig. Meistens erledigten die Frauen das am späten Nachmittag oder Abend. Heute hatte Iveta allerdings eine größere Menge als üblich angeliefert bekommen.

»Da sag ich nicht Nein. Hat Rico dich denn schon entlassen?«, fragte Iveta spöttisch.

Ove ließ sich breitbeinig auf dem Gartenstuhl nieder und zog sich einen Eimer heran. Geschickt pulte er die Krabben. Er war damit aufgewachsen, während Iveta diese Fähigkeit erst hatte erlenen müssen. Mittlerweile war sie schneller als er. Doch das würde er niemals zugeben.

»Ich sollte ihm nur noch einmal schnell am Haus helfen«, erzählte er ihr. »Und kaum war das passiert, ist Rico mit dem Toyota losgerast, um die Fähre nach Schlüttsiel noch zu erreichen. Ich soll das Auto die Tage vom Fähranleger abholen und wieder auf die Warft bringen.«

»Rico ist auch weg?« Iveta grinste. »Dann haben wir also wieder unsere Ruhe auf der Hallig.«

»Ich dachte, du freust dich über Besuch?«

»Stimmt eigentlich. Aber man gewöhnt sich an dieses Einsiedlerleben. Und der Besuch von Annas ehemaligem Freund hat mich irgendwie beunruhigt.«

»Wieso das denn? Ich fand diesen Niklas recht vernünftig. Nach dem, was du mir über ihn erzählt hattest, habe ich ihn mir schlimmer vorgestellt.«

»Niklas ist okay.« Iveta warf eine weitere Krabbe in den Eimer mit den frisch gepulten. »Doch ich mache mir nun noch mehr Sorgen um Anna. Wenn sogar Niklas, der sie fünfzehn Jahre lang nicht gesehen hat, alle möglichen Hebel in Bewegung setzt, um ihr zu helfen, ist ihre Lage wohl wirklich ernst.«

»Möchtest du aufs Festland, um sie zu besuchen?«, fragte Ove. »Wir haben im Moment echt viel zu tun, doch wenn es dir wichtig ist, bekommen wir auch das hin.«

Iveta beugte sich zu Ove hinüber. »Oh, Mann, du sollst die Krabben pulen, nicht in Fetzen reißen!« Sie drückte ihm einen Kuss auf die Wange. »Ich werde vorerst nicht zu Anna fahren. Aber danke für das Angebot. Du bist wirklich der Beste!«

19. Kapitel

»Ich schreibe dir gerade eine E-Mail«, sagte sein Vater.

»Es ist besser, wir sprechen persönlich darüber. Dann kannst du dir diese Mühe sparen.«

»Erst besuchst du mich monatelang gar nicht, und nun zweimal so kurz hintereinander?«

»Störe ich dich bei irgendwas?«

»Nein, aber in zehn Minuten muss ich weg. Golf spielen.«

»Kein Problem.«

Dieses Mal gingen sie in die Küche und stellten sich an den Tresen.

»Was weißt du über Thomas Meyer?«, kam Niklas sofort zur Sache.

»Ist das der Mann, den Anna geheiratet hat?«, erkundigte sich sein Vater mit Unschuldsmiene.

»Tu doch nicht so unwissend. Sie hat ihn über dich kennengelernt.«

»Also gut. Ich gebe es zu. Ich habe ein paar verschwommene Erinnerungen an diese Zeit und die Leute, zu denen ich Anna und Iveta mitgenommen habe. Aber der Name von diesem Meyer war mir tatsächlich entfallen.«

»Was weißt du über ihn?«

»Damals nannte er sich unter anderem ›Anlageberater‹. Er hat für einen Bekannten von mir gearbeitet, der eine große Spedition besessen hat. Mein Bekannter hat über Thomas Meyer einen großen Teil seines Geldes angelegt, mit einer Rendite von erstaunlichen vierzig Prozent, wurde gemunkelt. Bei ihm hat auch alles geklappt. Daraufhin haben andere Leute von den angeblich so lukrativen Anlagemöglichkeiten

Wind bekommen. Und wie es immer so ist: Gier schlägt Verstand. Viele von denen, die danach ebenfalls ihr Geld bei Meyer angelegt hatten, haben es verloren. Er soll eine Art Schneeballsystem mit den Geldern, die ihm anvertraut wurden, aufgezogen haben. Er hat nie wirklich etwas angelegt. Aber das kam alles erst viel später raus.«

»Wusstest du von seiner Betrugsmasche, als du Anna mit Thomas Meyer in Kontakt gebracht hast?«

Sein Vater sah ihn verletzt an. »Natürlich nicht. Und ich habe sie auch nicht mit ihm ›in Kontakt gebracht‹, wie du es nennst. Anna und dieser Thomas Meyer waren nur zufällig ein paar Mal auf denselben Partys auf Föhr und auf Sylt. Er war einigermaßen attraktiv und ein wahrer Charmeur. Wie so viele Betrüger. Und es sah zu dem Zeitpunkt auch so aus, als hätte er Geld. Anna hatte nie eine Chance gegen so einen ...«

»Du hast sie mehrmals zu solchen Partys mitgenommen? Und du hast diesen Meyer auch nicht durchschaut? Du bist doch sonst so schlau und geschäftstüchtig!«

»Mea culpa, mea culpa.« Er legte sich theatralisch die Hand auf die Brust. »Ich hatte Meyer sogar selbst eine kleine Summe Geld anvertraut und es verloren.«

»Mir kommen echt die Tränen, Vater.«

»Sei nicht so sarkastisch. Das steht dir nicht. Sonst noch etwas?«

»Ich begreife es immer noch nicht: Anna war erst zwanzig Jahre alt. Sie war fremd hier und sprach noch nicht perfekt Deutsch ...«, sagte Niklas angewidert. »Was für Typen hast du sie da ausgesetzt?«

»Ich hatte davon keine Ahnung. Aber so ist das Leben, Niklas. Und ihre schwierige Situation war dir doch auch bekannt, als du Anna hast hängen lassen.«

»Weißt du, was dieser Meyer jetzt macht?«

»Nein. Doch ich könnte ein paar Erkundigungen für dich über ihn einziehen.«

»Spar dir die Mühe. Das kommt etwas zu spät. Ich mache es selbst.«

Als er die Küche verließ, sah Niklas aus dem Augenwinkel, dass sein Vater sofort nach seinem Smartphone griff.

Zurück in seinem Wagen, rief Niklas einen ehemaligen Kollegen vom *Tag* an, der längst in Rente gegangen war. Max Eckhof hatte vor vielen Jahren über einen Millionen-Betrüger geschrieben, der die Leute auf eine sehr ähnliche Weise betrogen hatte, wie Thomas Meyer es anscheinend getan hatte. Die Geschichte war mehrere Tage lang mit dicker Schlagzeile auf der Titelseite vom *Tag* erschienen.

Niklas erzählte seinem Ex-Kollegen in groben Zügen, woran er arbeitete, und bat ihn um Informationen zu dem alten Fall. Sein Kollege lachte bei der Erinnerung daran und wartete spontan mit ein paar skurrilen Details des Millionen-Betrügers auf, die Niklas schon längst wieder vergessen hatte.

»Der Name Thomas Meyer sagt mir allerdings gar nichts«, behauptete Max, als Niklas sich nach ihm erkundigte. »Aber ich bin ja schon länger raus. Das muss also gar nichts heißen. Ich werde mal meine Fühler in die entsprechende Richtung ausstrecken. Einer meiner alten Kontakte könnte was wissen.«

»Danke, Max. Du hast was gut bei mir.«

»Du kannst dich bei mir mit ein paar Bierchen revanchieren.«

»Hast du kurz Zeit?« Fentjes Blick fiel auf die blutroten Hände ihrer Großmutter. Sogar ihr Gesicht hatte ein paar Spritzer abbekommen.

»Setz dich, Fentje. Ich muss noch schnell die Kirschen entsteinen. Es gibt Grießschnitten mit Kirschkompott, weil es heute ja wieder so warm werden soll.«

Fentje setzte sich zu ihr. »Wie gut kennst oder kanntest du eigentlich Irma Andresen?«, fragte sie ihre Großmutter.

Gretjes zerknittertes Gesicht mit den überraschend blauen Augen leuchtete auf. »Oh, Kindchen! Wie wunderbar! Aber leider muss eine andere Hebamme das Baby auf die Welt holen. Irma Andresen ist doch kürzlich verstorben.«

»Ich bekomme kein Baby, Oma«, sagte Fentje rasch.

»Bist du dir sicher? Na ja, ist auch besser, erst zu heiraten … Ich habe gesehen, wie schön du mit Hauke getanzt hast.«

»Hauke und ich sind nur Freunde.«

»Ja, ja. Sonst noch was?« Sie widmete sich wieder dem Entsteinen der Kirschen.

»Kennst du jemanden, dem Irma Andresen besonders nahestand?«

»Da fällt mir nur die arme Lucy ein – Gott hab sie selig.«

»Seit wann machst du solche Sprüche, Gretje?«

»Ik bün old, ik dörf dat.«

»So alt nun auch wieder nicht! Außer Lucy weißt du auf Anhieb niemanden? Irma muss doch halb Eiderstedt gekannt haben.«

»Bestimmt hat sie das. Aber sie ging doch schon auf die neunzig zu. Da sind die meisten engeren Freunde und viele Bekannte längst weggestorben.«

»Das stimmt auch wieder.« Fentje nickte ernüchtert. »Kannst du dir vorstellen, dass Irma der Lucy auf dem Sterbebett irgendein Geheimnis anvertraut hat?«

»Du denkst, Irma hat ihr Gewissen erleichtert oder so?«, hakte Gretje begierig nach.

Fentje zuckte mit den Schultern. »Ich frage mich, ob Lucy vor der Hochzeitsfeier etwas erfahren hat, was ihr schwer zu schaffen gemacht hat. Ich habe gehört, dass sie auf der Feier mit einem Mal ganz verstört ausgesehen haben soll. Und wenig später sind Gustav und sie nach Hause gefahren.«

»Ich weiß, was du meinst, Kind. Lucy sah mit einem Mal

so aus, als wäre ihr ein Gespenst begegnet«, bestätigte ihre Großmutter zu Fentjes Erstaunen.

»Du hast es auch bemerkt?« Ein Kirschkern machte sich selbstständig und flog durch die Küche auf die hellgrauen Fliesen. Fentje stand auf und hob ihn auf.

»Oh, oh! Dein Kleid ist aber kurz, Kindchen!«

»Das ist kein Kleid. Nur ein altes T-Shirt.«

»Und das am Sonntag?« Gretje schnalzte mit der Zunge. »Aber du kannst es ja tragen. Du hast noch hübsche Beine.«

»Danke.« Fentje überhörte das »noch« und las einen weiteren Kirschkern auf. »Ich ziehe mir gleich was Richtiges an, wenn ich im Stall gewesen bin. Wann genau sah Lucy denn so aus, als wäre ihr ein Gespenst begegnet?«

»Das weiß ich nicht mehr.«

»Schade. Falls du dich wieder erinnerst …«

»Ich habe es gar nicht gesehen«, räumte Gretje ein. »Aber ich habe davon gehört. Frag am besten mal die Pastorin.«

»Okay, mit der wollte ich sowieso noch reden.« Anscheinend führte ihr nächster Ermittlungsschritt unweigerlich in Richtung Wulkenbüller Kirche. Es war kurz nach neun am Morgen. Sollte sie heute ausnahmsweise mal wieder den sonntäglichen Gottesdienst besuchen?

Als Fentje diesen Gedanken laut aussprach, um sich gegen ihre inneren Widerstände für dieses Vorhaben zu motivieren, sagte Gretje: »Frag die Pastorin doch gleich nach einem Termin!«

»Nach was für einem Termin?«

»Ach, nichts.« Gretje zwinkerte vieldeutig und griff zur nächsten Kirsche.

Als die Fähre am Sonntagmorgen um neun Uhr fünfunddreißig in Wyk auf Föhr ablegte und die Insel hinter ihm im Dunst verschwand, atmete Niklas auf. Er freute sich auf Blofeld und auf sein eigenes Apartment.

Die zweite Nacht im Hotel war nicht sehr geruhsam verlaufen. Erst hatte er zu lange im Internet über Thomas Meyer recherchiert, was wenig erfreulich gewesen war. Dann hatte er nicht einschlafen können, weil seine Gedanken unaufhaltsam um Anna, Iveta und seinen Vater gekreist waren. Und als ihm gerade die Augen zufallen wollten, hatte eine Mücke den Weg in sein Hotelzimmer gefunden und vor seinem Ohr Flugübungen gemacht.

Die Mitarbeiterin im Apartmenthaus begrüßte ihn mit der Bemerkung, dass es Blofeld bestens gehe, sie sich gut miteinander verstanden hätten, aber dass das Tier sein Herrchen natürlich vermisst habe. Niklas dankte ihr, gab ein großzügiges Trinkgeld in die Kaffeekasse und fuhr mit dem Fahrstuhl nach oben.

Erleichtert ließ er hinter der Wohnungstür die Tasche fallen und rief nach seinem Kater. Doch keine Spur von Blofeld. Meistens kam das Tier gleich zu ihm und strich ihm um die Beine, wenn er das Apartment betrat. Nicht so heute. Wahrscheinlich hatte ihm die Frau eine Extraportion Katzenfutter spendiert. »Blofeld? Bist du so satt und träge, dass du mich nicht einmal begrüßen willst?«

Er ging in die Küche mit dem angrenzenden Wohnbereich und sah sich um. Blofeld saß vor der Glastür zur Dachterrasse und wandte ihm den Rücken zu. Seine Schwanzspitze zuckte gereizt.

»Tut mir leid, dass ich so lange nicht da war«, sagte Niklas und kam sich albern dabei vor. »Willst du ein bisschen Thunfisch?«

Falls er eine Reaktion auf die Ankündigung von Blofelds Lieblingsspeise erwartet hatte, hatte er sich getäuscht. Er öffnete die Kühlschranktür, was sonst immer reges Leben in seinen Kater brachte, doch auch damit erzielte er keine Reaktion. Ratlos blickte Niklas zur Terrassentür. Blofeld hob eine Pfote und berührte die Glasscheibe. Er maunzte.

»Verstehe. Du willst raus auf die Dachterrasse. Nur zu, wenn du mich mit deiner Abwesenheit strafen willst.« Niklas öffnete die Tür.

Blofeld rührte sich nicht.

Da ein kräftiger Wind wehte, schloss Niklas die Terrassentür nach ein paar Sekunden wieder. Sofort hob der Kater die Pfote, hieb sie gegen das Glas und gab erneut ein vorwurfsvolles Maunzen von sich.

»Du benimmst dich nicht besser als dein Frauchen«, sagte er. »Soll ich Patricia anrufen, damit sie dich abholt?«

Blofeld blickte weiterhin stur hinaus. Niklas seufzte und ließ sich wie erschossen auf die Couch fallen. Ein paar Minuten später landeten Blofelds vier Kilo auf seinem Bauch. Der Kater tretelte ein bisschen auf ihm herum und rollte sich dann zusammen.

Um zehn Uhr pünktlich zum Gottesdienst in der Kirche von Wulkenbüll zu erscheinen war aussichtslos gewesen. Nicht jedoch, nach dem Gottesdienst vor der Kirchentür auf die Pastorin zu warten.

Fentje fuhr am Zaun des Kirchhofs entlang und fand ganz am Ende einen Parkplatz für ihren Pick-up. Die Glocke läutete schon, doch die Gottesdienstbesucher waren noch nicht herausgekommen. Sie sprang aus dem Wagen und ging durch die schmale Pforte den Weg bergan zur Kirche. Erst die Hochzeit der Fehnsens, dann die Trauerfeier für Gustav und Lucy am Freitag, und heute war sie schon wieder hier … Da könnte man meinen, sie würde sich noch zu einem tragenden Mitglied der kleinen Gemeinde entwickeln.

Fentje stellte sich seitlich der Tür an die Mauer und wartete. Die Türflügel schwangen auf, und die Leute traten nach und nach gesetzten Schrittes ins Freie. Bald darauf sah Fentje die Pastorin. Sie mischte sich unter die Gemeinde, schüttelte zum Abschied Hände, sprach mit dem einen oder anderen noch ein paar Worte. Als sich beinahe alle Gottesdienstbesucher entfernt hatten, blickte sie sich um und entdeckte Fentje.

»Im Küsterhaus gibt es im Anschluss an den Gottesdienst noch Tee, Kaffee und Kuchen«, sagte Pastorin Rodewig nach der Begrüßung.

»Ich bin hier, weil ich Sie etwas fragen möchte«, erwiderte Fentje.

Die Pastorin kniff die Augen zusammen. »Sie sind doch Frau Jacobsen, Gretjes und Hinrichs Enkelin?«

»Richtig, Frau Rodewig. Haben Sie kurz Zeit?«

»Hm. Ich muss gleich rübergehen. Vielleicht begleiten Sie mich ein Stück?« Auf der Stirn der Pastorin glänzten feine Schweißperlen. Wahrscheinlich war es in der Vormittagssonne unter dem Talar zu warm.

Fentje genoss es, wie der frische Wind aus Richtung Nordsee über ihre nackten Arme und Beine strich und ihren Nacken unter den hochgesteckten Haaren kühlte. »Gerne. Es geht um Irma Andresen.«

»Oh, die verstorbene Hebamme?«

»Ja, genau.« Auf einmal suchte Fentje nach den richtigen Worten. Was genau wollte sie überhaupt wissen? »Ich bin Henning Fehnsens Anwältin«, fuhr sie fort, weil Thekla Rodewig sie kritisch musterte. »Der ungeklärte Mord an seinen Eltern und zusätzlich der Verdacht, der damit auf ihn und seine Frau Anna gefallen ist, sind eine sehr große Belastung.«

»Das kann ich mir vorstellen. Ich habe jederzeit ein offenes Ohr für sie, wenn einer von ihnen meinen Beistand braucht.«

»Es wäre auch hilfreich, wenn die beiden nicht mehr von der Polizei verdächtigt werden würden«, erwiderte Fentje diplomatisch. »Meine Großmutter hat mir erzählt, dass Sie auf der Hochzeitsfeier etwas beobachtet haben.«

»Ich habe mit allen möglichen Leuten gesprochen. Aber was soll ich beobachtet haben?«

»Lucy und Gustav sind recht früh aufgebrochen«, sagte Fentje und näherte sich damit dem Thema, das sie interessierte. Sie überquerten die Straße. Der Talar der Pastorin raschelte im Wind.

»Ja, das ist mir auch aufgefallen. Ich hatte den Eindruck, dass es Lucy auf einmal nicht mehr gut ging.«

»Meinen Sie, rein körperlich, so wie ein Migräneanfall, oder eher psychisch?«

»Ich saß ihr gegenüber, als Fotos der Brautleute von früher gezeigt wurden. Anfangs schien Lucy ganz entzückt zu sein. Es waren eine Menge Kinderbilder von Henning dabei …«

»Ja, von ihm gab es deutlich mehr zu sehen«, bestätigte Fentje.

»Ich habe nicht die ganze Zeit auf die Fotos geschaut, weil ich mit dem Rücken zu der Projektionswand saß. Stattdessen habe ich bemerkt, dass Lucy auf einmal aussah wie vom Donner gerührt. Ich kann es nicht besser beschreiben. Sie fasste Gustav am Arm, sagte leise etwas zu ihm. Dann schien sie sich im Saal umzusehen. Sie war sehr blass und musterte langsam einen nach dem anderen. Kurz darauf ging sie auf die Toilette. Und dann sind Gustav und Lucy auch schon aufgebrochen. Sie haben sich nicht einmal von mir verabschiedet.«

Das waren kaum neue Informationen für Fentje. Etwas sollte Lucy während der Hochzeitsfeier ihres Sohnes erschreckt haben. Das hatte sie schon gehört. Ob wirklich eines der Fotos der Auslöser gewesen war? Die Kinder- und Jugendbilder von Henning kannte Lucy ja sicherlich. Oder war es etwas ganz anderes gewesen?

»Warum haben Sie anfangs nach Irma Andresen gefragt?«, wollte die Pastorin wissen, als sie am Küsterhaus angekommen waren. Sie schien es nicht eilig zu haben hineinzugehen. Vielleicht, weil auch hier ein frischer Wind um die Ecke wehte und den Saum ihres Talars bewegte.

»Ich habe gehört, dass Lucy an ihrem Sterbebett gesessen haben soll.«

»Das ist richtig. Sie hat Irma vorgelesen oder ihr einfach so Gesellschaft geleistet. Worauf wollen Sie hinaus?«

»Ich frage mich, ob Frau Andresen Lucy etwas erzählt hat, an das sie während der Feier auf einmal denken musste, was sie so stark beunruhigt hat. Ob der Tod der Fehnsens damit zusammenhängen könnte.«

»Mit der alten Hebamme? Das kann ich mir nicht denken!«

»Es ist schwer, sich irgendeinen Grund dafür vorzustellen, den alten Fehnsens das anzutun«, erwiderte Fentje.

»Da haben Sie auch wieder recht.« Sie blickte nun doch sehnsüchtig zur offen stehenden Tür des Küsterhauses. »Wollen Sie nicht noch einen Moment mit reinkommen, Frau Jacobsen? Auf eine Tasse Tee oder Kaffe? Alle würden sich sehr freuen.«

»Tut mir leid. Ich muss gleich wieder nach Hause. Die Schafe …«, sagte sie lahm.

»Ich habe gesehen, dass Sie erst um elf Uhr vor der Kirche standen, Frau Jacobsen.« Nun blickte die Pastorin ihr direkt in die Augen. »Mein Gottesdienst beginnt aber um zehn Uhr.«

Thekla Rodewig hatte also bemerkt, dass sie gar nicht am Gottesdienst teilgenommen hatte. Dabei hatte Fentje gehofft, dass das nicht auffallen würde. Doch von so einer Kanzel aus hatte man seine Schäfchen wohl gut im Blick.

»Es ist ja noch ein bisschen hin, aber benötigen Sie eigentlich wieder die altmodischen kleinen Strohballen für die Erntedankfeier?«, fragte Fentje die Pastorin. Der Jacobsen-Hof war einer der wenigen Höfe in der Gegend, die noch die kleinen rechteckigen Ballen pressten.

»Oh, ja! Darauf sitzen während der Feier ja immer die Kinder. Und es ist eine so praktische, hübsche Deko!«

»Dann stellen wir uns darauf ein, und Sie bekommen selbstverständlich wieder die kleinen Strohballen.« Fentje lächelte und reichte der Pastorin zum Abschied die Hand.

20. Kapitel

Den Rest des Sonntags verbrachte Niklas damit, ein bisschen aufzuräumen und seine Notizen auf den neuesten Stand zu bringen. Am Abend war er mit seinem früheren Kollegen Max Eckhof in einer Kneipe in St. Peter-Ording verabredet. Der ehemalige Journalist, der noch immer in Hamburg lebte, hatte Niklas' Anfrage zum Anlass genommen, ein paar Tage an der Nordsee zu verbringen. Er besaß ein Wohnmobil, sodass er einfach losfahren konnte, wenn ihm danach war.

Sie trafen sich im *Café Küstenfeuer* am Ortsrand von St. Peter-Ording. Das Wetter war nach einem dunstigen Morgen den ganzen Tag über sonnig und warm gewesen, sodass am Sonntagabend noch viele Tagesgäste, Strandurlauber und Kitesurfer in der Bar versammelt waren.

Niklas ließ den Blick über die Anwesenden schweifen und entdeckte seinen ehemaligen Kollegen Max an einem Tisch am Ende des Tresens in einer schummrigen Ecke. Sie begrüßten einander. Max hatte früher dünnes, strähniges Haar gehabt, das er über der hohen Stirn zurückgekämmt trug. Nun hatte er es gänzlich abrasiert. Er sah auch weniger blass und abgespannt aus. Die Augenringe, früher in Kombination mit dem Ketterauchen so etwas wie sein Markenzeichen, waren beinahe komplett verschwunden. Der Stress des Berufsalltags schien von ihm abgefallen zu sein.

»Gut siehst du aus«, sagte Niklas.

»Du aber auch – Privatier!«

Niklas setzte sich neben ihn. Dass er nur noch als freier Mitarbeiter beim *Tag* arbeitete, hatte sich anscheinend bis zu den Ruheständlern herumgesprochen. »Ich arbeite auf eigenes Risiko und habe kein festes Gehalt mehr. Dafür mache ich mehr die Sachen, die mich wirklich interessieren.«

»Wie Mordfälle aufzuklären?«

»Wie kommst du darauf?«, fragte Niklas mit Unschuldsmiene.

»Zumindest in der Redaktion ist die Geschichte von der erhängten Lehrerin – und deinem Anteil an der Aufklärung – allgemein bekannt.«

»Es wird viel geredet«, erwiderte Niklas vage.

»Und wo bist du nun dran? Warum interessierst du dich ausgerechnet für meine uralte Story von dem ›Millionen-Betrüger‹ beziehungsweise einem seiner Nachahmer?«

Sie bestellten sich auf Niklas' Empfehlung hin jeder eine Caipirinha. »Ich bin bei meinen Recherchen für eine andere Geschichte auf diesen Thomas Meyer gestoßen. Wie ich am Telefon schon erwähnt habe, geht es um den Doppelmord auf dem Bauernhof auf der Halbinsel Eiderstedt. Meyer könnte unter Umständen etwas damit zu tun haben. Er scheint ja eine ähnliche Masche durchgezogen zu haben wie dein Betrüger damals. Vielleicht in nicht ganz so großem Stil. Aber das Netz gibt nicht viel über ihn her.«

»Stimmt. Ich habe auch schon nach ihm geschaut. Als das nicht so ergiebig war, habe ich ein paar Leute angerufen.«

Die Cocktails wurden vor ihnen abgestellt, und beide tranken einen großen Schluck. Niklas spürte, wie seine Lebensgeister wieder erwachten. Die letzten zwei Tage auf Föhr und der Hallig Hooge hatten ihm moralisch und psychisch mehr zugesetzt, als er sich eingestehen wollte.

»Hast du herausgefunden, was dieser Meyer jetzt so macht?«

»Nicht so voreilig, Niklas. Ein alter Mann ist kein Jet. Ich bin mehr so die gute alte Tante Ju.« Er sprach bedächtig, genoss Niklas' volle Aufmerksamkeit ganz offensichtlich.

»Ich weiß nicht, wie er es gemacht hat, aber Meyer ist wieder voll da. Er soll ein ehrbarer Geschäftsmann geworden sein.«

»Das glaube ich im Leben nicht!«, stieß Niklas hervor.

»Nicht wahr?« Max zwinkerte.

»Was für ›Geschäfte‹ betreibt er denn?«

»Er macht in Immobilien – gerne im ländlichen Raum.«

»Oh, Mist!«, stieß Niklas hervor. »Ausgerechnet! Und seine Ex-Frau hätte beinahe einen Hof samt Eigenland auf der Halbinsel Eiderstedt in die Hände bekommen.«

»Du glaubst nicht, dass er anständig geworden ist?«

»Eher mache ich in diesem Glas meinen Freischwimmer.« Niklas wies auf das Cocktailglas vor sich auf dem Tisch.

»Er hat auch einen Kompagnon. Sie haben einen sehr gediegenen Webauftritt.« Max nannte die Adresse.

»Und ist das alles legal, oder hast du von deinen Kontakten auch Gegenteiliges gehört?«

»Wenn dein Meyer illegale Geschäfte macht, dann hat er wohl dazugelernt und ist vorsichtiger geworden. Aber man munkelt, dass er dringend Geld braucht.«

»Wo lebt er? Und wo ist seine Firma ansässig?«

»In Hamburg. Feine Adresse am Leinpfad.«

Niklas notierte sich, was er soeben erfahren hatte. Hamburg war nicht weit. Hatte Anna in letzter Zeit noch Kontakt zu ihrem charismatischen Ex-Mann gehabt? Das konnte und wollte er seinen ehemaligen Kollegen nicht fragen. Es war eine Information, die Anna extrem schaden konnte, wenn sie publik würde. Er wechselte das Thema, und den Rest des Abends sprachen sie über die alten Zeiten, die in der Retrospektive ja immer die besseren waren.

Irgendwann hielt Niklas es für ratsam, zügig nach Hause zu gehen. Ihm war ein bisschen schwummerig, obwohl er gar nicht so viel getrunken hatte.

»Eins ist da noch«, sagte Max, als sie sich voneinander verabschiedeten.

Niklas musste sich zu ihm vorbeugen, weil das Stimmengewirr in der Bar immer lauter geworden war. Außerdem war Max' Aussprache schon leicht verwaschen. Früher hatte der Kollege auch mehr abgekonnt …

»Pass ein bisschen auf dich auf, okay?«, bat Max ihn.

»Was meinst du?«, fragte Niklas verwundert.

»Ein Typ, der dahinten am Fenster gesessen hat, hat immer wieder zu uns rübergesehen.«

Niklas reckte den Hals. »Welcher Typ?«

»Der ist in dem Moment weggegangen, als wir bezahlt haben.«

»Du nimmst mich auf den Arm, Max!«

»Würde ich das wagen?«

»Wie sah er denn aus?«

»Groß, Mitte dreißig, Bart, kräftig aussehend, wie der Motorradschrauber von nebenan.«

Niklas schüttelte ratlos den Kopf. Spontan fiel ihm niemand ein, auf den diese Beschreibung passte.

»Machte nur einen seltsamen Eindruck. Doch ich kann mich auch irren. Ich wollte es dir aber wenigstens gesagt haben.«

»Okay, danke. Ich halte auf jeden Fall auf dem Heimweg die Augen offen.«

Eine Hand landete schwer auf seiner Schulter. »Ich muss jetzt auch dringend in die Heia in meinem Camper«, nuschelte Max. »Oder soll ich dich noch ein Stück begleiten?«

»Nein, ich kann ganz gut allein auf mich aufpassen. Wir sind hier in St. Peter-Ording, Alter.«

Auf dem Rückweg am Wald entlang ertappte Niklas sich dabei, wie er auf jedes ungewöhnliche Geräusch achtete. Die Straße war um diese Uhrzeit kaum noch befahren, und zu Fuß oder mit dem Rad war sowieso niemand mehr unterwegs. Die Abschnitte zwischen zwei Straßenlaternen und vor allem das Waldgebiet rechts und links von ihm lagen in tiefer Dunkelheit.

Mehrmals blickte er sich um, doch er sah nichts als eine leere Straße hinter sich und die undurchdringliche Finsternis zu beiden Seiten.

Als sich ihm von hinten auf der B202 mehrere Motorräder näherten, trat Niklas hinter einen Baum. Max hatte gesagt, dass der Mann, der sie beobachtet hatte, wie ein Motorradschrauber ausgesehen hatte. Kriminelle nutzten ihre Verbindungen zu Motorradclubs manchmal, um mit deren Hilfe ihren Forderungen Nachdruck zu verleihen. Niklas hatte keine Lust, sich von ein paar Typen auf Motorrädern einschüchtern zu lassen. Vorsicht war in diesem Fall – ganz allein im Wald – die bessere Entscheidung.

Doch er hatte sich umsonst verborgen. Zwei Fahrer auf schweren Maschinen rasten an ihm vorbei. Sie schienen nicht auf der Suche nach ihm oder jemand anders zu sein.

Niklas kam am Tennisclub vorbei und bog dann nach rechts in die Straße Im Bad ab. Wenig später passierte er den Parkplatz an der Dünentherme. Hin und wieder war ihm auf seinem Fußmarsch ein einzelnes Auto entgegengekommen, doch es waren nur harmlose Urlauber oder, wie er selbst, Einheimische auf dem Nachhauseweg. Was hatte Max ihm da erzählt? Hatte er ihn nur hochgenommen? Zuzutrauen wäre es ihm.

Als er die Häuser des Ortsteils Bad erreichte, war er überzeugt, dass Max sich getäuscht haben musste. Er folgte der Straße nach links und bog dann in eine der Seitenstraßen in Richtung Meer, in der sein Apartmenthaus als eines an vorderster Front lag.

Um diese Uhrzeit war der Empfang im Erdgeschoss nicht mehr besetzt. Er ging den schnurgeraden Mittelgang hinunter, mit einer Hand an der Wand entlangstreifend, weil er merkte, dass er vor Müdigkeit leicht schwankte. Die Fahrt mit dem Fahrstuhl bis ganz nach oben erschien ihm endlos. Noch ein Stück einen weiteren Gang hinuntergehen bis ganz zum Ende. Sein Apartment war eines derjenigen, die an der Frontseite des Gebäudes lagen.

Er schloss die Wohnungstür auf, stolperte hinein und streifte sich die Schuhe von den Füßen. Noch nie hatten ihm die paar Caipirinha im *Café Küstenfeuer* so zugesetzt. Der zwanzigminütige Spaziergang an der frischen Luft hätte ihn doch eigentlich wieder nüchtern machen müssen, oder? Was war nur los mit ihm? Er taumelte ins Bad, schaffte es im angrenzenden Schlafzimmer noch, sich die Jeans abzustreifen, und fiel auf sein Bett.

Eine bleierne Müdigkeit senkte sich auf ihn herab wie ein Theatervorhang. Er registrierte noch, dass Blofeld zu ihm ins Bett sprang und sich neben ihm zu einer warmen Kugel zusammenrollte. Dann versank Niklas in dumpfer Dunkelheit.

21. Kapitel

»Hör auf, mich dauernd anzustupsen! Schlaf weiter, Blo… fi…«, murmelte Niklas schlaftrunken. Er tastete mit geschlossenen Augen auf seinem Kopfkissen herum, um den Kater wegzuscheuchen. Das waren ja ganz neue Manieren!

Niklas' Augenlider schienen auf seinen Augäpfeln festzukleben. Er fühlte weiches Fell unter den Fingern, einen kleinen Kopf. Ein empörtes Maunzen ertönte. »Lass mich schlafen, Blofeld. Es ist mitten in der Nacht!«, beschwerte er sich, schon etwas wacher.

Doch sein Kater gab keine Ruhe. Da hörte er ein seltsames Geräusch, das wie ein entferntes Fauchen klang. Weiter entfernt zwar, aber es war da. Außerhalb des Schlafzimmers fiel etwas mit einem dumpfen Ton zu Boden. Blofeld mal wieder … Doch wie konnte das sein, wenn der Kater sich hier drinnen befand und ihn fortwährend nervte? Und die Schlafzimmertür hatte er doch gestern Abend geschlossen, wie jeden Abend. Er hasste offen stehende Türen.

Wiederum wurde Niklas angestupst, diesmal nachdrücklicher. Und er registrierte einen ungewohnten Geruch. Träumte er doch noch?

Du musst die Augen aufmachen! Er schaffte es mit einiger Kraftanstrengung zu blinzeln, doch um ihn herum war alles schwarz. So dunkel war sein Schlafzimmer sonst nicht, oder? Und der Geruch wurde immer aufdringlicher. Unangenehm beißend.

Niklas stemmte sich hoch auf die Unterarme. Da war es immer noch, das Zischen und Fauchen … Nicht laut, aber auch nicht zu ignorieren.

Blofeld sprang auf seinen Bauch. Sein Maunzen klang mittlerweile mehr wie das Weinen eines Babys. Das brachte Niklas endgültig zu Bewusstsein. Der Kater sprang aus dem Bett. Er hörte, dass das Tier an etwas kratzte. Der Tür? Niklas tastete nach dem Lichtschalter der Nachttischlampe und betätigte ihn. Nichts. Das war gar nicht gut. Und mit dieser Erkenntnis wurde er hellwach. War das Brandgeruch? Und war die Schwärze, die ihn umgab, Rauch?

Er schwang die Beine aus dem Bett und stürzte zur Tür, fasste an das Türblatt. Es war warm. Ein Brand im Flur, vielleicht in seiner ganzen Wohnung!

Wenn er die Tür jetzt öffnete, könnte der Sauerstoff aus dem Schlafzimmer das Feuer weiter anfachen. Doch was sollte er tun? Die verrauchte Luft kratzte in seinem Hals und ließ seine Augen tränen. Er hustete. Das war definitiv Rauch! Niklas hatte schon oft genug darüber geschrieben: Brandrauch enthielt lebensgefährliche Substanzen. Bereits nach zwei bis drei Atemzügen könnte er das Bewusstsein verlieren.

Wenn seine Wohnung in Flammen stand, vielleicht schon das ganze Haus, musste er so schnell wie möglich hier raus.

Der Weg über den Flur und durch die Wohnung war ihm versperrt. Treppenhaus und Fahrstühle konnte er vergessen. Doch das Schlafzimmer hatte auf der einen Seite ein schmales Fenster zur Dachterrasse. Sein Penthouse lag zwar vierzehn Meter über dem Erdboden, doch immer noch besser, dort draußen zu sein, als hier in der Wohnung zu ersticken oder zu verbrennen.

Niklas war in wenigen Schritten am Fenster und öffnete den Fensterflügel. Instinktiv griff er im Vorbeilaufen noch nach dem Handy auf dem Nachttisch. Die restlichen Dinge, die er gerne mitnehmen wollte, waren außerhalb seiner Reichweite in den anderen Räumen der Wohnung. Keine Zeit, darüber weiter nachzudenken!

Niklas rief nach Blofeld und schwang ein Bein hinaus, zwängte sich durch die Öffnung, zog das andere Bein nach. Draußen umfing ihn die kühle Nachtluft. Er atmete tief durch. Die Erleichterung währte nur den Bruchteil einer Sekunde. Verdammt, wo blieb Blofeld?

Er drehte sich um und steckte den Kopf ins Zimmer, doch er konnte nichts erkennen. Er rief erneut nach dem Kater. Nichts. Hatte sich das Tier in Panik unter dem Bett verkrochen?

Niklas legte das Handy auf den Terrassentisch und stieg zurück ins Zimmer. Seine Augen tränten sofort wieder. Er hielt die Luft an. Wo war Blofeld, verdammt?

Er beugte sich hinunter, tastete unter das Bett und unter den Sessel. So nah am Boden war die Luft etwas besser, doch er entdeckte keinen Kater. »Blofeld!« Niklas hustete und griff nach einem T-Shirt, von dem er wusste, dass es auf der Sessellehne liegen musste. Er hielt es sich vor Mund und Nase und lief in Richtung der Tür. Da strich etwas an seinem Bein entlang. Er beugte sich blitzschnell hinunter und bekam ein zuckendes Fellbündel zu fassen. Blofeld maunzte herzerweichend.

»Ganz ruhig, Kleiner!« Niklas drückte den heftig zappelnden Kater an seine Brust. Er stieg mit dem Tier, das er dicht an sich presste, erneut aus dem Fenster. Draußen angekommen, wagte er nicht, Blofeld abzusetzen. Der Kater sollte nicht etwa zurück in die Wohnung springen. Das sagte man doch Pferden nach: dass die in Panik zurück in den brennenden Stall liefen. »Wir haben es geschafft, Kleiner«, flüsterte er dem Kater beruhigend ins Ohr. Dann griff er mit der freien Hand zu seinem Telefon auf dem Tisch und schaffte es mit Blofeld auf dem Arm, die Feuerwehr zu alarmieren.

Niklas hatte das zweifelhafte Vergnügen, sich, nur mit T-Shirt und Boxershorts bekleidet und mit einem weißen Fellbündel von Kater auf dem Arm, in einem Rettungskorb nach unten transportieren zu lassen.

Heldenhafter wäre ein Sprung in ein Sprungtuch, ein Abstieg am Seil oder wenigstens an einer Leiter gewesen. Doch das alles hätte nicht mit seinem Kater Blofeld funktioniert.

Als Niklas unten auf der Strandpromenade stand, loderten schon Flammen aus seiner Wohnung. Verdammt! Das gesamte obere Stockwerk des Apartmenthauses brannte. Die Bewohner und Mieter der Ferienwohnungen schienen allesamt rechtzeitig herausgekommen zu sein. Während Niklas auf die Feuerwehr gewartet hatte, hatte er die Nachbarn im Haus, deren Nummern in seinem Handy gespeichert waren, angerufen, um sie zu warnen. Ein Paar Ende vierzig, das in der zweiten Penthousewohnung wohnte, war ebenfalls gerettet worden und stand ein Stück abseits, die Gesichter fassungslos nach oben gerichtet. Eine weitere Ferienwohnung im obersten Stockwerk sei zum Glück gerade nicht vermietet gewesen, hörte er einen Feuerwehrmann sagen.

Dass die Flammen dort oben gerade seine sämtlichen Besitztümer und Erinnerungsstücke in ein Häufchen Asche verwandelten, war die eine Sache. Darüber wollte Niklas später nachdenken. Die Hauptsache war erst einmal, dass niemand ernsthaft zu Schaden gekommen war.

Ein Rettungssanitäter sagte ihm, dass er wegen einer möglichen Rauchvergiftung zur Untersuchung ins Krankenhaus gefahren werden sollte. Da wurde sich Niklas der verzweifelten Lage, in der er sich befand, erst so richtig bewusst. Er hatte kein Zuhause mehr. Er besaß nichts mehr als einen Kater, ein Paar Boxershorts und ein nach Rauch stinkendes T-Shirt. Nicht einmal sein Handy hatte die Rettungsaktion überlebt. Es war etwa zehn Meter unter ihm auf dem Straßenpflaster zerschellt.

Ein Feuerwehrmann brachte ihm einen Tiertransportkorb, in den sie den widerstrebenden Blofeld setzten.

»Danke. So kann ich ihn besser mitnehmen.«

»Das geht aber nicht. Wir bringen ihn so lange ins Tierheim.«

»Auf gar keinen Fall!«

»Okay. Wo sollen wir Ihre Katze dann lassen?«

»Blofeld kommt mit mir«, beharrte Niklas mit kratziger Stimme, die übergangslos in ein Husten überging. »In ein paar Stunden bin ich doch wieder draußen.«

»Das ist leider nicht möglich. Die Katze muss so lange anderswo untergebracht werden.«

Doch wo sollte er mitten in der Nacht mit Blofeld hin?

Fentje wollte die Haustür öffnen, doch etwas stoppte sie. Ein scharrendes Geräusch ertönte. Kunststoff über Stein. Sie blickte durch den Türspalt. Da stand eine hellblaue Transportbox. Sie hatte doch gar nichts bestellt …

Ein jämmerliches Maunzen erklang. Fentje gelang es, die Tür so weit zu öffnen, dass sie an den Korb herankam, ohne ihn von der Stufe herunterzustoßen. Sie hob den Korb hoch und blickte in die himmelblauen Augen einer Langfell-Katze. »Du kommst mir bekannt vor.«

»Mau!«

»Gehörst du nicht Niklas John?« Konnte es sein? Wie hieß der Kater noch gleich? Blofeld? Sie schaute die Warft hinunter auf die Zufahrt. Doch dort standen nur ihr Pick-up, Bendix' Auto und der alte Mercedes ihrer Großeltern. Wie war der Transportkorb hierhergekommen? Wer hatte ihn gebracht? Und vor allem, wann? Gestern Abend gegen elf Uhr, nach ihrem letzten Gang über den Hof, hatte er definitiv noch nicht hier gestanden. Und jetzt war es morgens um sechs. Nicht gerade eine Zeit, die Fentje mit dem Journalisten in Einklang bringen konnte.

Fentje nahm den Korb mit in die Küche und stellte ihn auf den Tisch. Ein Blick auf ihr Handy sagte ihr, dass keine neuen

Anrufe, keine Nachrichten eingegangen waren. Sie schüttelte verärgert den Kopf. Zu allen Problemen und Problemchen, die sie fortwährend zu bewältigen hatte, wollte sie nicht auch noch einen verwöhnten Schoßkater in ihre Obhut nehmen. Sie mochte Tiere gern, aber ihrer Meinung nach gehörten sie nach draußen und nicht ins Haus. »Entschuldige, Blofeld, das ist nichts gegen dich persönlich«, murmelte sie.

Der Kater hockte in der hintersten Ecke seines Kunststoffgefängnisses und sah verstört aus. Er saß auf dem blanken Boden. Nicht einmal ein Handtuch hatte man ihm untergelegt. Außerdem roch er nach … Lagerfeuer? Bestimmt hatte das Tier Hunger und Durst. Sie öffnete die Tür des Transportkorbs ein Stück, sprach leise auf Blofeld ein, um ihn zu beruhigen.

Der Kater schoss nach vorn, rammte die Tür auf und sprang heraus. Nach einer Millisekunde des Zögerns verschwand er unter der Küchenbank.

»Schon gut, schon gut, ich tue dir nichts«, sagte Fentje beschwichtigend. »Ich stelle dir etwas Futter und Wasser in die Küche und lasse dich erst mal in Ruhe, okay?« Und dann rufe ich dein Herrchen an, setzte sie in Gedanken hinzu. Nur weil dies ein Schafshof war, war sie ja kein Tierasyl!

Niklas John war nicht zu erreichen. Sie sprach ihm in leicht verärgertem Ton auf die Mailbox, zog sich alte Sachen an und ging dann in den Keller ihrer Großeltern, um sich um das Reh zu kümmern.

Einen Moment betrachtete sie das tote Tier, das von einem Haken von der Decke hing. Sie war damit aufgewachsen, dass ihr Großvater jagte, damit nicht fremde Leute auf ihrem Land »herumballerten«, wie er es nannte. Doch so richtig warmgeworden war sie damit nicht. Sie selbst hatte sich geweigert, einen Jagdschein zu machen. Ein Reh zerlegen konnte sie jedoch.

Es war höchste Zeit, das Fleisch in der Gefriertruhe zu deponieren. Wer weiß, wer es je zubereiten würde? Ihre Großmutter höchstwahrscheinlich nicht. Und Fentje konnte sie bei allen unterschiedlichen Ansichten, die sie hatten, und den seltsamen kleinen Veränderungen, die im Kopf ihrer Großmutter vor sich gingen, in diesem Punkt gut verstehen. »Grießschnitten mit Kirschkompott« … Aber hier und heute nützte es nichts.

Fentje band sich eine große Plastikschürze um. Sie stellte eine Wanne unter das tote Tier und ließ es vom Haken hineingleiten. Dabei seufzte sie tief. Dann griff sie zu den Werkzeugen.

Der Oberarzt und sein Gefolge kamen in ihren weißen Kitteln in das Krankenzimmer gerauscht wie eine Erscheinung der dritten Art.

Der braun gebrannte Arzt – seinem Gebaren nach der Chef- oder der Oberarzt – mit den kurz geschorenen weißen Haaren rümpfte die Nase. »Wie riecht es denn hier?«

»Nach Rauch. Der Patient wurde heute Nacht nach einem Brand in seiner Wohnung eingeliefert«, sagte ein junger Kollege an seiner rechten Seite beflissen.

»Wer ist das?«, blaffte der Chef, den Blick auf den Klemmblock in seiner Hand gerichtet.

»John, Niklas. Leichte Rauchvergiftung nach …«

»Ich bin auch noch da«, warf Niklas ein. Er richtete sich weiter auf. »Machen Sie sich nicht die Mühe. Wenn ich so weit in Ordnung bin, dann bin ich gleich wieder weg!« Er schwang die Beine aus dem Bett.

Der leitende Arzt richtete mit gerunzelter Stirn den Blick seiner blassblauen Augen auf ihn. »Das bestimme hier immer noch ich.«

»Und wer sind Sie?« »… Gott?«, war er versucht zu ergänzen. Wäre das Wissen, seine Wohnung verloren zu haben, nicht so unerträglich für Niklas, hätte ihn das Gebaren des Arztes beinahe amüsiert. Aber nur beinahe.

»Das ist Professor Grootmühl, Oberarzt der Station«, erklärte eine Ärztin leise, die links neben dem Arzt stand.

»Blutwerte, Lungentest, das volle Programm … Gute Besserung!« Grootmühl drehte sich auf dem Absatz um und verließ den Raum. Seine Begleiter hatten Mühe, mit seinem Tempo Schritt zu halten.

Das waren etwa neunzig Sekunden für einen Privatpatienten gewesen, konstatierte Niklas. Nicht, dass er annahm, dass Grootmühl – sein Name verleitete förmlich zu einer Verballhornung – sich mit Kassenpatienten überhaupt abgab. Aber die hätten dann wahrscheinlich nicht mal dreißig Sekunden mit dem selbstherrlichen »Großmaul«.

Niklas stand vorsichtig auf und ging in das angrenzende Badezimmer. Er duschte und fühlte sich danach einigermaßen fit. Sollte er auf die Untersuchungen verzichten und die Klinik auf eigenen Wunsch verlassen? Es gab so viel zu tun! Er hätte wohl auch nicht gezögert, wenn er gewusst hätte, was er anderes anziehen sollte als dieses fliederfarbene Krankenhaushemdchen. Und – dieser Gedanke schmerzte – wenn er gewusst hätte, wohin er gehen sollte.

22. Kapitel

Fentjes Smartphone vibrierte in der Jeanstasche unter der Schürze. Erneut ignorieren oder lieber doch rangehen? Das Reh war so gut wie zerlegt, die meisten Teile waren bereits in der Gefriertruhe verstaut. Fentje wischte sich die Hände an einem Lappen ab und zog das Telefon hervor. Sofia hatte ihr schon vier Textnachrichten geschickt.

Du hast um 12 Uhr einen Gerichtstermin!!!, las sie in unterschiedlichen Ausführungen.

Fentje warf einen Blick auf die Uhr. Es war kurz vor elf. Sofias Nachrichten waren im Minutentakt erfolgt. Ihr wurde heiß und kalt zugleich. Wie hatte sie diesen Termin vergessen können?

Sie warf die Schürze beiseite und lief die Treppe hinauf. Sofia kam ihr im Flur zu ihrer Wohnung entgegen. »Da bist du ja, Tantchen! Ich hab dich schon überall gesucht.«

»Überall offensichtlich nicht.« Fentje strich sich eine verschwitzte Haarsträhne aus der Stirn.

»Hast du meine Nachrichten nicht bekommen?«

»Jetzt ja. Ich war im Keller bei dem Reh …«

»Ach so. Du weißt, dass ich da nicht mehr runtergehe.«

»Ich fahre sofort los. Sag Opa, dass ich später aufräume. Das Reh ist zerlegt und liegt im Eis.«

»Fahr nicht wie ein Henker!«, hörte sie Sofia hinter sich rufen. »Und was ist mit der …«

»Später! Ich muss los!« Fentjes Aktenrucksack stand zum Glück griffbereit in ihrem Büro. Den hatte sie am vergangenen Abend schon gepackt. Sie nahm ihn und die schwarze Robe, die hinter der Tür hing, und verließ das Haus.

»Mein Mandant hatte nur deswegen eine Forke in der Hand, weil er das Lagerfeuer löschen wollte. Er hatte es gerade erst entdeckt.« Fentje warf ihrem Mandanten einen strengen Blick zu.

Die Richterin, eine ansonsten stets kühl und emotionslos auftretende Person, starrte sie irritiert an. Es schien, als wollte sie etwas sagen, verkniff es sich aber mehrmals.

Fentje blieb etwa zwanzig Minuten unbeirrbar bei der Geschichte, dass ihr Mandant keineswegs ein Feuer in den Dünen entzündet hatte, sondern es in dem Moment, bevor die Polizei erschienen war, hatte löschen wollen. Die Forke hatte er neben dem Feuer vorgefunden. Ganz der umsichtige Zeitgenosse … Nach einigem Hin und Her wurde das Verfahren gegen ihn aus Mangel an Beweisen eingestellt.

»Danke, mein Mädchen!« sagte der Mandant, ein Kumpel ihres Freundes Hauke. »Ich schulde dir was.«

»Erinnere dich einfach daran, wenn du meine Rechnung bekommst.«

»Ich dachte, du nimmst auch ein paar Säcke beste Marschkartoffeln.«

»Ich nehme nur Euro.« Fentje war zu erschöpft, um diese klare Ansage mit einem Lächeln abzumildern. Das würde eh nur falsch verstanden werden.

»Dein Großvater hat auch immer …«

»Ich bin nicht mein Großvater.«

Er grinste sie frech an. »Man kann es ja mal versuchen.«

»Wir haben einen Vertrag geschlossen.«

Ihr Mandant legte den Kopf schräg. »Na gut. Ich geh dann mal. Interessantes Make-up übrigens. Und das Parfüm …«

Er zog pfeifend davon. Eine Strafe wegen unerlaubten Feuermachens zu zahlen hätte ihm vielleicht ganz gutgetan, dachte sie. Doch wenn sie verloren hätte, hätte das ihrem Ruf als Verteidigerin geschadet. Es war nicht an ihr, über Schuld oder Unschuld ihrer Mandanten zu entscheiden. Sie hatte sich verpflichtet, jedem die bestmögliche Verteidigung angedeihen zu lassen. Und wenn ihr Mandant behauptete, kein Feuer entzündet zu haben … Sie wandte sich zur Treppe.

»Frau Anwältin!« Die Richterin kam aus dem Sitzungssaal auf sie zu.

»Ja, Frau Berger?«

»Machen Sie das nicht noch einmal!«, fuhr die Richterin sie an. »Nicht in meinem Gerichtssaal.«

»Was denn?«

»Ihr seltsamer Auftritt! Was haben Sie da?« Frau Berger deutete mit ausgestrecktem Finger und angewidert verzogenem Mund auf ihr Gesicht.

Fentje trat einen Schritt zurück und fuhr sich über die Stirn. Sie war leicht klebrig. »Ich weiß es nicht«, antwortete sie matt.

»Ist das etwa Blut? Ich weiß, wie Blut aussieht.«

Fentje spürte eine warme Welle in sich aufsteigen. Herrje, hatte Haukes Kumpel deswegen so gegrinst, als sie sich vor dem Gerichtssaal getroffen hatten?

»Besitzen sie keinen Spiegel, Frau Anwältin?«, setzte Richterin Berger nach.

»Doch, aber ich hatte es eilig.«

»An was für einem Gemetzel haben Sie vor meinem Prozess denn teilgenommen?«

»Das ist wahrscheinlich nur Rehblut.«

»Hatten Sie einen Wildunfall?« Frau Bergers Stimme wurde milder.

»Ja, so ähnlich«, bestätigte Fentje. »Tut mir leid. Es wird nicht wieder vorkommen.«

»Schon gut.« Die Richterin lächelte sie nun mitleidig an. »Es sah nur so … gruselig aus.«

Nachdem sie sich verabschiedet hatte, lief Fentje auf die Damentoilette. »Gruselig« war etwas übertrieben, fand sie, als sie ihr Gesicht in dem kleinen, rechteckigen Spiegel begutachtete. Zwei dunkle Fingerspuren zogen sich quer über ihre Stirn. Die mussten im Keller entstanden sein, als sie sich beim Zerlegen des Rehs eine Haarsträhne aus dem Gesicht gestrichen hatte. Eklig war es trotzdem.

Fentje wusch sich mit viel kaltem Wasser und der Krümelseife aus dem Seifenspender. Dann trocknete sie sich mit einem graugrünen Papiertuch ab. Sie fühlte sich gedemütigt, trotz des Erfolgs für ihren Mandanten. Der Fall eben war nur Kleinkram gewesen. Wie sollte sie es jemals schaffen, sich als Juristin zu behaupten, wenn sie gleichzeitig den Hof am Laufen halten musste? Das verflixte Reh war nur ein Hindernis von vielen. Wenn *sie* sich nun nicht darum kümmerte, hatte das arme Tier, zerlegt oder nicht, in der Gefriertruhe ihrer Großeltern seine letzte Ruhestätte gefunden. Da konnte sie gleich in dicken, schwarzen Buchstaben *R.I.P.* auf den Truhendeckel malen.

Fentje fühlte sich längst bereit für etwas Größeres – ihren Durchbruch als Anwältin. Sie wollte endlich zeigen, was in ihr steckte. Sie betrachtete das aufgeweichte Papiertuch mit den bräunlichen Blutspuren in ihrer Hand, knüllte es zusammen und warf es in den Papierkorb.

Niklas steckte das Poloshirt in den Hosenbund und zog die geliehenen Bermudashorts mit einem Gürtel zusammen. »Nimmst du mich so mit?«, fragte er seinen Freund.

Paul Heinsen grinste etwas schief. »Du siehst doch immer gut aus, Niklas. Aber in diesem Sack von einer Hose habe ich vielleicht ausnahmsweise mal eine Chance gegen dich.«

»Gib es zu: Du hast dieses lindgrüne Shirt nur deswegen ausgewählt, damit du in deinem schwarzen neben mir total cool rüberkommst.«

Paul grinste. »Du hast es erfasst. Diese Flipflops in der Größe von Feuerpatschen habe ich übrigens vorhin in einem kleinen Laden an der Promenade erstanden. Entschuldige das mit dem Feuer. Das ist mir so rausgerutscht.«

»Kein Problem. Ich bin dir dankbar, dass ich diese hochmodischen Adiletten an den Füßen habe und das Krankenhaus nicht barfuß verlassen muss.«

»Du besitzt wirklich gar nichts mehr, oder? Nicht mal ein Handy? Es ist alles verbrannt oder zerstört? Das ist unglaublich.«

»Nichts als Blofeld!«

»Wo ist denn der Kater?«

»Ich durfte ihn nicht mit ins Krankenhaus nehmen. Da habe ich einen der Feuerwehrmänner gebeten, Blofeld zu einem Bauernhof zu bringen, dessen Besitzerin ich kenne.« Er musste sich dringend mit Fentje Jacobsen in Verbindung setzen. Sie würde Blofeld, der als reinrassiger Birma-Kater recht auffällig war, sicher erkennen und sich um ihn kümmern. Aber trotzdem …

»Besitzer-*in*. Man beachte die feinen Unterschiede. Du dachtest, auf einem Bauernhof fällt ein Tier mehr oder weniger nicht so auf? Wer ist sie denn?«

»Sie ist eigentlich Anwältin«, sagte Niklas. »Und von mir aus können wir los. Die Entlassungspapiere sind schon unterzeichnet.«

Niklas' Freund Paul wohnte in einer Dachgeschosswohnung in Tönning mit Blick auf den alten Hafen. Die Wohnung war zauberhaft, aber definitiv zu klein für zwei Erwachsene.

»Du kannst im Wohnzimmer auf dem Sofa schlafen«, bot Paul an. »Das ist ein Schlafsofa. Und Bettzeug habe ich auch.«

»Ich fürchte, wenn wir das Sofa ausziehen, bekommst du die Schlafzimmertür nicht mehr auf.«

»Stimmt auch wieder. Trotzdem. Du kannst so lange bleiben, bis du was Neues gefunden hast.«

»Danke. Das hilft mir sehr. Ich werde mich beeilen.«

Niklas setzte sich an den Küchentisch. Auf dem Weg hierher hatte er sich ein neues Smartphone besorgt. Das musste er sich erst mal einrichten. Er hoffte, dass er trotz Urlaubssaison ein Apartment oder eine Ferienwohnung in der Nähe anmieten konnte. Er hatte noch keinerlei Vorstellung, wie lange die Wiederherstellung seiner Wohnung dauern würde? Wochen? Monate?

Bei dem Gedanken daran, was alles unwiederbringlich verloren war, musste er schlucken. Hatte das Feuer wirklich seine komplette Wohnung zerstört? Möglicherweise war ja noch etwas von seinen Sachen zu retten? Vielleicht waren die Akten in seinem Arbeitszimmer verschont geblieben? Er sollte sich zuallererst neue Kleidung und einen Laptop besorgen. Eine mobile Festplatte mit seinen wichtigsten Daten und einige Papiere hatte er zum Glück in einem Bankschließfach deponiert. Er schickte ein schnelles Dankgebet zum Himmel, nur für alle Fälle.

Ob sein Auto den Brand unbeschadet überstanden hatte, musste er auch noch herausfinden. Es hatte sich zum Zeitpunkt des Feuers in der Tiefgarage befunden. Mit etwas Glück hatte er wenigstens noch seinen Wagen. Das war doch fast so etwas wie ein zweites Zuhause. Er war also mobil und könnte auch ohne Weiteres nach Hamburg gehen. Dann wäre er in der Nähe der Zeitungsredaktion. Doch in die Stadt zurückzukehren kam ihm wie ein Rückschritt vor. Gerade jetzt, im Sommer …

Er warf einen Blick nach schräg oben aus Pauls Dachflächenfenster. Wie um ihn in seinem Pech zu verspotten, brannte die Sonne wieder frohgemut von einem tiefblauen Himmel.

Niklas war ein wenig überrascht über sich selbst, doch er wollte unbedingt auf der Halbinsel Eiderstedt bleiben. Er hatte hier eine Menge Dinge zu erledigen, die sich von Hamburg aus viel schlechter bewerkstelligen ließen. Sein Vater hätte in seinem Haus auf Föhr natürlich auch genügend Platz für ihn, doch bevor er dorthin zog, musste ein Wallach ein Fohlen bekommen.

Vielleicht war sein beruflicher Eifer eine Art Übersprungshandlung, überlegte Niklas. Er hätte jetzt weiß Gott anderes zu tun. Vermutlich wollte er sich mit seinen Recherchen zu dem Fall von seinen eigentlichen Problemen ablenken. Doch genau das hatte ein möglicher Brandstifter ja erreichen wollen. Es war zwar schwer vorstellbar, dass das Feuer absichtlich gelegt worden war, doch er musste es zumindest in Betracht ziehen. Wenn er jetzt klein beigab, würde die Person gewinnen, die ihm das Dach über dem Kopf angezündet hatte.

Das Nötigste an Kleidung, Kultursachen und allem, was er sonst noch so brauchte, kaufte Niklas sich in Flensburg. Den Rest würde er bestellen, wenn er wusste, wo er in nächster Zukunft wohnte. Er war schneller mit seinen Einkäufen fertig, als er erwartet hatte.

Bevor er seinen Termin bei der Polizei hatte, war noch etwas Zeit. Niklas setzte sich in ein Café an der Großen Straße und bestellte sich einen Espresso, ein Wasser und zwei belegte Bagels. Nicht, dass er Hunger hatte: Der Schock schien sein Hungergefühl erst einmal beseitigt zu haben. Doch er hatte so viel zu tun, dass er sich keine Schwäche leisten konnte. Er hatte bereits mit Schneider, dem Lokalchef seiner Zeitung, telefoniert. Nun rief er nach kurzem Zögern seinen Vater an, um ihm von dem Brand zu berichten. Wäre er nicht gerade zweimal hintereinander bei ihm gewesen, hätte er diesen Anruf wahrscheinlich auf die lange Bank geschoben, doch nun … Er war gespannt auf die Reaktion seines alten Herrn.

»Wie furchtbar, Niklas! Ich bin nur froh, dass dir nichts passiert ist.«

»Danke, Vater.«

»Dir ist doch nichts passiert, oder?«

»Nein. Die haben mich im Krankenhaus einmal ordentlich durchgecheckt. Alles okay.«

»Ist deine Wohnung komplett zerstört?«

»Da wird nicht mehr viel zu retten sein. Entweder sind die Sachen verbrannt oder vom Löschwasser zerstört worden. Oder beides.«

»Kann ich etwas für dich tun? Wo wohnst du jetzt?«

»Bei einem Freund in Tönning. Ich nächtige auf seinem Schlafsofa, bis ich eine Ferienwohnung oder so zur Zwischenmiete gefunden habe.«

»Wer ist der Freund?«

»Erinnerst du dich an Paul Heinsen? Seine Eltern waren früher auch oft auf Föhr.«

»Heinsen? Paul? Das sagt mir nichts.«

»Ist ja auch nicht wichtig.« Seit wann interessierte sich sein Vater für seine Freunde?

»Dieser Paul Heinsen aus Tönning scheint ja nicht viel Platz zu haben. Du könntest auch herkommen.«

Niklas hob erstaunt die Augenbrauen. »Meinst du das ernst?«

»Natürlich! Was denkst du denn? Du bist mein Sohn!«, polterte sein Vater los. Also meinte er es nicht so ernst … Bereute er sein Angebot vielleicht bereits?

»Ich weiß das zu schätzen. Doch auf Föhr bin ich zu weit weg von allem«, antwortete Niklas diplomatisch.

»Da hast du auch wieder recht«, pflichtete sein Vater ihm bereitwillig bei.

Eine Pause entstand. Niklas wartete ab.

»Was war denn die Ursache des Feuers?«, fragte Alexander John.

»Ich habe keine Ahnung. Ich bin spät abends nach Hause gekommen und sofort schlafen gegangen. Nachts hat mich mein Kater aufgeweckt. Es roch nach Rauch. Ich bin zur Tür gelaufen, habe sie aber nicht mehr öffnen können. Da hat mein Flur nämlich schon gebrannt.« Bei der Erinnerung daran schüttelte Niklas unwillkürlich den Kopf. Wenn Blofeld ihn nicht geweckt hätte … Wie ging es ihm überhaupt? War er gut auf dem Jacobsen-Hof untergekommen? Er zweifelte nicht daran, dass das Tier dort gut aufgehoben war. Doch bisher hatte er Fentje Jacobsen nicht erreicht. Er musste sie dringend anrufen und sich nach Blofeld erkundigen.

»Dafür gibt es doch Rauchmelder.«

»Das stimmt eigentlich.« Wieso hatten die blöden Dinger in seiner Wohnung nicht reagiert?

»Wie bist du denn überhaupt da rausgekommen?«

»Über die Dachterrasse.«

»Gott sei Dank!«

Niklas' Gedanken hatten sich bei dem Einwand mit den Rauchmeldern verhakt. Warum hatten sie keinen Alarm ausgelöst? Sie waren doch gerade erst vor ein paar Wochen auf ihre Funktionstüchtigkeit hin überprüft worden. Oder täuschte er sich da? Sein Zeitgefühl ließ manchmal zu wünschen übrig. »Ich muss auflegen, Vater«, sagte er. »Die Polizei erwartet mich.«

Zwei Polizeibeamte, ein großer, dünner mit einem Haarknoten im Nacken und ein kleinerer mit einer Brille mit dickem Horngestell, warteten bereits auf Niklas. Sie stellten sich als Fährmann und Dittmer vor, doch Niklas hatte in seiner derzeitigen Verfassung Mühe, sich die Namen bei der ersten Erwähnung zu merken. Seit dem Feuer begleitete ihn ein diffuses Gefühl des Unwirklichen. Als stünde er neben sich und beobachtete das alles nur wie durch trübes Glas. Die Ereignisse machten ihm wohl mehr zu schaffen, als er angenommen hatte.

Sie setzten sich in einen kleinen, stickigen Besprechungsraum, wo bereits Wasserflaschen und Gläser auf dem ovalen Tisch bereitstanden.

Der größere der beiden Polizisten knallte eine Mappe mit Unterlagen auf den Tisch. »Herr John, danke, dass Sie hergekommen sind«, begann er das Gespräch. »Es wird Sie sicher freuen zu hören, dass kein Bewohner des Hauses und keiner der Helfer von Feuerwehr und Rettungsdiensten zu Schaden gekommen ist. Es ist lediglich Sachschaden entstanden.«

»Danke. Das ist gut zu wissen«, antwortete Niklas erleichtert. Den unfreundlichen Blicken nach zu urteilen, die der Polizist mit der Brille ihm zuwarf, würde dieses Gespräch wohl nicht so nett bleiben.

»Es stellt sich natürlich die Frage nach der Ursache des Feuers«, sagte der Dünne.

»Die würde ich auch gern wissen, Herr ...«

»Fährmann. Unsere Brandexperten haben bereits eine erste Analyse vorgelegt.«

»Da bin ich gespannt, Herr Fährmann.« Niklas stellte ihn sich auf einem Floß stehend vor, mit einem Ruder in der Hand, wie er einen Taler für die Überfahrt verlangte. *»Don' t pay the Ferryman ...«* Das Bild war treffend.

»Ach, tatsächlich?«, fragte der andere mit einem seltsamen Lächeln.

»Ist mir hier etwas entgangen?« Niklas sah von einem zum anderen.

Der Polizist mit der Brille machte eine ungeduldige Handbewegung, die Fährmann veranlasste, die Mappe aufzuschlagen. Er las Niklas einen langatmigen Bericht vor, der letztlich besagte, dass es sich bei der Ursache des Feuers mit hoher Wahrscheinlichkeit um Brandstiftung gehandelt hatte.

»Wie genau wurde das Feuer gelegt?«, wollte Niklas wissen. Er konnte kaum glauben, was in dem Bericht stand.

»Sicher ist, dass ein Brandbeschleuniger verwendet wurde.« Fährmann lächelte schmallippig.

»Was war das für ein Brandbeschleuniger?«

»Diese Information geben wir aus ermittlungstaktischen

Gründen nicht weiter. Aber die Ursache, also der Auslöser des Feuers, könnte eine Zigarette gewesen sein. Jedenfalls wurden Überreste in der Nähe des Brandherdes sichergestellt«

»Wie bitte?«

»Vielleicht sollte es nach einem Versehen, einem Unfall aussehen?«, vermutete Fährmann.

»Rauchen Sie?«, fragte der kleinere Polizist.

»Nein, schon seit zehn Jahren nicht mehr.«

»Hm.« Der Polizist starrte Niklas durch seine Brillengläser an.

»Aber wie kann ein Brandstifter einen Brandbeschleuniger benutzen und dann gleichzeitig mit einer Zigarette einen Unfall oder ein Versehen vortäuschen wollen?«, wollte Niklas wissen. »Das geht doch nicht zusammen.«

Fährmann hob vage die Schultern. »Fehler passieren.«

»Oder der Brandstifter war Nichtraucher und wollte mit der Verwendung der Zigarette eine falsche Spur legen, um seine Täterschaft zu verschleiern.«

»Haben Sie denn bereits eine Ahnung, wer das getan haben könnte?«, wollte Niklas wissen.

»Nein. Und wir fragen uns natürlich, warum der Brand in Ihrer Wohnung entstanden ist«, sagte der Beamte mit der Brille in schneidendem Ton. Er hieß Dittmer, erinnerte sich Niklas wieder und war erleichtert, dass sein Kurzzeitgedächtnis doch noch funktionierte.

»Genau genommen in Ihrem Flur«, ergänzte Fährmann.

»In *meinem* Flur?«, wiederholte Niklas perplex. Jemandem die Bude abzufackeln, das war schlimm genug. Aber sein Flur war nicht sehr groß. Damit war der Brand dann quasi direkt vor der Tür seines Schlafzimmers gelegt worden. »Es sieht ganz so aus, als sollte ich meine Wohnung nicht mehr lebend verlassen.« Er atmete tief gegen die aufkommende Beklemmung an.

»Das wäre eine Möglichkeit.« Beide Polizisten musterten ihn abwartend.

Niklas hob die Hände. »Ich kann das kaum glauben.«

Dittmer verzog das Gesicht, als hätte er gerade die schlechteste Lüge seines Lebens gehört. »Was sind Sie eigentlich von Beruf, Herr John?«

Niklas hatte das Gefühl, dass die beiden die Antwort auf diese Frage längst kannten. »Ich bin Journalist«, antwortete er. »Ich arbeite als freier Mitarbeiter für die Zeitung *Der Tag*.«

Dittmer faltete die Hände auf dem Tisch und ließ die Daumen umeinanderkreisen. »So, so, ein Schreiberling also. Das ist doch mal interessant. Haben Sie denn irgendeine Ahnung, wer Sie so sehr hasst, dass er Sie tot sehen will?«

23. Kapitel

»Nein, das ist schwer vorstellbar.«

»Haben Sie in letzter Zeit irgendwelche Drohungen erhalten, Herr John?«, erkundigte sich Fährmann.

»Nein, auch das nicht.« Oder zählte das Beobachtetwerden in einer Kneipe schon als Drohgebärde? Doch wohl eher nicht. Außerdem hatte er selbst den Kerl gar nicht gesehen.

»Haben Sie unter Umständen über etwas geschrieben, was so eine Reaktion hervorgerufen haben könnte?«

»Manchmal schreibe ich schon über etwas, was die Gemüter erregt. Aber ich wüsste nichts, was einen Mordanschlag rechtfertigt …«

Fährmann faltete eine Doppelseite des *Tag* auseinander. Der Polizist wusste also längst von seinem Beruf und hatte sich vorbereitet. »Sie haben über den Doppelmord auf dem Hof auf der Halbinsel Eiderstedt geschrieben. Das waren doch Sie, oder?« Er schob ihm die Zeitung rüber und deutete auf das Namenskürzel *»Joh«*, als müsste Niklas es erst sehen, bevor er sich daran erinnerte.

»Ich habe nur eine kleine Nachdrehe zu dem Fall geschrieben. Eine Art Fortsetzung am zweiten Tag«, erklärte Niklas seinen Anteil daran. »Den ersten großen Bericht mit der Schlagzeile auf der Titelseite hat ein Kollege von mir verfasst.«

»Ist dessen Haus auch abgebrannt?«, fragte Dittmer mit einem genervten Seitenblick auf Fährmann, weil der dieses Thema aufgebracht hatte.

»Nein. Bisher wohl nicht«, gab dieser zu. »Warum haben Sie eigentlich nicht von Anfang an über diesen Fall berichtet,

Herr John?«, fragte er, ohne die ablehnende Haltung seines Kollegen zu beachten. »Das ist ja quasi vor Ihrer Haustür geschehen. Das ist *Ihr* Gebiet.«

»Mag sein. Aber als die Morde verübt wurden, war ich auf Sylt und habe einen Politiker interviewt.«

»Die jüngste Schmiergeldaffäre!«, warf Fährmann ein und fing sich dafür noch einen herablassenden Blick seines Kollegen ein.

»Genau die.« Niklas nickte.

»Dann ist es also so, dass Sie den Artikel über die Morde auf dem Bauernhof nur als zweiter Mann geschrieben haben, Herr John«, resümierte Dittmer in ätzendem Tonfall. »Die Kollegen von der Mordkommission haben wir übrigens auch schon nach einem Zusammenhang gefragt. Die können sich da keine Verbindung vorstellen.«

Die konnten sich so manches nicht vorstellen, dachte Niklas. »Vielleicht täuschen die Kollegen von der Mordkommission sich auch?«, warf er ein.

Dittmer produzierte ein Geräusch, das einem höhnischen Auflachen nahe kam.

Fährmann beugte sich der Meinung seines Kollegen und ließ die Verbindung zu den Fehnsen-Morden fallen »Erzählen Sie uns doch mal, was Sie an dem Tag und dem Abend vor dem Brand in Ihrer Wohnung so gemacht haben.«

Niklas widerstrebte es, der Polizei von seinen letzten Recherchen zu berichten. Unglücklicherweise musste er das tun, wenn er die Stunden vor dem Brandanschlag schildern wollte. Doch er hielt es so knapp wie möglich. Normalerweise war er es bei seinen Nachforschungen zu Kriminalfällen gewohnt, des Öfteren mal die Nase vorn zu haben. Doch ein Brandanschlag auf ein Wohnhaus war eine zu ernste Angelegenheit.

Also erzählte er den Polizisten knapp zusammengefasst von seinen Recherchen in Sachen Anna Fehnsen und Thomas Meyer. Er nannte seine Gesprächspartner auf Föhr und auf der Hallig Hooge, rechnete aber nicht ernsthaft damit, dass Kriminalpolizisten daraufhin auch bei denen aufschlagen würden. Zum Schluss informierte er die Beamten über den Eindruck seines Kollegen Max Eckhof, dass sie an dem Abend vor dem Feuer im *Café Küstenfeuer* beobachtet worden waren.

»Das ist ja alles sehr aufregend und spannend, Herr John«, sagte Dittmer spöttisch. »Doch uns interessiert etwas ganz anderes.«

»Und das wäre?«

»Ein Motiv für den Brand.«

»Ich wette, Sie haben schon eine Idee«, gab Niklas in einem ähnlichen Tonfall zurück. Dittmers Verhalten ging ihm allmählich gewaltig gegen den Strich.

»Sie sind anscheinend gut versichert«, bemerkte Fährmann mit Blick in die Unterlagen.

»Darüber bin ich in dieser Situation auch recht froh.«

»Das glaube ich Ihnen aufs Wort!« Dittmer wischte sich einen Speichelfaden vom Kinn. »Können Sie mir sagen, was es mit dem Bild in Ihrer Wohnung auf sich hatte, dass es mit zweihundertfünfzigtausend Euro versichert werden musste?«

»Es heißt: ›*Die Frau am Hafen von St. Aubin*‹.«

»Und das ist so viel wert?«

»Es könnte mittlerweile sogar noch im Wert gestiegen sein. Bevor es verbrannt ist, natürlich. Als ich es gekauft habe, war die Künstlerin noch relativ unbekannt. Ich hatte Glück.«

»Dieses Zweihundertfünfzigtausend-Euro-Bild befand sich in besagtem Flur, oder?«

»Ja«, gab Niklas zu.

»Es wurde allerdings nichts mehr davon gefunden, außer einem Haufen Asche und der Schraube, an der es aufgehängt war.«

»Was soll das heißen? Zweifeln Sie daran, dass das Gemälde zum Zeitpunkt des Feuers in meinem Flur hing?«

»Wir betrachten lediglich die Fakten.«

»Fakt ist, dass ich meine Wohnung nicht in Brand gesteckt habe, um eine Versicherungssumme für ein Bild zu kassieren. Das Feuer ist entweder durch eine Verkettung unglücklicher Umstände entstanden, einen Elektrobrand zum Beispiel, oder es wurde von jemandem gelegt. Aber ich war es nicht. Ich wäre beinahe bei dem Brand ums Leben gekommen. Haben Sie die Rauchmelder schon überprüft?«

»In Ihrer Wohnung sind die Rauchmelder beinahe vollkommen zerstört worden.«

»Sie haben in der Nacht keinen Alarm ausgelöst.«

Dittmer nickte Fährmann zu, und dieser schloss die Mappe. »Also gut. Danke für Ihre Zeit, Herr John«, sagte er. »Sie hören wieder von uns.«

Niklas verließ das Polizeirevier in Flensburg mit einem beklemmenden Gefühl drohenden Unheils. Die Begriffe »Brandbeschleuniger«, »Zigarette« und »Rauchmelder« gingen ihm im Kopf herum. Das Feuer war anscheinend durch einen Brandanschlag verursacht worden. Nur, von wem? Und wer so viel Aufwand betrieb, um ihm zu schaden, würde wohl nicht nach dem ersten, misslungenen Versuch aufgeben.

Ein Mutterschaf war vorgestern nach einer Zwillingsgeburt verendet, was bedeutete, dass die zwei kleinen Lämmer mit der Flasche aufgezogen werden mussten. Sofia war aus dem Alter heraus, in dem sie solche Aufgaben mit Begeisterung übernahm. Außerdem hatte sie jetzt oft bis zum späten Nachmittag Schule. Fentjes Großvater war wegen seiner andauernden Rückenbeschwerden bei der Physiotherapie, und das würde die nächsten Dienstage und Freitage auch so bleiben. Und so saß Fentje im Stall und fütterte Rosa und Iris – die Namen hatte Sofia an diesem Morgen noch beigesteuert, samt der frisch angerührten Lämmermilch.

In Fentjes Büro stapelte sich die Arbeit, auf ihrer Mailbox gab es noch ein paar unbeantwortete Nachrichten, doch Fentje versuchte, sich zu entspannen und auf den Moment einzulassen. Sie konzentrierte sich auf die saugenden, schmatzenden Lämmer und den vertrauten Geruch nach Schaf und Stroh.

Durch die offene Stalltür sah sie in einer Staubwolke ein Auto auf den Vorplatz rollen. Der Staub legte sich, und sie erkannte ein dunkles BMW Cabriolet. Niklas John, der wohl seine Katze abholen und eine Erklärung nachliefern wollte. Er hatte zwar mehrfach versucht, sie zu erreichen, doch sie war einfach nicht dazu gekommen, ihn zurückzurufen. Außerdem war es an ihm, ein paar Antworten zu liefern.

Fentje blieb sitzen, denn sie wollte Rosa und Iris nicht bei der Nahrungsaufnahme unterbrechen. Die beiden Kleinen gewöhnten sich gerade an die Flaschenfütterung und brauchten jede Kalorie und jeden Milliliter Flüssigkeit, die sie kriegen konnten. Ihr Großvater war sich nicht sicher gewesen, ob sie überhaupt eine Chance hatten durchzukommen. Es war aus verschiedenen Gründen schon ein verlustreiches Jahr gewesen.

Der Journalist stieg aus und schaute sich um. Als Nächstes würde er wahrscheinlich zum Haus gehen und dabei Gretje in die Arme laufen, die vorn auf der Bank saß und Socken stopfte. Bei dem Gedanken, welche Erwartungen und Hoffnungen sein Auftreten bei ihrer Oma hervorrufen würde, robbte Fentje mit den Lämmern ein Stück in Richtung Tür. »Hallo, Herr John!«, rief sie so laut, wie sie konnte, ohne die kleinen Tiere aufzuschrecken.

Er sah sich um, ohne sie zu entdecken.

»Ich bin im Stall!«

Endlich erblickte er sie und kam auf sie zu. Er blieb mitten in der Stalltür stehen, sodass sie ihn nur im Gegenlicht sehen konnte. »Frau Jacobsen, was machen Sie denn da unten?«

»Wonach sieht es denn aus?«

Rosa lag quer auf ihrem Schoß, und die eifersüchtige Iris drängte sich gegen sie. Dabei verlor das Lamm den Sauger aus dem winzigen Maul, und die Lämmermilch floss auf Fentjes Hose.

»Nun ja, Sie füttern anscheinend. Darf ich reinkommen?«

»Wenn Sie die Kleinen nicht erschrecken.«

Er kam behutsam näher und ging in die Hocke. »Wie alt sind die denn?«

»Von vorgestern.«

Niklas strich Iris über das lockige Fell und kraulte sie. »Dafür sind die beiden ja schon ganz schön munter.«

»Leider noch nicht munter genug.« Fentje bugsierte den Sauger wieder in Iris' Maul. Die Lämmer sollten zügiges Trinken lernen. Sie wollte nicht jeden Tag stundenlang im Stroh sitzen.

»Ist mein Kater bei Ihnen angekommen?«, fragte der Journalist.

Fentje sah auf. »Welcher Kater?«

»Blofeld. Mein Birmakater … Sie kennen doch Blofeld!« Er klang beunruhigt.

Fentje verbiss sich ein Lächeln. »Sicher kenne ich Blofeld. Aber ich weiß von keinem Kater«, sagte sie, ohne von den Lämmern aufzusehen.

»Oh, verdammt! Der Feuerwehrmann hat mir hoch und heilig versprochen, meinen Kater zu Ihnen auf den Hof zu bringen. Meine Wohnung ist in der Nacht von Sonntag auf Montag nämlich abgebrannt.«

Fentje hob den Kopf. »Ihr Haus war das, in dem es gebrannt hat? Ich habe nur gehört, dass eines der schicken Apartmenthäuser am Strand in Flammen aufgegangen sein soll.«

»Nur das oberste Stockwerk. Aber meine Wohnung ist wohl komplett zerstört.«

»Das tut mir leid. Wie ist das passiert?«

Niklas hockte sich auf einen Strohballen. »Angeblich war es sogar Brandstiftung. Ich kann es kaum glauben.«

Fentje versäumte einen Moment, die Flasche im richtigen Winkel zu halten, und Iris gab ein protestierendes Blöken von sich. »Das ist schrecklich«, antwortete sie. »Weiß man schon, wer das war?«

»Nein. Ich komme gerade aus Flensburg von der Polizei. Die wissen auch noch nichts. Aber …« Er schien mehr sagen zu wollen, überlegte es sich jedoch anders. »Ist Blofeld nun hier oder nicht?«, fragte er stattdessen. Der Journalist schaute sie beinahe flehend an, sodass Fentje ein Einsehen hatte.

»Blofeld stand Montag am frühen Morgen in einer Plastikkiste vor meiner Haustür. Ich war ziemlich verwundert, aber ich habe Ihre Katze wiedererkannt und sie erst mal in meine Obhut genommen.«

»Das ist die beste Neuigkeit des Tages, wahrscheinlich der ganzen Woche!« Er blickte sie dankbar an. »Als Sie eben sagten, dass Sie keinen Kater hier haben, ist mir für einen Moment richtig schlecht vor Angst geworden. Ich dachte schon, die Feuerwehr hätte ihn doch ins Tierheim oder sonst wohin gebracht. Bitte helfen Sie mir, indem sie Blofeld noch eine Weile hier versorgen.«

Die Lämmer hatten ihre Flaschen ausgetrunken. Fentje stand auf und setzte die zappelnden Tiere zurück in ihre Box. Dabei spürte sie Niklas' Blick in ihrem Rücken. »Das ist kein Problem, das tue ich gern.« Sie drehte sich zu ihm um. »Ich würde doch ein verwöhntes Stubenkätzchen nicht sich selbst überlassen. Doch ich hoffe, das Dosenfutter vom Discounter war okay, auch ohne einen Strunk Petersilie als Deko …«

»Ich stehe tief in Ihrer Schuld.« Niklas klang ernsthaft erleichtert. Er erhob sich ebenfalls. »Aber mein Kater frisst natürlich nur das edle Zeug aus den kleinen, teuren Dosen«, ergänzte er. »Ich habe Ihnen eine Kiste voll mitgebracht. Ich wollte Sie nämlich fragen, ob er noch ein paar Tage hierbleiben darf. Selbstverständlich nur, bis ich eine neue Bleibe gefunden habe.«

»Dann sind Sie wohl gerade obdachlos.« Fentje stand in dem alten Karohemd und der mit Lämmermilch besudelten Arbeitshose vor ihm, das Haar unter einem Tuch ihrer Oma verborgen, dem grünen mit den Röschen darauf. Er trug eine beige Leinenhose und ein weißes Hemd. Seine Haut war gebräunt, das Haar frisch duftend und akkurat geschnitten. Das mit seiner Wohnung und der Brandstiftung war natürlich tragisch. Doch Fentje nahm an, dass Niklas John gut versichert war und auch finanziell keine Not leiden musste.

»Es sieht so aus.«

»Blofeld darf gern noch ein bisschen hierbleiben.«

»Danke. Und ich würde ihn gern sehen.«

»Ja klar. Blofeld läuft hier irgendwo herum.«

»Was? Draußen?«, fragte der Journalist entgeistert.

»Wo denn sonst?« Fentje ging die Stallgasse hinunter, um die Flaschen auszuspülen.

»Warten Sie! Sie haben ihn hinausgelassen? Er war noch nie draußen! Blofeld ist eine *Wohnungskatze.*«

»Dann erlebt Ihre Blofeld jetzt die spannendste Zeit ihres Lebens.«

»Wieso ›sie‹?«, fragte Niklas irritiert.

»Ihr Kater ist eine Katze.«

»Hm. Patricia hat ihn mir als kastrierten Kater verkauft … Ich habe nicht weiter darüber nachgedacht.« Er sah sie von der Seite an. »Sind Sie sich ganz sicher?«

»Glauben Sie mir einfach, Herr John«, erwiderte Fentje ironisch. »Ich bin auf einem Bauernhof aufgewachsen. Ich kann Männlein und Weiblein unterscheiden.«

»Blofeld kann nicht weit sein«, sagte Fentje, als sie nebeneinander zum Wohnhaus gingen. »Katzen haben kein so großes

Revier wie Kater. Wenn Sie nach Blofeld rufen, kommt sie wahrscheinlich. Sie ist ja auf Sie fixiert. Es sei denn …«

»Es sei denn was?«

»Meine Oma füttert sie gerade mit Thunfisch, oder Blofeld hat sich eine leckere kleine Maus gefangen.«

»Ich glaube nicht, dass mein Ka… meine Katze Mäuse fangen kann. Das hat sie noch nie gemacht.«

Fentje lachte auf. »Sie ist eine so gute Mäusejägerin! Ich bin versucht, sie fest im Schafstall anzustellen.«

Niklas seufzte.

Ihre Großmutter hatte ihren Platz auf der Bank bereits wieder aufgegeben. Fentje ging auf die Haustür zu. Sie wollte sich nach der Stallarbeit duschen und umziehen. »Kommen Sie gleich noch auf etwas Kaltes zu trinken rein?«, fragte sie Niklas John, die Türklinke schon in der Hand. »Sie sehen so aus, als könnten Sie was vertragen.«

»Ich komme, sobald ich Blofeld gefunden habe.«

»Viel Erfolg!«

Eine halbe Stunde später saßen sie in Fentjes Küche, dem kühlsten Raum im ganzen Haus, und hatten jeder ein großes Alsterwasser vor sich stehen. Anfangs saß Blofeld auf Niklas' Schoß. Die Katze hatte dünne Zweige, Blätter und Kletten in ihrem langen Fell gesammelt. Ansonsten, fand Fentje, sah sie vollkommen gesund und munter aus.

»Wie sind Sie denn aus Ihrer Wohnung rausgekommen?«, fragte Fentje, nachdem Blofeld sich auf der Bank neben ihnen zusammengerollt hatte.

»Die Rauchmelder haben nicht ausgelöst. Ich hatte großes Glück, dass Blofeld mich geweckt hat. Die Rauchmelder sind anscheinend manipuliert worden. Ansonsten kann ich mir nicht erklären, warum die bei dem Feuer und der enormen Rauchentwicklung nicht losgegangen sind.«

»Und nachdem Blofeld Sie geweckt hatte?«

»Hinter der Schlafzimmertür brannte es schon. Daraufhin bin ich mit der Katze auf dem Arm auf die Dachterrasse geklettert. Von meinem Schlafzimmer aus gelangt man über ein schmales Fenster und einen kleinen Absatz dort hinaus.«

»Sie hatten enormes Glück.«

»Sieht ganz so aus.«

Fentje drückte den Rücken durch. »Und es gibt noch keine Vermutung, wer der Brandstifter war?«

»Die Polizei nimmt an, dass es sich um Versicherungsbetrug handeln könnte.«

»Wer in Ihrem Haus ist denn so gut versichert?«

»Na, ich«, antwortete er bitter. »Erinnern Sie sich an das Bild in meinem Flur?«

»Vage. Ich interessiere mich nicht so für moderne Kunst.«

»Das Bild war gut versichert, und nun ist es ein Haufen Asche.«

»Und was denken Sie?«

»Das Feuer könnte auch mit meinen Recherchen über die Morde auf dem Fehnsen-Hof zusammenhängen«, räumte Niklas ein.

»Was haben Sie damit zu schaffen?«, fragte Fentje scharf.

Seine Miene verschloss sich. »Ich habe doch einen Artikel darüber geschrieben. Außerdem kenne ich Anna Fehnsen von früher.«

»Ach so, Sie kennen Anna Fehnsen«, murmelte Fentje. Das gefiel ihr nicht, doch zeigen wollte sie es ihm nicht. Sonst bildete er sich womöglich noch etwas ein.

»Sie sollten auch vorsichtig sein, Frau Jacobsen«, sagte der Journalist eindringlich. »Als Henning Fehnsens Verteidigerin stecken Sie ja auch mit drin.«

»Das lassen Sie mal meine Sorge sein«, erwiderte Fentje.

Sie spürte, dass Niklas John mit sich kämpfte, ob er noch mehr dazu sagen sollte oder nicht. Sie hob ihr Glas und trank bedächtig.

Er räusperte sich. »Jedenfalls hatte ich am Wochenende ein paar Erkundigungen für Anna Fehnsen eingezogen.«

»Weiß sie davon?«

»Nein«, antwortete er.

»Und ich dachte, Frau Fehnsen hätte auch einen Anwalt.«

»Klar. Doch tut der was?«

»Es ist gar nicht seine Aufgabe, den Fall aufzuklären. Das ist die Aufgabe von Polizei und Staatsanwaltschaft. Die sind die Profis. Wenn Sie mit Ihrer Vermutung bezüglich der Brandstiftung richtigliegen – und ich sage ausdrücklich: ›wenn‹ –, dann haben Sie mit Ihren Aktivitäten anscheinend in ein Wespennest gestochen.«

»Ich kann mir nur nicht vorstellen, wem ich so auf die Füße getreten bin, dass er mich abfackeln wollte.«

»Weiß die Polizei darüber Bescheid?«

»Im Prinzip schon.«

»Erwarten Sie, dass der Täter es noch einmal versucht?«

Niklas zuckte mit den Schultern. »Möglich wär's.«

»Wo wohnen Sie zurzeit?« Fentje hob die Hand. »Moment. Erzählen Sie es mir nicht. Ich wollte eigentlich nur wissen, ob Sie dort einigermaßen sicher sind.«

»Ich campiere bei einem Freund. Außerdem weiß momentan niemand, wo ich bin.«

»Und Ihr Auto?«

»Was soll damit sein?«

»Wer einen Brand in Ihrer Wohnung legt, versucht vielleicht auch, Ihren Wagen zu manipulieren. Oder zumindest, Sie darüber aufzuspüren.«

»Sie haben natürlich recht«, gab er widerstrebend zu. »Dabei hatte ich gerade angefangen, mich in meinem Auto häuslich einzurichten. Ich werde mir einen Mietwagen nehmen.«

»Ist nur ein Vorschlag«, sagte Fentje.

»Wer weiß? Könnte sich als lebensrettend erweisen.« Niklas John erhob sich. »Danke für die Gastfreundschaft für meinen … meine Katze«, korrigierte er sich. Er streichelte noch einmal über Blofelds Fell und zupfte einen trockenen Grashalm heraus. »Und für das Alsterwasser.«

»Gerne.« Fentje stand ebenfalls auf. »Blofeld geht es hier gut. Machen Sie sich ihretwegen also keine Sorgen. Und entschuldigen Sie bitte die Kletten in ihrem Fell.«

24. Kapitel

Als Niklas John gegangen war, ließ Fentje sich zurück auf die Küchenbank fallen. Gedankenverloren kraulte sie die Katze, die dabei vor sich hin schnurrte wie ein kleiner Motor. Etwas Gemütliches und Friedliches hatte so ein Kätzchen im Haus ja doch …

Der Brandanschlag auf Johns Wohnhaus, seine Wohnung, war eine beunruhigende Entwicklung. An einen Versicherungsbetrug seinerseits glaubte Fentje absolut nicht. Sie kannte den Journalisten zwar nicht sehr gut, aber so weit traute sie ihrer Menschenkenntnis dann doch, dass er so etwas Zerstörerisches und Menschenleben Gefährdendes nicht tun würde.

Aber irgendjemand hatte das Feuer gelegt. Es musste ein Motiv dafür geben. Und irritierenderweise waren sie beide gerade mit demselben grausigen Mordfall beschäftigt. Dem gewaltsamen Tod von Lucy und Gustav Fehnsen auf ihrem Hof sowie der Verletzung von Henning Fehnsen mit einer Schusswaffe. Der Täter würde sicher alles riskieren, um ungestraft davonzukommen … Warum nicht auch die Wohnung eines zu neugierigen Journalisten anzünden? Auf das eine oder andere Menschenleben schien es ihm – oder ihr – ja nicht anzukommen.

Doch wenn das stimmte, wenn der Brandanschlag mit Niklas' Recherchen in Bezug auf die Familie Fehnsen zu tun hatte, dann waren alle in Gefahr, die versuchten, Licht in die Angelegenheit zu bringen. Sie ebenfalls, und damit leider auch ihre Familie. Nicht auszudenken, wenn auf dem Jacobsen-Hof ein Feuer ausbräche!

Der Gedanke an die Wirkung, die das auf ihre Großeltern, speziell ihre Großmutter haben würde, verursachten bei Fentje heftiges Herzklopfen. Nein, das durfte niemals geschehen. So ein Anschlag wäre ja gewissermaßen ihre Schuld, weil sie Henning Fehnsen als Mandanten angenommen hatte. Nicht, dass sie sich vorstellen konnte, dass er das Feuer gelegt hatte. Aber wer weiß, in was er da absichtlich oder unabsichtlich hineingeraten war?

Um sich zu beruhigen, ging Fentje zum Kühlschrank und nahm eine Tafel Salz-Mandel-Schokolade heraus, die sie speziell für nervenaufreibende Situationen vorrätig hatte. Sie legte sie auf den Tisch und holte noch einen karierten Block und einen Kugelschreiber aus ihrem Arbeitszimmer. Damit setzte sie sich an den Küchentisch. Sie riss das Schokoladenpapier auf und steckte sich ein Stück Schokolade in den Mund. Als sie die durchdringende Süße, die intensive Schokolade und den Hauch Salz schmeckte, ging es ihr schon ein klein wenig besser.

»Mein Gehirn braucht Zucker«, murmelte sie mit vollem Mund. Die Büroarbeit musste warten, bis sie wusste, wo sie stand und, vor allem, was als Nächstes zu tun war.

Was zählte, waren Motiv, Mittel und Gelegenheit. Der Fehnsen-Hof mit dem dazugehörigen Land stellte schon einen ordentlichen Wert dar, trotz des aufgenommenen Kredits. Vorausgesetzt sie unterstellte ein finanzielles Motiv, so fielen ihr zunächst Jorne und damit auch seine Frau Gina ein.

Jorne, der wenig beachtete Sohn, der möglicherweise einen enormen Groll gegen seine Familie hegte. Wenn seine Eltern sowie sein Bruder Henning und Anna tot wären, würde er alles erben. Waren Jorne und seine Frau die Typen Mensch, denen Reichtum und ein aufwendiges Leben über alles gingen? Das war zumindest denkbar, wenn sie sich das Auftreten von Gina und Jorne auf der Hochzeit und der

Trauerfeier vor Augen führte. Sie fuhren ein teures Auto, hatten einen Zweitwagen, und sie lebten in einer weitläufigen Wohnung in der Hamburger HafenCity mit Blick auf die Elbe, so wie sie es von Frederik gehört hatte. Das Paar liebte Luxus und einen großen Auftritt. Eigentlich war sie heute mit Jorne verabredet gewesen, doch er hatte ihr Treffen kurzfristig abgesagt. Konnte oder wollte er nicht mit ihr reden?

Und mit Annas Schwangerschaft kam noch der Faktor Zeit dazu. Das verlieh der Erledigung dieser Angelegenheit eine Dringlichkeit, die schon mal unvorsichtig machen konnte. Denn wenn Henning erst einmal Vater war, gäbe es noch einen Erben mit Ansprüchen auf Hof und Land.

Das Motiv also war plausibel. Was die Mittel zu der Tat anging, sprach ebenfalls eine Menge für Jorne als Täter. Er konnte leidlich gut schießen, das wusste Fentje. Wo sein Vater den Schlüssel für den Waffenschrank aufbewahrte, war ihm wahrscheinlich ebenfalls bekannt. An die Tatwaffe heranzukommen wäre also kein Problem für ihn gewesen. Und Schwierigkeiten, nachts ins Haus zu kommen, hätte er wohl auch nicht gehabt.

Die Gelegenheit zu der Tat hatte es ebenso gegeben, denn Jorne und Gina waren für die Hochzeitsfeierlichkeiten angereist, hatten in einem nahegelegenen Apartment in Wolkenbüll übernachtet und gaben sich nur gegenseitig ein Alibi für die späten Nacht- und die frühen Morgenstunden.

Was Fentje störte, war die einfache Herangehensweise. Sie glaubte, dass Jorne bei so etwas Gefährlichem wie einem Mordplan viel umsichtiger vorgegangen wäre. Er hätte einen guten, ja bis ins Kleinste ausgeklügelten Plan gehabt. Beispielsweise, indem er ein besseres Alibi vorweisen konnte oder indem er eine andere Waffe wählte. Doch vielleicht hatte Annas Flucht aus dem Schlafzimmer Jornes Planungen unerwartet durchkreuzt? War er in Panik geraten, als er nach dem Schuss auf Henning dessen Schlafzimmer leer vorgefunden hatte? Als er gesehen hatte, dass sein viertes beabsichtigtes Opfer verschwunden war? Eine Zeugin, die ihn vielleicht gesehen hatte?

Erklärte Annas unerwartetes Verschwinden auch, warum Jorne sich nicht davon überzeugt hatte, dass sein Bruder wirklich tot war? Oder weshalb er anschließend keine Vorkehrungen getroffen hatte, die entweder auf einen Raubüberfall oder auf Hennings Täterschaft in einer Familientragödie hindeuteten. Er musste ja befürchtet haben, dass nach Annas Flucht sehr schnell die Polizei auf dem Hof erscheinen würde.

Fentje stieß einen frustrierten Laut aus. Irgendwie passte das alles nicht richtig zusammen. Keine ihrer Theorien war schlüssig. Wäre es nicht viel zu riskant gewesen, für wen auch immer, nacheinander vier Menschen mit einem Jagdgewehr zu erschießen? Fentjes Hand stockte, während sie in Gedanken den Fall hin und her wälzte.

Jorne und Gina endlich befragen, notierte sie sich schließlich in Großbuchstaben. Das hatte sie ja eigentlich heute vorgehabt. Es wurde auch Zeit, es durchzuführen. Und dann … *Henning zu Jorne befragen.*

Sie steckte sich gedankenverloren noch mehr Schokolade in den Mund und deklinierte nach diesem Schema alle beteiligten Personen durch: Motiv, Mittel, Gelegenheit.

Hennings Motiv zum Beispiel war viel weniger offensichtlich. Er würde den Hof ja sowieso übernehmen. Er hatte gerade geheiratet und sollte eigentlich überglücklich sein. Wieso sollte er da in der Hochzeitsnacht seine Eltern erschießen und anschließend sich selbst mit der Schusswaffe verletzen? Zum Glück sprachen auch die Spuren gegen diese Theorie: Das Gewehr war aus dem Haus verschwunden. Es hatten keine Schmauchspuren an ihm festgestellt werden können. Ihr Mandant war insoweit aus dem Schneider. Es sei denn, dies wäre sein und Annas gemeinsamer Plan gewesen, die Eltern beziehungsweise Schwiegereltern zu ermorden, die anscheinend die Braut nicht gerade willkommen geheißen hatten. Das klang zugegebenermaßen unwahrscheinlich. Fentje erschrak beinahe selbst vor der Perfidie eines solchen Vorgehens. Möglich war es schon, dass die beiden gemeinsam die Eltern und danach Henning angeschossen hatten. Dann hätte Anna das Gewehr fortschaffen, sich draußen verstecken und später ihre Geschichte erzählen können. Doch auch hier störte Fentje, dass man es nicht nach einem Raubüberfall hatte aussehen lassen. Vielleicht waren Henning und Anna so krimiaffin, dass sie ahnten, einen Raubüberfall nicht vortäuschen zu können?

Auch hier gab es theoretisch Motiv, Mittel und Gelegenheit.

Und bei Anna allein? Immerhin war sie diejenige, die seit ein paar Tagen in Untersuchungshaft saß. Hier war folgendes Szenario möglich: Sie hatte ihre Schwiegereltern im Schlaf erschossen, war von Henning überrascht worden, hatte ihn angeschossen – das setzte voraus, dass er sie als Täterin nicht erkannt hatte – und war dann aus dem Fenster geklettert und in die Scheune geflohen. Das klang für Fentje jedoch nicht wahnsinnig überzeugend. Die Polizei musste mehr gegen Anna in der Hand haben, vermutete sie. Fakten, die sie nicht kannte.

Doch wie passten diese Theorien mit dem Brandanschlag auf Niklas Johns Wohnung zusammen? Was für eine Bedrohung stellten seine Recherchen dar, die den Täter dazu bewogen hatten, sein Penthouse anzuzünden?

Blieb noch die Geschichte mit Lucy Fehnsen und ihrem übereilten Aufbruch, die zu keiner der Theorien passte. Fentje wusste von mehreren Hochzeitsgästen – Gretje, der Pastorin und auch Bosse, dem Kellner –, dass Lucy Fehnsen während der Feier auf einmal verstört gewirkt hatte. Inzwischen hatte Fentje den Zeitpunkt recht gut eingekreist: Es musste vor dreiundzwanzig Uhr gewesen sein, aber nicht viel früher als zweiundzwanzig Uhr dreißig. Nur den Grund für Lucys seltsames Verhalten kannte sie noch nicht. Hing es überhaupt mit den Morden zusammen oder war das zeitliche Zusammentreffen bloßer Zufall?

Irma Andresen, schrieb sie in Druckbuchstaben ganz unten auf ihren Zettel. *Hebamme*. Fentje zeichnete ein Kreuz daneben, weil die Frau tot war. Sie konnte sie nicht mehr fragen. Bestimmt waren Irma im Laufe ihres Lebens viele bemerkenswerte und auch seltsame Dinge passiert. Aber was für ein Geheimnis, das sie vielleicht auf dem Sterbebett mit Lucy geteilt hatte, könnte einen Doppelmord rechtfertigen? Und warum hätte Lucy ausgerechnet während der Hochzeitsfeier daran denken sollen? Hatte sie etwas gehört oder jemanden gesehen, den sie dort nicht erwartet hatte? Das schien alles recht weit hergeholt zu sein.

Fentje steckte sich das letzte Stück Schokolade in den Mund und bereute es sofort. Ihr wurde ein bisschen übel. Vielleicht war auch Lucy während der Feier nur schlecht geworden, oder sie hatte Kopfschmerzen oder andere Beschwerden bekommen, dic sie bewogen hatten, nach Hause zu fahren.

Was Fentje zusetzte, war der Gedanke, dass sie bei der Feier anwesend gewesen war und trotzdem nichts mitbekommen hatte. Hätte sie sich doch mehr an ihrem Tisch aufgehalten!

Und dann war da noch der eine Punkt, den Gina ihr gegenüber am Telefon erwähnt hatte. Hennings Eltern waren gegen Anna als Schwiegertochter gewesen, womöglich, weil sie schon einmal verheiratet gewesen war. Damit kam eine weitere Person ins Spiel: Annas Ex-Mann. Nach seiner Scheidung von Anna hätte er nicht von ihrem Erbe profitiert. Es sei denn, sie wäre ihm immer noch mehr als zugetan? Anna und er könnten die Ehe mit Henning sogar gemeinsam initiiert und die Morde auch gemeinsam geplant haben.

Und dann war da noch das hässlichste aller kursierenden Gerüchte: dass Annas ungeborenes Kind nicht von Henning, sondern von ihrem Ex-Mann gezeugt worden war. Doch selbst wenn dem so wäre, wie könnte das mit den Morden an Hennings Eltern zusammenhängen? Schwangerschaften und die Frage, wer der Vater war, setzten allerdings große Emotionen bei den Betroffenen frei. Da konnte der eine oder andere schon mal die Kontrolle verlieren. Ungebeten kam Fentje die Sage in den Sinn, die Gretje auf der Trauerfeier Sofia erzählt hatte. Die Sage vom »Teufelshof«.

Vaterschaft?, schrieb Fentje unter ihre Notizen. Dann griff sie zum Telefon.

Blofeld war ein Katzenmädchen! Niklas schüttelte schmunzelnd den Kopf. Er war erleichtert, dass es seiner Katze ganz offensichtlich gut ging. Er hatte sie vorhin am Feldrand gefunden, angespannt vor einem Mauseloch wachend, mit hoch aufgerecktem Schwanz. Als er näher gekommen war, hatte Blofeld sich so erschreckt, dass sie senkrecht in die Luft gesprungen war. Doch nachdem sie ihn erkannt hatte, war sie sofort zu ihm gekommen und ihm in Richtung Haus gefolgt. Von wegen Katzen würden keine wirklichen Beziehungen zu ihren Menschen entwickeln!

Insgeheim fürchtete er jedoch, dass Blofeld nach der genossenen Freiheit auf dem Jacobsen-Hof in Zukunft in einer Wohnung unglücklich sein könnte. Sie hatte gerade die Mäusejagd für sich entdeckt und den Thunfisch von Fentjes Großmutter. Da konnten die Butter von seinem Croissant und Ausflüge auf die Dachterrasse vielleicht nicht mehr mithalten. Niklas seufzte. Er wollte seine Katze nicht mehr missen.

An einer Ampel öffnete er das Verdeck, um die trübsinnigen Gedanken vom Fahrtwind wegpusten zu lassen. Er rief seinen ehemaligen Kollegen Max in Hamburg an und warnte ihn vor, dass die Polizei sich eventuell bei ihm melden könnte, um ihn über ihn, Niklas, und den Brand auszufragen.

Max war schockiert, als er von den jüngsten Ereignissen hörte, und bot Niklas für die nächsten Tage seinen Camper als Unterkunft an.

Bei dem Gedanken an den Zigarettengeruch im Innenraum, an den er sich von früher erinnerte, lehnte Niklas dankend ab. Er musste sich schleunigst eine Ferienwohnung oder etwas Ähnliches suchen. Lange wollte er Pauls Gastfreundschaft nicht mehr strapazieren.

Danach suchte sich Niklas eine Autovermietung in der näheren Umgebung und mietete sich einen Wagen für die nächsten drei Tage. Er stellte sein Auto in der Nähe der Vermietungsfirma in einer Nebenstraße ab und nahm einen silbernen Peugeot in Empfang. Auf der Rückfahrt nach St. Peter-Ording vermisste er seinen Wagen bereits, doch Fentje Jacobsen hatte recht: Sein Auto könnte einen möglichen Attentäter auf direktem Wege zu ihm führen oder sogar selbst zum Ort eines Anschlags auf ihn werden.

Ohne groß darüber nachzudenken, fuhr Niklas vor dem *Café Küstenfeuer* vor und parkte gegenüber auf dem Parkplatz am Waldrand.

Er ging in die Kneipe, die um diese Tageszeit noch recht leer war, und stellte sich an den Tresen unweit des Tisches, an dem er mit Max gesessen hatte.

Der Barkeeper servierte ihm auf seinen Wunsch hin eine Cola. Für Alkohol war es noch zu früh. Außerdem wollte Niklas einen klaren Kopf behalten. Schließlich war es möglich, dass ihm jemand nach dem Leben trachtete, so lächerlich ihm der Gedanke bei dem herrlichen Sonnenschein draußen auch erschien.

Nach einigem Hin und Her fand Niklas heraus, dass eine Frau namens Marja Kühne am Sonntagabend an den Tischen vor den Fenstern bedient hatte. Ihre Schicht sollte erst um zwanzig Uhr beginnen. Niklas bestellte sich einen Cheeseburger und noch eine Cola und wartete ab. Etwas Besseres hatte er ohnehin nicht vor. Paul war dienstags immer in der Sauna, hatte er ihm erzählt. Und die Aussicht, allein auf dem Sofa in der Wohnung seines Freundes zu sitzen, hatte für Niklas auch nichts Verlockendes. Außerdem wollte er unbedingt wissen, wer das Feuer in seinem Penthouse gelegt hatte. Und solange die Polizei davon ausging, dass er selbst der Brandstifter war, musste er eigene Nachforschungen anstellen.

Um kurz nach acht betrat eine hochgewachsene, blonde Frau das Café und grüßte die übrige Crew. Der Barkeeper nahm sie beiseite und deutete auf Niklas.

Sie musterte ihn, und ihr hübsches Gesicht verzog sich skeptisch. Dann kam sie eher widerstrebend, wie es schien, auf ihn zu. »Sie wollen mich sprechen?« Ihre Stimme war etwas zu hell und kindlich für ihr Alter. Und seit wann wurde er im *Küstenfeuer* gesiezt?

»Das ist richtig. Sie haben doch am Sonntagabend auch hier gearbeitet?«

»Schon.« Sie schaute zum Barkeeper hinüber. »Aber warum ist das wichtig?«

Niklas überlegte, wie viel er preisgeben musste. »Ich war mit einem Freund hier. Wir haben etwa an diesem Platz gesessen. Mein Freund sagte mir, dass wir eine Weile von einem anderen Gast beobachtet wurden. Einem der Leute, die Sie dort drüben bedient haben.«

»›Beobachtet‹ wie ›nachspionieren‹?«, fragte sie argwöhnisch.

Niklas entschloss sich zu einer kleinen Notlüge. »Ich bin auf dem Heimweg überfallen worden und möchte nur gern wissen, wer das war.«

»Das verstehe ich ja, aber …« Sie blickte wieder Hilfe suchend zu ihrem Kollegen hinter dem Tresen.

»Der Mann, den ich suche, saß an dem Ecktisch vor dem

Fenster. So zwischen zehn und halb elf ungefähr. Er war allein. Erinnern Sie sich an ihn?«

»Ich weiß nicht. Kann schon sein«, gab sie zu Niklas' Überraschung zu.

»Mein Freund sagte, der Mann habe schwarze Sachen angehabt, und er war wohl recht groß. Er wirkte wie ein Motorradschrauber.« Niklas hatte sich den Unbekannten noch einmal genauer von Max beschreiben lassen.

»So sehen viele aus.«

»Jedes kleine Detail könnte helfen.«

Sie runzelte die Stirn. »Ist das nicht Sache der Polizei?«

»Dort war ich heute schon. Ich brauche wirklich Ihre Hilfe.«

»Also, an etwas erinnere ich mich ...«

»Ja?«, hakte Niklas gespannt nach.

»Aber ich weiß natürlich nicht, ob wir denselben Typen meinen.«

»Ist schon klar.«

»Er saß allein an dem Tisch, den Sie beschrieben haben. Als er bezahlt hat, da ist mir was aufgefallen. Der Daumennagel seiner rechten Hand war schwarz. Nicht lackiert natürlich.« Sie lachte nervös auf. »Für so etwas war der nicht der Typ. Es sah so aus, als hätte er ihn sich gequetscht oder jemand hätte ihm mit dem Hammer draufgehauen.«

»Gute Beobachtungsgabe«, sagte Niklas anerkennend. Leider brachte ihn diese Information erst einmal nicht so viel weiter. »Haben Sie zufällig auch gesehen, was für ein Auto er fuhr?«

»Tut mir leid. Der Laden war voll. Ich hatte keine Zeit, aus dem Fenster zu schauen.« Sie senkte die Stimme. »Doch eine Bitte habe ich.«

»Worum geht's?«

»Sagen Sie bitte niemandem, dass ich Ihnen das verraten habe.«

»Mache ich nicht. Aber warum sind Sie so besorgt?«

Sie blickte sich über die Schulter. »Normalerweise sind die Gäste hier total nett. Viele sind Stammgäste. Doch den Mann habe ich bei uns noch nie gesehen. Er war etwas seltsam«, fügte sie hinzu.

»›Seltsam‹ inwiefern?«

»Er hat mich einmal ziemlich grob angesprochen, als ich gerade mit einem vollen Tablett unterwegs war. Ich musste es kurz abstellen …«

»Waren darauf zufällig die Getränke für meinen Freund und mich?«

»Das weiß ich nicht mehr. Es war so voll hier. Ich hatte zu viel zu tun!«

Das glaubte Niklas ihr ohne Weiteres. Er gab ihr ein großzügiges Trinkgeld und verließ das Café.

25. Kapitel

Es war ein bedrückendes Gefühl für Fentje, wieder zum Fehnsen-Hof zu fahren. Sie hatte Henning am vergangenen Abend noch angerufen, um sich mit ihm zu verabreden. Er war seit Kurzem wieder zu Hause, nachdem die Spurensicherung den Hof freigegeben und die Spuren der Blutnacht von einem Tatort-Reinigungsteam weitestgehend entfernt worden waren.

Auf dem Weg zur Hintertür fielen ihr schon erste Anzeichen von Verwahrlosung auf, wie der vertrocknete und zu hohe Rasen. Auch die meisten Blumen in den Kübeln hatten die Zeit der Vernachlässigung nicht überlebt. Der Bauerngarten war eine Zierde und Lucys ganzer Stolz gewesen. Ein Stück des Gartenzauns jenseits der Beete war kaputt und hing windschief zur Seite. Das musste gerade erst passiert sein. Fentje fragte sich, wer den Zaun wann wieder zusammenbauen würde? Für solche Reparaturen war Gustav zuständig gewesen. Er hatte sogar mal eine Tischlerlehre gemacht, bevor er Lucy geheiratet und zu ihr auf den Hof gezogen war. Wie sollte Henning das ohne Lucy und Gustav alles bewältigen? Nein, er hatte seine Eltern gewiss nicht ermordet.

Sie klopfte an die Tür und trat ein. »Ich bin's: Fentje. Bist du hier, Henning?« Kurz schoss ihr durch den Kopf, dass auch Diana vor nicht allzu langer Zeit unbedarft dieses Haus durch die Hintertür betreten hatte, ohne zu ahnen, welch grausige Entdeckung sie machen würde.

Henning trat durch den Flur auf sie zu. »Moin, Fentje. Komm rein. Wir setzen uns in die Küche. Sieht hier leider schlimm aus …«, sagte er. »Ich muss noch jemanden finden, der uns etwas unter die Arme greift.«

Fentje schob ein paar Zeitschriften auf der Eckbank zur Seite und setzte sich. Einen Moment lang irritierten sie die verwelkten Blumengestecke auf dem Tisch und auch auf dem Boden. Von der Hochzeit oder der Trauerfeier? Es roch leicht süßlich danach. Kondolenz- und Glückwunschkarten lagen überall herum. Zwei so wichtige Ereignisse und deren Folgen zu bewältigen, das war verständlicherweise zu viel für Henning allein.

»Willst du Kaffee? Ich habe eine Thermoskanne vorbereitet.« Er lächelte schwach, eine verzerrte Version seines früheren einnehmenden Lachens.

»Gerne. Mit normaler Milch bitte.«

»Tut mir leid, die ist mir schlecht geworden.«

»Macht nichts, dann schwarz.«

Zunächst redeten sie darüber, wie Henning allein auf dem Hof zurechtkam. Er erzählte, dass er am Vortag bei Anna gewesen war und sie in der Untersuchungshaft besucht hatte. »Sie hält sich wirklich tapfer«, sagte er. »Aber es bricht mir das Herz, sie dort zu sehen. Sie ist doch keine Verbrecherin. Warum nur haben sie sie eingesperrt? Das ist nicht gerecht!«

»Nein, das ist es sicher nicht«, bestätigte Fentje. »Doch es wird sich alles aufklären. Hast du mit ihrem Anwalt sprechen können?«

»Ach, dieser arrogante Kerl!«, brach es aus Henning heraus. »Ich hoffe nur, dass der überhaupt etwas für sie tut.«

»Hast du ihn ihr denn nicht selbst besorgt?«

Hennings Miene verdüsterte sich, wenn das möglich war, noch mehr. »Nee. Sie hat ihn von ihrem geschiedenen Mann empfohlen bekommen. Stell dir das mal vor!«

»Das klingt tatsächlich schwierig«, gab Fentje zu. »Wie kam es denn dazu?«

»Die Polizei hat sie ursprünglich ja nur zu einer Befragung mitgenommen. Auf einmal brauchte sie dann aber einen Anwalt! Anna wusste wohl auf die Schnelle niemanden und geriet in Panik. Ich war zu der Zeit ja noch im Krankenhaus und gerade nicht erreichbar. Da hat sie ihren Ex gefragt, diesen Thomas Meyer. Ich nehme es ihr nicht übel. Jedenfalls nicht sehr. Doch gefallen muss mir das ja auch nicht.«

»Weißt du, was sie gegen Anna in der Hand haben?«

»Sie haben ihre Fingerabdrücke auf der Tatwaffe sichergestellt. Und die Tatsache, dass das Gewehr in einem Gebüsch aufgefunden wurde, ganz in der Nähe der Scheune, in der Anna sich versteckt hatte, hilft auch nicht weiter.«

»Wie kommen denn ihre Fingerspuren an das Gewehr?«, fragte Fentje.

»Anna hat vor ein paar Wochen mal damit geschossen, sagt sie. Ihr Plan war, mich mit der Nachricht zu überraschen, dass sie einen Jagdschein machen wird. Vielleicht wollte sie mit dieser Aktion auch meinen Eltern, besonders meinem Vater, imponieren. Mein Vater hat mit ihr ein paar Übungsschüsse auf eine Scheibe abgegeben, als ich nicht zu Hause war.«

»Ausgerechnet mit dem Gewehr, mit dem der Täter später auf deine Eltern und dich geschossen hat?«

»Ja. Aber so unwahrscheinlich, wie es klingt, ist es gar nicht. Die Sauer 200 ist halt Vaters meistgenutztes Gewehr gewesen … Nur, dass uns das mit den Übungsschüssen jetzt keiner glaubt.«

»Wieso nicht?«

»Weil die Munition recht teuer ist. Ein Schuss kostet mittlerweile vier Euro. Damit ballert man natürlich nicht einfach so zum Spaß herum.«

Fentje nickte. Das waren keine guten Neuigkeiten.

Henning erzählte noch, wie es Anna in der Haftanstalt erging. Fentje nutzte es für eine Überleitung zu einem anderen Thema.

»Ich habe gehört, dass Anna schwanger ist. Nehmen sie darauf im Gefängnis Rücksicht? Der Anwalt könnte das doch nutzen, um sie bis zur Verhandlung freizubekommen.«

»Ich verstehe das auch nicht. Dieser Anwalt ist anscheinend unfähig. Aber es geht Anna den Umständen entsprechend gut. Ihr ist nicht übel oder so.«

»Deine Eltern waren sicherlich begeistert, dass sich so schnell Nachwuchs einstellt«, sagte Fentje vorsichtig.

»Oh ja, natürlich waren sie das«, antwortete Henning etwas zu schnell.

Fentje blickte in ihre Tasse. »Ich rede natürlich mit verschiedenen Leuten«, erwiderte sie. »Du weißt ja, wie das ist. Dabei ist mir zu Ohren gekommen, dass es gewisse ... Probleme zwischen deinen Eltern und Anna gab.«

Henning stöhnte auf. »Das wird doch alles immer nur aufgebauscht. Die Leute erleben nichts Spannendes, deswegen tratschen sie halt.«

Fentje sah ihn an und schwieg. Als Jugendlicher hatte Henning dazu geneigt, Probleme lieber zu ignorieren, bis sie ihn quasi in die Nase bissen, als sie geradewegs anzugehen. Wenn er Hausaufgaben hatte abgeben oder ein Referat hatte halten müssen, das er nicht vorbereitet hatte, hatte er lieber die Schule geschwänzt. Das vergrößerte den Ärger zwar auf lange Sicht, half ihm jedoch kurzfristig aus der Bredouille.

»Also gut. Sie waren nicht so recht einverstanden mit der Hochzeit. Meine Eltern waren nämlich der Ansicht, dass Anna nicht die Richtige für mich sei. Aber für den Sohn und Hoferben ist wohl keine gut genug. Sie hatten ihre eigenen Vorstellungen, aber zum Glück entscheide ja ich.«

»War es so einfach?«, wollte Fentje wissen. »Oder steckte doch noch etwas anderes dahinter? Wie sind Sie damit umgegangen, dass Anna aus Lettland kommt?«

»Eigentlich hatten sie überhaupt nichts dagegen. Im Gegenteil: Sie haben schnell gesehen, dass Anna weniger Allüren hat als viele deutsche Frauen. Du glaubst gar nicht, was ich immer für Probleme hatte, wenn ich meine Freundinnen zum ersten Mal mit auf den Hof gebracht habe. In der Theorie waren viele begeistert: ›Ein Bauernhof! Wie romantisch …‹ Doch wenn die ein paar Tage hier gewesen waren, fanden sie es gar nicht mehr so witzig, was da alles dranhängt. Allein die Tatsache, dass man kaum Urlaub nehmen kann. Anna ist quasi das Gegenteil von solchen Frauen: Sie steht gerne früh auf, arbeitet im Stall mit, sie kocht auch ohne Probleme mal für zehn Personen ein warmes Essen mit Fleisch … Sie kann überall mitanpacken, und sie mag das Landleben.«

»Das klingt ja alles sehr gut. Also: Warum waren deine Eltern dann nicht glücklich, sie zur Schwiegertochter zu bekommen?«

»Sie haben befürchtet, dass Anna sich hier bloß ins gemachte Nest setzen will. Auf gut Deutsch: Sie haben befürchtet, dass sie mich nur ausnutzt.«

»Gab es dafür irgendwelche Anzeichen?«

»Nein, natürlich nicht!«

»Was ist mit ihrem Ex-Mann?«

Henning erhob sich polternd. »Nicht du auch noch!«, fuhr er sie an.

»Komm, setz dich wieder. Ich bin auf deiner Seite.«

Er stand vor ihr, den Kopf schräg geneigt, die Augen zusammengekniffen. Offensichtlich haderte er mit sich, ob er sich ihr anvertrauen sollte.

»He, du kennst mich. Ich bin Fentje, der du auf dem Schulweg immer die Mütze vom Kopf gerissen hast.« Sie zog die Augenbrauen hoch.

»Nicht, dass du es mir nach all den Jahren noch heimzahlen willst …«, murmelte er.

»Meine späte Genugtuung wird sein, eine super Verteidigung für dich hinzulegen, Henning. Und vielleicht auch noch Anna zu helfen …«

Er setzte sich umständlich wieder hin. »Ich habe dir damals übrigens einen Gefallen getan: Deine Mütze war potthässlich.«

»Ich fand sie ja auch nicht so toll, mit diesem selbst gemachten Bommel, aber meine Oma hat immer behauptet, die anderen Kinder wären nur neidisch.«

Henning grinste.

»Annas Ex-Mann«, nahm Fentje einen zweiten Anlauf. »Was weißt du über den?«

Henning erzählte ihr stockend, dass Anna Thomas Meyer geheiratet hatte, nachdem ein landwirtschaftliches Praktikum auf Föhr zu Ende gewesen war. Anna hatte in dieser Zeit zufällig ein paar gut situierte Leute auf Föhr kennengelernt und war deswegen auf einigen Feiern und Veranstaltungen eingeladen gewesen. Dort hatte sie ihren Ex-Mann kennengelernt und sich in ihn verliebt. Doch die Ehe war unglücklich verlaufen. Anna war noch sehr jung gewesen, als sie geheiratet hatte. Gerade mal einundzwanzig. Dass der nette, scheinbar wohlsituierte und großzügige Mann, der sie anfangs so unterstützt hatte, ein Betrüger war, hatte sie erst einige Jahre später festgestellt. Sie hatte sich aber erst nach zehn Jahren von ihm getrennt, als sie es nicht mehr ausgehalten hatte. Und auch danach … Anna war katholisch und wollte sich nicht einfach so scheiden lassen. Und dann hatte er die Scheidung immer wieder hinausgezögert.

»Wie lange war Anna denn schon geschieden, als du sie kennengelernt hast?«

»Noch gar nicht«, räumte er ein. »Doch die Ehe existierte nur noch auf dem Papier. Und bald darauf hat sie es auch amtlich gemacht.«

Fentje hakte weiter nach, aber Henning war überzeugt, dass es aus Annas Sicht ebenfalls eine reine Liebesheirat gewesen war.

»Bist du dir da sicher, Henning?«

Er hob unbehaglich die Schultern. »Soweit man sich bei einer Frau sicher sein kann.«

»War Annas Schwangerschaft geplant?«

»Fentje, das geht dich eigentlich gar nichts an.«

»Was ist denn so geheimnisvoll daran?«

»Gar nichts. Nur, dass meine Eltern auch immer darauf herumgeritten sind.« Er sah auf die Tischplatte. »Also gut: Die Schwangerschaft war noch nicht geplant. Wir wollten eigentlich zuerst unsere Zeit zu zweit genießen und den Hof nach unseren Vorstellungen umbauen.«

»Was haben deine Eltern dazu gesagt? Zu dem Umbau, meine ich.«

»Die wollten noch nicht in das Altenteilerhaus ziehen. Es muss auch noch renoviert werden. Aber die Vorstellungen, die sie hatten … Das hätte uns ein Vermögen gekostet. Das war einfach nicht drin.«

»Als deine Anwältin muss ich dir sagen, dass das ein finanzielles Motiv für dich wäre.«

»Unsinn, wir wären uns schon noch einig geworden!«

»Wer weiß alles von den Querelen?«

»Jorne und Gina. Ma hat es ihnen erzählt. Ansonsten … höchstens noch Hauke. Dem habe ich mal mein Herz ausgeschüttet.«

»Verständlich«, meinte Fentje. »Und wie kam es, dass Anna trotz Verhütung auf einmal schwanger war? War da schon das Aufgebot bestellt?«

»Ich weiß, was du denkst. Aber sie hat es nicht darauf angelegt, schwanger zu werden, damit ich sie schnell heirate. Natürliche Verhütung, mit Temperaturmessen und so, ist eben nicht so sicher. Und die Pille verträgt Anna nicht. Davon bekommt sie Migräne. Wir waren der Meinung, dass wir ruhig etwas unsicherer verhüten können, weil es ja auch nicht schlimm wäre, wenn es passiert.«

Fentje nickte. Doch das Gehörte bereitete ihr Kopfschmerzen. Es belastete Henning und vor allem auch Anna.

»Wie haben deine Eltern auf Annas Schwangerschaft reagiert?«

»Es war furchtbar«, gab Henning zu Fentjes Erstaunen nun zu. »Sie dachten wirklich, dass sie mich nur manipuliert. Dabei kannten sie sie doch. Wir haben mehrmals am Tag am selben Tisch zusammengegessen. Mein Vater hat mich zur Seite genommen und mich gefragt, ob ich sicher sei, dass das Kind von mir ist!«

»Und ... wie hast du reagiert?«

»Na, wie wohl? Ich habe ihm gesagt, dass er das meine Sorge sein lassen soll.« Hennings Gesicht verzog sich vor Zorn bei der Erinnerung an das Gespräch mit seinem Vater. »Mein Pa meinte daraufhin, dass er wissen muss, wem er mal sein Erbe überlässt. Dass er sicher sein will, dass sein Enkelkind auch wirklich sein Enkelkind ist. Er verlangte sogar einen Vaterschaftstest und riet mir, den abzuwarten, bevor ich Anna heirate.«

»Und wie dachte Lucy darüber?«

»Meine Mutter hat es nicht ganz so hart ausgedrückt, aber im Prinzip war sie der gleichen Meinung wie mein Vater«, antwortete Henning bitter.

»Dann standen die Hochzeitsvorbereitungen und die Hochzeit ja unter keinem so guten Vorzeichen«, stellte Fentje fest, um Henning am Reden zu halten.

»Mir tat es vor allem für Anna leid. All dieses Misstrauen in meiner Familie ... Das war schwierig für sie. Und nun ist sie auch noch im Gefängnis gelandet für Morde, die sie nicht begangen hat.«

»Es tut mir sehr leid für euch.« Fentje überlegte, wie sie es am besten formulierte. Was sie ihn noch fragen wollte, konnte Henning durchaus wieder so aufregen, dass er das Gespräch abbrach. Dabei hatte sie noch ein weiteres Thema auf ihrer Agenda. »Ist es möglich, dass Anna doch noch mehr Kontakt zu ihrem Ex-Mann hat?«

»Das klingt jetzt sehr hässlich, Fentje!«

»Hässlich oder nicht: Es ist wichtig.«

Henning trommelte mit den Fingern auf dem Tisch herum. Als er wieder sprach, blickte er dabei aus dem Fenster. »Dieser Thomas hat Anna nicht in Ruhe gelassen. Sie wollte nicht, dass ich mir Sorgen mache, doch er hat ihr immer noch E-Mails und Nachrichten aufs Handy geschickt. Sie hat ihn blockiert, daraufhin hat er neue Wege gefunden, mit ihr in Kontakt zu treten. Er ist hier sogar ein- oder zweimal aufgekreuzt. Ich war kurz davor, die Polizei deswegen einzuschalten, aber …«

»Was ›aber‹? Wollte sie das nicht?«

»Doch, sie war einverstanden. Anna meinte jedoch, dass die Polizei nichts tun könne, solange sich ihr Ex-Mann friedlich verhalte … Da habe ich es erst mal gelassen.«

»Hat sie ihn auch noch mal allein getroffen?«

»Natürlich nicht!«

Fentje ließ das vorerst so im Raum stehen. Doch es sah nicht allzu gut aus für Anna, fand sie. Wenn das Kind, mit dem sie schwanger war, wirklich nicht von Henning war und seine Eltern auf einen Vaterschaftstest bestanden hatten, waren Gustav und Lucy vielleicht eine Bedrohung für sie und ihr ungeborenes Kind gewesen. Für das Leben, das sie sich auf dem Fehnsen-Hof hatte einrichten wollen … Und Annas Ex-Mann war sowieso eine dubiose Erscheinung in dieser Geschichte. Eine Gleichung mit zu vielen Unbekannten. »Warum sind deine Eltern auf der Hochzeitsfeier eigentlich so früh gegangen?«

Henning zuckte mit den Schultern. »Nun, nimm einfach alles zusammen, was ich dir erzählt habe. Sie waren eben nicht so begeistert.«

»Deine Mutter soll plötzlich verstört gewirkt haben, bevor sie die Feier verlassen haben.«

»Wer sagt das denn?«, brauste Henning auf.

»Also weißt du davon nichts?«

Er schüttelte den Kopf.

»Eins noch, dann lasse ich dich auch in Ruhe, Henning: Wie steht es zurzeit zwischen dir und Jorne?«

»Erstaunlich gut. Wir reden kaum miteinander.«

»Weißt du, was er so macht? Wie es ihm geht?«

»Denkst du etwa, mein Bruder hat etwas mit dem Tod unserer Eltern zu tun?«

»Ich versuche nur, alle möglichen Personen auszuschließen.«

»Jorne hat durch den Tod unserer Eltern nichts gewonnen.«

»Wie verstehst du dich mit seiner Frau Gina?«

»Sie ist ein gieriges kleines Monster, findest du nicht?«

»Und was wäre, wenn ihr bei dem Mordanschlag alle gestorben wärt? Deine Eltern, Anna, das ungeborene Kind und du?«

Henning blickte sie entsetzt an. »Sag doch nicht so etwas, Fentje.«

»Ist Jorne dann der Nächste in der Erbfolge?«, fragte sie, obwohl sie die Antwort zu kennen glaubte.

26. Kapitel

Ein Besuch der Justizvollzugsanstalt in Lübeck-Marli, wo weibliche Untersuchungshäftlinge in Schleswig-Holstein untergebracht wurden, war wie eine Reise in die Vergangenheit. Der Eingangsbereich mit seinem dreieckigen Giebel aus rotem Stein und den Verzierungen sowie weitere Gebäude waren Anfang des zwanzigsten Jahrhunderts erbaut worden. Doch der Anblick erinnerte Niklas weniger an nostalgische Szenen mit Pferdekutschen und Damen mit großen, mit Straußenfedern dekorierten Hüten, sondern an eine Zeit, als Menschenleben und Menschenwürde noch weniger wert gewesen waren als heute. Dieses altertümliche Gefängnisgebäude war für Bedienstete und Insassen erschreckende Realität.

Niklas hatte Annas Anwalt kontaktiert und es nach einigem Hin und Her geschafft, einen Besuchstermin bei ihr zu bekommen. Seine Nachforschungen hatten bisher mehr Fragen als Antworten ergeben. Wenn er ihr helfen wollte, musste sie zuerst ihm helfen.

Er hatte versucht, sich vor Annas Anblick im Gefängnis zu wappnen, doch als sie ihm an dem quadratischen Resopaltisch gegenübersaß, musste er dennoch schlucken. Erschreckend dünn und blass sah sie aus. Auf den zweiten Blick erkannte er jedoch die Anna von vor fünfzehn Jahren wieder – Anni, mit der er einen Sommer lang auf Föhr seine erste große Liebe erlebt hatte. Er fragte sich, ob die Zeit ihn auch so verändert hatte wie sie. Wo war das Leuchten in ihren Augen geblieben?

»Niklas, was willst du denn hier?«, begrüßte sie ihn mit rauer Stimme. Ihre Lippen waren rissig. Das lange blonde

Haar hatte sie zu einem unordentlichen Knoten im Nacken geschlungen.

»Anna, ich musste dich unbedingt sehen. Wie geht es dir?«

»Oh, sehr gut«, antwortete sie spöttisch. »Aber du bist doch nicht hier, um nach all den Jahren Small Talk mit mir zu machen, oder?«

»Nein, ich möchte dir helfen.«

»Ach nein? Wie das denn?« Sie senkte die Stimme. »Die denken, dass ich aus Habgier meine Schwiegereltern ermordet und dann auch noch auf meinen Ehemann geschossen habe. Da kann mir wohl keiner mehr helfen.«

»Wenn du unschuldig bist, dann lässt sich das bestimmt auch beweisen.«

»›*Wenn* du unschuldig bist.‹ Du bist dir da also gar nicht so sicher? Und ich dachte, du bist als mein bester Freund hier.«

»Doch, das bin ich.«

»Und wieso glaubst du, dass *du* diesen Beweis für meine Unschuld liefern kannst, Niklas? Ich habe gehört, dass du Journalist geworden bist. Meinst du, dass dich das dazu befähigt?«

»Zu recherchieren und Leute auszufragen gehört zu meinem Job. Ich werde es versuchen. Vorausgesetzt, du bist einverstanden.«

Sie verschränkte die dünnen Arme vor der Brust. »Was kannst du, was die Polizei nicht kann?«

»Ich habe mit verschiedenen Leuten über die Morde auf dem Fehnsen-Hof geredet. Auf Föhr, auf der Hallig Hooge und auf der Halbinsel Eiderstedt.«

»Du hast *was*?«

»Ich hatte von meiner Zeitung den Auftrag, über den Mordfall in Wulkenbüll zu schreiben. Hintergrundrecherche gehört nun einmal dazu. In der Nacht, nachdem ich von einer meiner Recherchen zurückgekommen bin, hat jemand mein

Apartment angezündet. Der Anschlag auf mich kurz danach ist möglicherweise ein Hinweis darauf, dass ich jemandem auf die Füße getreten bin.«

»Das mit dem Anschlag tut mir leid. Gut, dass dir nichts passiert ist, Niklas. Doch das könnte auch bedeuten, dass du allgemein zu vielen Leuten auf die Füße trittst«, erwiderte sie.

»Das mag sein. Aber was hast du zu verlieren, Anna? Entweder ich finde heraus, wer hinter den Morden an deinen Schwiegereltern steckt, oder eben nicht.«

Ihr Brustkorb hob und senkte sich unter dem dicken Sweatshirt, als sie tief durchatmete. »Was sagt denn mein Anwalt dazu?«

»Vertraust du ihm?«

Sie hob die Schultern. »Was bleibt mir denn anderes übrig? Er soll gut sein.«

»Wer hat ihn dir empfohlen?«, fragte Niklas. »Dein Mann?«

»Nein. Das war Thomas. Thomas Meyer, mein Ex-Mann. Wir sind geschieden, doch wir haben noch sporadisch Kontakt. Nach dieser furchtbaren Nacht – Henning war verletzt, seine Eltern tot, und du warst sowieso nicht mehr in meinem Leben –, da wusste ich nicht, wen ich sonst wegen eines Anwalts fragen kann.«

»Ich kann verstehen, dass du dich in dieser Zwangslage und unter dem enormen Druck, unter dem du gestanden hast, an deinen früheren Mann gewandt hast. Doch es gab sicher auch einen guten Grund, dass du dich von ihm getrennt hast. Möglicherweise schadet dir der Kontakt zu ihm mehr als er dir nützt.«

»Was mir schadet, ist, dass ein Verrückter sich nachts in unser Haus geschlichen, meine Schwiegereltern ermordet und meinen Mann angeschossen hat.«

»Ein Verrückter?«, hakte Niklas nach.

»Ach, keine Ahnung! Das war doch Wahnsinn, was da

passiert ist.« Anna war so laut und schrill geworden, dass die Bedienstete streng zu ihnen herübersah und sich laut räusperte. Anna senkte die Stimme. »Aber ich habe mit Lucys und Gustavs Tod nichts zu tun. Ich kann mir auch nicht vorstellen, dass jemand, den ich kenne, sie ermordet hat.«

Niklas nickte. »Ja, das ist schwer vorstellbar. Doch irgendjemand hat es getan, Anna, und vermutlich war derjenige nicht verrückt im klassischen Sinne.«

Sie barg das Gesicht in den Händen. »Was soll denn nur werden, Niklas?«, fragte sie.

»Wenn alles gut geht, wird der Schuldige gefunden und vor Gericht gestellt. Du kommst hier raus und wirst von jedem Verdacht reingewaschen. Dein Mann und du, ihr müsst dann sehen, wie ihr mit dem, was geschehen ist, zurechtkommt. Ihr bekommt ein gemeinsames Kind, habe ich gehört.«

Sie schluchzte auf.

»Das stimmt doch, oder?« Hatte er gerade etwas Falsches gesagt?

»Ja, ich bin schwanger. Aber so … so habe ich mir das alles nicht vorgestellt.«

»Willst du mir ein paar Fragen beantworten, damit ich versuchen kann, dir zu helfen?«

Sie ließ die Hände sinken und blickte ihn mit geröteten Augen an. »Also gut, ich habe ja keine Wahl. Was willst du wissen? Wir haben hier nicht viel Zeit.«

Mit leiser Stimme erzählte Anna ihm, was seit ihrer Trennung in dem Sommer vor fünfzehn Jahren passiert war. Dass sie Thomas Meyer auf einem Segeltörn kennengelernt hatte, zu dem Niklas' Vater Iveta und sie mitgenommen hatte. Dass sie nach ein paar Monaten schon Thomas' Frau geworden war. Anna hatte ihn aus Liebe geheiratet – dachte sie damals jedenfalls. Vielleicht war es auch nur das Gefühl gewesen, angekommen zu sein und nun ein richtiges Zuhause zu haben, räumte sie ein. Thomas hingegen hatte Wert auf eine schöne Frau an seiner Seite gelegt, die ihn zu Geschäftsessen begleitete und sein Ansehen als solider Geschäftsmann unterstrich. Sie waren beide nicht mehr allein gewesen.

Doch nach zehn Jahren, in denen Anna immer mehr von seinen Betrügereien mitbekam und die Situation für sie zunehmend unhaltbar wurde, trennte sie sich von ihm. Die Scheidung reichte sie allerdings erst ein, nachdem sie Henning kennengelernt hatte. Er sei ihre große Liebe, sagte sie mit einem unterdrückten Schluchzer. Sie bereute, dass sie es vorher so lange mit Thomas ausgehalten hatte. Aber sie hatte einfach Angst gehabt, Angst, es allein nicht zu schaffen.

»Thomas war eifersüchtig, als ich mit Henning zusammenkam«, flüsterte sie. »Er hatte wohl immer noch gehofft, dass ich eines Tages zu ihm zurückkehre. Und er merkte, dass er seinen Einfluss auf mich verlor. Als ich dann auch noch schwanger war und ein Hochzeitstermin feststand, wollte er das nicht akzeptieren. Er kam sogar zwei Mal auf den Hof gefahren und hat allen erzählt, Henning könne mich nicht heiraten, weil das Kind von ihm sei. Aber das war gelogen!« Anna sah Niklas flehentlich an.

»Besteht die Möglichkeit, dass er aus Wut und Verzweiflung – oder was auch immer – in eurer Hochzeitsnacht ins Haus gekommen ist und auf deine Schwiegereltern und Henning geschossen hat?«

Sie schüttelte vehement den Kopf. »Nein, warum sollte er das tun? Das ergibt überhaupt keinen Sinn!«

»Es sei denn, er hat auf dich und auf dein Erbe gehofft?«

Anna schnaubte. »Nein, das glaube ich nicht. Thomas neigt nicht zu körperlicher Gewalt. Er manipuliert die Menschen durch Worte. Er wickelt sie ein mit seinem Charme und hintergeht sie. Dann knöpft er ihnen den letzten Cent ab. Aber diese schrecklichen Morde, das passt nicht zu ihm. Außerdem hat er vermutlich ein Alibi. Selbst wenn er es gewesen wäre, hätte er eins.« Sie lächelte desillusioniert. »Er kennt immer einen, der ihm was schuldet, der für ihn lügen würde.«

Niklas runzelte die Stirn. So etwas in der Art hatte er befürchtet. Das war gar nicht gut. »Was haben sie gegen dich in der Hand, Anna? Warum bist du noch immer in Untersuchungshaft?«

»Meine Fingerabdrücke sind auf der Tatwaffe. Und es wurden Schmauchspuren auf einer meiner Jacken gefunden.«

Niklas' Kehle wurde eng. »Wie kommt das?«

»Ich wollte mal ausprobieren, wie es ist zu schießen. Nur auf eine Scheibe auf der Weide natürlich. Gustav hat es mir gezeigt. Ich wollte sehen, ob ich es kann, und Henning vielleicht damit überraschen, dass ich einen Jagdschein mache. Dann hätten wir zusammen auf die Jagd gehen können. Klingt verrückt, oder?«

»Wusste außer deinem Schwiegervater noch jemand von diesen Plänen?«

Sie überlegte einen Moment. »Nur Lucy.«

»Und nun sind die einzigen beiden Personen tot, die bezeugen können, dass du bloß auf der Weide geschossen hast. Das ist allerdings eine Verkettung verhängnisvoller Umstände.« Die Zeit drängte. Niklas fragte sie noch, wer ihrer Meinung nach ansonsten als Täter infrage kam.

Anna sagte zögerlich, dass Henning und sein Bruder nicht besonders gut miteinander auskamen. Doch einen Mord traue sie dem Bruder deswegen noch lange nicht zu. Jorne und Gina, ihre Schwägerin, seien doch auch bis zum Schluss auf ihrer Hochzeitsfeier gewesen und hätten mit ihnen gefeiert und getanzt …

Niklas hätte Anna gern noch mehr über die Familienverhältnisse gefragt, aber bevor er dazu kam, war die Gesprächszeit vorüber, und Anna wurde weggeführt.

Niklas schaute ihr nach, wie sie, schmal und zerbrechlich

wirkend, von der kräftigen Bediensteten hinausgeführt wurde. Er fühlte sich hilflos.

Anna sah nicht zu ihm zurück.

Die Fächer ihres Kühlschranks waren so gut wie leer. Viel mehr als die obligatorischen Grillsaucen und die Ketchup-Flasche in den Türtaschen sowie ein halber welker Salat im Gemüsefach waren nicht mehr da. Da ihr der Magen knurrte, schnorrte Fentje sich bei ihrer Großmutter einen Teller kalte Kirschsuppe mit Grieß.

»Das Reh, das Opa neulich geschossen hat, liegt fertig zerlegt in deiner Gefriertruhe«, sagte sie zu Gretje. Nach dem zweiten Teller war ihr etwas schwummerig von dem süßen Essen.

»Ja, danke, Kind. Ich mag aber den Geruch von Wild nicht mehr so gerne. Ich finde, Hinrich lässt es immer zu lange abhängen.«

»Wenn du ihm eine Freude machen willst, dann bereite ihm nächstes Wochenende trotzdem mal wieder einen Rehbraten zu. Du kannst das doch so phänomenal. Sofia und Bendix würden sich bestimmt auch darüber freuen.«

»Sofia, das liebe Mädchen … Ja, wenn du meinst, Kind.« Ihre Großmutter lächelte erleichtert. »Oder ich mache doch lieber rote Grütze«, sagte sie. »Ich glaube, das ist besser. Rote Grütze mag doch jeder.«

»Ich muss leider schon wieder los, Oma.« Fentje erhob sich.

»Wo wullt du denn hen?«, erkundigte sich Gretje.

»Ich will nur zu den Nachbarn.«

»Etwa zu Hauke? Ihr habt ja neulich so schön miteinander getanzt. Willst du was von meinem Apfelkompott für ihn mitnehmen?«

»Das nächste Mal. Oder … vielleicht doch! Wenn du ein Glas griffbereit hast?«

Das Apfelkompott bot einen guten Anlass, um ihren Besuch nicht allzu offiziell aussehen zu lassen.

Sie fuhr mit dem Fahrrad, weil sie dringend Bewegung brauchte. Das Gespräch mit Henning hatte sie innerlich aufgewühlt. Es gab noch so viel zu bedenken. Hauke war zwar ein eher stiller Zeitgenosse, aber ein sehr guter Beobachter. Vielleicht hatte er noch etwas gesehen, was Henning weiterhelfen würde?

Zu Fentjes Überraschung war sie nicht die Einzige, die Hauke an diesem schönen Mittwochnachmittag einen Besuch abstattete. Er saß mit Diana Hoops und Frederik Pohlmann unter der alten Linde vor dem Haus.

Fentje war etwas enttäuscht, weil sie Hauke lieber allein gesprochen hätte. Andererseits waren alle Anwesenden auf der Hochzeitsfeier zugegen gewesen, was Fentjes Chance vergrößerte, dass jemandem etwas Nützliches aufgefallen war.

»Fentje, setz dich zu uns!«, rief Frederik, als er sie entdeckte. »Wir lassen uns hier alle erfolgreich von Hauke von unserer Arbeit abhalten.«

»Ich bin unschuldig!«, sagte Hauke sofort.

»Unsinn, wer bei dem Wetter kostenlosen Eistee und ein Schattenplätzchen in netter Gesellschaft anbietet, darf sich über Schmarotzer nicht wundern.« Diana grinste und streckte die langen Beine in der Reithose noch weiter von sich.

Hauke zog Fentje einen Gartenstuhl unter dem Tisch hervor und legte ein Sitzkissen darauf.

»Komm zu mir, meine Liebe!« Diana klopfte auf das Kissen. »Was macht die Juristerei? Und wie geht's Gretje und Hinrich?«

»So weit ganz gut. Gretje hat mir Apfelkompott für Hauke mitgegeben.« Sie nahm ein Glas Eistee von ihrem Freund und Nachbarn entgegen. »Ich hoffe, du magst Apfelkompott.« Sie holte die Einmachgläser aus dem Rucksack und stellte sie auf den Tisch.

»Ja, klar. Danke! Dann bleibt mir wenigstens noch was zu essen bis zum Monatsende. Diana hat mal wieder auf Teufel komm raus Spenden für den Feuerwehrball und für verwaiste und verwitwete Pferde und Esel eingesammelt.«

»Ja, klar. Bei Fredi war ich schon, und zu euch komme ich auch noch«, drohte sie Fentje an. »Ich habe übrigens Sofia gestern getroffen. Sie hat mir gesagt, dass du Familienzuwachs bekommen hast.«

»Ach ja?«

»Eine hübsche aristokratische Katze, die wohl ein Journalist bei dir abgeladen hat. Ein Niklas John, wie sie mir erzählt hat.« Diana fixierte sie. »Ein neuer Mann in deinem Leben, Fentje?«

Haukes Miene verdüsterte sich.

»Nein. Dem ist die Wohnung ausgebrannt«, erklärte Fentje. »Ihr habt doch bestimmt von dem Feuer in St. Peter-Ording gehört? Genau in dem Haus hat der gewohnt. Er musste seine Katze spontan irgendwo unterbringen. Und was fiel ihm dazu ein? Ein Bauernhof.« Sie verdrehte die Augen.

Die Anwesenden lachten, am lautesten Hauke.

Fentje stand noch eine Weile Rede und Antwort, was ihre Familie betraf, bis sie die Unterhaltung möglichst unauffällig auf die Ereignisse während der Hochzeit von Henning und Anna lenken konnte.

Alle waren sich einig, dass es etwas seltsam war, wie früh Lucy und Gustav die Feier verlassen hatten. Anfangs schienen sie sich doch gut amüsiert zu haben.

»Vor der kirchlichen Trauung hat es zwischen Henning und seinem Vater aber wohl noch Probleme wegen der Hochzeit gegeben«, wandte Frederik ein.

»Was denn für Probleme?«, fragte Fentje.

Er hob abwehrend die Hände. »Ich persönlich war nicht dabei. Ich habe es von dem Freund meiner Mutter gehört. Ma und er hatten sich für die Hochzeitsfeierlichkeiten ja ein paar Tage bei mir einquartiert. Ich weiß nicht, ob ich darüber reden soll. Es ist ja nur Hörensagen.«

»Wir alle sind auf Hennings Seite«, sagte Hauke. »Wir wollen ihm helfen. Fentje ist sogar seine Anwältin.«

Frederik nickte. »Ich weiß. Also, das war so: Henning hatte sich ja bei mir im Haus für die Trauung umgezogen, damit er die Braut nicht vor der Kirche in ihrem Brautkleid sieht. Gustav hat ihm noch etwas vorbeigebracht. So eine Ansteckblume für seinen Anzug, glaube ich. Malcolm, der Freund meiner Mutter, hat gehört, wie Henning und sein Vater sich dann ziemlich übel gestritten haben.«

»Red doch nicht um den heißen Brei herum, Fredi. Das passt nicht zu dir. Worüber haben sie sich denn gestritten?«, wollte Diana wissen.

»Es ging um Anna«, antwortete er. »Seine Eltern waren anscheinend doch nicht so glücklich über die Hochzeit der beiden. Vor allem wohl wegen Annas Ex-Mann.«

»Was hat der denn damit zu tun?«, erkundigte sich Fentje.

Frederik zuckte nur mit den Schultern.

»Und was passierte dann?«

»Henning hat seinen Vater mit seiner Meinung abblitzen lassen. Und er hat ihm gesagt, dass es zu spät sei. Dass er ja bereits mit Anna verheiratet sei, nach ihrem Termin beim Standesamt.«

»Womit er ja ganz recht hatte«, warf Diana ein.

Fentje beschloss, ihren Köder auszuwerfen. »Ich habe gehört, dass Lucy während der Feier auf einmal komisch auf etwas reagiert haben soll. Sie soll plötzlich wie vom Donner gerührt ausgesehen haben. Und danach sind Lucy und Gustav angeblich gegangen. Ist das einem von euch auch aufgefallen?«

»Ich glaube, ich habe zu viel getanzt.« Diana lächelte.

»Ich habe auch nichts dergleichen bemerkt«, kam es von Frederik.

Auch Hauke schüttelte nur ratlos den Kopf.

»Um wie viel Uhr sind sie denn gegangen?«, wollte Fentje wissen. Sie hatte den Zeitpunkt zwar für sich ungefähr überschlagen, aber vielleicht wusste einer der anderen es ganz genau.

»Ich schätze, so kurz nach elf«, sagte Hauke.

»Wurden da nicht zuerst Spiele gespielt und dann die Fotos von Henning und Anna gezeigt?«

»Ja, bevor Gustav und Lucy gegangen sind, wurden noch Fotos des Brautpaares an die Wand projiziert«, stimmte Diana zu.

Fentje nickte. Das wusste sie bereits von Bosse.

»Da war doch nichts Skandalöses dabei. Außer Henning als Nackedei im Planschbecken vielleicht«, warf Hauke ein.

»Ich meine, dass die beiden erst später, kurz nach der Mitternachtssuppe gegangen sind.« Frederik sah von einem zum anderen. »Lucy wäre doch auf jeden Fall so lange geblieben, nur um zu sehen, ob die Suppe, die sie teuer bezahlt haben, auch ihr Geld wert war.«

Die anderen stimmten ihm zu.

»Wie steht es denn mit Hennings Verteidigung?«, wollte Hauke nun wissen.

»Bitte habt Verständnis, dass ich mich dazu nicht äußern kann«, antwortete sie.

»Berufsgeheimnis«, kommentierte Diana dies.

»Ist ja auch absolut richtig«, bestätigte Frederik.

Fentje erhob sich. Wie es aussah, würde sie hier nichts Neues mehr erfahren.

»Du willst schon los?«, fragte Hauke enttäuscht.

»Ich will nicht, aber ich muss. Ich habe heute noch eine längere Tour nach Hamburg vor mir.«

»Wer ist es denn?«, wollte Diana wissen.

»Nur Hennings Bruder und dessen Frau.«

»Aber doch wohl nicht mit deinem alten Pick-up«, scherzte Frederik.

»Leih dir doch den schicken neuen Audi von Hauke«, schlug Diana augenzwinkernd vor.

»Was denn für ein Audi?«, hakte Fentje nach. Ihres Wissens fuhr ihr Nachbar seit über zehn Jahren einen dunkelblauen Passat.

»Ich habe mir einen fast neuen Audi gekauft. War ein echt günstiges Angebot von einem Kumpel aus Rendsburg«, bekannte Hauke und wurde tatsächlich rot.

»Es muss dir nicht peinlich sein, wenn du dir mal was gönnst«, sagte Frederik. »So viel, wie du arbeitest.«

»Herzlichen Glückwunsch, Hauke!«, meinte Fentje. »Darauf müssen wir bei Gelegenheit noch mal anstoßen. Sonst quietscht der Wagen.«

»Du mit deinem Aberglauben.«

»Doch, das kenne ich auch«, pflichtete Diana ihr bei. »Her mit dem Schnaps!«

Fentje verabschiedete sich endgültig, bevor sie womöglich wirklich noch einen Kurzen auf das neue Auto trinken sollte. Sie hatte bei Hauke nichts Hilfreiches erfahren, doch eins war ihr während der Unterhaltung mit ihren Nachbarn klar geworden: Es war höchste Zeit, nach Hamburg zu fahren. Jorne hatte ihr keinen Ersatztermin für das abgesagte Treffen genannt. Angeblich hatte er gerade zu viel um die Ohren, um etwas Neues auszumachen. Sie wollte ihn jedoch unbedingt treffen, um mit ihm zu reden. Und mit Gina. Sie würde zur Not unangemeldet bei ihnen aufkreuzen und sehen, dass sie Jorne auf ein Gespräch festnagelte.

Hauke begleitete sie zu ihrem Fahrrad, das sie an den Zaun gelehnt hatte. »Ich weiß, du willst vor den anderen nicht so viel sagen, Fentje.«

»Das ist richtig. Ich bin schließlich Hennings Anwältin.«

Er kickte einen Stein auf dem Weg zur Seite. »Du fährst also heute nach Hamburg zu Jorne? Warum?«

»Auch darüber möchte ich nicht reden.«

»Macht nichts. Ich kann ja eins und eins zusammenzählen. Vor allem kenne ich die ewigen Streitereien zwischen Henning und seinem Bruder. Das geht doch schon ihr Leben lang so.«

Fentjes Augenbrauen zogen sich zusammen. »Von Streit zu kaltblütigem Mord ist es ein langer Weg, Hauke.«

»Stimmt auch wieder«, gab er mit zweifelnder Miene zurück.

Sie sah ihm in die Augen. »Du würdest es mir aber erzählen, wenn du noch etwas wüsstest, was für den Fall wichtig sein könnte, oder?«

»Ich weiß gar nichts. Ich habe nur eine Bitte: Pass auf dich auf, Fentje.«

»Klar doch, und danke für den Eistee!« Sie stieg auf ihr Rad und fuhr los. Vor der ersten Kurve schaute Fentje noch einmal zurück. Hauke stand am Gartentor und sah ihr reglos nach. Sie winkte ihm zum Abschied zu. Wie gut kannte man sich, wenn man ein Leben lang nebeneinander wohnte?

27. Kapitel

Niklas fand eine Ferienwohnung, die nur ein paar Straßen von seiner abgebrannten Wohnung entfernt lag. Er wunderte sich ein wenig, dass er sie für die nächsten Wochen mieten konnte. Das war in dieser Lage ein absolutes Glück. Er zog mit einer Sporttasche und dem Laptop-Rucksack ein. Der schnellstmögliche Umzug, dachte er, und absolut preisgünstig.

Die Wohnung war hell und im skandinavischen Stil eingerichtet. Das Bad war nicht mehr das neueste, aber es hatte eine gute Dusche. Und die Wohnung besaß sogar einen kleinen Balkon, der allerdings zur Straße hinausging. Nachdem Niklas seine wenigen Sachen im Schrank verstaut und den Laptop auf den Tisch gelegt hatte, stand er einen Moment lang ratlos mitten im Raum. Der Verlust seines eigenen Reichs, seines Rückzugsortes mit Blick auf die Nordsee, schmerzte. Und er vermisste Blofeld …

Um sich abzulenken, setzte er sich an den Esstisch unter dem Dachflächenfenster und stürzte sich in die Arbeit. Er richtete seinen neuen Laptop ein und schrieb danach einen Artikel über einen geplanten Windpark. Nachdem er auf *Senden* gedrückt hatte, war er hungrig und durstig und musste außerdem dringend raus an die frische Luft.

Er kaufte sich ein Fischbrötchen und trank eine große Apfelschorle dazu. Während des Essens hielt er die Augen offen, ob sich jemand in seiner Umgebung auffällig verhielt, ihn vielleicht beobachtete. Es wäre wohl sicherer gewesen, St. Peter-Ording zu meiden, für den Fall, dass derjenige, der seine Wohnung angezündet hatte, nach ihm suchte. Doch nachdem er schon Wohnung und Auto vermisste, wollte Niklas wenigstens in dem ihm vertrauten Ort bleiben.

Er ging ein Stück die Straße hinunter, und als er sich sicher war, dass sich niemand für ihn interessierte, stieg er in sein gemietetes Auto und fuhr nach Tating. Der Empfang seines Apartmenthauses war zurzeit nicht besetzt, da nach dem Brand alle Bewohner anderswo untergebracht worden waren. Die Polizei hatte das Gebäude abgesperrt. Niklas hatte jedoch herausgefunden, wie und wo er die zwei Frauen erreichte, die am Tag vor dem Feuer dort Dienst gehabt hatten. Sie arbeiteten zurzeit in einem Büro der Hausservice-Firma in Tating.

Die erste Mitarbeiterin, eine resolute Brünette mit tief gebräunter Haut, erinnerte sich an keinerlei Besonderheiten an dem fraglichen Tag. Die Polizei habe sich auch schon bei ihr erkundigt, sagte sie ein wenig mürrisch. Da war nichts gewesen … Sie arbeite sonntags sowieso nicht so gern. Da unternehme sie lieber lange Spaziergänge mit ihrem Hund.

Die zweite Empfangsdame, Carola Sommer, war diejenige, die sich auch um Blofeld gekümmert hatte. Sie freute sich offensichtlich, Niklas wiederzusehen. Jedenfalls lächelte sie breit und bat ihn, sich auf einen Kaffee zu ihr zu setzen. »Hier ist überhaupt nichts los«, sagte sie. »Ich langweile mich zu Tode.«

»Ich hoffe, dass wir irgendwann zurückkönnen«, erwiderte Niklas. »Lieber früher als später.«

Sie nickte. »Wie geht es Ihrem Kater?«, erkundigte sie sich. »Dem ist doch hoffentlich nichts passiert?«

»Nein. Blofeld hat mir wohl sogar das Leben gerettet. Blofeld hat mich in der Nacht geweckt, sonst wäre ich vielleicht erstickt.«

»Aber dafür gibt es doch überall Rauchmelder!«

»Stimmt. Das ist der eine Punkt, den ich nicht verstehe. Die Rauchmelder in meiner Wohnung haben nicht ausgelöst.«

»Ach, wirklich? Bei Ihren Nachbarn haben die aber schon funktioniert. Die haben nämlich Alarm geschlagen und die Leute geweckt. Die Geräte waren doch von derselben Firma.«

»Ja, und sie sind auch vor nicht allzu langer Zeit von ebendieser Firma überprüft worden.«

»Diese Technik … Auf nichts ist mehr Verlass! Wie gut, dass Ihr Kater da war.«

Er lächelte. »Ich bin übrigens eines Besseren belehrt worden, was mein Haustier angeht. Blofeld ist eine Katze.«

Sie lachte auf. »Na gut. Aber bitte benennen Sie ihn – oder sie – nicht um.«

»Nein, auf keinen Fall.« Niklas musste auch lächeln. »Blofeld bleibt Blofeld.« Er wurde wieder ernst. »Die Polizei war wegen des Feuers sicherlich auch schon bei Ihnen«, sagte er. »Doch mich interessiert trotzdem, ob Ihnen am Sonntag vor dem Brand irgendwas aufgefallen ist.«

»Ich habe bereits hin und her überlegt, aber an dem Tag war nichts Besonderes. Ein paar Abreisen von Urlaubern aus den Apartments, die an Feriengäste vermietet werden. Meistens Paare oder kleine Familien … Die üblichen Bewohner, die ein und aus gegangen sind. Ich kann mir kaum vorstellen, dass die etwas mit dem Feuer zu tun haben.«

»War der Empfang den ganzen Tag über und auch abends besetzt?«

»Bis zehn Uhr sogar. Danach kommt man ja nur noch mit einem Sicherheitsschlüssel herein.«

»Und es gibt doch auch ein paar Kameras, oder?«

»Die sind leider seit einiger Zeit kaputt«, gab Frau Sommer zu.

»Also keine Videoüberwachung …«, sagte Niklas. »Ist das Schloss manipuliert worden? Und was ist mit dem Hintereingang?«

»Die Schlösser sind alle intakt. Das haben die Polizeibeamten überprüft. Der Eingang an der Rückseite ist genauso gesichert wie der Haupteingang.«

Niklas seufzte. »Kein Wunder, dass die Polizei überlegt, ob der Brandstifter nicht eher unter den Bewohnern zu finden ist.«

»Tut sie das?«

»Es sieht so aus.«

»Sonntags kommen ja auch keine Handwerker oder so ins Haus«, überlegte Frau Sommer laut.

»Es sei denn, es ist wirklich dringend. Jemand muss diesen Brand schließlich gelegt haben. Das war doch keiner der Bewohner«, erwiderte Niklas. Es war frustrierend, nicht nur die Wohnung mit allen Sachen verloren zu haben, sondern auch noch des versuchten Versicherungsbetrugs verdächtigt zu werden.

Carola Sommer ging an ihren Schreibtisch und tippte auf der Tastatur ihres Computers herum. »Ich weiß, das passt vom Zeitpunkt her nicht. Das einzig Ungewöhnliche, das eine Kollegin eingetragen hat, ist am Samstagabend gewesen.«

»Und was war das?«

»Am Samstagabend war ein Handwerker für eine der Ferienwohnungen da. Das kommt nicht oft vor. Moment mal.« Sie griff zum Telefon und sprach mit jemandem. Dann sagte sie: »Es war so: Der Besitzer von Apartment 5c hat nachmittags aus München angerufen und meine Kollegin gebeten, einem Monteur die Wohnung aufzuschließen. Es ging um eine Reklamation an seiner neuen Einbauküche. Er wollte, dass das erledigt ist, bevor die neuen Feriengäste kommen.«

»Wie hieß die Küchenfirma?«

»Das weiß meine Kollegin nicht. Sie sagt, der Monteur trug einen blauen Overall und hatte ein Emblem mit den Buchstaben *K* und *T* darauf. Und er hatte einen Werkzeugkoffer dabei. Die Unterschrift in unserem Besucherbuch ist leider unleserlich.« Sie kam zu Niklas herüber und reichte ihm das aufgeschlagene Buch.

Küchenmonteur für App. 5c, stand in der einen Zeile, eine krakelige, nicht entzifferbare Unterschrift in der zweiten. Dazu das Datum vom vergangenen Samstag und die Uhrzeit: *19.50 Uhr*.

»Eine fantastische Küchenfirma, die samstagsabends so spät noch einen Monteur schickt«, bemerkte Niklas. Er fotografierte die Seite ab.

»Oh, Herr John. Das habe ich jetzt nicht gesehen«, sagte die Empfangsdame.

Mit der Bitte, bei dem Besitzer von Apartment Nummer 5c nachzufragen, ob er wirklich einen Küchenmonteur engagiert hatte, verließ Niklas das Büro. Das Ferienapartment 5c lag zwischen seiner und der zweiten großen Penthousewohnung im obersten Stockwerk. Es war am Samstag und Sonntag nicht vermietet gewesen. Der Belegungsplan der Ferienwohnungen des Hauses war im Internet einsehbar. Wie hoch war die Wahrscheinlichkeit, dass dieser angebliche »Küchenmonteur« für das Feuer verantwortlich war?

Seine Ankunft am Samstagabend hatte Niklas anfangs irritiert. Das war auf den ersten Blick ein zu früher Zeitpunkt, denn das Feuer war ja in der Nacht von Sonntag auf Montag ausgebrochen.

Doch man konnte einen Brand auch mit einer zeitlichen Verzögerung oder mit einem Fernzünder auslösen, wenn man das entsprechende Equipment dazu hatte. Mal davon abgesehen, dass es ebenso möglich war, beim ersten Besuch in dem Apartment den Schlüssel auszutauschen, den falschen wieder beim Hausservice abzugeben und den richtigen zur späteren Verwendung mitzunehmen. Bis Sonntagabend hätte den Schlüssel wohl niemand mehr überprüft. Dann wäre nur noch das Problem gewesen, in das Haus hineinzukommen. Doch auch das war möglich, wenn man sich zum Beispiel eine Weile am Eingang zur Tiefgarage auf die Lauer legte. Irgendjemand ließ im Laufe eines Tages immer mal das Tor offen stehen. Der Brandstifter hätte nur noch hineinspazieren müssen.

Es wäre interessant zu wissen, ob der vorhandene Schlüssel am Empfang für Apartment 5c wirklich in das Schloss der Wohnung passte?

Niklas fielen auf dem Rückweg noch ein paar weitere Möglichkeiten ein. Wer es darauf anlegte, hätte auch in der Ferienwohnung auf seinen Einsatz als Feuerteufel warten können. In dem Buch war nämlich nicht vermerkt gewesen, wann der Monteur das Haus wieder verlassen hatte. Und – Niklas' Herzschlag beschleunigte sich bei dem Gedanken – seine Dachterrasse grenzte direkt an die kleinere Terrasse der Ferienwohnung 5c. Wenn man einigermaßen schwindelfrei war, konnte man einfach von der Wohnung 5c zu ihm hinübersteigen.

Je länger er darüber nachdachte, desto sicherer wurde er sich, dass in diesem Fall der fleißige Küchenmonteur, der noch am Samstagabend arbeitete, kein Küchenmonteur gewesen war. Wenn ein Fremder auf seiner Dachterrasse aufgetaucht war, würde das vielleicht auch Blofelds seltsames Verhalten am Sonntagvormittag erklären …

Niklas' Telefon läutete, als er wieder auf den Stellplatz vor seiner Ferienwohnung rollte. Es war Kriminalkommissar Fährmann. Erst dachte Niklas, dass Carola Sommer die Polizei informiert hatte, dass er dort gewesen war. Doch Fährmann wollte lediglich ein Treffen mit ihm vereinbaren.

»Ein Treffen? Wieder in Flensburg?«, wollte Niklas wissen.

»Nein, ich mache mich nachher auf den Weg nach St. Peter-Ording. Einer unserer Brandexperten kommt auch mit. Wir wollen einmal mit Ihnen zusammen durch Ihre Wohnung gehen. Passt es Ihnen um sechzehn Uhr?«

»Alles klar. Kein Problem.« Einerseits wollte Niklas den Schaden mit eigenen Augen sehen. Doch er ahnte, dass es keine angenehme Besichtigung werden würde. Im Laufe seines Berufslebens war er in einigen Brandruinen gewesen. Er wusste, dass er wahrscheinlich in eine schwarze, stinkende Höhle treten würde. Doch es zog ihn trotzdem an den Ort des Geschehens. Das Wissen um seine ausgebrannte Wohnung war wie eine frisch verschorfte Wunde, an der er kratzen wollte, bis sie blutete. Und außerdem erhoffte er sich davon ein paar Antworten.

Nach einigen Überlegungen hatte Fentje Jorne doch noch über ihren geplanten Besuch bei ihm unterrichtet. Sie wollte die weite Fahrt nicht umsonst auf sich nehmen. Hennings Bruder hatte sich grundsätzlich damit einverstanden erklärt, mit ihr zu sprechen. Er hatte ihr allerdings mitgeteilt, er wisse nicht, wann er es heute nach Hause schaffen würde. Wenn sie das Risiko eingehen wolle, dass es spät würde, könne sie gern kommen …

Mach dir darüber keine Sorgen, hatte Fentje gedacht, ohne etwas in der Richtung auszusprechen. Ich warte einfach, bis du da bist, Jorne. Etwas Wichtigeres habe ich heute nämlich nicht mehr vor.

Sie fuhr die Gardinger Chaussee in Richtung Tönning. Wie immer, wenn sie die Eider passierte, hatte sie das Gefühl, fremdes Territorium zu betreten. Dithmarschen.

Auf der Landstraße in Richtung der Autobahn war einiges los. Fentje reihte sich in eine Kolonne von Urlaubern und Einheimischen, die allesamt selten schneller als hundert Stundenkilometer fuhren. Ab und zu trommelte sie unruhig mit den Fingern auf das Lenkrad, doch die Ungeduld brachte ihr nichts. Zum Überholen war zu viel Gegenverkehr, und ihr alter Pick-up war ohnehin nicht zum Rasen geschaffen.

Im Rückspiegel beobachtete sie einen schwarzen SUV, der

sich ihr vom Ende der Schlange näherte, indem er mehrfach gewagte Überholmanöver durchführte.

»Idiot«, murmelte sie, als er drei Wagen hinter ihr ausscherte, obwohl sich von vorn in hohem Tempo ein Lkw näherte. Der Lastwagenfahrer hupte; der schwarze Wagen scherte erst im letzten Moment wieder in die Schlange ein. Das hatte verdammt knapp ausgesehen! Fentje machte sich darauf gefasst, dass er auch sie gleich noch überholen würde, doch anscheinend hatte die letzte brenzlige Situation den SUV-Fahrer endlich zur Vernunft gebracht. Er verzichtete die letzten Kilometer bis zur Autobahn auf weitere Überhol-Abenteuer und blieb konstant drei Wagen hinter ihr.

Als sie auf die Autobahn auffuhren, gab er allerdings kräftig Gas und schoss an ihr vorbei, nur um nach einiger Zeit von einem Parkplatz aus erneut hinter ihr einzuscheren.

Fentje fuhr an der Ausfahrt Stellingen von der A7 ab und nahm die Kieler Straße in Richtung Zentrum. Einmal meinte sie sogar, den schwarzen Wagen mit dem Kennzeichen aus Nordfriesland wieder an der Ampel hinter sich zu sehen. Doch die Straße war voller großer schwarzer Autos.

Je weiter sie in die Stadt hineinfuhr, desto mehr Baustellen gab es, desto hektischer wurde der Verkehr und desto öfter sprangen die Ampeln auf Rot. Es hatte einen Grund, warum sie gern auf dem Land lebte.

Endlich tauchten die roten Fassaden der Speicherstadt vor ihr auf. Fentje fuhr auf der Kornhausbrücke mit den Figuren von Vasco da Gama und Kolumbus, wie sie noch von einem Klassenausflug wusste, über den Zollkanal. Sie passierte die alten Speicher und sah bald darauf die neu erbauten Häuser der HafenCity vor sich.

Fentje staunte ein wenig, wie viel sich seit ihrem letzten Besuch schon wieder geändert hatte. Sie fuhr weiter bis zu der sanft geschwungenen Baakenhafenbrücke, die von Spaziergängern, Radfahrern und Skateboardern bevölkert war.

Ihrem Navigationsgerät zufolge sollte sie nur noch darüberfahren und sich dann links halten. Sie hatte es so gut wie geschafft. Fentje war sogar pünktlich. Nun mussten Gina und Jorne nur noch reden.

28. Kapitel

Fentje fuhr in die Tiefgarage unter dem Wohnkomplex, wie Gina es ihr geraten hatte. Sie hatten verabredet, dass Fentje bei ihr auf Jorne warten sollte. Nach einigem Suchen fand Fentje auch den Fahrstuhl, der sie nach oben zu der richtigen Wohnung brachte. Allerdings stand ihr Auto jetzt in einer ganz anderen Ecke der weitläufigen Garage.

Gina öffnete ihr mit gelangweilter Miene. Sie trug ein kurzes Hemdblusenkleid aus glänzendem Stoff, das edel und lässig zugleich aussah. An ihrem Handgelenk klimperten mehrere Armreifen. Neben ihr kam sich Fentje in ihrer Jeans und dem neuen schwarzen Top schäbig gekleidet vor. Um ihrer Anwaltstätigkeit gerecht zu werden, hatte sie sogar einen Blazer dabei. In Haukes Garten hatte sie vorhin durchaus den einen oder anderen anerkennenden Blick ihrer Nachbarn bemerkt. Es war eben alles eine Frage des Kontextes.

Nach einer zurückhaltenden Begrüßung folgte Fentje Jornes Frau auf den Balkon. »Das ist aber einmal ein toller Blick!«, rief sie anerkennend aus. Vor ihr lag die Norderelbe mit der Veddel und dem Kleinen Grasbrook dahinter. Seitlich stand dekorativ ein alter Hafenkran.

»Ja, es ist ganz nett. Besonders abends. Was möchten Sie trinken, Fentje? Sie sind bestimmt durstig, wenn Sie extra aus Wulkenbüll hergekommen sind.«

Aus Ginas Mund klang es, als wäre die lange Fahrt für das anstehende Gespräch das Unvernünftigste, was ein Mensch je unternehmen konnte. Es sollte sie wohl darauf vorbereiten, dass sie sich die Mühe hätte sparen können. Sie würde hier und heute nichts Neues erfahren.

»Was haben Sie denn da? Wasser oder vielleicht Cola?«

Gina krauste die Stirn. »Ich habe aber nur stilles Wasser. Oder ein Tonic? Und wollen wir uns nicht duzen? Sie kennen Jorne doch schon so lange.«

»Seit meiner Kindheit. Also ja, sehr gern. Und bitte ein Tonic, das klingt gut.« Fentje ließ sich in die weißen Polster der Loom-Sessel fallen. »Weißt du schon, wann Jorne kommt?«, rief sie seiner Frau hinterher.

Gina war ein paar Minuten später mit einem Tablett zurück. »Ich weiß von nichts. Kommt Jorne denn überhaupt?«, fragte sie spöttisch.

»Mir hat er es zugesagt. Er wollte sich nur noch nicht festlegen, bis wann er es spätestens schafft.«

»Ja, ja«, sagte Gina. »Ich weiß auch nie, wann er nach Hause kommt.«

»Warum ist das so?«

»Jorne kam und ging immer schon gern, wie es ihm passt. Aber seit das mit seinen Eltern passiert ist …« Sie blickte auf ihre manikürten Fingernägel. »Seitdem erkenne ich ihn überhaupt nicht wieder.«

»Was meinst du damit?«

Gina straffte den Rücken. »Ach, nichts. Jorne trauert. Seine Eltern sind beide auf einmal tot. Noch dazu sind sie auf so grausame Art und Weise gestorben. Ermordet in ihren Betten. Da hat er doch jeden Grund, sich zurückzuziehen und seine Wunden zu lecken.« Gina blickte zur Seite.

»Redet er darüber?«, fragte Fentje.

»Ph, jedenfalls nicht mit mir.«

»Das tut mir leid.«

Gina verdrehte die Augen. Der verletzliche Moment, in dem sie sich Fentje vielleicht anvertraut hätte, war fürs Erste vorbei. »Anna ist noch in U-Haft, oder?«, wollte Gina nach einer kleinen Pause unvermittelt wissen.

»Ja, das stimmt leider.«

Gina spielte mit ihren Armreifen. »Nun ja. Wenn Anna Gustav und Lucy erschossen hat, dann …«

»Denkst du wirklich, dass sie es getan haben könnte?«

»Ich weiß es nicht. Jorne sagt, man könne niemandem in den Kopf schauen. Wenn die Polizei sie schon in Untersuchungshaft nimmt, müssen handfeste Beweise gegen sie vorliegen.«

»Das Hauptproblem ist wohl eher, dass die befürchten, Anna könne sich jederzeit nach Lettland absetzen.«

»Das mag ja sein.« Gina sah nicht überzeugt aus.

»Du hältst sie möglicherweise für schuldig?«, hakte Fentje nach.

»Wer bitte soll es denn sonst gewesen sein?«

»Ja, es ist wirklich ein Rätsel.« Fentje beugte sich ein Stück vor. »Ich würde als Hennings Anwältin gern mit dir über die Hochzeitsfeier sprechen.«

Gina warf ihr Haar zurück. »Was willst du denn wissen? Einiges habe ich dir ja schon neulich am Telefon erzählt. Ich war zu dem Zeitpunkt ziemlich aufgebracht. Vielleicht bin ich ein wenig über das Ziel hinausgeschossen …«

»Du hast doch mit an dem Tisch von Henning und Anna gesessen. Am Familientisch. Wie waren Gustav und Lucy an dem Abend so?«

»Anfangs hatte Gustav auffallend schlechte Laune. Er hat ein bisschen herumgestänkert, über die Getränke und die Sitzordnung und so. Aber Lucy hat ihn scharf zurechtgewiesen. Er solle Henning und seiner Braut und auch ihr ja nicht die Feier verderben. Sie kann … konnte ganz schön resolut sein.«

»Wie hat Gustav darauf reagiert?«

»Erst hat er beleidigt geschwiegen, doch nach zwei oder drei Bier ist er dann etwas aufgetaut. Er hat ja dann auch sein Glas zu Ehren des jungen Paares erhoben und so. Und den Tanz mit Anna hat er ebenfalls mit Bravour gemeistert. Wir waren alle überrascht.«

Fentje erinnerte sich, wie Gustav seine neue Schwiegertochter auf dem Tanzboden herumgewirbelt hatte. Es stimmte. Auf der Tanzfläche hatten sie recht einträchtig gewirkt: ganz die schöne Braut und ihr stolzer Schwiegervater.

»Wann ist die Stimmung gekippt?«, fragte Fentje.

»Gekippt?«

»Warum sind Lucy und Gustav so früh gegangen? Sie müssen doch etwas zu euch gesagt haben, als sie aufgebrochen sind.«

Gina kniff die Augen zusammen. »Es war aber anders. Das letzte Mal, als ich mit Lucy gesprochen habe, war ich auf der Damentoilette. Lucy kam zu mir herein. Sie wirkte aufgebracht, doch sie hat nicht erklärt, weshalb. Sie meinte nur, ich solle meinen Laptop einpacken und am besten in den Kofferraum ihres Wagens legen.«

»Welchen Laptop?«

»Der, mit dem wir die Fotos gezeigt haben.«

»Ich verstehe.« Fentje erinnerte sich an ihre Unterhaltung mit Bosse. An das, was seine Kollegin Susi angeblich auf der Damentoilette mitangehört hatte.

»Wart ihr allein auf der Toilette?«

»Du kannst ja Fragen stellen. Ich glaube schon. Oder … Moment mal. Da war noch so 'ne Kellnerin, die aber gleich darauf gegangen ist.«

So weit stimmte Bosses Aussage also. »Was hat Lucy genau gesagt? Erinnerst du dich an den Wortlaut?«, fragte Fentje weiter.

»Nein. Ich hatte schon ein bisschen was getrunken und wollte nur schnell wieder raus aus dem Waschraum.«

Fentjes Zuversicht schwand. »Kann es sein, dass sie gesagt hat, sie wolle deinen Laptop ›in Verwahrung nehmen‹?«

»Ja, kann schon sein. Das waren, glaube ich, ihre Worte. Ich habe nicht verstanden, wieso sie sich überhaupt Gedanken über *meinen* Laptop gemacht hat. Ich stehe nämlich als

Frau ihres weniger geliebten zweiten Sohnes nicht gerade ganz oben auf ihrer Hitliste. Ich kann mir nur vorstellen, dass es daran lag, dass Jorne und ich ohne unser Auto da waren. So konnten wir beide was trinken. Vielleicht wollte sie nur vermeiden, dass wir den Laptop spät in der Nacht zurück in unser Ferienapartment tragen müssen. Oder dass wir ihn womöglich im Saal vergessen und ihnen später Vorwürfe oder irgendwelche Umstände deswegen machen.«

»War das alles, was Lucy zu dir gesagt hat?«

»Im Grunde ja. Sie hat mir jedenfalls nicht angekündigt, dass sie gleich gehen will. Aber sie wirkte ziemlich nervös. Wenn ich mich richtig erinnere, war sie nicht mal auf der Toilette, sondern hat sich nur die Hände gewaschen. Ich habe ihr natürlich versichert, dass ich mich um meinen Laptop kümmern würde oder dass ich Jorne deswegen Bescheid gebe.«

Fentje beobachtete eine Hafenbarkasse, die an ihnen vorüberzog, und überlegte, wie sie fortfahren sollte. »Wer hat eigentlich all die Fotos von Henning und Anna zusammengestellt?«

»Das war im Wesentlichen ich. Und es war gar nicht so einfach. Bei Bildern von Henning ging es noch. Da hat mir Lucy ihre alten Alben gegeben, und ich habe die passenden Fotos eingescannt. Es gibt ein Kindheitsalbum von Henning, doch keines von Jorne. Kannst du dir so etwas vorstellen?«

Das muss schmerzlich für Jorne gewesen sein, dachte Fentje. »Lucy und Gustav hatten schwere Zeiten mit ihrem Betrieb. Wahrscheinlich haben sie das zweite Album einfach nicht mehr geschafft«, sagte sie dennoch.

»Nun ja. Von Henning gab es viele Fotos, vom Babyalter bis in die Gegenwart, aber von Anna waren nur ein paar Bilder da, die während ihrer Zeit mit Henning entstanden sind. Um auch noch was aus Annas Kindheit und der Zeit vor Henning zu zeigen, habe ich sogar mit einer Cousine von Anna in Lettland hin- und hergemailt. Auf Englisch natürlich. Die hat mir daraufhin ein paar wenige Kinderfotos geschickt, die eine Tante von Anna noch hatte. Und ein paar neuere, die die Cousine selbst mal während eines Besuchs in Deutschland von Anna gemacht hat.«

»Mir haben die Fotos gut gefallen. Das war wirklich eine schöne Idee«, sagte Fentje. »Ich bin mir sicher, Anna und Henning haben sich sehr darüber gefreut.«

»Hoffentlich. Es war auch viel Arbeit!«

»Kannst du mir die Fotos auf einen Speicherstick ziehen und mitgeben?«, bat Fentje.

»Wieso interessierst du dich dafür?«

»Es ist möglich, dass eines der Fotos der Grund für Lucys Aufregung und ihren verfrühten Aufbruch war.«

»Die waren doch alle total harmlos«, wehrte Gina ab.

»Ich weiß. Trotzdem«, beharrte Fentje.

»Tut mir leid. Aber das ist es ja gerade. Mein Laptop wurde mir an dem Abend noch geklaut.«

»Wie bitte?«

»Auf der Feier. Ich hatte vergessen, ihn gleich wegzupacken. Kurz bevor wir gegangen sind, habe ich unsere Sachen zusammengesammelt. Der kleine Tisch, wo mein Laptop stand, war leer. Jemand hat meinen Computer mitgenommen.«

»Hast du das auch der Polizei erzählt?«

»Natürlich habe ich das«, erwiderte Gina. »Was denkst du denn? Nur genützt hat es nichts.«

»Was hat die Polizei dazu gesagt, dass dein Laptop auf der Hochzeitsfeier gestohlen worden ist?«

Gina schnaubte verächtlich. »Die denken, dass es jemand vom Catering war. Oder einer der Gäste. Bei so vielen Leuten …«

»Hattest du deine Daten irgendwo gesichert?«

»Na klar. Aber die Polizei hat mein Back-up einfach mitgenommen.«

»Und?«

»Nichts ›und‹. Wir haben ein bisschen Druck gemacht. Ich arbeite im Bereich Social Media. Ohne meine Daten bin ich aufgeschmissen. Jorne konnte meine mobile Festplatte vorgestern bei denen abholen.«

»Also kannst du mir doch eine Kopie der Fotos mitgeben?«

»Ach, ich weiß nicht, Fentje. Das ist doch privat.«

Fentje wollte gerade argumentieren, dass bei Mord nichts mehr privat war, als Jorne auf den Balkon trat. Fentje hatte ihn nicht kommen gehört.

Hennings Bruder trug eine enge Anzughose und ein weißes Hemd mit aufgekrempelten Ärmeln. »Da bist du ja, Fentje. Du hast uns also gefunden!« Er gab Gina einen flüchtigen Kuss und trank ein paar Schlucke aus ihrer Tonic-Flasche.

»War nicht so schwer«, antwortete Fentje.

Jorne sah sie kurz prüfend an und verschwand wieder in der Wohnung.

»Siehst du?«, sagte Ginas Blick.

Fentje stand auf und ging ihm nach. »Jorne, kommst du gleich wieder raus, oder wollen wir hier drinnen reden?«

Er saß breitbeinig auf der flachen Couch und stützte den Kopf in die Hände. »Ach, Fentje. Muss das sein? Ich bin echt fertig heute.«

»Das tut mir leid. Aber ich bin extra hergekommen, weil wir miteinander sprechen müssen.«

»Meine Eltern sind tot. Was gibt es da noch viel zu besprechen?«

»Deine Schwägerin sitzt unter Mordverdacht in Untersuchungshaft, um nur den ersten Punkt zu nennen.«

»Ich hatte und habe mit dieser Anna nichts zu schaffen.«

»Warum so feindselig?«

»Vielleicht ist sie ja schuldig? Vielleicht will sie sich den

Hof und alles andere für sich und ihr Kind unter den Nagel reißen?«

»Das kann ich mir nur schwer vorstellen.« Fentje ließ sich ihm gegenüber auf eine Art Pouf mit mexikanischem Muster fallen. Sie sackte tiefer ein, als sie erwartet hatte, und stieß einen überraschten Schrei aus.

Jornes Mundwinkel hoben sich zu einem Lächeln. »Das ist eine von Ginas Anschaffungen. Ich hätte dich warnen sollen.«

»Ich hab' s überlebt. Aber woher kommen diese Feindschaft und das Misstrauen Anna gegenüber?«

»Ach, ich weiß auch nicht.« Jorne klang müde. Die Ereignisse auf dem Fehnsen-Hof und deren Folgen schienen ihn wirklich mitzunehmen. Fentje mochte sich gar nicht vorstellen, dass bei ihnen auf dem Jacobsen-Hof etwas Ähnliches passierte. Es tat ihr leid für ihn. Aber es nützte nichts. »Ich würde gern eine Kopie der Fotos mitnehmen, die ihr auf der Hochzeitsfeier gezeigt habt.«

»Was willst du denn damit?« Er schien ehrlich überrascht zu sein.

»Gina sagte mir gerade, dass ihr Laptop, auf dem die ursprünglich gespeichert waren, während der Feier weggekommen ist.«

»Weggekommen? Jemand hat Ginas Computer *gestohlen*! Als wir gehen wollten, war der Tisch, wo er drauflag, leer.«

»Eine schlimme Sache. Man will ja keinen von den Hochzeitsgästen verdächtigen ... Doch die vom Catering waren auch alles junge Leute aus der Gegend.«

Jorne hob die Schultern. »Ich begreife es ehrlich gesagt nicht.«

»Weißt du, was die Polizei mit Ginas Back-up wollte?«

»Du bist ja gut informiert.«

»Ich bin Hennings Anwältin.«

»Ach ja. Da war noch was. Was willst du denn mit diesen Fotos? Glaubst du, dass ausgerechnet du damit den Täter entlarvst?«

»Deine Mutter soll nach dem Anschauen der Fotos ziemlich aufgeregt gewesen sein. Sie hat Gina gebeten, ihr den Laptop in Verwahrung zu geben. Jedenfalls hatte sie anscheinend Sorge, dass genau das passieren könnte, was dann passiert ist. Der Laptop wurde gestohlen.«

»Und wenn schon? Meine Mutter war immer sehr vorsichtig.«

»Ach, Jorne. Du glaubst doch selbst nicht, dass das ein Zufall war.«

»Na gut!« Er stand auf wie ein alter Mann. »Du gibst ja ohnehin keine Ruhe, Fentje, oder?«

»Hatte ich nicht vor.«

»Ich zeige dir die Fotos. Aber nur hier. Ich gebe die Bilder nicht aus der Hand.«

»Okay. Das ist besser als nichts. Danke!«, sagte sie.

»Dann komm mit in mein Arbeitszimmer. Ich habe sie auf meinen Computer überspielt.«

Er fuhr den Rechner hoch und tippte ein bisschen auf der Tastatur herum. Das erste Foto, das auf der Hochzeitsfeier gezeigt worden war, tauchte auf seinem Bildschirm auf: Henning in einer hellgrünen Babybadewanne, eine Schaumhaube auf dem Kopf.

»Entzückend, was?« Jorne schob Fentje die Maus rüber. »Ich muss mir das nicht noch einmal antun. Du kannst dich einfach durchklicken. Sag Bescheid, wenn du fertig bist.«

Fentje überlegte, ob sie die Fotos mit ihrem Handy abfilmen sollte, doch das wäre ein Vertrauensbruch gewesen. Wenn sie etwas entdecken sollte, was mit den Morden in Zusammenhang stehen könnte, hätte die Polizei diese Fotografien ja sicherlich auch noch. Nur konnte Fentje sich nicht vorstellen, was für eine Aufnahme das sein sollte, die die Ereignisse in Gang gebracht hatte.

Beim zweiten Durchgang fiel Fentje auf, dass Gina wohl versucht hatte, Hennings und Annas Fotos einander abwechseln zu lassen. Da sie viel mehr Material von ihrem Schwager zur Verfügung gehabt hatte, lief es auf ungefähr zwei bis drei Aufnahmen von Henning und eine von Anna hinaus. Die Bilder waren aber nicht chronologisch, wie das erste Babyfoto von Henning zunächst hatte vermuten lassen, sondern sie sprangen in der Zeit hin und her.

Es sah so aus, als hätte Gina sich bemüht, die lustigen mit den weniger amüsanten Fotografien zu mischen, um das Publikum bei Laune zu halten.

Fentje nahm weiterhin an, dass Lucy die Kinder- und Jugendbilder ihres Sohnes alle kannte. Vermutlich hatte sie die Fotos ja selbst Gina ausgehändigt. Fentje ging auf den Balkon und fragte sie danach. Gina bestätigte es.

»Bist du durch?«, wollte Jorne wissen.

»Noch lange nicht«, flunkerte Fentje, die in der Mitte der zweiten Runde war. Wenn sie nur wüsste, wonach sie suchen musste! Sie war ja nicht einmal sicher, ob überhaupt etwas zu sehen war, was mit dem Mordfall zusammenhing. Doch einiges sprach dafür: Lucys Reaktion auf die Fotos, ihr früher Aufbruch, ihr Wunsch, den Laptop in Gewahrsam zu nehmen. Dann war da noch das Verschwinden des Computers, auf dem die Fotos gespeichert gewesen waren, und schließlich … Lucys und Gustavs Tod noch in derselben Nacht.

Fentje seufzte und klickte sich zum dritten Mal durch die Fotografien. Dieses Mal nummerierte sie sie und machte sich Notizen über die Zeiten, Personen, Situationen und Orte, soweit sie es erkennen konnte.

Kurz darauf verabschiedete Fentje sich von Gina und Jorne mit dem unbefriedigenden Gefühl, etwas Wichtiges übersehen zu haben.

29. Kapitel

Fährmann von der Kripo Flensburg wartete vor dem Apartmenthaus auf Niklas. Er aß ein Brötchen mit Matjesfilet und stapfte mit dem Fuß auf, als sich ihm eine Möwe über die Mauer neben ihm näherte. Als der Polizist Niklas erblickte, schob er sich den letzten Bissen in den Mund.

»Moin! Kauen Sie bitte in Ruhe zu Ende, Herr Fährmann«, sagte Niklas. »Ich nehme auch immer die Fischbrötchen aus dem Laden.« Er deutete auf die zerknüllte Papiertüte in der Hand des Polizisten. »Das sind die besten.«

»War wirklich gut!«, nuschelte der Kommissar und schluckte. »Der Brandursachenermittler ist schon nach oben gegangen. Wir müssen Schutzkleidung anlegen. Wollen wir dann?«

Sie stiegen über das Absperrband hinweg. Fährmann schloss die Haupteingangstür auf, und sie betraten das Haus. Das Erste, was Niklas auffiel, war der durchdringende Geruch nach Rauch. Die optischen Veränderungen im Eingangsbereich waren weniger frappierend. Die Feuerwehr hatte beim Betreten des Hauses Schmutz und Wasserpfützen hinterlassen. Als sie ein Stück den Gang hinuntergingen, knirschten die Scherben einer Glastür unter ihren Schuhsohlen. Es gab kein künstliches Licht mehr, doch ansonsten sah es unten annähernd so ähnlich aus wie früher.

»Die Fahrstühle können wir natürlich vergessen.« Fährmann stieß die Tür zum Treppenhaus auf. Die fünf Stockwerke stiegen sie schweigend hinauf. Je höher sie kamen, desto durchdringender wurde der Brandgeruch. Fährmann öffnete die Tür zum Flur und ließ Niklas den Vortritt.

Er sog erschrocken die Luft ein. Es war unerwartet düster. Wände, Decken, beinahe alle Gegenstände waren schwarz vor Ruß. Nur das Fenster am Ende des Ganges spendete ein bisschen Licht. Die Deckenverkleidungen waren zum Teil heruntergefallen oder heruntergerissen worden. Das Material lag zertrümmert am Boden, zermalmt von schweren Stiefeln, wie es aussah. Kabel und Dämmmaterial hingen von der Decke herunter, als wäre das Haus ein ausgeweidetes Tier.

»Das dort war Ihre Wohnung, nicht wahr?«, fragte Fährmann. »Lassen Sie mich vorgehen. Und ja nichts anfassen!«

»Ich kann mich beherrschen«, antwortete Niklas angesichts der schmierigen Rußschicht auf allen Flächen.

Sein Apartment sah grauenhaft aus. Während Niklas langsam durch die Räume ging, über verbrannte Möbel und undefinierbaren Schutt hinwegstieg, wurde ihm das Ausmaß der Zerstörung und seines Verlustes erst so richtig bewusst. Und wie knapp es gewesen war. Hätte er aufgrund des Rauchs das Bewusstsein verloren oder wäre gleich erstickt, hätte man nur noch seinen verkohlten Leichnam in der sogenannten »Fechterstellung«, also mit verkrümmten Gliedern, auf dem Bett vorgefunden. Doch das teure Boxspringbett war zum Glück leer gewesen. Stoff und Polsterung waren weitestgehend verbrannt. Die schwarzen, zum Teil aufgesprungenen Metallfedern ergaben nun ein unkomfortables Lager, das eher an das eines Fakirs erinnerte.

Niklas blickte sich in seinem ehemaligen Schlafzimmer um. Da war das schmale Fenster, durch das er mit Blofeld entkommen war. Wenn er nicht aufgewacht wäre, hätte man wohl auch Blofelds kleine verkohlte Leiche in diesem Raum gefunden. Die Zimmertür war ja geschlossen gewesen. Er verdankte der flauschigen Miezekatze sein Leben.

»Können Sie mir die Stelle zeigen, wo das Feuer vermutlich ausgebrochen ist?«, fragte Niklas den Brandermittler. Ein bisschen Theorie und Materialkunde wären eine gute Ablenkung von diesem Chaos, das mal sein Zuhause gewesen war.

»Vermutlich? Das ist so sicher wie das Amen in der Kirche.« Der Mann zeigte auf die Überreste der Kommode im Flur. Sogar als Laie erkannte Niklas, wo der Brandbeschleuniger ausgegossen worden war. Wie sich das Feuer von dort in alle Richtungen ausgebreitet hatte. Das Bild, von dem die Kriminalkommissare dachten, es könne der Grund für einen Versicherungsbetrug gewesen sein, war vom Feuer zerstört. Der verkohlte Rahmen war von der Wand gefallen, die Leinwand mit der Ölschicht beinahe gänzlich verbrannt.

»Wollen Sie nicht überprüfen, ob es das richtige Bild ist?«, hakte Niklas nach.

»Wir nehmen die Überreste heute noch mit und geben sie ins Labor«, antwortete der Brandursachenermittler gleichgültig. »Dann werden wir sehen, was hier abgefackelt wurde.«

»Hier wurde gar nichts absichtlich abgefackelt. Jedenfalls nicht von mir«, entgegnete Niklas ärgerlich.

»Ruhig, Herr John. Wir tun hier alle nur unsere Arbeit«, sagte Fährmann, der zu ihnen getreten war.

»Ich nicht. Ich besichtige die Überreste meiner Besitztümer.«

»Und? Schreiben Sie nicht über das Feuer?«

»Das ist zu spät. Außerdem wäre ich beinahe das Grillgut dieser Party geworden. Das schlägt ein bisschen auf die Stimmung. Darüber müssen andere schreiben, wenn es denn mehr als eine Meldung wert ist.«

»Vermutlich kann man von Ihren Sachen wenig bis nichts mehr retten«, gab Fährmann zu. »Oder haben Sie etwas gefunden, was Sie mitnehmen wollen?«

»Ein paar Antworten mitzunehmen wäre fein. Mich interessiert, warum meine Rauchmelder nicht ausgelöst haben.«

Der Brandursachenermittler deutete zur Decke. »Bei den

Temperaturen, die hier drinnen zwischenzeitlich geherrscht haben, ist von den Dingern kaum was übrig geblieben. Wir geben unser Bestes, aber ich glaube nicht, dass Sie darauf eine Antwort erhalten werden.«

»Die sind vor ein paar Wochen noch überprüft worden.«

»Das wissen wir«, erwiderte Fährmann. »Haben Sie sie vielleicht mal ausgeschaltet, weil sie beispielsweise durch den Dampf beim Duschen oder Kochen ausgelöst wurden? Sie hatten doch eine offene Küche.«

»Ich koche so gut wie nie. Und die Badezimmertür ist beim Duschen immer geschlossen. Also nein: Ich habe die Rauchmelder seit der Kontrolle nicht angefasst.«

»Dann war es wohl jemand anders.« Fährmann bedachte Niklas mit einem beinahe mitleidigen Blick. »Einer, der nicht wollte, dass Sie gewarnt werden.«

»He, eben noch sind Sie von Versicherungsbetrug ausgegangen.«

»Wir ermitteln in alle Richtungen.«

»Wissen Sie schon, wie der Täter ins Gebäude und in meine Wohnung gelangt ist?«

»Das Schloss der Glastür zur Dachterrasse ist aufgebrochen worden.«

»Dann kam also jemand von der Terrasse zu mir rein?«

»Ja, aber Ihre Dachterrasse liegt ziemlich hoch. Hinaufgeklettert ist hier niemand.«

»Ich habe gehört, dass am Samstagabend noch ein unbekannter Handwerker in der Nachbarwohnung gewesen ist. Ein Küchenmonteur. Man kann leicht von dort zu mir hinübersteigen.«

»Wo haben Sie das denn ›gehört‹?«, fragte Fährmann.

Niklas zuckte mit den Schultern.

»Das haben wir natürlich auch schon herausgefunden«, erklärte der Polizist. »Die Aufzeichnungen darüber vom Concierge-Service sind zum Glück nicht verbrannt.«

»Haben Sie die Firma ausfindig machen können, die den Monteur geschickt hat?«

»Nein.«

»Oder den Monteur selbst?«

»Nein.«

»Was ist mit einer Beschreibung des Mannes, der sich als Küchenmonteur ausgegeben hat? Die Dame am Empfang hat doch kurz mit ihm gesprochen.«

»Die Frau hat nicht viel gesehen ... Es tut mir leid.«

»Haben Sie mit dem Besitzer der Nachbarwohnung gesprochen?«

»Sicher. Der hat aber niemanden beauftragt«, räumte Fährmann ein.

»Und da halten Sie immer noch mich für den Feuerteufel?«, entgegnete Niklas entnervt.

»Wie gesagt. Wir ermitteln in ...«

Niklas sah Fährmann mit schmalen Augen an, sodass dieser mitten im Satz verstummte. Er konnte es nicht mehr hören. Jemand hatte versucht, ihn umzubringen. Da war die Ermittlungsrichtung doch wohl eindeutig.

Niklas verließ seine ausgebrannte Wohnung mit dem Gefühl, gerade eben noch einmal davongekommen zu sein. Aber es war knapp gewesen. Genauso hätte er jetzt schwarz verkohlt im Leichenschauhaus liegen können, und Alexander John müsste den gramgebeugten Vater spielen. Der Anblick der Wohnung hatte Niklas erst so richtig bewusst gemacht, dass der oder die Täter es jederzeit wieder versuchen konnten. Es war sogar wahrscheinlich, dass derjenige nicht nach dem ersten Fehlschlag aufgeben würde, bei dem Aufwand, den er getrieben hatte. Der Brandstifter hatte sprichwörtlich weder Zeit noch Mühe gescheut, ihn zum Schweigen zu bringen. Auch das Risiko, das er eingegangen war, war enorm gewesen.

Und was hatte er selbst im Gegenzug unternommen? Er hatte sich zwar einen Mietwagen besorgt, einen silbernen

Peugeot 308 SW, und wohnte in einer Ferienwohnung – aber ein wirksames Zeugenschutzprogramm sah anders aus. Vonseiten der Polizei schienen keinerlei Schutzmaßnahmen vorgesehen zu sein. Er konnte genauso gut morgen schon tot sein.

Und wer, außer Blofeld, die ihr gepflegtes Futternäpfchen liebte, würde ernsthaft um ihn trauern?

Fentje fuhr mit dem Fahrstuhl wieder hinunter in die recht leere Tiefgarage. Zunächst bezahlte sie ihr Parkticket. Dann musste sie sich orientieren, wo ihr Wagen überhaupt stand. Während sie in Richtung ihres Autos ging, hallten ihre Schritte von den nackten Betonoberflächen wider. Es roch dezent nach Müll und Abgasen. Als sie an der Betonwand vorbeiging, hinter der sich laut Beschilderung die Müllcontainer befanden, hörte sie ein seltsames Geräusch, eine Art leises Schnaufen. Wie von einem Hund oder doch eher von einem Menschen, der Mühe hatte, vor Anstrengung oder Aufregung genügend Luft zu bekommen.

Fentje blickte sich in alle Richtungen um, ohne ihre Schritte zu verlangsamen. Sie konnte nichts und niemanden entdecken, der dieses Geräusch verursachte. Vielleicht hing es doch mit der Lüftung hier unten zusammen.

Sie ging weiter, doch ihr Unbehagen verstärkte sich. Der Bereich hinter der Wand war schlecht ausgeleuchtet und lag in tiefem Schatten. Bewegte sich dort im Hintergrund eines Minivans nicht doch jemand? Das Schnaufen war nicht mehr zu hören. Trotzdem fühlte Fentje sich mit einem Mal beobachtet. Verdammt! Bestimmt war sie nur nervös wegen ihrer Nachforschungen in einem Mordfall. Das wäre ja auch kein Wunder. Aber hier unten waren bestimmt überall Kameras installiert. Wenn ihr in der Tiefgarage etwas passierte, wäre es auf Video gebannt. Sie verzog spöttisch das Gesicht. Wie beruhigend …

Die letzten Meter bis zu ihrem Auto legte sie im Laufschritt zurück und zog dabei schon den Autoschlüssel aus der Tasche. Als Fentje die Wagentür hinter sich schloss, spürte sie ihren Herzschlag bis hinauf in den Hals.

Sie verriegelte die Türen und schaute sich noch einmal sorgsam um. Es war niemand zu sehen. Wahrscheinlich hatte sie sich das Ganze nur eingebildet, oder es gab eine harmlose Erklärung für das Geräusch. Fentje startete den Motor und rollte in Richtung Ausfahrt. Nach ein paar tiefen Atemzügen entspannte sie sich allmählich, und als sie die Schranke passiert hatte, knurrte ihr vernehmlich der Magen. Sie hatte seit dem Frühstück nichts mehr gegessen.

Fentje kannte sich in Hamburg nicht gut aus, doch an den Imbiss mitten auf der Reeperbahn, wo sie nach ihren nächtlichen Nachforschungen im Fall der ermordeten Sabrina Dierks mit Niklas gegessen hatte, erinnerte sie sich gut. Und sie hatte geradezu Heißhunger auf Junkfood. Das war gewiss eine Folge des Stresses, den ihr Besuch bei Gina und Jorne Fehnsen verursacht hatte. Es war nicht weit bis zu dieser Imbissbude, doch einen Parkplatz zu finden könnte zum Problem werden.

Fentje blickte auf ihre Armbanduhr. Es war noch nicht einmal acht Uhr abends. Die echten Nachtschwärmer würden St. Pauli erst zu späterer Stunde heimsuchen. Bestimmt konnte sie ihren Pick-up irgendwo abstellen. Sie gab *Reeperbahn/Ecke Davidstraße* in ihr Navigationsgerät ein und fuhr los.

Sie fand einen Parkplatz in der Bernhard-Nocht-Straße und machte sich zu Fuß auf den Weg. Fentje bog hinter dem *Empire Riverside Hotel* rechts ab und ging zwischen Touristen und frühen Amüsierwilligen die Davidstraße hinauf in Richtung Spielbudenplatz. Aus einer Eckkneipe ertönte Schlagermusik, Autos ratterten auf der mit Steinen gepflasterten Straße an ihr vorbei.

Vor den großflächigen Fenstern eines ungewöhnlich aussehenden Restaurants blieb sie stehen, um hineinzuschauen. Sollte sie vielleicht lieber dort essen?

Aus dem Augenwinkel bemerkte sie einen Mann auf dem Fußgängerweg hinter ihr, der abrupt im Gehen innehielt, wegschaute und eilig die Straße überquerte. Es konnte gut sein, dass er wirklich nur plötzlich auf die andere Seite wollte, beispielsweise um die Herbertstraße zu besuchen. Doch es kam Fentje so vor, als hätte er in dem Moment gestoppt, als sie sich über die Schulter umgeschaut hatte.

Er ging nun die andere Straßenseite entlang, umrundete Passanten, den Blick stur geradeaus gerichtet. Der Mann war schätzungsweise Mitte dreißig, mittelgroß mit breiten Schultern und einem kleinen Bauchansatz. Er hatte hellbraunes Haar und war glatt rasiert. Bekleidet war er mit einer blauen Arbeitshose und einer dunkelgrauen Jacke. Fentje hatte ihn ihres Wissens noch nie zuvor gesehen.

Sie schlenderte langsam weiter und beobachtete, wie er an der Herbertstraße vorbeiging, eine Prostituierte, die ihn ansprach, mit Nichtachtung strafte und dann am Spielbudenplatz nach links abbog. Also gut. Es war wohl doch ein Zufall gewesen, dass der Mann in dem Moment die Straßenseite gewechselt hatte, als sie sich umgeschaut hatte.

Die Nachforschungen in dem zweifachen Mordfall machten sie vielleicht doch ein wenig nervös. Sie wollte das unbehagliche Gefühl gerade abschütteln, als ihr wieder einfiel, dass es in dem Haus des Journalisten gebrannt hatte. Aber was sollte ihr hier zwischen all den Menschen, noch dazu in Rufweite der berühmten Davidwache, schon passieren?

Während sie eine Currywurst mit Pommes Frites verspeiste, blieb sie trotzdem die ganze Zeit über wachsam.

30. Kapitel

Auf der Rückfahrt, stadtauswärts, floss der Verkehr wesentlich geschmeidiger dahin. Fentje fuhr in Stellingen wieder auf die Autobahn auf und drehte die Musik im Radio etwas lauter, um wach zu bleiben. Die Weiterfahrt verlief eintönig. Die Autobahn ging irgendwann in die Bundesstraße 5 über. Auf der Landstraße war sie um diese Uhrzeit beinahe allein unterwegs, begleitet nur vom gleichmäßigen Kreisen der Windräder.

Es wurde langsam dunkel, aber es war auch nicht mehr allzu weit. Die Landschaft wirkte schon wunderbar vertraut, flach, mit Weiden bis zum Horizont, nur vereinzelt waren Gehöfte zu sehen. Doch erst als Fentje kurz vor Tönning auf der Brücke über die Eider fuhr, hatte sie das Gefühl, nach Hause zu kommen. Das war an dieser Stelle immer so, selbst wenn sie nur ein paar Stunden lang fort gewesen war.

Sie bog von der B5 auf die B202. Nun war es nicht mehr weit. Bald würde sie sich mit einem Glas Wein und einem Buch auf ihr Sofa kuscheln können.

Die Landstraße beschrieb eine leichte Linkskurve. Rechts, auf einem Parkplatz, stand ein dunkler SUV. Fentje stutzte, doch sie kam nicht mehr dazu, darüber nachzudenken, weil ein Knall ertönte. Ihr Wagen ruckte, als wollte er sich vor etwas verbeugen, und zog stark nach rechts. Fentje lenkte kräftig gegen, um das schlingernde Auto auf der Fahrbahn zu halten. Gleichzeitig bremste sie ab. Sie fuhr in die nächste Bushaltestellenbucht, um den Pick-up hinter der Kurve noch von der Fahrbahn zu bekommen.

Das Lenkrad fest umklammernd, kam sie am Ende der kleinen Haltebucht zum Stehen. Verdammt!

Fentje schaltete die Warnblinkanlage ein. Sie nahm an, dass ihr rechter Vorderreifen geplatzt war. Der Wagen lag vorn rechts ein Stück tiefer. Eine Reifenpanne hatte ihr gerade noch gefehlt! So relativ nah bei ihrem Hof liegenzubleiben war doch wirklich Pech. Hätte das nicht ein paar Kilometer später passieren können? Um zu Fuß nach Hause zu gehen, war es noch zu weit.

Sie schaute sich in alle Richtungen um. Es war jetzt vollkommen dunkel, und sie war augenscheinlich ganz allein auf der Landstraße. Der kleine Parkplatz lag etwa fünfhundert Meter hinter ihr. Rechter Hand befand sich ein Maisfeld, daneben erstreckten sich Weiden für Rinder oder Schafe. Das Land war von Gräben durchzogen … Wenn sie von hier aus querfeldein nach Hause ginge, würde sie garantiert nasse Füße bekommen. Lief parallel zur Chaussee nicht auch die Norderbootfahrt, der alte Kanal, auf dem früher die Waren über die Halbinsel Eiderstedt transportiert worden waren? Oder zweigte der schon vor der Kurve ab? Fentje war die Kanäle der Norder- und Süderbootfahrt vor ein paar Jahren mal mit ihrem Bruder mit dem Ruderboot abgefahren. Durch den hohen Bewuchs an Gräsern und Büschen am Straßenrand konnte sie es im Dunkeln nicht erkennen.

Fentje zögerte auszusteigen. Sie hatte sich heute mehrmals beobachtet, wenn nicht sogar verfolgt gefühlt. Lag es an den jüngsten Ereignissen – den Morden, dem Brand –, die sie grundlos nervös machten, oder hatte sie einen berechtigten Anlass zur Sorge?

Mit dem platten Reifen weiterzufahren war jedenfalls unmöglich. Sie zog das Handy hervor. Ihr Bruder war heute nicht in Nordfriesland. Ihr Großvater sollte mit seinem wehen Rücken keine schweren Reifen mehr wechseln. Sofia? Hauke? Einen Pannendienst? Die Polizei?

Das letzte Mal, als sie den Pannendienst gerufen hatte, hatte Fentje mehr als drei Stunden auf Hilfe warten müssen.

Danach war sie aus dem Club ausgetreten … Vielleicht war sie damit doch etwas voreilig gewesen. Wegen einer jämmerlichen Reifenpanne die Polizei zu rufen, kam natürlich nicht infrage. Damit wäre sie für alle Zeiten blamiert. Es sei denn …

Der Mann ihrer Cousine Telse war Polizist. Das war Verwandtschaft – und bei ihm war Fentje sich sicher, dass er nicht in den Fehnsen-Fall involviert war. Sie erreichte Ralf jedoch nicht, sondern hinterließ ihm nur eine Nachricht auf der Mobilbox, in der sie ihm mitteilte, wo sie sich befand und was passiert war. »Ich melde mich noch einmal, wenn ich das Rad gewechselt habe und bevor ich weiterfahre«, sagte sie zum Abschluss. Sollte er nichts von ihr hören, würde er hoffentlich früher oder später nach ihr suchen.

Wieder kontrollierte sie die Umgebung. Sie hatte keine Lust auszusteigen. Doch im Wagen sitzen zu bleiben war auch keine verlockende Option. Selbst das verriegelte Auto würde sie nicht schützen. Sie war allein hier draußen. Bisher war noch kein anderer Wagen vorbeigekommen.

Wahrscheinlich machte sie sich nur verrückt mit ihren Befürchtungen. Trotzdem zog Fentje den kleinen Hammer mit Gurtschneider aus der Seitenablage, den Bendix ihr im vergangenen Jahr geschenkt hatte. Was im Notfall eine Autoscheibe einschlagen konnte, sollte auch gegen einen Angreifer helfen. Es war zumindest besser als nichts. Sie öffnete die Tür und stieg aus. Zunächst wollte sie nachschauen, was überhaupt los war.

Fentje steckte den Gurtschneider in den Bund ihrer Jeans und zog die Jacke darüber. Dann ging sie aufs Äußerste gespannt um die Motorhaube des Pick-ups herum. Sie hatte es ja schon geahnt, doch der Anblick des rechten Vorderreifens, der nicht platt, sondern regelrecht zerfetzt war, überraschte sie dennoch. Der Reifen musste ohne Zweifel ausgetauscht werden. Die großen Räder ihres Wagens waren allerdings schwer, und beim Radwechsel vor knapp einem

Jahr hatte sie gemerkt, dass es für sie allein ziemlich schwierig war.

Sie ging am Pick-up entlang zum Heck, um Werkzeug und das Reserverad zu holen. Da näherte sich aus Richtung Tönning ein Auto. Sollte sie es anhalten und den Fahrer um Hilfe bitten? Sie entschied sich dagegen, doch das Fahrzeug kam trotzdem mit quietschenden Reifen hinter ihr zum Stehen. Die Scheinwerfer blendeten ab, die Türen schwangen auf, und zwei Männer sprangen heraus. Sie hatten Schlauchtücher bis über die Nase gezogen, wie Biker, trugen Sonnenbrillen und schwarze Mützen. Gar nicht gut …

Fentje rannte zur Fahrertür des Pick-ups, riss sie auf, um hineinzuspringen und sich in Sicherheit zu bringen, doch einer der Männer war schneller. Er packte sie an der Schulter, zerrte sie herum, und etwas Hartes traf sie am Kopf.

Nach der Besichtigung seines Apartments war Niklas in seine Ferienwohnung zurückgekehrt. Er hatte es nicht eilig gehabt, hatte lieber noch ein wenig über das Geschehene nachdenken wollen, bevor er in die fremde Wohnung ging. So hatte er sogar noch einen Umweg über die Seebrücke, die über die Salzwiesen führte, zu einem der Pfahlbaurestaurants am Strand gemacht. Hineingegangen war er nicht.

Der Verlust seines Zuhauses und die neue Umgebung, die für die nächsten Wochen sein Heim darstellen sollte, schlugen ihm auf die Stimmung. Er hatte keine Lust, sich etwas zu essen zu besorgen, nicht einmal dazu, im *Café Küstenfeuer* oder im *Oskars* Freunde zu treffen und etwas zu trinken.

Stattdessen ließ er sich, in der Ferienwohnung angekommen, auf die harte Couch fallen, schaltete den Fernseher ein und zappte durch die Programme. Wenn doch wenigstens Blofeld da wäre! Unzufrieden mit sich und seiner Umgebung erhob er sich wieder und holte seinen Laptop hervor. Er klappte ihn auf dem Schoß auf und überlegte, wie er fortfahren sollte. Irgendjemand war schuld an dieser Situation, am Tod zweier Menschen, daran, dass Anna in einer Gefängniszelle saß. Er wollte diesen »Jemand« um jeden Preis finden …

Das Signal für eine eingegangene Textnachricht ertönte auf seinem Smartphone. Zu seinem Erstaunen war sie von Fentje Jacobsen. Gespannt und auch ein wenig erfreut rief er die Nachricht auf.

Ich komme gerade aus Hamburg von Hennings Bruder. Bin auf der B202 zwischen Tönning und Katharinenheerd und habe eine Reifenpanne. Kannst du mir helfen?

Niklas zog die Augenbrauen hoch. Fentje war also zum vertraulichen Du übergegangen, obwohl sie sich doch bei ihrem letzten Treffen recht distanziert verhalten hatte. Nicht, dass er etwas dagegen hatte, sie zu duzen. Freute er sich etwa darauf, sie zu sehen? Wenn er ihr mit dem Reifen half, glich das auch ein bisschen die Gastfreundschaft aus, die sie Blofeld gewährte. Das und die Aussicht auf mögliche Neuigkeiten aus Hamburg im Fall »Fehnsen« vertrieben seine trübsinnige Stimmung.

Bin auf dem Weg, schrieb er Fentje zurück, bevor sie es sich womöglich anders überlegte. Niklas griff nach Jacke, Brieftasche und Schlüsseln und lief die Treppe hinunter zu dem Mietwagen. Ein prüfender Blick die Straße entlang … Es war kein Mensch zu sehen. Gut gelaunt, beinahe euphorisch, fuhr er in Richtung Tönning.

Au, der Kopf tat weh! Ein dumpfer Schmerz oberhalb ihres Ohres. Sie stöhnte auf, doch der Laut wurde von etwas in ihrem Mund erstickt. Erschrocken sog sie die Luft ein und würgte. Was war das? Sie riss die Augen auf, sah Blätter und

Zweige vor einem bewölkten Nachthimmel. Und wo war sie?

Fentje wollte das Ding aus ihrem Mund entfernen, doch sie konnte die Hände nicht bewegen. Sie waren mit etwas zusammengebunden, was schmerzhaft in ihre Handgelenke schnitt. Auch ihre Füße schienen gefesselt zu sein. Sie roch nachtfeuchtes Gras und Erde, hörte den Wind in den Blättern rauschen. Sonst nichts!

Wo befand sie sich? Was war mit ihr passiert?

Bei der Erinnerung an den Angriff bei ihrem Auto unterdrückte sie ein weiteres Aufstöhnen. Das würde ihr nichts nützen mit dem Zeug im Mund. Im Gegenteil, damit könnte sie ihre Angreifer vielleicht erneut auf sich aufmerksam machen. Wenn die denn noch in der Nähe waren. Hören oder sehen konnte sie sie von hier aus nicht. Doch auf deren Art von Aufmerksamkeit konnte sie auch verzichten.

Ganz ruhig, befahl sie sich, weil ihr Herz so schnell schlug. Sie durfte nicht in Panik geraten. Was genau war passiert? Sie hatte auf dem Rückweg von Hamburg kurz hinter Tönning eine Reifenpanne gehabt. Auf der Hinfahrt und auch in Hamburg in der Tiefgarage sowie auf ihrem Weg zur Imbissbude hatte sie schon das Gefühl gehabt, verfolgt zu werden. Auf dem Rückweg jedoch nicht.

Deswegen hatte sie sich eingeredet, das sei nichts als Einbildung gewesen. Dann war da der Ruck in der Lenkung gewesen, ihr Wagen hatte stark nach rechts gezogen. Sie war gerade noch in der Haltestellenbucht zum Stehen gekommen. Nachdem sie Ralf auf die Mobilbox gesprochen hatte, war sie ausgestiegen. Ein dunkler, großer Wagen, wahrscheinlich der, der ihr heute schon mehrmals aufgefallen war, war angerast gekommen und hatte hinter ihr gehalten. Zwei Männer waren aus dem Auto gesprungen. Sie waren maskiert gewesen. Sie hatte noch versucht, sich in ihrem Auto in Sicherheit zu bringen, doch sie war nicht schnell genug gewesen. Einer der beiden hatte sie angegriffen und anscheinend bewusstlos geschlagen. Es war alles so blitzschnell gegangen. Sie hatte keine Ahnung, wer die Männer waren.

Bei dem Gedanken daran, in was für eine gefährliche Lage sie sich gebracht hatte, wurde ihr übel. Doch wenn sie sich mit dem Knebel im Mund erbrach, würde sie ersticken. Sie zwang sich, ruhig und regelmäßig zu atmen, bis der Würgereiz sich wieder legte. Gleichzeitig horchte sie angespannt. Wenn ein Auto käme, könnte sie dann versuchen, auf sich aufmerksam zu machen?

Doch in dem Graben zwischen Gräsern und Büschen, in dem sie zu liegen schien, konnte sie die Straße nicht einsehen. Wenn sie den Kopf etwas anhob und durch das Schilf blickte, sah sie gerade mal das Dach ihres Pick-ups. Es schimmerte ein wenig heller als die es umgebende Dunkelheit. Der Graben, in dem sie sich befand, schien über den Sommer beinahe trockengefallen zu sein, doch ein Rest Feuchtigkeit zog ihr in die Jeans, die Jacke und das T-Shirt, das sie trug. Sie fröstelte. Wie lange lag sie hier schon? Fünf Minuten oder zehn? Oder doch länger?

Fentje drehte sich mühsam auf die rechte Seite. Sie versuchte, sich trotz der gefesselten Hände noch weiter hochzustemmen. Oh nein, sie war so hilflos wie ein Baby.

Vor Frustration hätte sie erneut stöhnen mögen. Sie war diesen Männern ausgeliefert, die nichts Gutes im Schilde führen konnten. Einer von ihnen war wahrscheinlich ein zweifacher Mörder. Doch warum interessierten die sich für sie? Sie wusste doch nichts.

Fentje reckte den Kopf noch einmal, diesmal so hoch, wie sie konnte. Hinter der Seitenscheibe ihres Wagens sah sie jemanden sitzen. Etwas – wohl das Display eines Handys – beleuchtete schwach sein Gesicht. Zumindest einer von ihnen war also noch da und saß seltsamerweise in ihrem Auto. Und es konnte genauso gut das Display ihres Handys sein, wurde ihr schlagartig klar. Sie hatte es nämlich im Wagen liegen gelassen. Als sie bewusstlos gewesen war, hätten die Männer nur ihren Fingerabdruck nehmen müssen, um es zu entsperren …

Sie ließ sich zurücksinken, damit der Mann, falls er hinausblickte, nicht bemerkte, dass sie wieder bei Bewusstsein war. Erst jetzt wurde ihr klar, dass sie nur noch ein Auto, nämlich ihren eigenen Pick-up, gesehen hatte. Der schwarze SUV ihrer Angreifer war nicht mehr da. Er hatte hinter ihrem Wagen gehalten. Was sollte das? Wenn die beiden Männer sie wirklich zum Schweigen bringen wollten, dann wäre sie doch schon nicht mehr am Leben. Warum hatten sie sie »nur« niedergeschlagen, gefesselt und geknebelt? Ging es ihnen gar nicht darum, sie auszuschalten? Wollten sie sie einschüchtern, damit sie die Nachforschungen einstellte? Oder … Ja, das Ganze sah nach einer Falle aus! Doch eine Falle für wen?

Fentje rollte sich frustriert zurück auf den Rücken. Dabei spürte sie einen harten Druck im Lendenbereich. Das war der Gurtschneider, der im Bund ihrer Jeans steckte. Offensichtlich hatten die Angreifer ihn übersehen, bevor sie sie zusammengeschnürt wie eine Roulade in den Graben befördert hatten.

Dieser Fehler war vielleicht ihre Chance. Eine geringe zwar, aber das gab Fentje neuen Mut und ein Vorhaben, auf das sie sich konzentrieren konnte. Sie drehte sich wieder auf die Seite und zog die Hände so weit hoch, dass sie unter ihre Jacke greifen konnte.

Fentje ertastete den gewellten Kunststoffgriff des Gurtschneiders. Vor Anstrengung und Konzentration schwitzend, nestelte sie ihn hervor und versuchte, sich zu erinnern, wie genau das Teil gebaut war. Die Klinge, mit der man bei einem Notfall im Auto die Sicherheitsgurte durchschneiden konnte, befand sich an einem Ende des Griffs, ein Hammer am anderen. Sie musste die Klinge an ihren Fesseln ansetzen und schneiden, ohne den Gurtschneider dabei fallen zu lassen.

Lag der erst einmal unter ihr zwischen Laub und Gräsern im Graben, würde sie ihn womöglich nicht wiederfinden.

Mit den Fingerkuppen ertastete Fentje die scharfe Klinge. Sie drehte den Gurtschneider so, dass sie das Ende mit dem Hammer in der Hand hielt, mit dem man das Autofenster einschlagen konnte, sollte man nach einem Unfall im Wagen eingeschlossen sein und sich nicht anders aus dem Fahrzeug befreien können. Sie versuchte, die Klinge in Richtung der Plastikfessel zu richten, die ihre Handgelenke zusammenhielt. Wahrscheinlich ein Kabelbinder. Mehrmals hätte sie den Gurtschneider beinahe fallen gelassen, da sie kaum Bewegungsspielraum hatte und nicht sehen konnte, was sie tat. Sie schnaufte vor Anstrengung und hielt zwischendurch immer wieder die Luft an, um zu hören, was vor ihr auf dem Feldweg geschah.

Als sie schon glaubte, es nicht zu schaffen, glitt die Fessel in die Schneide-Aussparung im Griff. Es gab ein leises, knackendes Geräusch, und ihre Hände schnellten auseinander. Fentje schüttelte und streifte die Kunststofffessel von ihren Handgelenken. Sie bewegte die taub gewordenen Hände. Dann riss sie sich den Knebel aus dem Mund. Sie krümmte sich, um auch die Fußfessel aufzuschneiden.

Fentje atmete tief ein und aus, betastete ihren Kopf. Oberhalb des Ohres hatte sie eine Beule, groß wie ein halber Tischtennisball. Ihr Kopf schmerzte zwar immer noch, doch das Dröhnen und die Benommenheit hatten nachgelassen. Sie war so weit in Ordnung, versicherte sie sich. Und vor allem hatte sie keine Zeit, weiter über ihr Befinden nachzudenken.

Was hatten ihre Angreifer vor? Anscheinend warteten sie auf etwas oder jemanden. Doch sie konnte nicht hierbleiben, um herauszufinden, was oder wer das war. Sie musste schnellstmöglich von hier fliehen.

31. Kapitel

Ihre einzige Chance war, erst den Graben entlangzukriechen und dann über das Feld zu entkommen. Sobald sie sich in Richtung der Straße bewegte, wäre sie sofort weithin sichtbar. Natürlich könnte sie Glück haben, dass in der Minute, in der sie zur Straße lief, ein Auto käme, dessen Fahrer sie auf sich aufmerksam machen könnte. Doch wie groß war diese Chance?

Wahrscheinlicher war, dass der verbliebene Mann sie vorher bemerkte und einholte. Wenn sie es ungesehen bis hinüber zum Maisfeld schaffte, konnte sie vielleicht entkommen. Doch der Mond trat immer wieder zwischen den Wolken hervor und erhellte die Landschaft mit seinem silbrigen Licht.

Fentje robbte auf dem Bauch liegend auf Ellenbogen durch den Graben. Ihre Ärmel und Hosenbeine wurden feucht; sie blieb immer wieder hängen und stieß sich an Steinen oder Ästen. Was in Filmen so wirkte, als wäre es einigermaßen leicht zu bewältigen, entpuppte sich als eine schmerzhafte und äußerst ineffektive Art der Fortbewegung. Doch wenn sie sich jetzt aufrichtete, wäre sie vom Pick-up aus gut zu sehen.

Als der Graben eine scharfe Biegung machte und in einem Rohr unter der Straße verschwand, musste sie sich entscheiden. Ihre beste Chance war, über die angrenzende Weide zu dem Maisfeld hinüberzurennen und darin zu verschwinden. Der Mais stand noch nicht sehr hoch, aber ein besseres Versteck war nicht in Sicht. Vielleicht hatte sie Glück, dass ihr Angreifer in diesem Moment nicht aus dem Autofenster schaute. Es war verrückt und ziemlich riskant, denn ihre

Muskeln fühlten sich kalt und steif an, und der Weideboden war uneben. Doch ihr fiel einfach keine brauchbare Alternative ein.

Fentje zählte in Gedanken von fünf an rückwärts, kam taumelnd auf die Füße und rannte in Richtung des Maisfeldes. Zweimal stolperte sie und wäre um Haaresbreite gestürzt. Sie fing sich wieder, ignorierte den Schmerz in ihrem Knöchel und lief weiter. Trotz ihres hämmernden Herzschlags und des schnaufenden Atems hörte sie, dass der Mann die Wagentür öffnete. Er hatte sie gesehen!

Es war nicht mehr weit. Fentje hechtete in das Maisfeld. Es knackte und raschelte laut. Halme und scharfkantige Blätter schlugen ihr ins Gesicht. Sie kroch weiter vorwärts. Dabei verursachte sie eine weithin sichtbare Schneise im Feld. So würde ihr der Mann ohne Probleme folgen können.

Fentje riss sich zusammen, wechselte die Richtung und krabbelte vorsichtig weiter, ohne zu viele Maisstängel zu knicken oder umzulegen. Nach ein paar Metern hatte das Maisfeld sie verschluckt.

Die Nachbarskinder und sie hatten mal in so einem Feld Verstecken gespielt. Dabei hatte Fentje gelernt, wie man sich darin so unauffällig vorwärtsbewegte, dass von außen nicht einmal eine Bewegung der Maispflanzen zu sehen war. Schon als Kind hatte ihr Verstecken spielen stets Herzklopfen verursacht. Jetzt schlug ihr das Herz bis hoch in den Hals. Damals war es nur ein spannender Zeitvertreib gewesen – nun ging es um ihr Leben.

Niklas fuhr durch die Orte Tating und Garding die B202 hinunter. Hinter der Ortschaft Katharinenheerd suchte er nach Fentjes weißem Wagen. Na ja, was man so als »weiß« bezeichnete … Rechter Hand sah er in der Ferne den beleuchteten Kirchturm von Wulkenbüll, und links kam jetzt irgendwo ein Parkplatz. Wenn er noch weiterfuhr, war er gleich an der

Abzweigung zur B5. Er bog kurz entschlossen links ab und hielt auf dem Areal zum Parken an. Vielleicht hatte Fentje ihm noch eine Nachricht geschickt, und er hatte es nur nicht gehört. Der Parkplatz war jedenfalls leer.

Niklas zog sein Mobiltelefon hervor. Nein. Da war nichts. Er las noch einmal den Text, den er schon kannte. Beim erneuten Lesen kam er ihm seltsam vor. War der wirklich von Fentje? Die Nummer des Absenders stimmte. Aber wenn er jetzt darüber nachdachte, stiegen Zweifel in ihm hoch. Er versuchte, sie anzurufen, doch sie meldete sich nicht. Auf ihrem Festnetzanschluss war es das Gleiche. Das heißt nur, dass sie wohl nicht zu Hause ist, versuchte er, sich zu beruhigen. Doch wo steckte sie? Was sollte er nun tun?

Ein Streifenwagen kam in verhaltenem Tempo aus Richtung Tönning die Landstraße heruntergefahren. Zu Niklas' Erstaunen bog das Auto ebenfalls auf den Parkplatz ein und hielt an. Das Blaulicht leuchtete einmal auf.

Zwei Polizisten in Uniform, ein älterer mit grauem Schnauzbart und ein glatt rasierter jüngerer, näherten sich von hinten seinem Peugeot. Der Ältere blieb vor dem Seitenfenster stehen. Sein Kollege verharrte ein paar Schritte entfernt, die rechte Hand locker in der Nähe seines Holsters.

Niklas ließ das Seitenfenster herunterfahren und legte dann beide Hände gut sichtbar auf das Lenkrad, nur damit es nicht zu Missverständnissen kam. Er kannte durch seine Arbeit für die Zeitung viele Polizeibeamte, auch hier auf der Halbinsel Eiderstedt, verstand sich mit einigen von ihnen sehr gut, doch diese beiden hatte er noch nie gesehen.

»Moin.« Der Polizist beugte sich ein Stück herunter und blickte ihn prüfend an. »Können wir Ihnen helfen?«

Das war eine merkwürdige Frage angesichts der Tatsache, dass er nur einen Augenblick auf einem offiziellen Parkplatz hielt. »Ich suche nach jemandem. Würden Sie sich bitte ausweisen?«

Der Beamte zeigte ihm kurz seine Marke. »Und wen suchen Sie auf diesem Parkplatz?«

»Eine Freundin, die eine Reifenpanne hatte. Ihr Wagen sollte eigentlich an dieser Straße stehen. Ein weißer Pick-up.«

»Wie heißt Ihre Freundin?«

»Fentje Jacobsen. Haben Sie so einen Wagen gesehen?«

»Nein.« Er blickte zu seinem Kollegen zurück. »Und Sie sind?«, wollte er dann wissen.

»Niklas John.«

»Jetzt zeigen Sie uns erst mal *Ihre* Papiere.«

Er zog seinen Führerschein und den Fahrzeugschein des Mietwagens hervor und gab beides dem Mann am Wagenfenster. Der reichte es nach hinten zu seinem Kollegen weiter. »Prüf das mal!«

»Was ist denn los?«, erkundigte sich Niklas.

»Wir suchen Frau Jacobsen ebenfalls.«

»Ist ihr etwas passiert?«, fragte er alarmiert. Sein Herzschlag beschleunigte sich, und sein Mund wurde trocken. Das ungute Gefühl, dass etwas nicht stimmte, hatte ihn also nicht getrogen.

»Das wissen wir nicht.«

»Warum suchen Sie sie?«

»Das ist unsere Angelegenheit. Steigen Sie bitte aus, Herr John. Aber langsam!«

Niklas befolgte die Anweisung, obwohl er vor Unruhe und Besorgnis brannte.

»Die Papiere scheinen so weit in Ordnung zu sein. Er fährt einen Mietwagen.« Der jüngere Kollege war vom Streifenwagen zurückgekehrt.

»Natürlich sind sie das«, sagte Niklas. Sie verschwendeten hier wertvolle Zeit. Zeit, in der sie Fentje suchen sollten.

»Ihre Freundin hat vor einer halben Stunde einen Kollegen von uns verständigt, dass sie eine Reifenpanne hat. Woher wissen Sie davon?«

»Sie hat mir eine Textnachricht geschickt.«

Der Polizist kratzte sich unter der Mütze am Kopf. »Der Kollege hat uns nur gebeten, mal nach Ihrer Freundin zu schauen. Aber die junge Dame und ihr Wagen sind unauffindbar.«

»Dann suchen wir doch nach ihr«, drängte Niklas. »Möglicherweise befindet sie sich in Lebensgefahr!«

»Oder sie ist längst zu Hause. Wie kommen Sie darauf, dass sie in Gefahr sein könnte, Herr John?«, wollte der Jüngere mit einem ironischen Unterton wissen, der Niklas nicht gefiel.

»Sie ist Anwältin und vertritt einen Angehörigen in dem Mordfall vom Fehnsen-Hof«, gab er zurück.

Das leicht überhebliche Lächeln des Beamten verblasste.

»Oha«, murmelte der Ältere. »Aber wieso sollte sie deswegen in Gefahr sein?«

»Ich bin Journalist und arbeite ebenfalls an dem Fall. Auf mich wurde Sonntagnacht ein Brandanschlag verübt.«

»Nun machen Sie mal halblang, Herr John.«

»Das Feuer in St. Peter-Ording neulich. Erkundigen Sie sich bei Ihren Kollegen Dittmer und Fährmann in Flensburg. Die werden Ihnen das bestätigen.«

»Was wir tun und was wir lassen, entscheiden immer noch wir, Herr John.«

»Natürlich. Und ich entscheide, dass ich jetzt weiter nach Frau Jacobsen suche.« Er machte Anstalten, wieder in den Peugeot zu steigen. »Wollen Sie die Kollegen in Flensburg verständigen, oder soll ich das tun?«

»Ganz ruhig, Herr John. Wir kümmern uns darum. Sie sollten besser nach Hause fahren und auf Frau Jacobsen warten. Vielleicht telefonieren Sie Freunde und Verwandte von ihr ab und hören, ob die etwas wissen?«

»Sie könnte entführt worden sein … oder tot!«, stieß Niklas aufgebracht hervor. »Haben Sie schon versucht, Frau Jacobsens Handy zu orten?«

»Nein, noch nicht. Bisher hatten wir auch keine Veranlassung dazu.«

Niklas unterdrückte ein Aufstöhnen. Es brachte nichts, die Beamten gegen sich aufzubringen. Sie verständigten sich darauf, dass die Polizisten die Kollegen in Flensburg und in ihrer eigenen Dienststelle benachrichtigten. Die würden darüber entscheiden, ob nach Fentje Jacobsen gefahndet werden sollte. Niklas wurde angewiesen, im Gegenzug nicht weiter die Landstraße abzufahren, sondern sich nach Hause zu begeben.

Er wendete und fuhr vom Parkplatz. Doch er fuhr nicht »nach Hause«. Er hatte kein Zuhause mehr. In die Ferienwohnung würde er sicherlich irgendwann zurückkehren – aber erst, wenn er wusste, dass es Fentje gut ging. Er hatte den Polizisten ja nicht zugesagt, der Aufforderung sofort Folge zu leisten.

Inmitten des Maisfelds hatte Fentje nach wenigen Minuten die Orientierung verloren. Anfangs hatte sie noch das Gefühl gehabt, verfolgt zu werden. Doch als sie jetzt reglos zwischen den Halmen hockte, hörte sie nichts als den Wind und das Rascheln der Blätter im Nachtwind.

Sie versuchte, sich ihre Position zu vergegenwärtigen. Wenn sie sich weiter in Richtung Nordwesten bewegte, würde sie vermutlich auf eine weitere Landstraße kommen und von dort um ein paar Ecken auch zu ihrem Hof. Doch ihre Angreifer wussten wahrscheinlich, wo sie wohnte, und konnten sie vorher abfangen. Die hatten ihren eigenen Wagen und, wenn sie das Rad an ihrem Auto wechselten, auch noch den Pick-up.

Besser war es, zum nächsten Haus zu laufen und von dort die Polizei zu rufen. Doch mitten im Maisfeld fiel es ihr schwer, sich für eine Richtung zu entscheiden. Warum nur hatte sie ihr Smartphone im Auto liegen gelassen?

Weiterhin darauf bedacht, in Deckung zu bleiben, und ganz auf etwaige Geräusche im Feld konzentriert, kroch sie zügig vorwärts. Wenn Fentje nach oben blickte, sah sie einen dunklen Nachthimmel und ab und zu den beinahe vollen Mond. Ein paar mehr Wolken wären gerade besser. In einer mondhellen Nacht war sie viel leichter auszumachen.

Immerhin, sie hatte Ralf eine Nachricht hinterlassen. Da sie sich noch nicht wieder bei ihm gemeldet hatte, suchten Telse und er vielleicht schon nach ihr.

Fentje hörte weiter entfernt ein Auto. Sie musste gleich das Ende des Maisfeldes erreicht haben. Handelte es sich bei dem Fahrer des Autos um Freund oder Feind?

Das Geräusch des Wagens war immer leiser geworden und dann verklungen. Fentje erreichte den Feldrand. Sie sah vor sich eine schnurgerade Straße, keine Häuser in Sichtweite. Jenseits der Fahrstraße befand sich eine Wiese. Die Möglichkeit, sich unentdeckt fortzubewegen, endete hier.

Wenn sie weiter an der Straße entlangging, spazierte sie wie auf dem Präsentierteller. Und ihre Angreifer konnten hier jeden Moment auftauchen. Einer der Männer hatte sich anscheinend die Mühe gemacht, sie bis nach Hamburg zu verfolgen. Da würde er jetzt sicherlich nicht gleich aufgeben, nur weil sie weggelaufen war und sich in einem Maisfeld versteckt hatte. Doch wie war es ihnen gelungen, die Reifenpanne zu provozieren?

Sie blieb in der Deckung der niedrigen Maispflanzen hocken. Früher oder später würde ein Auto hier entlangfahren, von dem sie sich sicher sein konnte, dass es nicht den Angreifern gehörte. Ein Streifenwagen im besten Fall, ein Lkw oder das Fahrzeug eines Freundes oder Bekannten.

So harrte Fentje ein paar Minuten reglos aus und lauschte in die Nacht. Eben noch hatte sie auf der Flucht geschwitzt, nun fröstelte sie in ihrer klammen Kleidung. Ein silbernes Fahrzeug näherte sich aus Richtung der B5. Erst als es an ihr vorübergefahren war, erkannte sie, dass es ein Wiesbadener Kennzeichen hatte. Wahrscheinlich Touristen! Die Chance, dass es nicht ihren Angreifern gehörte, war hoch. Und ihr war zu kalt, um noch länger hierzubleiben.

Sie lief auf die Straße und winkte. Der Wagen verringerte zunächst das Tempo, machte dann eine Vollbremsung und setzte zurück. Zum Glück war sie dem Fahrer im Rückspiegel noch aufgefallen! Wenn er einer der Angreifer war, konnte sie immer noch zurück ins Maisfeld laufen, sagte sie sich. Sie trat ein paar Schritte rückwärts. Alles hing davon ab, wer dort am Steuer saß. Vorsichtshalber zog Fentje den Hammer mit dem Gurtschneider wieder hervor.

Das Auto stoppte, die Fahrertür sprang auf, und Niklas John kam auf sie zugelaufen. »Fentje, da bist du ja!«

»Ich bin verdammt froh, Sie zu sehen!«, stieß sie erleichtert hervor.

»Wo ist dein Wagen? Ich habe dich überall gesucht!«

Er hielt sie an beiden Schultern fest, wohl, weil sie mehr oder weniger auf ihn zugewankt war. Vor Erleichterung, endlich Hilfe zu bekommen, war ihr ein bisschen schwindelig.

»Alles in Ordnung?« Er betrachtete sie kritisch. »Du bist ja voller Erde, und du hast so grünes Zeug im Haar.« Er zupfte ein kleines Blatt heraus.

»Mir geht es gut. Was für ein Zufall, dass ausgerechnet Sie hier vorbeikommen!« Sie blickte nach rechts und nach links. »Wir müssen sofort weg von hier. Ich erkläre es Ihnen später.«

»So ein Zufall nun auch wieder nicht nach deiner Textnachricht.« Er hielt ihr die Beifahrertür auf.

»Was für eine Nachricht?« Sie schüttelte irritiert den Kopf.

»Dass du eine Reifenpanne hast und ich dir helfen soll. In der Textnachricht hast du mich allerdings geduzt. Ich hätte gleich wissen müssen, dass die nicht …«

»Ich habe Ihnen jedenfalls nicht geschrieben. Und was ist das überhaupt für ein Auto?«, fragte Fentje, als sie nebeneinandersaßen.

»Ein Mietwagen. Das war doch Ihr Vorschlag.«

»Oh, Sie haben auf mich gehört. Es geschehen noch Zeichen und Wunder.«

»Und Sie haben nicht nur einen Radwechsel hinter sich, habe ich recht?« Er musterte sie besorgt. »Was ist passiert?«

»Eine Menge. Geben Sie doch endlich Gas!«

32. Kapitel

Fentje erzählte Niklas in knappen Worten von ihrer Fahrt nach Hamburg, dem Besuch bei Gina und Jorne Fehnsen und von der Reifenpanne. Sie berichtete ihm von den maskierten Männern in dem dunklen SUV, dem Angriff auf sie und wie sie entkommen war.

Niklas pfiff anerkennend durch die Zähne. »Das mit dem Gurtschneider war genial. Und die Flucht durch das Maisfeld … Ich bin beeindruckt.«

»Es war auch ein wenig Glück dabei.« Fentje winkte ab.

»Nein, das war kein Glück. Sie haben geistesgegenwärtig gehandelt.« Er schaltete einen Gang hoch. »Sie werden übrigens nicht nur von maskierten Männern gesucht. Die Polizei hält auch nach Ihnen Ausschau«, sagte Niklas. »Vielleicht sollten Sie denen mitteilen, dass Sie in Sicherheit sind.«

»Tatsächlich? Woher wissen Sie das mit der Polizei?« Ihre Stimme klang kratzig.

»Ich habe auf der Suche nach Ihnen auf einem Parkplatz angehalten. Da kam ein Streifenwagen vorbei, und die Polizisten haben mich ihretwegen angesprochen.«

»*Sie* haben nach mir gesucht?«

»Natürlich. Wenn man mich um Hilfe bittet, komme ich. Jedenfalls, wenn Sie mich um Hilfe bitten. Das dachte ich zumindest, doch Sie haben mir ja gar keine Nachricht geschickt.«

»Nein. Ich hatte mein Telefon im Wagen liegen gelassen. Wenn Sie eine Nachricht von meinem Smartphone erhalten haben, dann können nur die zwei Männer sie geschrieben haben, die mich überfallen haben. Und zwar, nachdem der eine mich k.o. geschlagen hatte.«

»Die haben Sie geschlagen?«, fragte Niklas entsetzt.

»Ich nehme an, dass die das getan haben, um Sie in die Hände zu bekommen, Herr John. Um Sie endlich mundtot zu machen.«

Besorgnis um Fentje und kalte Wut stiegen in Niklas auf. »Das wird denen noch leidtun«, stieß er mit gepresster Stimme hervor.

Fentje sackte ein Stück nach vorn und stützte den Kopf in die Hände. Plötzlich fühlte sie sich grenzenlos erschöpft. »So genau weiß ich es doch auch nicht. Vielleicht wollen die mich zum Schweigen bringen, vielleicht Sie ... oder auch uns beide ...«

Er hielt auf dem Seitenstreifen an. »Wir kriegen diese Schweinehunde. Das verspreche ich Ihnen!« Er legte ihr eine Hand zwischen die Schulterblätter.

Sie atmete tief und gleichmäßig, um sich zu beruhigen. »Mir ist ja nichts passiert. Aber es war knapp.« Sie richtete sich wieder auf und blickte sich um. »Können Sie bitte weiterfahren? Es ist nicht gut, wenn wir hier zu lange herumstehen.«

»Ja, klar. Wo soll ich Sie hinbringen? Zur Polizei? Zu einem Arzt?«

»Nein, nur das nicht! Fahren Sie mich zu meiner Cousine Telse und ihrem Mann Ralf. Er ist Polizist und wird wissen, was zu tun ist. Außerdem machen die sich bestimmt schon Sorgen um mich.« Sie nannte ihm die Adresse, und Niklas gab Gas.

Einerseits war Fentjes Entscheidung, zu ihrer Cousine zu fahren, goldrichtig gewesen. Nachdem besagter Ralf sich Fentjes und Niklas' Versionen der Ereignisse angehört hatte, hängte er sich gleich ans Telefon. Er informierte die richtigen Leute, die wiederum das weitere Vorgehen der Polizei regelten.

Telse hatte Fentje unterdessen ins Wohnzimmer befördert, aufs Sofa gesetzt, in Decken gewickelt und ihr einen heißen Kakao in die Hände gedrückt. »Ich rufe unseren Hausarzt an, Dr. Dirks. Den kennst du doch auch, Fentje, oder? Der soll mal schauen, ob du wegen deines Kopfes nicht doch ins Krankenhaus musst.«

»Ich brauche keinen Arzt!«, protestierte Fentje. »Mein Kopf ist vollkommen okay. Es tut schon überhaupt nicht mehr weh.«

»Wenn du bewusstlos warst, muss das sein!«

»Das war ich ja nur ganz kurz! Eigentlich gar nicht. Es war nicht der Rede wert. Ach, hätte ich das doch bloß nicht erzählt«, stöhnte sie.

Aber als Dr. Dirks nach einer Viertelstunde erschien, ließ Fentje sich widerspruchslos von ihm untersuchen. Er befand, dass sie nicht ins Krankenhaus gefahren werden musste, trug ihr auf, sich noch zu schonen, und verabschiedete sich wieder.

Heißer Kakao und ein Arzt, der abends noch Hausbesuche macht, das ist ja geradezu »heile Welt«, dachte Niklas. Wenn nicht der Angriff auf Fentje, das Feuer in seiner Wohnung und der Doppelmord auf dem Fehnsen-Hof gewesen wären … Man hätte diese Gegend für ein wahres Idyll halten können.

Die Anwältin sah im Augenblick leicht zerzaust, aber hellwach aus. Und er wollte unbedingt mit ihr darüber sprechen, was sie in Hamburg herausgefunden hatte. Doch sie wurde so umsorgt, dass er gar nicht an sie herankam. Niklas war froh, dass Telse sich um sie kümmerte. Der heutige Abend hätte für Fentje ganz anders ausgehen können. Doch Niklas war auch enttäuscht, dass er nach all der Aufregung, die sie durchgestanden hatten, jetzt quasi außen vor war.

»Ich fahr dann besser mal«, sagte er, als Telse mit der Fernbedienung hantierte, um für Fentje noch einen entspannenden Film zu suchen. Er erhob sich.

»Nein, warten Sie!«, rief Fentje zu seinem Erstaunen. Ein Anflug von Panik lag in ihrer Stimme.

»Soll ich Sie mitnehmen? Ich kann Sie nach Hause bringen.«

»Das ist nicht nötig«, erklärte Telse bestimmt. »Fentje, du bleibst doch über Nacht? Ich kann bei dir zu Hause anrufen und Bescheid sagen.«

Fentje stellte den Kakaobecher ab und schälte sich aus den diversen Decken. »Die würden sich ja nur Sorgen machen, wenn du anrufst, Telse, weil ich aus heiterem Himmel hier übernachte.« Sie erhob sich erstaunlich gewandt. »Würden Sie mich bei mir auf dem Hof absetzen, Herr John?«

»Natürlich. Gern.«

»Dann machen wir es so.«

Telse protestierte noch ein bisschen, doch auch Ralf sagte schließlich, dass es das Beste sei, wenn Fentje sich in ihrem eigenen Bett ausruhe.

»Morgen früh, wenn du dich ausgeschlafen hast, kannst du eine Aussage auf dem Polizeirevier machen«, fügte Ralf hinzu. »Die Fahndung nach den Tätern läuft bereits. Inzwischen ist so viel Polizei unterwegs, dass ihr wohl ungefährdet fahren könnt.«

Die ersten Minuten, in denen sie sich von Telses und Ralfs Haus entfernten, schwiegen sie. Wie Ralf gesagt hatte, kam ihnen nach wenigen Kilometern ein Streifenwagen entgegen. Die Polizisten veranlassten sie anzuhalten, überzeugten sich davon, dass sie nicht diejenigen waren, nach denen sie suchten, und ließen sie weiterfahren.

»Wir müssen reden«, bemerkte Fentje von sich aus, als sie sich ihrem Hof näherten. »Einer von uns weiß vermutlich etwas, was dem Mörder der Fehnsens gefährlich werden kann.«

»Das glaube ich auch. Ich könnte Ihre Hilfe bei dieser Sache wirklich gut gebrauchen. Aber der Arzt hat gerade gesagt, dass Sie sich ausruhen sollen.«

»Mir geht es gut. Ich kann jetzt sowieso nicht schlafen.«

»Was schlagen Sie vor?«

»Also, am einfachsten wäre es, wenn wir uns bei mir unterhalten würden. Ihre Wohnung ist ja abgebrannt. Doch wenn heute Nacht ein fremdes Auto vor dem Haus steht, ruft meine Großmutter ihrerseits die Polizei oder …« Sie verstummte.

»Was: oder?«

Fentje seufzte. »Oder sie bestellt morgen früh das Aufgebot.«

Er lachte leise. »Ich habe inzwischen eine Ferienwohnung in St. Peter-Ording gemietet. Die hat den Vorteil, dass dort niemand weiß, wer ich bin. Auch wissen die Feuerteufel nicht, wo ich untergekommen bin. Dort wären wir relativ sicher und ungestört.«

»Dann fahren wir dorthin«, sagte Fentje bestimmt. »Äh, natürlich nur, wenn es Ihnen recht ist.«

»Was möchten Sie trinken?«, fragte Niklas, kaum dass sie die Ferienwohnung betreten hatten. Er hatte keinen nennenswerten Durst und nahm auch nicht an, dass Fentje nach dem süßen Kakao bei ihrer Cousine der Sinn nach einem Drink stand. Doch er fühlte sich seltsam befangen, beinahe unbeholfen, seit sie zusammen seine Ferienwohnung betreten hatten.

Es lag sicher daran, dass es nicht seine gewohnte Umgebung war, nicht sein Zuhause, sondern eine stilvolle, aber recht anonyme Urlaubsunterkunft. Wie sollte man sich wohlfühlen inmitten dieser kühlen Grau- und Blautöne, mit der nichtssagenden Fotografie irgendeines Leuchtturms an der Wand, dem Trockenblumenstrauß auf dem Tisch und zwei Holzfischen auf der Fensterbank als einziger Deko?

»Was haben Sie denn da?«

»Nur Wasser und Rotwein«, bekannte er. »Ich bin noch nicht zum Einkaufen gekommen.«

»Ich nehme gern ein Glas Wein.« Sie schaute sich aufmerksam um. »Das mit Ihrer Wohnung tut mir leid. Das hier ist natürlich kein Ersatz. Aber Sie müssen wohl froh sein, so kurzfristig überhaupt eine annehmbare Unterkunft gefunden zu haben.« Fentje schien seine Verlegenheit zu spüren, ohne selbst etwas annähernd Ähnliches zu fühlen. Zumindest wirkte sie nicht so.

Er füllte zwei der einfachen Weingläser aus dem Schrank über der Spüle. Eines davon reichte er Fentje. »Eine Zeit lang ist es hier ja ganz gut auszuhalten. Und zur Not muss ich mir noch eine andere Zwischenlösung suchen. Ich habe keine Ahnung, wie lange es dauert, meine Wohnung wieder herzurichten.«

»Waren Sie schon drinnen? Sieht es schlimm aus?« Sie trank einen Schluck.

»Ja. Ich durfte heute einmal rein. Mit der Polizei.« Er unterdrückte den Impuls, den Wein in einem Zug hinunterzugießen. Ein Absturz würde diesen Tag auch nicht retten. Im Gegenteil. »Wir setzen uns am besten an den Couchtisch. Ich hol uns was zu schreiben.«

Als er zurückkam, saß Fentje mit überkreuzten Beinen auf dem Sofa. Die Schuhe hatte sie schon an der Wohnungstür ausgezogen. Sie trug eine Trainingshose, dicke Socken und ein zu großes Sweatshirt – alles Leihgaben ihrer Cousine Telse, weil ihre eigenen Sachen schmutzig und feucht gewesen waren.

Sie blickte ihn an. »Ich hätte nicht gedacht, dass es noch einmal so weit kommt, Herr John«, bemerkte sie.

»Wie weit kommt?« Er ließ sich in dem Sesselchen gegenüber dem Sofa nieder und versuchte, eine halbwegs bequeme Position zu finden.

»Dass wir uns zusammensetzen, um über einen Mordfall zu sprechen. Der Reporter und die Anwältin.«

»Es hat doch schon einmal ganz gut funktioniert.«

»Hat es das?« Sie blickte mit zusammengezogenen Augenbrauen in Richtung des Leuchtturmbildes. Anscheinend dachte sie an etwas, was sie verärgerte oder zumindest irritierte. Er wusste nur nicht, was es war.

»Wollen wir loslegen?«, fragte er.

»Ja, klar. Ich erzähle Ihnen, was ich von Gina und Jorne Fehnsen erfahren habe. Jorne ist Henning Fehnsens einziger Bruder. Aber das wissen Sie bestimmt bereits. Anschließend sagen Sie mir, was Sie alles herausgefunden haben.«

»Woher wissen Sie, dass ich etwas herausgefunden habe?«

Sie lachte auf. »Weil Sie gar nicht anders können, als Ihre Nase überall hineinzustecken, oder? Besonders, wenn es um Mord geht.«

Er ließ das erst mal unkommentiert und hörte ihrer Schilderung zu.

Sie berichtete noch einmal ausführlich von ihrer Fahrt nach Hamburg und erzählte, dass ihr schon auf der Hinfahrt ein schwarzer SUV aufgefallen war, weil sie ihn mehrmals gesehen hatte. Sie hatte sich aber zunächst nicht allzu viel dabei gedacht. Fentje war in Jorne und Ginas Wohnung in der HafenCity gewesen. Anfangs hatte sie sich mit Gina Fehnsen unterhalten, weil Jorne noch nicht da gewesen war. »Er hat mich mit dem Termin ziemlich lange hingehalten«, berichtete sie. »Erst als ich sagte, dass ich einfach komme und zur Not in seiner Wohnung auf ihn warten würde, bis er Zeit hat, hat er eingewilligt, mit mir zu sprechen. So ganz verstanden habe ich es nicht. Es geht schließlich um den Mord an seinen Eltern, und ich verteidige seinen Bruder! Aber Jorne war schon immer weniger familienverbunden als die anderen.«

Niklas dachte an Fentje, die mit Großeltern, Nichte und manchmal auch ihrem Bruder in einem großen Haus lebte. Und sie schafften das anscheinend, ohne einander die Köpfe einzuschlagen. Ganz im Gegensatz zu ihm und seinem Vater beispielsweise. »Nicht jeder hängt so an seiner Familie.

Nicht jeder hat überhaupt eine solche Familie«, erwiderte er.

Fentje blickte ihn beinahe verlegen an. »Ich weiß«, sagte sie.

Meinen Vater hat sie ja in einer seiner Sternstunden selbst erlebt, fiel Niklas ein. Es war ihm immer noch unangenehm, wenn er daran dachte, wie überheblich sein Vater über Fentje geurteilt hatte.

»Ich wollte damit nur sagen, dass Jornes Verhalten mir recht distanziert zu sein scheint«, erklärte sie.

»Hat er ein Motiv?«, fragte Niklas.

»Ein ansehnliches Vermögen zu erben ist wohl ein Motiv. Ebenso Zurückweisung und Neid«, setzte Fentje nachdenklich hinzu.

»Okay, behalten wir das im Hinterkopf.« Er machte sich eine Notiz.

»Ich habe mich mit Gina über die Hochzeitsfeier unterhalten. Ich wollte wissen, warum Lucy und Gustav, Hennings und Jornes Eltern ... Warum sie so früh aufgebrochen sind.«

»Okay.« Niklas legte konzentriert die Stirn in Falten und schrieb mit.

Fentje schilderte ihm, dass mehrere der Anwesenden gesagt hatten, dass Lucy und Gustav Fehnsen sich anfangs recht gut amüsiert hatten, dann aber ziemlich früh und auch abrupt aufgebrochen waren. »Ein junger Mann vom Catering und seine Kollegin haben beobachtet, dass Lucy Fehnsen kurz zuvor auf einmal regelrecht verstört gewirkt hat«, fügte Fentje hinzu. »Wie es nun aussieht, könnte eine Foto-Slideshow, die während der Feier gezeigt wurde, der Auslöser für Lucys Reaktion gewesen sein.«

Niklas nickte. »Ich habe schon davon gehört.«

»Ach ja? Von wem denn?«

»Von Anna Fehnsens bester Freundin. Iveta Mertens.«

»Ich erinnere mich, auf der Feier kurz mit einer Iveta und ihrem Mann Ove gesprochen zu haben. Aber woher kennen Sie die beiden?«, wollte Fentje erstaunt wissen.

»Ich war mal mit Anna Fehnsen befreundet.«

»Ach so. Sie hatten mir nur gesagt, dass Sie Anna von früher kennen.«

»Genau genommen waren wir mehr als befreundet. Wir waren mal zusammen.«

Fentje starrte ihn an. »Nicht im Ernst?! Sie sind in den Fall verwickelt!«

33. Kapitel

Fentje richtete sich auf und setzte die Füße auf den Boden.

»Ich bin nicht in den Fall verwickelt«, sagte Niklas eindringlich. »Das zwischen Anna und mir war eine Jugendliebe. Anna hat mit mir Schluss gemacht, als ich mit der Schule fertig war. Wir waren damals fast noch Kinder …«

Fentje sah ihn unverwandt an. »Kinder?«, fragte sie schließlich. »Na, ich weiß nicht.« Sie trank ihr Weinglas in einem Zug aus, wie ein Gast auf dem Sprung zur Tür.

»Okay, das trifft es nicht ganz. Ich war neunzehn, Anna war zwanzig Jahre alt. Sie hat zu der Zeit ein landwirtschaftliches Praktikum auf Föhr gemacht. Daher kenne ich sie.«

Fentje schwieg einen Moment. Dann sagte sie: »Ich bin davon ausgegangen, dass Sie dem Fehnsen-Fall relativ neutral gegenüberstehen – trotz der Tatsache, dass Sie Anna kennen. Dass Sie als Journalist recherchieren, nicht als Betroffener. Vielleicht steht der Brandanschlag ja sogar irgendwie mit Ihrer früheren Beziehung mit Anna in Zusammenhang?«

»Nein, ganz bestimmt nicht. Bitte glauben Sie mir: Ich habe mit diesem Fall nicht persönlich zu tun. Aber als ich erfahren habe, dass Anna Fehnsen die Anni ist, die ich von früher kenne, wollte ich ihr helfen. Deshalb habe ich ein wenig herumgefragt.«

»Ein wenig?«

Immerhin, ihr Mundwinkel zuckte amüsiert. »Ein wenig mehr«, räumte er ein.

»Also gut. Dann wissen Sie anscheinend über diese Fotos schon Bescheid?«

»Das kann man so nicht sagen. Ich habe sie nie gesehen. Und ich habe erst recht keine Ahnung, was für ein Foto eine solche Reaktion bei der Mutter des Bräutigams hervorgerufen haben könnte, dass sie gemeinsam mit ihrem Mann die Hochzeitsfeier ihres Sohnes verlässt.«

»... und dann noch in derselben Nacht ermordet wird«, ergänzte Fentje düster.

»Haben Sie diese Fotos denn gesehen?«, wollte Niklas wissen.

»Ja, aber erst vorhin in Hamburg. Ich war zwar auf der Feier dabei, doch ich muss gestehen, dass ich zu dem Zeitpunkt überhaupt nicht auf die Bilder geachtet habe. Solche Fotos sind ja immer ein bisschen ähnlich. Erst der süße Fratz im Laufstall, dann niedliche Kinderbilder im Planschbecken oder mit Schultüte, später fröhliche Saufgelage aus Jugendtagen ... Während die Bilder gezeigt wurden, habe ich viel getanzt und mich unterhalten. Ich wünschte, ich hätte Lucys Reaktion selbst bemerkt. Aber das habe ich nicht.«

»Wieso in Hamburg?«, hakte er nach.

»Die Fotos wurden von Gina Fehnsens Laptop mithilfe eines Beamers auf eine große Leinwand projiziert. Doch vorhin in Hamburg habe ich erfahren, dass ihr Laptop nach der Hochzeitsfeier angeblich verschwunden war. Gina und Jorne behaupten, jemand hätte ihn gestohlen.«

»Wie bitte?«

Fentje erzählte ihm, was man ihr darüber berichtet hatte. Dass Lucy ihre Schwiegertochter Gina zuvor im Waschraum der Toilette angeblich sogar noch aufgefordert hatte, ihr den Computer in Verwahrung zu geben.

»Das ist allerdings hochinteressant«, sagte Niklas. »Nur schade, dass wir uns die Fotos jetzt wohl nicht mehr anschauen können ... Oder gibt es eine Kopie?«

»Gina und Jorne hatten noch eine mobile Festplatte als Back-up für den Laptop. Die mussten sie zwar der Polizei geben, aber Jorne hatte sich die Bilder vorher noch auf seinen Rechner gespielt. Ich habe mir die Fotos vorhin bei ihm angeschaut.«

»Ja, und?«

»Ich weiß beim besten Willen nicht, über welches Foto Lucy sich so aufgeregt haben könnte.« Fentje seufzte. »Ich habe sie mir sogar mehrmals angesehen, doch ich habe nichts entdeckt, was in irgendeiner Form Lucys Reaktion oder gar die Morde erklären könnte.«

Niklas rieb sich die Schläfen. »Haben Sie sich eine Kopie der Fotos gemacht?«

»Nein. Jorne hat mich daran gehindert. Ich war auch nicht darauf vorbereitet und hatte keinen Speicherstick oder so dabei«, gab sie zu. »Ich habe mir nur Notizen zu jedem Foto gemacht.«

»Das ist doch auch schon was. Haben Sie sie zufällig dabei?«

»In der Innentasche meiner Jacke.« Fentje ging in den Flur, wo sie die Tüte mit ihren feuchten Kleidungsstücken deponiert hatte. Sie kam mit einem zerknickten Notizblock zurück.

Sie gingen Fentjes Notizen zu allen Fotos durch. Bei beinahe jedem Bild erinnerte sie sich, was darauf zu sehen gewesen war. Niklas erzählte ihr, dass Annas Freundin Iveta verletzt gewesen war, weil man nicht sie, sondern Annas Tante und die Cousine in Lettland nach alten Fotos der Braut gefragt hatte.

»Ich glaube, darüber hat Gina gar nicht nachgedacht«, sagte Fentje. »Sie dachte wohl, dass die Verwandten in Lettland die beste Quelle für Kinder- und Jugendfotos von Anna sind. Leider ist ja nicht so viel dabei herausgekommen.«

»Die Fotos scheinen jedenfalls allesamt vollkommen harmlos zu sein.« Niklas stand auf. Nach mehreren Stunden des Sitzens tat ihm der Rücken weh. »Entweder wir übersehen was, oder die Fotos haben gar nichts mit dem Fall zu tun.«

»Wir könnten die Leute, die das beobachtet haben wollen, noch einmal fragen, zu welchem Zeitpunkt Lucy so komisch reagiert hat«, schlug Fentje vor. »Und dann versuchen wir nachzuvollziehen, welche Fotos zu der Zeit gerade gezeigt wurden. Gina und Jorne wissen sicher noch, in welchem zeitlichen Abstand die Bilder jeweils gewechselt haben.«

»Das ist vielleicht eine Möglichkeit. Aber die Chance, das Foto so zu finden, ist doch recht gering.« Er war mittlerweile frustriert und glaubte nicht mehr an eine rasche Lösung. Wahrscheinlich gingen sie es doch falsch an und die Bilder hatten nichts zu bedeuten. »Möchten Sie auch noch ein Glas Wasser nach dem ganzen Rotwein?«, fragte er seinen Gast.

»Ja, bitte. Gute Idee.« Fentje war schon wieder in die Notizen vertieft. »Anfangs habe ich ja auch noch mit zugesehen bei der Foto-Slideshow«, sagte sie nachdenklich. »Da hat Lucy sich aber noch normal verhalten. Es muss also eines der mittleren oder späten Bilder gewesen sein.« Sie blätterte wieder durch ihre Notizen.

Niklas öffnete den Kühlschrank und holte eine Flasche Mineralwasser heraus. In der kleinen Küche war es stickig. Er öffnete das Dachflächenfenster. Obwohl er von hier aus die Nordsee nicht sehen konnte, roch er das Meer.

Fentje schien den Überfall recht gut überstanden zu haben. Sie war erstaunlich. Wie sie sich sofort wieder in die Arbeit stürzte! Doch heute Nacht wollte er sie am liebsten in die Arme schließen und vor der grausamen Welt da draußen beschützen. Die Zärtlichkeit und das Begehren, das sie in ihm weckte, machten ihn rastlos. Wenn er dem jetzt nachgab, konnte alles Mögliche passieren. Doch wahrscheinlich würde auf eine gemeinsame Nacht nur die Erkenntnis folgen, dass sie im Alltag nicht zueinanderpassten. Und dann wäre vielleicht auch ihre wundervolle Zusammenarbeit, die er so mochte, nicht mehr möglich. Er hatte ein Talent dafür, die Frauen, in die er sich verliebte, zu enttäuschen und letztlich zu verlieren. Andererseits war er nicht der Typ, der vor Risiken zurückschreckte. Was, wenn alles ganz wunderbar werden würde?

Niklas kehrte mit zwei Gläsern mit Wasser aus der Küche zurück. »Haben Sie noch etwas gefunden?«

Fentjes Kopf war zur Seite auf ihren Arm gefallen, und der Notizblock lag vor dem Sofa auf dem Boden. Er hörte ihre tiefen und regelmäßigen Atemzüge. Sie musste innerhalb weniger Minuten fest eingeschlafen sein. Erst wollte er sie wecken, doch dann ließ er es. Stattdessen holte er eine Daunendecke und ein Kopfkissen aus dem Schlafzimmer, legte Fentje vorsichtig das Kissen unter den Kopf und deckte sie zu. Er betrachtete ihr schlafendes Gesicht mit den feinen, leicht zusammengezogenen Brauen. Sie sah so aus, als würde sie weiterhin über das Problem nachdenken. Er wünschte ihr, dass es nicht so war. Dann löschte er das Licht und ging ins Schlafzimmer.

Sofia saß am Küchentisch und aß Müsli mit frischen Beeren. »Ich habe Blofeld schon gefüttert«, sagte sie, als Fentje in die Küche trat.

»Die Katze dankt.« Fentje lächelte. »Und ich auch.«

»Wo kommst du jetzt eigentlich her?«, wollte ihre Nichte mit einem unschuldigen Augenaufschlag wissen. »Ich meine, es ist kurz vor sieben, Tantchen.«

»Nenn mich nicht … Ach, vergiss es.«

»Es ist okay, wenn du nicht darüber reden willst. Du hast schließlich auch ein Privatleben.« Sofia löffelte mit Hingabe die Himbeeren in sich hinein.

»Denkst du, das ist so?«, fragte Fentje. »Hat Oma mich nicht vermisst?«

»Die hat gestern Abend schon mitbekommen, dass du nicht nach Hause gekommen bist, nachdem du bei Gina und Jorne Fehnsen warst. Kann es sein, dass du *zuerst* bei Telse und Ralf warst?« Sofia lächelte ein wenig schadenfroh. »Und dass ein gewisser Journalist …«

»Nein«, sagte Fentje nur.

»Der ist doch ganz annehm…«

»Nein.«

Sofia reckte sich, um aus dem Fenster zu schauen. »Wie bist du eigentlich hergekommen? Ich sehe deinen Wagen nirgendwo.«

»Ich habe mir in St. Peter-Ording ein Taxi genommen.«

»Ist hier der Reichtum ausgebrochen, ohne dass ich es mitbekommen habe?«

»Nein.«

»Der Journalist hat dich nicht gefahren?«

»Er hat eben noch geschlafen, und ich wollte ihn nicht wecken.«

Sofia grinste.

»Erspar mir einen Kommentar.«

»Schon gut, ich muss sowieso los.« Ihre Nichte erhob sich.

Als sie gegangen war, ließ Fentje sich mit einem frischen Latte Macchiato auf die Küchenbank fallen. Sie spielte mit dem Löffel im Milchschaum und sah dabei sinnierend aus dem Fenster.

Sie war um kurz nach sechs auf dem Sofa in Niklas Johns Ferienwohnung aufgewacht, weil die Morgensonne ihr ins Gesicht geschienen hatte. Die vergangene Nacht hatte sie in Telses Sachen geschlafen, doch Niklas musste sie noch mit seiner Decke zugedeckt und ihr ein Kissen unter den Kopf gelegt haben. Der Gedanke, dass sie, ohne es zu merken, bei ihm eingeschlafen war, er sie also schlafend gesehen hatte, war ihr unangenehm. Gerade ihm gegenüber wollte sie als verantwortungsbewusste, fähige Anwältin erscheinen, die ihr Leben in jeder Sekunde des Tages im Griff hatte. Und dann schlief sie auf seinem Sofa ein wie ein kleines Kind!

Warum war es ihr wichtig, was er über sie dachte? Gerade Niklas John war alles andere als unfehlbar. Wenn das nicht so wäre, wäre er auch weit weniger »annehmbar« – wie ihre Nichte es formuliert hatte. Mit seinem selbstsicheren, weltgewandten Auftreten und den finanziellen Möglichkeiten, die er offensichtlich vollkommen sorglos genoss, konnten Fentje nur seine kleinen Macken und Schwächen versöhnen, die ab und zu offenbar wurden. Wie er sich innerlich unter Gretjes Musterung wand und sogar versuchte, vor ihr gut dazustehen! Das war schon beinahe ein Jahr her. Fentje musste lächeln.

Dann dachte sie daran, was am Abend zuvor auf der Landstraße passiert war. Dass es auch gewaltig hätte schiefgehen können. Niklas hatte sich offensichtlich gefreut, dass sie ihn um Hilfe gebeten hatte – was gar nicht der Fall gewesen war. Sie erinnerte sich, wie besorgt er sie angeschaut hatte, als sie ihm erzählt hatte, dass sie angegriffen, niedergeschlagen und gefesselt worden war. Er war offensichtlich erleichtert gewesen, als er sie unversehrt gefunden hatte. Und da war noch seine Wut auf ihre Angreifer gewesen …

Vergangene Nacht, als sie nebeneinander auf dem Sofa gesessen hatten, mit dem gemeinsamen Ziel, ein Rätsel zu lösen, hatte sich seine Nähe so gut angefühlt. Sie war in einem Moment der Schwäche kurz davor gewesen, ihn in den Arm zu nehmen und zu küssen. Oder auch mehr …

War sie verrückt gewesen oder nur vollkommen erschöpft? Sie konnte unmöglich seine Traumfrau sein, wenn er vor einiger Zeit noch mit Patricia van Meeren zusammen gewesen war. Ausgerechnet mit dieser »Möchtegern-High-Society-Schlange«.

Mit ihm zu schlafen wäre vielleicht sehr schön, aber auch ein verhängnisvoller Fehler gewesen. Sie konnte froh sein, dass es nicht so weit gekommen war. Auch ohne das Penthouse mit der schicken Einrichtung, das Cabriolet und seine aristokratische Katze blieb er Niklas John. Seine Welt war ihr fremd und ihm die ihrige.

Den Vormittag verbrachte Fentje damit, die Polizei und pflichtschuldig auch einige ihrer Mandanten anzurufen. Ordnungshüter hatten ihr Auto in einer Feldeinfahrt an der Landstraße gefunden. Es wurde noch kriminaltechnisch untersucht, würde ihr aber schnellstmöglich zurückgegeben werden. Das war die gute Neuigkeit. Von ihrem Smartphone fehlte allerding noch jede Spur.

Draußen landete gerade eine Elster auf dem Zaun und blickte in ihre Richtung. Sie schien zu merken, dass Fentje sie beobachtete. Der Vogel war hübsch anzusehen, doch man sagte ihm – angeblich zu Unrecht – diebische Eigenschaften nach. Sie dachte an die Gespräche des gestrigen Tages in Hamburg. Wirklich weitergebracht hatte sie das alles nicht. Jorne und Gina Fehnsen blieben ihr ein Rätsel. Besonders Gina … Die Frau konnte vollkommen harmlos und nett sein. Möglicherweise war sie aber auch nicht nur ein eitler, sondern auch ein ehrgeiziger und skrupelloser Mensch. So eine Frau war in der Lage, einen schwachen Mann zu allem Möglichen zu überreden, wenn sie es unbedingt wollte. War Gina Jornes »Lady Macbeth«?

Fentje hatte mit dem Kommissar verabredet, dass sie am nächsten Tag noch mal auf der Dienststelle vorbeischauen würde, um eine offizielle Aussage in Bezug auf den Angriff auf sie zu unterzeichnen. Bei der Gelegenheit konnte sie dann auch ihren Pick-up mitnehmen. Sie musste nur eine Möglichkeit finden, nach Flensburg zu kommen. Bezüglich ihres Smartphones machte Fentje sich keine große Hoffnung, es je wiederzusehen. Wahrscheinlich lag es irgendwo zwischen Tönning und Garding zertrümmert in einem Straßengraben.

Am späten Nachmittag, als Fentje mit überkreuzten Beinen im Stroh saß und die Zwillingslämmer mit der Flasche fütterte, kam Niklas John in seinem Mietwagen auf den Hof gefahren. Er musste ja denken, dass sie nichts anderes zu tun hatte, als sich um den Bauernhof zu kümmern. Aber im Grunde war es gleichgültig, was er dachte oder nicht. Sie rief nach ihm, damit er sie in dem dämmrigen Stall auch gleich fand.

»Sie wissen, dass Sie telefonisch so gut wie nicht zu erreichen sind?«, fragte er nach kurzem Gruß.

»Was kein Wunder ist, wenn einem am Abend vorher das Handy gestohlen wurde, um falsche Textnachrichten an gewisse Leute zu senden«, antwortete sie.

»Touché.« Er musterte sie. »Sie waren heute Morgen einfach fort. Ich hätte uns noch ein schönes Frühstück gemacht.«

»Ich wollte Sie nicht wecken. Danke, dass ich bei Ihnen übernachten durfte. Ich bin wohl gestern Abend von einer Sekunde auf die nächste eingeschlafen.«

»Ja, von jetzt auf gleich. Es blieb mir nichts weiter übrig, als Sie zuzudecken und Ihnen süße Träume zu wünschen.« Er lächelte sie versonnen an. Oder lächelte er *über* sie?

»Danke«, sagte Fentje so würdevoll, wie es ihr bei der Vorstellung, wie er sie angesehen und zugedeckt hatte, möglich war.

Als spürte er ihre Verlegenheit, ging er ein paar Schritte zur Stalltür und blickte auf den Hof hinaus. »Sehr gerne. Ich bin froh, dass sie überhaupt schlafen konnten. Das Sofa sieht ja nicht gerade wie das bequemste aus. Ein Auto haben Sie im Moment wohl auch nicht zur Verfügung? Hat die Polizei ihren Pick-up schon gefunden?«

»Ja, zum Glück. Ich kann den Wagen morgen abholen.«

»Na, immerhin etwas. Ohne Auto ist man hier doch verloren.«

Die Milchflaschen waren inzwischen geleert, und die Lämmer sanken satt und zufrieden ins Stroh. Fentje streichelte noch einmal über Iris' und Rosas warmes Fell und erhob sich. Sie klopfte sich die Hose ab.

»Weshalb ich hier bin: Ich habe etwas für Sie.« Er grinste wie ein Kindergartenkind, das eine Tüte mit Lutschern geschenkt bekommen hatte und im Begriff stand, einen davon weiterzuverschenken.

»Was denn?«

»Können wir reingehen?«

»Klar. Warum nicht?«

Auf dem Weg ins Haus schaute Niklas sich in alle Richtungen um. »Ist Blofeld hier irgendwo?«, fragte er.

»Wahrscheinlich liegt sie auf der Fensterbank in der Sonne und sieht den Spatzen beim Sandbaden zu. Das ist zurzeit ihre Lieblingsbeschäftigung.«

»Ach ja?« Niklas wirkte ein wenig verstimmt.

»Aber sie vermisst Sie.« Fentje grinste. »Bestimmt.«

Niklas hatte seinen Laptop mitgebracht und klappte ihn auf Fentjes Küchentisch auf. »Ich habe mit Annas Tante in Lettland telefoniert. Iveta Mertens hatte ihre Nummer. Zum Glück konnten wir uns recht gut auf Englisch verständigen. Sie wiederum hat mir die Telefonnummer von Annas Cousine gegeben. Nach einer charmanten Unterhaltung hat sie die Fotos von Anna, die sie Gina für die Hochzeitsfeier gesendet hatte, noch einmal auch an mich weitergeleitet.«

»Haben Sie sie schon angeschaut?« Fentje setzte sich neben ihn, wahrte allerdings trotz der Notwendigkeit, zusammen auf den kleinen Bildschirm zu sehen, einen gewissen Abstand.

»Nein, ich wollte Ihnen nicht vorgreifen.«

»Also gut. Ich bin bereit.« Nicht, dass sie große Hoffnung hatte, dass das auf einmal die Lösung bringen würde. Immerhin hatten etwa einhundertzwanzig Hochzeitsgäste die Fotos betrachtet, ohne dass jemandem aufgefallen war, dass mindestens eines davon einen hochbrisanten Inhalt hatte. Außer Lucy Fehnsen vielleicht – und ihrem Mörder.

34. Kapitel

Sie klickten sich durch Fotos von Anna als Baby auf dem Schoß einer jungen Frau, wahrscheinlich ihrer verstorbenen Mutter. Sie wurden Zeugen ihrer Einschulung in einem Dorf in Lettland. Als Nächstes sahen sie Anna als junge Frau mit Freunden beim Zelten und an einem See und rauchend an einen Baum gelehnt. Es folgte ein Bild unter einer Linde vor einem Bauernhaus, gemeinsam mit einem Mann und einer Frau in den Dreißigern.

»Da ist Anna schon auf Föhr«, sagte Niklas. »Das wurde auf dem Hof der Wegners aufgenommen, wo sie ihr Praktikum gemacht hat. Die beiden anderen sind Birthe und Wolf Wegner.«

»Sie kennen sich ja gut aus.«

Er zuckte mit den Schultern. »Ich bin auf Föhr aufgewachsen. Und außerdem …«

»Ja?«

»Als ich vor ein paar Tagen dort war, habe ich die Wegners besucht, um mit ihnen über Anna zu sprechen.«

»Ist etwas Interessantes dabei herausgekommen?«

»Birthe Wegner hat mir erzählt, was Anna so unternommen hat, nachdem wir nicht mehr zusammen waren.«

»Und was war das?«

»Sie ist wohl viel ausgegangen. Ihre Freundin Iveta hat sie überall mit hingeschleppt. Auf einem Segeltörn soll Anna ihren zukünftigen Ehemann kennengelernt haben. Nicht Henning, den davor. Später habe ich herausbekommen, dass er Thomas Meyer heißt. Und dass er wohl ein Betrüger war oder sogar noch ist.«

»Oh! Das könnte doch wichtig sein. Vielleicht ist ihr Ex-Mann auf den Fotos zu sehen.«

»Ich habe natürlich recherchiert, wie er aussieht. Wenn ich ihn auf den Fotos entdecke, sage ich Bescheid.«

»Schön. Also dann weiter.«

»Das ist auf der Hallig Hooge«, rief Niklas auf einmal aus.

»Woran erkennen Sie das?« Fentje hatte mal mit ihren Eltern einen Ausflug auf die Hallig Hooge gemacht. Das war schon Ewigkeiten her. Anhand des Bildausschnitts konnte sie unmöglich sagen, wo das Foto aufgenommen worden war. Es zeigte zwei Häuser, die in einem Abstand von ein paar Metern im rechten Winkel zueinander standen, und eine lange Tafel unter einem Baum davor. Von den offensichtlich alten Gebäuden aus rotem Backstein war eines mit Reet, das andere mit Blechplatten gedeckt. Sie könnten an vielerlei Orten stehen. Es war jedenfalls nicht ersichtlich, dass es sich um Häuser auf Hooge handelte. Fentje hätte nicht einmal mit Sicherheit sagen können, dass das Bild überhaupt auf einer der Halligen aufgenommen worden war.

»Ich erkenne die Gebäude mit dem Baum dazwischen wieder.« Niklas zoomte die Menschen an dem langen Tisch näher heran. »Da vorn an der Tafel, das ist Anna. Neben ihr sitzt ihre Freundin Iveta und daneben deren Mann Ove.«

Anna trug ein gelbes Sommerkleid und blickte ernst in die Kamera. »Ja, genau. Die beiden habe ich ja auch auf der Hochzeit gesehen«, erinnerte sich Fentje und zeigte auf Iveta und Ove.

»Iveta ist wohl Annas älteste Freundin. Klar, dass sie auf der Hochzeit war. Sie kamen damals zusammen von Lettland nach Föhr. Dort hat Iveta dann Ove kennengelernt und ist mit ihm auf die Hallig Hooge gegangen.«

»Ist das das Haus von Ove und Iveta?«, wollte Fentje wissen.

»Nein.«

»Woher kennen Sie es dann?«

»Ich habe es vor ein paar Tagen fotografiert. Dabei fallen einem die Details ins Auge. Sehen Sie, diese wunderschön aufgearbeitete Klöntür?«

»Ja, klar. Da hat jemand viel Geld in die Hand genommen, um den Hof wieder so toll herzurichten. Wem gehört er denn?«

Niklas schnaubte. »Ove wollte es mir nicht erzählen. Er arbeitet nämlich als eine Art Hausmeister dort. Das ganze Ensemble wird nur noch als Ferienhaus genutzt. Ich nehme an, dass das Anwesen irgendeinem Promi gehört.« Er klickte weiter, zu zwei weiteren Fotos von Anna an der langen Tafel unter dem Baum. Sie lehnte sich sehr vertraut an Iveta, sah dabei hübsch, aber auch ein bisschen verloren aus. Dann wechselte der Hintergrund wieder. Auf der nächsten Aufnahme sah man Anna mit Henning zusammen vor dem Westerhever Leuchtturm posieren. Das Gesicht der Frau war verändert. Sie wirkte glücklich.

Niklas zog sein Smartphone hervor. »Ich rufe Iveta an und frage sie, wem das Haus gehört.«

»Tun Sie das.« Wollte er sich von dem Anblick von Anna und Henning als glückliches Paar ablenken?

»Wenn Iveta es mir auch nicht sagen will, kann uns Annas Cousine bestimmt weiterhelfen. Die hat die Aufnahmen schließlich gemacht«, sagte er.

Fentje verließ die Küche, um den Anrufbeantworter in ihrem Büro zu kontrollieren. Als sie zurückkam, saß Niklas mit gerunzelter Stirn am Tisch. »Die Leute, denen der Hof auf der Hallig gehört, heißen Pohlmann. Damals lebte Wilhelm Pohlmann noch dort. Nun gehört es einem Frederik Pohlmann. Von der Firma ›Pohlmann Farben und Lacke‹.«

»Frederik? Natürlich! Er hat das Ferienhaus seines Großvaters auf einer Hallig geerbt. Ich hatte es mir nur etwas … kleiner vorgestellt.«

»Warum wundert es mich nicht, dass Sie ihn kennen?«

Fentje nahm wieder neben ihm Platz. »Frederik ist ein alter Kumpel von Henning. Wir waren alle auf derselben Schule.« Das Detail mit dem Laternenpfahl und dem Schnee ließ sie wohlweislich weg. »Frederik und seine Familie sind ebenfalls auf der Hochzeit von Anna und Henning gewesen.« Sie blickte Niklas erwartungsvoll an.

»Ja, das ist mir bekannt.« Er berichtete Fentje von seinem Treffen mit MacGraw und gab wieder, was der ihm über Henning und seinen Vater erzählt hatte.

»Das klingt nicht gut. Aber für ein Mordmotiv halte ich es trotzdem nicht«, meinte Fentje, nachdem sie kurz über das gerade Gehörte nachgedacht hatte. »Was haben Sie noch von Iveta erfahren?«

»Iveta sagt, dass die Aufnahmen von Anna bei ihnen auf der Hallig während der Geburtstagsfeier von Wilhelm Pohlmann aufgenommen worden sein müssen. Sie hatten Anna und ihre Cousine mit zu der Feier genommen, weil die da gerade zufällig zu Besuch bei ihnen auf der Hallig waren.«

»Ob Lucy und Gustav auch dort waren? Vielleicht sogar Henning?«

Niklas klickte zurück, und sie betrachteten das erste Foto, das Anna an der langen Tafel zeigte.

»Dort hinten sitzen Lucy und Gustav«, bemerkte Fentje. »Nur Henning kann ich nicht entdecken.«

»Ob das wichtig ist? Ich meine, dass Lucy und Gustav Fehnsen ebenfalls dort waren?«

Fentje schüttelte ratlos den Kopf. »Die Pohlmanns, beziehungsweise jetzt nur noch Frederik Pohlmann, wohnen in der Nähe des Fehnsen-Hofes. Das Bauernhaus auf der Hallig war wohl immer nur ihr Ferienhaus. Doch der Großvater, Wilhelm Pohlmann, hat später die meiste Zeit auf Hooge gewohnt. Die Fehnsens und die Pohlmanns sind halt gute Nachbarn und Frederik und Henning alte Schulfreunde.

Warum sollten sie nicht zum Geburtstag des Großvaters nach Hooge eingeladen gewesen sein?«

»Kann es sein, dass diese Fotos von der Hallig während der Hochzeitsfeier etwa nach der Hälfte der Zeit gezeigt wurden? Das würde doch zu dem Zeitpunkt von Lucys Reaktion passen.«

Fentje schaute in ihre Notizen. »Wenn die Reihenfolge beibehalten wurde, ja. Es ist echt blöd, dass ich Lucys Reaktion nicht mitbekommen habe.«

»Sie hatten Besseres zu tun.« Er lächelte kurz.

»Sehen Sie denn auch Annas Ex-Mann auf einer der Fotografien?«, fragte Fentje nach kurzer Überlegung. »Sie sagten, er sei ein Betrüger. Dann kommt er noch am ehesten für einen Mord infrage, meinen Sie nicht?«

»Alle, mit denen ich gesprochen habe, halten diesen Thomas Meyer nicht für einen Mörder. Aber wer weiß …« Niklas zoomte ein Gesicht nach dem nächsten näher ran. »So gern ich das möchte: Ich sehe den Kerl nicht. Oder, Moment mal …« Er bewegte den Bildausschnitt so, dass man den im Schatten liegenden Durchgang zwischen den beiden Häusern besser erkennen konnte. Er hellte das Foto auf. Dort stand ein Mann, der wohl gerade im Begriff war, eine Tür aufzuschließen. »Nein, das ist nicht Annas Ex-Mann«, stellte er enttäuscht fest. »Aber wer ist es?«

»Der dort gerade hineingeht, ist nur Frederik«, antwortete Fentje. »Frederik Pohlmann.«

»Okay, dass der auf dem Geburtstag seines Großvaters war, ist ja keine Überraschung.« Niklas ging wieder auf die Gesamtansicht des Fotos. Sie betrachteten auch noch die anderen Fotografien, die auf der Geburtstagsfeier gemacht worden waren, etwas gründlicher.

»Frederik ist nur einmal zu sehen, wie er ins Haus geht. Warum sieht man ihn auf keiner weiteren Aufnahme beim Feiern mit den anderen?«

»Er kam ja anscheinend später.«

»Würde er da nicht zuerst in den Innenhof gehen, um seinem Großvater zu gratulieren und die anderen Gäste zu begrüßen?«, wandte Fentje ein.

»Jeder, wie er mag.«

»Und wie kann er zu spät kommen, wenn nur so selten am Tag eine Fähre ankommt? Ich meine, es ist eine Hallig …«

»Sie mögen Frederik Pohlmann wohl nicht?«, erwiderte Niklas scherzhaft.

»Doch. Ich kann ihn sogar gut leiden. Aber ich verstehe das nicht.«

Sie betrachteten weiterhin Foto für Foto, ohne hinterher schlauer zu sein.

»Lucy Fehnsen hat wahrscheinlich doch nicht wegen dieser Fotos die Feier verlassen. Sie kann auch etwas ganz anderes gesehen oder gehört haben, was ihr nicht gefallen hat«, vermutete Niklas.

»Und warum wollte sie dann, dass Gina ihr den Laptop in Verwahrung gibt?«

»Einfach nur, damit er nicht gestohlen wird?«, schlug Niklas vor.

»Und dann wird er tatsächlich gestohlen?«, fragte Fentje. »Ein seltsamer Zufall.«

»Dafür haben wir aber nur Jorne und Gina Fehnsens Wort«, gab er nachdenklich zurück.

»Ja. Aber warum sollten sie lügen?«

Unzufrieden mit dem Ergebnis ihrer Nachforschungen verabschiedete sich Niklas von Fentje. Trotz aller Mühen blieben Lucy Fehnsens Reaktion und der Mord an ihr und ihrem Mann ein Rätsel. Dabei hatte Niklas große Hoffnungen auf die Datei mit den Fotos gesetzt. Er war geradezu euphorisch gewesen, weil er Annas Cousine so schnell erreicht und sie ihm die Bilder so zügig zugeschickt hatte. Ob die Datei vollständig war? Oder hatte die Cousine ein paar Fotos weggelassen, die Anna oder ihrem Ex-Mann vielleicht schaden könnten? Doch was sollten das für Aufnahmen sein?

Er stieg in den Mietwagen. Nicht einmal Blofeld hatte sich blicken lassen. Und nun wartete nichts als eine anonyme Ferienwohnung auf ihn. Als er den Betonstreifenweg entlangrollte, sah er im Rückspiegel, dass ihm eine staubige, alte Mercedes Limousine folgte. Er kniff die Augen zusammen, als der Wagen dicht auffuhr und die Lichthupe betätigte wurde. Niklas hielt an, der Mercedes stoppte hinter ihm, und Fentje sprang heraus. Sie lief auf sein Seitenfenster zu und beugte sich zu ihm. Er ließ das Fenster herunterfahren.

»He, John, wir geben doch jetzt nicht auf, oder?« Ihre grünen Augen blitzten ihn spöttisch an.

»Niemals«, bestätigte er.

»Ich habe gerade meine Großmutter wegen der Geburtstagsfeier von Wilhelm Pohlmann befragt. Für Nachbarschaftsangelegenheiten wie Geburtstage, Hochzeiten und Beerdigungen ist sie so etwas wie ein wandelndes Lexikon. Sie erinnert sich noch daran, dass Wilhelm Pohlmanns Neunzigster damals auf der Hallig gefeiert wurde. Sie war enttäuscht, dass sie deswegen nicht dabei sein konnte. Es gab zu dem Zeitpunkt zu wenig Übernachtungsmöglichkeiten auf Hooge.«

»Das mit Pohlmanns Geburtstag wissen wir ja bereits.«

»Ja, es ist aber noch nicht alles. Das Ganze endete recht traurig. Am nächsten Morgen war der alte Mann nämlich tot.«

»Was? Ist er ermordet worden?«

»Meine Großmutter meint nein. Er soll friedlich im Schlaf gestorben sein.«

Niklas ließ den Blick über die grüne Ebene unter einem zartblauen Himmel wandern. Schleierwolken und die

Kondensstreifen eines Flugzeugs schimmerten rötlich im Abendlicht. Er atmete tief durch. »Das ist doch zumindest ein Ansatzpunkt. Haben Sie noch Zeit für eine kleine Hintergrundrecherche?«

35. Kapitel

Fentje hatte die Limousine ihrer Großeltern zurückgefahren und war erst mal wieder in ihre Wohnung gegangen. Niklas kehrte ebenfalls um und führte vor dem Haus ein paar Telefonate. Als er wieder in Fentjes Küche trat, leuchteten seine Augen unternehmungslustig. »Ich möchte Sie zum Essen einladen«, sagte er.

»Danke. Das kommt jetzt unerwartet. Ich dachte, wir hätten Wichtigeres zu tun«, erwiderte Fentje.

»Wir treffen uns mit einem ehemaligen Kollegen von mir. Max Eckhof. Er ist sowieso zufällig in der Gegend.«

»Warum?«

»Er hat damals über den Tod von Wilhelm Pohlmann nach seinem neunzigsten Geburtstag berichtet und eine Art Nachruf auf ihn verfasst. Pohlmann war ja als Unternehmer in der Gegend bekannt.«

»Warum sagt er Ihnen nicht gleich am Telefon, was er darüber weiß?«

»So funktioniert das Spielchen nicht. Kommen Sie. Wir treffen uns im Restaurant *Strandgarten* in St. Peter-Ording mit ihm. Dort bestechen wir ihn mit Bier und einem Burger. Es dauert nicht lange.«

Fentje blickte aus dem Fenster. Es dämmerte noch nicht, aber von der Nordsee zogen dunkle Wolken heran. »Ich lasse Sofia und meine Großeltern nicht so gern allein in dieser Situation.«

»Da steht ein Streifenwagen mit zwei bewaffneten Polizisten auf Ihrem Grundstück.«

Fentje seufzte. »Der ist immer noch da? Also gut. Neugierig bin ich schon. Ich verlasse mich auf Ihr Wort, dass Ihr Kollege wirklich etwas zu erzählen hat.«

Max Eckhof musterte Fentje von oben bis unten und grinste sie dann gut gelaunt an. »Und ich dachte schon, ich müsste meinen Abend nur mit dem da verbringen …« Er deutete mit dem Kopf auf Niklas.

»Wollen wir uns nicht setzen?«, fragte sie.

Er trat einen Schritt näher und sagte in verschwörerischem Tonfall: »Ich wünschte jetzt nur, Sie wären allein gekommen.«

Sie nahmen Platz und orderten Speisen und Getränke. Nachdem Max ein großes Bier vor sich stehen und einen Burger mit Süßkartoffel-Pommes in Aussicht hatte, ließ er sich nicht lange bitten und begann zu erzählen: »Ich sage euch, was ich damals geschrieben habe. Und in erster Linie, was später nicht in meinem Artikel stand.«

»Uns interessiert vor allem, wie Wilhelm Pohlmann zu Tode gekommen ist und was die Polizei damals herausgefunden hat. Sein Tod wurde doch sicherlich untersucht?«

»Aber klar. Die Umstände waren ja schon ein bisschen seltsam. Den einen Tag feiert er noch putzmunter mit Verwandten und Freunden in seinem Haus auf der Hallig. Am nächsten Morgen liegt er tot in seinem Bett.«

»Was war denn die Todesursache?«, erkundigte sich Fentje.

»Herzstillstand.«

»Ausgelöst durch was?«, hakte Niklas nach.

Der Burger, eine Fischsuppe für Niklas und Linguine für Fentje wurden serviert. Als sie den ersten Bissen im Mund hatte, merkte sie, wie hungrig sie war.

»Angeblich hatte er zu viel von seinen Medikamenten genommen. Die doppelte Dosis, einmal zum Abendessen, wie gewohnt, und noch einmal vor dem Schlafengehen. Ein Versehen, hieß es«, antwortete Max, während er fachmännisch seinen Burger zerlegte.

»Und daraufhin ist sein Herz stehen geblieben?«, fragte Fentje.

»So nahm man an. In seinem Alter und mit Herzproblemen könnten die überdosierten Medikamente auch nur der letzte Tropfen gewesen sein, der das Fass zum Überlaufen gebracht hat. Oder vielleicht wäre er in der Nacht sowieso gestorben, nach der Feier mit reichlich Essen und Trinken. Möglicherweise wollte er alle seine Lieben noch einmal um sich versammelt wissen und konnte dann in Ruhe einschlafen. Es gibt viele Erklärungen.«

»Es wurde also letztlich als ›natürlicher Tod‹ oder ›nicht natürlicher Tod, verursacht durch menschliches Versagen‹ eingestuft?«

»So war es. Aber vorher hat die Polizei noch sämtliche Gäste auf der Hallig festgehalten und ausführlich vernommen. Es muss eine seltsame Atmosphäre gewesen sein. Alle auf so engem Raum. Niemand konnte weg. Doch es wurden keinerlei Beweise dafür entdeckt, dass ein Verbrechen dahintersteckte.«

Niklas runzelte die Stirn. »Auch wenn die Ermittlungen später fallen gelassen wurden: Ist irgendwas Interessantes dabei herausgekommen?«

Max griente. »Ich hatte damals einen zuverlässigen Kontakt bei der Polizei. Die haben sich echt Mühe gegeben, aber man konnte keinem der Gäste nachweisen, dass er etwas mit Wilhelm Pohlmanns Tod zu tun hatte.«

»Was war mit Frederik Pohlmann, dem Enkel und Haupterben?«, fragte Fentje.

»Der war fein raus.« Max spießte mehrere Pommes mit der Gabel auf und führte sie zum Mund. »Der war nämlich gar nicht bei dem Geburtstag dabei, sondern lag krank zu Hause im Bett.«

»Nicht im Ernst«, murmelte Niklas.

»Ich hatte meine Informationen aus erster Hand. Frederik Pohlmann hatte ein Alibi. Er war überhaupt nicht auf der Hallig, als es passiert ist.«

»Krank zu sein ist aber kein so überzeugendes Alibi.«

»Seine damalige Freundin hatte ihn gepflegt.«

»Wäre interessant zu wissen, was die zu einem Foto sagt, das Frederik an besagtem Tag am Haus seines Großvaters auf der Hallig zeigt.«

»Ihr nehmt mich doch auf den Arm, oder?«, erwiderte Max und blickte fragend von Niklas zu Fentje. »Selbst wenn die Freundin gelogen hat: Niemand auf der Hallig hat ihn dort gesehen. Er ist auch nicht auf der Fähre gewesen. Dabei war er derjenige, der vom Tod des alten Pohlmann profitiert hat. Die Polizei hat zu ihrer Enttäuschung festgestellt, dass es ihm schlichtweg unmöglich war, dort zu sein.«

»Wer war denn die Freundin?«, erkundigte sich Niklas. »Erinnerst du dich noch an ihren Namen?«

»Das ist die nächste Überraschung. Die Freundin lebt nicht mehr.«

»Wieso das?«, wollte Fentje wissen.

»Sie soll sich umgebracht haben. Ist nachts von einer Brücke gesprungen.«

»Bestimmt war sie so unglücklich, dass ihr Freund auf einmal ein reicher Mann war.« Niklas sah Fentje an und zog vielsagend die Augenbrauen hoch.

»Wenn sie für ihn gelogen hat, wollte er sie vielleicht loswerden«, sagte sie. Doch sie konnte die Vorstellung eines eiskalten Mörders nicht mit dem Bild in Einklang bringen, das sie von Frederik Pohlmann hatte. Sie kannte ihn beinahe ihr Leben lang …

»Hat er ein Schiff oder Boot?«, fragte Niklas emotionslos.

Max zuckte mit den Schultern. »Das weiß ich nicht. Ihr

denkt also wirklich, dass Pohlmann junior während der Feier dort war?«

Niklas zog seinen Laptop hervor und zeigte ihm das Foto.

»Also, es ist schwer zu erkennen, oder? Aber wenn ihr es sagt …« Max vertilgte den Rest seines Burgers und wischte sich mit der Serviette über den Mund.

»Er ist es«, bestätigte Fentje, die sich die Aufnahme noch einmal genau angesehen hatte.

»Ich fasse es nicht!«, murmelte Max. »Dieser alte Fall … und nun ist doch alles anders. Weiß die Polizei es schon?«

»Je eher die es erfahren, desto sicherer sind wir alle.« Fentje hielt die Hand auf. »Leihen Sie mir Ihr Telefon, John? Wir informieren Kommissar Reimers.«

»Sofort. Lassen Sie mich vorher noch einen Anruf machen, mit dem wir das alles absichern.« Er scrollte durch die Kontakte auf seinem Smartphone, tippte auf einen und wartete kurz. »Hallo, Iveta. Hier ist noch mal Niklas. Ich habe noch eine Frage zu dem Ferienhaus von Frederik Pohlmann: Ja, ich weiß, dass ich es nicht herumerzählen soll … Erinnerst du dich an die Geburtstagsfeier von Wilhelm Pohlmann? … War Frederik an dem Tag auch dort? … Der war krank und konnte nicht kommen, sagst du? … Das glaube ich, dass der alte Herr da enttäuscht war. Sein einziger Enkel. Gibst du mir Ove auch noch mal?«

Niklas wartete einen Augenblick. Dann meinte er: »Hallo, Ove. Nur eine Frage. Der Mann, mit dem du neulich auf dem Nachbarhof gearbeitet hast … Ja, der sich darüber beschwert hat, dass ich die Fotos dort gemacht habe: Wie heißt der noch mal? … Rico? … Und weiter? … Jetzt komm schon, es ist wirklich wichtig. … Okay. Und hat dieser Rico eine Besonderheit an den Händen? … Was sagst du? Einen schwarzen Daumennagel? … Von einem Bluterguss also. … Ja, Handwerk ist gefährlich. Danke für die Auskunft, Ove, und einen schönen Abend noch!« Niklas grinste zufrieden.

Fentje und Max sahen ihn verwundert an.

»Der Mann auf der Hallig, der mich dort gesehen hat, heißt Rico«, sagte Niklas zu Fentje.

»Rico ist Frederiks treu ergebener Angestellter«, gab Fentje zurück.

»Sein Aufgabenbereich scheint wohl auch Brandstiftung mit einzuschließen.« Niklas verzog grimmig das Gesicht. »Ich glaube, dieser Rico ist der ›Motorradschrauber‹, der mich im *Café Küstenfeuer* beobachtet hat, sowie der angebliche Küchenmonteur, der in der Nachbarwohnung war. Und er hat auch das Feuer in meiner Wohnung gelegt.«

Fentje hatte eine Visitenkarte aus ihrem Portemonnaie gezogen. »Okay, dann erzähle ich das alles jetzt Kommissar Reimers. Je eher, desto besser.«

Hauke Schubert war mehr als bereit für einen gemütlichen Feierabend. Nachdem er sein Tagwerk verrichtet hatte, war er bis in den Abend hinein in der Werkstatt gewesen, um den Motor seines Rasenmähertraktors zu zerlegen. Für heute hatte er genug getan. Er war frisch geduscht, trug eine Jogginghose und einen alten Sweater und duftete nach dem Duschgel, das er von seiner Schwester zum Geburtstag geschenkt bekommen hatte.

Seine Mutter hatte ihm einen Makkaroni-Käse-Auflauf in den Kühlschrank gestellt, den er sich in der Mikrowelle aufwärmte. Was sollte da heute noch schiefgehen? Er würde gemütlich im Wohnzimmer essen, anschließend die Füße hochlegen und sich vielleicht einen Krimi anschauen. Allzu alt würde er darüber nicht werden, denn er war um halb fünf aufgestanden.

Er zuckte zusammen, als seine beiden Border Collies anschlugen und kurz darauf die Türglocke läutete. War das jetzt gut oder schlecht für seine Abendplanung? Er wies die Hunde an, sich in ihre Körbe im Hauswirtschaftsraum zu legen, und schloss die Tür hinter ihnen. Auf dem Weg zum Eingang überlegte er, wer das sein mochte. Ein Paketbote? Er hatte seit Längerem nichts bestellt. Vielleicht erwarteten seine Eltern eine Lieferung? Ein spontaner Besuch?

Hauke riss die Haustür auf. »Moin, Fredi«, sagte er erstaunt.

Frederiks Gesicht war angespannt. Schräg hinter ihm stand sein Angestellter Rico, den Hauke nicht ausstehen konnte. Hinter den Männern parkte eine schlammbespritzte Motocross-Maschine. »He, Hauke! Bist du allein?«, fragte Frederik.

»Bin ich. Womit kann ich dir helfen?«

»Wirst du schon sehen!« Frederik stieß ihn grob zur Seite und stürmte an ihm vorbei. Hauke taumelte zurück, zu überrascht von der plötzlichen Aktion, als dass er sich hätte wehren können.

Rico folgte Frederik ins Haus.

»Was soll das denn?«, protestierte Hauke.

Rico nahm die Hände hoch und drückte ihn blitzschnell mit den Schultern an die Wand. »Wenn Frederik sagt, du wirst es sehen, dann wirst du es sehen …«

»Lass mich los! Was fällt dir ein?«, rief Hauke empört.

Ricos Gesicht näherte sich dem seinen. Der Mann mit den kantigen Zügen und den Aknenarben auf den Wangen starrte ihn mit geröteten Augen an. »Einfach Klappe halten, dann passiert dir nichts!« Sein Atem stank säuerlich und nach Alkohol. Also daher wehte der Wind.

»Kannst du deinen Kumpel mal zurückrufen?«, rief Hauke seinem Nachbarn hinterher. »Ich glaube, der ist nicht mehr ganz nüchtern.« Das hier musste ein Missverständnis sein, sagte er sich. Fredi war in Ordnung. Er musste nur mal seinen Angestellten zurückpfeifen.

Aus der Küche ertönte Geschepper, als würde jemand Schüsseln, Gläser, Schlüssel und die Wasserflasche von der

Küchenarbeitsplatte fegen. Die Hunde im Hauswirtschaftsraum bellten wie verrückt. Diese Aktion entzog seinem gedanklichen Beschwichtigungsversuch den Boden. »Frederik, was soll der Scheiß?«, fragte er beunruhigt.

Frederik kam aus der Küche zurück in die Diele gestürmt. »Wo sind die Autoschlüssel und die Fahrzeugpapiere vom Audi!«

»Bist du verrückt geworden? Und was willst du mit meinem neuen Auto?«

Rico zog ihn ein Stück nach vorn und schleuderte ihn gleich wieder zurück. Haukes Kopf prallte gegen die Wand; er biss sich auf die Zunge. Ein Bild neben ihm fiel zu Boden. Das Glas zerbarst in scharfkantige Splitter. »Pass auf, wie du mit meinem Boss sprichst!«, stieß Frederiks Handlanger hervor.

»Mit dir rede ich gar nicht!« Hauke war nun außer sich vor Wut. Ihm tat die Zunge weh, er fühlte warmes Blut im Mund und auf der Unterlippe. Was bildeten die beiden Knaller sich ein? Er war eindeutig hier im falschen Film. Trotz seiner Wut wurde ihm mulmig zumute. Rico war kräftig, aber geistig eher einfach gestrickt und auch unberechenbar. Von ihm war nicht viel Einsicht zu erwarten. Doch Frederik hatte er all die Jahre beinahe als Freund betrachtet. Hauke erkannte den Mann nicht wieder, wie er durch das Erdgeschoss stürmte, Jacken von der Garderobe riss, Schubladen rauszog und durchwühlte. Was war passiert, dass der Kerl sich so aufführte?

Als Frederik zu ihnen zurückkam, sagte er zu seinem Gehilfen: »Mach, dass der redet!«

Rico legte Hauke einen nach Rauch stinkenden Unterarm auf die Kehle und drückte zu. »Wo sind die Autoschlüssel und die Fahrzeugpapiere vom Audi?«

Hauke wollte antworten, doch er brachte keinen Ton heraus. Er bekam nicht genug Luft – Ricos Unterarm würde seinen Kehlkopf zerquetschen wie ein Nussknacker eine Walnuss. Doch der wahre Horror ging von Frederik aus. Er stierte ihn so voller Wut und Panik an, wie Hauke es noch nie bei einem Menschen gesehen hatte. Sein Gesichtsausdruck war der eines Mannes, der glaubte, nichts mehr zu verlieren zu haben. Und das war ganz schlecht.

Endlich lockerte Rico den Druck auf seine Kehle. »Na?«, fragte er höhnisch.

Hauke war schwindelig. Wenn die haben, was sie wollen, bin ich höchstwahrscheinlich tot, erkannte er plötzlich mit erschreckender Klarheit. Und, was noch furchterregender war: Seine ahnungslosen Eltern im anderen Teil des Hauses vielleicht auch! Er wusste nicht, was in den letzten Stunden in Frederiks Leben schiefgegangen war, doch dessen Verwandlung vom netten Nachbarn und alten Kumpel zum aggressiven Eindringling war verstörend. »Ist beides in meiner Jacke! Die blaue an der …«

Sein Smartphone auf der Kommode läutete.

Beide Männer erstarrten.

»Finger weg!«, befahl Rico.

»Ich muss da rangehen«, behauptete Hauke, obwohl er keine Ahnung hatte, wer ihn an diesem Abend noch anrief. »Das könnten meine Eltern sein.«

»Quatsch. Ist nur irgendeine Nummer«, sagte Frederik mit Blick auf das Handy. »Wieso musst du da rangehen?«

»Sonst kommen die her …«

Frederik drückte das Gespräch weg. »Im Traum nicht! Die Nummer deiner Eltern hast du doch bestimmt eingespeichert. Und ansonsten kommt doch abends so gut wie nie jemand her. Du bist und bleibst hier ganz allein. Gib mir sofort die Schlüssel und Papiere von deinem Wagen!«

»Die sind immer noch in meiner blauen Jacke.«

»Komm mir bloß nicht blöd! Du hast mich noch nicht richtig kennengelernt, Hauke. Ich bin nicht sehr geduldig.

Und wo ist die bescheuerte blaue Jacke?«, fragte Frederik ihn sehr leise.

»Er hat mich weggedrückt!«, sagte Fentje erstaunt.

»Wer?«

»Mein Nachbar Hauke. Ich wollte ihn bitten, nach Sofia und meinen Großeltern zu sehen, bis ich zurück bin.« Niklas und sie waren im Begriff, im Restaurant aufzubrechen. Am Ende ihres Telefonats mit Kommissar Reimers hatte der sie angewiesen, ja nichts weiter zu unternehmen. Die Polizei werde sich um alles kümmern. So hatten sie erst einmal in Ruhe aufgegessen. Nun war Fentje erschrocken, wie spät es schon war.

»Da steht doch ein Streifenwagen vor Ihrem Haus«, erwiderte Niklas.

»Wenn die Polizei jetzt alle ihre Leute zu Frederik Pohlmann schickt, bleibt womöglich kein Streifenwagen mehr übrig, der bei mir zu Hause Wache hält. Nach dem, was mir passiert ist, mache ich mir da schon Sorgen.«

»Die Polizei kommt doch aus Husum und Flensburg. Die ziehen bei Ihnen niemanden ab. Und wenn die Pohlmann erst mal festgenommen haben, kann er niemandem mehr etwas antun«, versuchte Niklas, sie zu beruhigen.

»Hauke geht sonst immer ans Telefon. Zumindest drückt er mich nicht weg.«

»Er hat ja nicht Sie weggedrückt, sondern mich.« Niklas deutete auf das Telefon in ihrer Hand.

»Stimmt auch wieder.« Fentje versuchte noch zweimal, Hauke ans Telefon zu bekommen, doch sie erreichte ihren Nachbarn nicht. »Lassen Sie uns bitte sofort losfahren«, forderte sie Niklas auf.

»Nach Hause?«

Sie überlegte. »Wenn Sofia mir bestätigt, dass bei ihr alles gut ist, fahren wir zu Hauke.«

»Na, dann los.«

»Meint ihr wirklich …«, rief Max ihnen hinterher.

Sie liefen zu dem Mietwagen und rasten mit quietschenden Reifen los. Auf der Fahrt telefonierte Fentje mit ihrer Nichte, die ihr bestätigte, dass auf dem Jacobsen-Hof alles in bester Ordnung war.

»Ist der Streifenwagen noch draußen?«

»Ja, er steht hinten in der Auffahrt.«

»Das ist gut. Schließ alle Türen und Fenster und lass ja niemanden rein! Außer mir. Sorge dafür, dass Oma und Opa es auch so machen. Hast du gehört?«

»Natürlich. Wann kommst du denn nach Hause?«

»Bald. Erst mal muss ich noch kurz zu Hauke. Ihr kommt doch klar, oder?«

Nachdem Sofia es ihr mehrmals bestätigt hatte, bat Fentje Niklas nochmals, zu Hauke Schubert zu fahren.

»Glauben Sie wirklich, dass von diesem Pohlmann noch eine solche Gefahr ausgeht? Die Polizei ist bestimmt längst bei ihm.«

»Better safe than sorry.«

»Stimmt. Ich habe allerdings keine Ahnung, wo Ihr Freund Hauke wohnt …« Das Wort »Freund« sagte er mit einer seltsamen Betonung. Fentje ging nicht weiter darauf ein. »Ich zeige es Ihnen. Beeilen Sie sich bitte!« Sie nahm das Telefon und sprach erneut mit der Polizei.

36. Kapitel

Frederik war nicht mehr der Mann, den Hauke seit Kindertagen zu kennen geglaubt hatte. Er agierte wie ein Fremder, schien vor Angst und Wut wie von Sinnen zu sein. Dagegen wirkte sein Angestellter Rico beinahe vertrauenerweckend ruhig. Er fühlte sich bei gewalttätigen Auseinandersetzungen offensichtlich in seinem Element. Was für eine irreale Situation!

»Hier ist kein Schlüssel!«, schrie Frederik und schleuderte die Jacke zu Boden. Er kam mit zusammengekniffenen Augen auf Hauke zu. »Denkst du, ich lasse mich von dir verarschen?« Blitzschnell landete seine Faust in Haukes Magen. Hätte Rico ihn nicht gehalten, er wäre einfach umgefallen. Hauke keuchte und versuchte, wieder Luft in seine Lungen zu bekommen.

Frederik tigerte in der geräumigen Diele des Bauernhauses hin und her wie eine Raubkatze im Käfig. »Kannst du den Scheißwagen nicht kurzschließen?«, herrschte er Rico an.

»Warum sollte ich? Der hat den Schlüssel doch. Gib mir fünf Minuten mit ihm, und der sagt mir alles.«

»Wozu braucht ihr den Wagen überhaupt?«, stieß Hauke wider besseres Wissen hervor. Er war einfach fassungslos, wie die Dinge sich entwickelt hatten.

»Die Bullen sind …«, setzte Rico an.

»Halt die Klappe!«, fuhr Frederik ihn an. Er hielt in seiner Wanderung inne und sah durch die Gardine zum Fenster hinaus. »Wir haben keine fünf Minuten mehr! Die Polizei kann uns trotz allem hierher gefolgt sein.« Er wirbelte wieder zu Hauke herum. »Sag mir sofort, wo der Schlüssel für den Audi ist! Sonst …«

Haukes Gehirn war wie leergefegt. Er musste Frederik und Rico hinhalten. Nun zweifelte er nicht mehr daran: Sobald sie den Autoschlüssel hatten, würden sie ihn töten. Falls seine Eltern den Lärm hörten, riefen sie hoffentlich nur die Polizei, statt selbst nach dem Rechten zu sehen! Das war jedoch mehr als unwahrscheinlich. Er musste Frederik und dessen Handlanger weiter beschäftigen. Das war seine einzige Chance. »Ich glaube, ich habe den Schlüssel und den Fahrzeugschein vorhin auf meinem Schreibtisch liegen gelassen«, stieß er mit rauer Stimme hervor. »Die Versicherung wollte noch ein paar Angaben haben. Die wollte ich notieren.«

Frederik und Rico wechselten Blicke. Haukes zerbissene Zunge und sein Hinterkopf schmerzten. Ebenso sein Bauch. Ihm war übel, und er schwitzte.

»Sieh du nach!«, wies Frederik seinen *Angestellten* an. »Das Arbeitszimmer ist gleich da vorn.« Er kam auf Hauke zu. »Wenn das nicht stimmt, bist du dran!«

Rico würde nicht lange brauchen, um festzustellen, dass er gelogen hatte. Hauke dachte fieberhaft nach. Wenn er inzwischen Frederik überwältigen könnte, hätte er vielleicht eine Chance. Er war nicht schwächlich gebaut und außerdem die harte Arbeit auf dem Hof von klein auf gewohnt. Frederik hingegen hatte eher den Körperbau eines Tänzers. War das seine Chance?

Frederik übernahm Ricos Position und umfasste Haukes Arm mit erstaunlich festem Griff. Etwas Hartes bohrte sich in seine Rippen. »Denk nicht mal dran«, flüsterte Frederik. »Das ist eine Pistole. Die ist geladen. Und kein Wort zu Rico.«

Hauke erstarrte. Eine Waffe erhöhte den Einsatz noch einmal. Das war noch etwas anderes, als jemandem Prügel anzudrohen, wenn er den Wagenschlüssel nicht rausrückte. Und Rico wusste wahrscheinlich nicht, dass Frederik bewaffnet war. Bahnte sich hier zu allem Übel noch ein unfaires Spiel zwischen den ehemaligen Komplizen an? Wollte Frederik seinen Handlanger jetzt hängen lassen?

Rico verwüstete anscheinend gerade sein Arbeitszimmer. Es hörte sich so an, als würden in seinem Büro Zettel oder Stifte vom Schreibtisch gefegt, Schubladen entleert und Aktenordner aus den Regalen gerissen. Als hätte er dort einen Autoschlüssel versteckt!

Frederik wollte Rico etwas zurufen, wurde jedoch abgelenkt. Er drehte den Kopf wieder zum Fenster, ohne dass der Druck der Pistole nachließ. »Verdammt! Die Bullen sind schon da!«

Nun sah auch Hauke, dass draußen vor dem Haus auf einmal mehrere Fahrzeuge standen. War das die Polizei? Die Rettung?

Rico kam aus dem Büro gerannt und lief ebenfalls zum Fenster. Er riss die Gardine noch ein Stück zur Seite und fluchte, als er das Aufgebot an Fahrzeugen draußen bemerkte. Dann drehte er sich um und starrte Frederik hasserfüllt an. »Das war eine Scheißidee! Hab ich dir nicht gesagt, dass die uns auch mit dem Motorrad folgen werden? Und dass dein blöder Nachbar uns nicht hilft?«

»Wir hatten keine andere Wahl, als uns hier ein Fluchtfahrzeug zu besorgen!« Frederik zerrte an ihm. »Mit meinem oder deinem Wagen hätten wir keine Chance gehabt.« Sie bewegten sich in Richtung Hinterausgang.

Hauke fluchte innerlich. Frederik kannte sich hier so gut aus, als wäre es sein eigenes Haus. »Was hast du vor, Fredi?« Er verlegte sich ganz bewusst auf die Anrede aus der gemeinsamen Kindheit.

»Na, was meinst du? Mit einer Geisel komme zumindest ich hier raus!«

»Red kein Blech«, sagte Rico verächtlich. »Entweder wir beide oder keiner.«

»Ich wollte dich sowieso früher oder später loswerden«,

erwiderte Frederik abschätzig. »So unberechenbar, wie du bist, bist du nur noch ein Risiko für mich.«

Rico riss erstaunt die Augen auf. Dann verzog sich sein Gesicht wieder vor Wut. Er ging auf Frederik und Hauke zu, die Hände zu Fäusten geballt. Der Druck der Waffe auf Haukes Seite ließ nach.

»Bleib, wo du bist!«, herrschte Frederik seinen Komplizen an.

»Die Geisel gehört mir!« Rico griff nach Hauke, doch der warf sich zur Seite. Ein Schuss löste sich und hallte ohrenbetäubend laut durch die Diele. Rico wankte. Er sah erstaunt aus. Nur erstaunt. Seine Augen schienen hervorzutreten. Ein roter Fleck wuchs auf seiner Brust.

Wie im Film, dachte Hauke. Das ist wie im Film. Das Rot wirkte auf dem grauen T-Shirt beinahe obszön. Rico gab noch einen Laut von sich, als entwiche alle Luft aus ihm, und stürzte zu Boden. Dann regte er sich nicht mehr.

Sie fuhren schnell – zu schnell – die Landstraße entlang. Fentje wollte Niklas beschwören, noch mehr Gas zu geben, und ihn gleichzeitig anfahren, er solle doch um Himmels willen aufpassen, dass sie nicht gleich Bekanntschaft mit einem der Chausseebäume machten. Der offensichtliche Widerspruch ihrer Wünsche veranlasste sie dazu, den Mund zu halten und nach vorn zu starren, um die Abbiegungen nicht zu verpassen, auf die sie Niklas hinweisen musste.

Sie bogen erst links, dann rechts ab. Die Straßen wurden schmaler.

»Hinter der nächsten Kurve müssen Sie scharf rechts rein«, sagte Fentje.

Als sie eine Baumgruppe passierten, sahen sie dahinter das Blaulicht mehrerer Polizeifahrzeuge zucken.

»Die Polizei ist hier?«, fragte Fentje. Was war auf dem Schubert-Hof passiert? »Die sollten doch bei Frederik zu

Hause sein und ihn festnehmen. Haben die überhaupt nicht zugehört?«

Niklas ließ das Fahrerfenster herunterfahren und sprach mit einem Uniformierten, der die Durchfahrt blockierte.

»Sie können hier nicht durch. Es hat sich eine Lage entwickelt.«

»Deswegen sind wir hier. Wir gehören dazu. Meine Beifahrerin hat Sie verständigt.«

»Und wer ist Ihre Beifahrerin.« Der Polizist beugte sich herunter, um Fentje anzusehen.

»Fentje Jacobsen«, sagte Niklas ungeduldig. »Fragen Sie bei Ihrem Vorgesetzten nach. Aber lassen Sie uns vorher durch.«

»Warten Sie!«

Ein Krankenwagen, ebenfalls mit Blaulicht, kam hinter ihnen zum Stehen. Der Fahrer ließ die Sirene einmal aufheulen, um durchgelassen zu werden. Zum Ausweichen war kein Platz vorhanden.

Der Polizist sprach über Funk mit seinen Kollegen. Dann trat er zu Seite und winkte sie durch. »Sie dürfen weiterfahren. Aber nur bis zu meinen Kollegen. Melden Sie sich bei denen, und befolgen Sie die Anweisungen.«

Der Hofplatz der Schuberts war voll von Polizeifahrzeugen, Polizisten, uniformiert und in Zivil, einem Notarztwagen und jetzt auch noch einem Rettungswagen. Die Fenster im Erdgeschoss des Hauses, in dem Hauke Schubert mit seinen Eltern wohnte, waren hell erleuchtet, als feierten sie eine Party.

Fentje entdeckte den Kommissar aus Flensburg und lief auf ihn zu. »Was ist hier los? Geht es Hauke Schubert und seinen Eltern gut?«

»Ach, Sie sind es! Die Anwältin.« Thorsten Reimers musterte sie kurz, wandte sich aber wieder ab, um weitere Anweisungen in sein Mikrofon zu sprechen.

»Ist jemand verletzt? Oder tot? Nun sagen Sie schon! Bitte!«, fuhr sie den Beamten an.

»Tut mir leid. Ich kann Ihnen keinerlei Auskunft geben. Gehen Sie lieber aus dem Weg.«

Fentje schüttelte frustriert den Kopf.

Niklas, der angewiesen worden war, in einiger Entfernung zu parken, kam auf sie zugelaufen. »Schauen Sie mal dort. Wem gehört die?«

In der Nähe der Haustür stand eine Motocross-Maschine. Das schlammbespritzte Motorrad leuchtete matt im Licht einer Außenlaterne. »Die habe ich hier noch nie gesehen«, erwiderte Fentje. »Hauke fährt nicht Motorrad.«

»Gehört die vielleicht Frederik Pohlmann?«

»Das weiß ich nicht«, antwortete Fentje aufgebracht. Den Blick hielt sie auf das Geschehen vor dem Haus und die Haustür gerichtet. Zwei Männer mit einer Krankentrage erschienen. Da wurde ein Verletzter aus dem Haus gebracht! Fentje sog scharf die Luft ein. »Oh mein Gott! Wer ist das?«, fragte sie die beiden Träger beschwörend.

»Treten Sie bitte zur Seite. Das können wir Ihnen nicht sagen.«

»Ist es … Ist es Hauke Schubert? Oder sein Vater oder seine Mutter?«

»Keine Ahnung. Machen Sie Platz!«

Fentje wich mit weit aufgerissenen Augen und weichen Knien einen Schritt zurück. Niklas war wieder neben ihr und legte ihr die Hand auf den Arm. »Lassen Sie sie ihre Arbeit tun. Wir werden es gleich erfahren«, sagte er beruhigend.

Hauke Schubert kam von einer Polizistin begleitet aus dem Haus. Er war blass, sein Gesicht war blutverschmiert, doch er bewegte sich ohne Hilfe der Beamtin fort.

»Hauke, du lebst!« Fentje stürzte auf ihn zu und schloss ihn in die Arme.

»Ich lebe. Aber diesen Rico hat es wohl schwer erwischt«,

gab er mit bebender Stimme zurück. »Frederik hatte eine Waffe. Dann hat sich ein Schuss gelöst. Ich glaube nicht, dass er ihn erschießen wollte. Es war schrecklich!«

Frederik! Sie hatten sich nicht geirrt. Noch immer konnte Fentje es nicht fassen. »Hauptsache, dir ist nichts passiert!« Sie blickte ihn prüfend an.

»Mir geht es gut.« Hauke zitterte am ganzen Körper. Er hatte wohl gerade sein ganz persönliches Horrorszenario erlebt.

»Kommen Sie bitte mit«, forderte die Polizistin Hauke freundlich, aber bestimmt auf.

Fentje und er lösten sich voneinander. Hauke wurde zu einem der Rettungswagen geführt.

Sie atmete tief durch, erleichtert, dass ihrem Freund und Nachbarn nichts passiert war. Ein paar Meter entfernt stand Niklas an ein Gatter gelehnt da. Er hielt sein Smartphone zwar in der Hand, doch er blickte nicht darauf, sondern sah sie mit einem konzentrierten, leicht fragenden Ausdruck an.

»Meinem Nachbarn ist nichts passiert«, rief sie.

»Das freut mich.« Er kam langsam auf sie zu.

»Aber Frederik Pohlmanns Angestellter, dieser Rico, ist anscheinend schwer verletzt.«

»Wie ist das passiert?«

»Frederik hat ihn wohl angeschossen. Hauke meint, es war ein Unfall.«

Zwei Polizisten führten Frederik Pohlmann aus dem Haus. Er hielt den Kopf hoch erhoben, schaute die Umstehenden so provokant an, als wollte er sie herausfordern. »Guten Abend, Fentje«, sagte er galant, als er sie entdeckte.

Sie blickte ihn nur stirnrunzelnd an.

»Dann war er es wohl wirklich«, bemerkte Niklas. »Um den Mord an seinem Großvater zu vertuschen, hat er mindestens zwei weitere Menschen ermordet und außerdem Henning und jetzt Rico lebensgefährlich verletzt.«

»Es ist schwer zu begreifen. Ich konnte ihn mal ganz gut leiden.« Fentje schüttelte den Kopf und seufzte leise. »Na ja, bis auf die Sache mit dem Schal.«

»Welchem Schal?«

»Ach, unwichtig.«

»Sie haben sich in Frederik Pohlmann getäuscht. Das ist nur menschlich. Aber damit ist unser Fall wohl gelöst.« Er sah sie einen Moment zu lange an.

37. Kapitel

Fentje zog das Eingangstor hinter sich zu. Es war ein typisches »Eiderstedter Heck« mit fünf Querlatten und zwei diagonal angeordneten Brettern und beinahe so etwas wie ein Aushängeschild des Fehnsen-Hofs. Sie schwang sich wieder auf ihr Fahrrad, gespannt, was für ein Bild sich ihr heute bieten würde. Der beinahe schnurgerade Weg führte sie in Richtung der Warft. Der Graben jenseits des Weges war von mannshohem Schilf gesäumt. Die Halme raschelten im Abendwind.

Als das Bauernhaus vor ihr lag, atmete Fentje tief gegen die in ihr aufsteigende Beklemmung an. Würde sie je wieder herkommen können, ohne an das zu denken, was hier passiert war? Wie Lucy und Gustav Fehnsen in ihren Betten ermordet worden waren? Doch der Hof sah kein bisschen düster aus. Der Rasen war frisch gemäht, der Kiesweg geharkt und der Gartenzaun repariert. Das Ungeheuerliche, das hier geschehen war, warf keine sichtbaren Schatten mehr über das Anwesen.

»Da bist du ja, Fentje«, begrüßte Henning sie. »Ich freue mich, dass es geklappt hat.«

Anna trat ebenfalls hinzu. »Herzlich willkommen!«

»Ich freue mich auch, euch zu sehen!«

Sie umarmten sich zur Begrüßung, und Fentje folgte den beiden ins Esszimmer. »Oh, es riecht ja schon himmlisch.« Ein feiner Duft nach Brataromen und Knoblauch zog durch das Haus.

»Es gibt Rinderrouladen nach italienischer Art. Henning hat gekocht.«

»Fantastisch. Danke für die nette Einladung!«

»Es war uns wichtig, nach allem, was du für uns getan hast.« Henning sah ihr in die Augen.

»Erstens war es mein Job als deine Anwältin, und zweitens habe ich es wirklich gern getan«, antwortete Fentje mit einem Anflug von Verlegenheit.

Sie setzten sich an den gedeckten Tisch. Henning schenkte Wasser und Wein in die bereitstehenden Gläser. Anna verzichtete auf ein Glas Wein.

Fentje schaute sich neugierig um. Obwohl sich auf den ersten Blick nicht viel verändert hatte, war die Atmosphäre im Haus eine andere. Es roch auch anders als zu Lucys und Gustavs Zeiten. Der große Tisch stand nun näher am Fenster. Statt auf Gardinen blickte Fentje jetzt durch blank geputzte Fenster in Richtung des Obstgartens, wo sie früher mit Henning auf die Bäume geklettert war. Auf der Anrichte stand ein Foto von Lucy und Gustav in einem Silberrahmen. Fentje schluckte. Sie konnte immer noch nicht ganz fassen, dass Hennings Eltern tot waren.

»Das ist ein schönes Bild von den beiden«, sagte sie gerührt. »Ist es auf eurer Hochzeit aufgenommen worden? Oh, entschuldigt bitte. Das ist wohl das Letzte, an das ihr heute erinnert werden möchtet.«

»Ist schon gut. Ich denke sowieso ständig an das, was passiert ist«, erwiderte Henning. »Wir können die Feier und den Tod meiner Eltern ja nicht vollkommen ausklammern, wenn wir miteinander reden. Anna zu heiraten war immerhin auch das Beste, was mir bisher in meinem Leben passiert ist.« Er lächelte seiner Frau zu und erhob sich. »Ich schau mal nach dem Essen.«

»Wie geht es ihm inzwischen?«, fragte Fentje, nachdem er hinausgegangen war.

»Er wird hoffentlich darüber hinwegkommen. Aber es braucht seine Zeit«, sagte Anna in gedämpftem Ton. »Und ich helfe ihm dabei, so gut ich kann.«

»Und wie geht es dir?«

»Anfangs konnte ich nicht schlafen. Höchstens ein oder zwei Stunden jede Nacht. Ich war ständig müde, was natürlich auch an der Schwangerschaft liegen kann. Doch es wird langsam besser.«

Während des Essens tauschten sie harmlose Neuigkeiten über die Nachbarn und kleinere Ereignisse in der Umgebung aus. Erst als Fentjes Gastgeber den Tisch abgeräumt hatten und Henning ihnen einen Kaffee servierte, kam Anna wieder auf die Hochzeitsfeier zu sprechen. Vorher hatte sie ihrem Mann einen um Einverständnis bittenden Blick zugeworfen, den er mit einem langsamen Nicken beantwortet hatte. »Wie du dir vorstellen kannst, Fentje, sind wir schockiert, dass es ausgerechnet Frederik gewesen ist, der … all das getan hat. Besonders Henning, der ihn als seinen Freund betrachtet hat.«

»Die Polizei hat uns die reinen Fakten natürlich mitgeteilt. Zumindest so weit, wie sie es für richtig halten«, setzte Henning hinzu. »Aber bevor wir nicht alles wissen, lässt es uns, glaube ich, nicht los.« Er blickte Fentje in die Augen. »Wie bist du dahintergekommen, dass ausgerechnet Frederik etwas mit dem Tod meiner Eltern zu tun hat? Ich hätte das nie im Leben für möglich gehalten. Ich habe ihm vertraut.«

Fentje rührte in ihrer Kaffeetasse. »Ich hätte es lange Zeit auch nicht gedacht«, gab sie zu. »Eine Weile vermutete ich sogar, dass die Morde vielleicht damit zusammenhängen, dass deine Mutter am Sterbebett von Irma Andresen gesessen hat, Henning. Dass die alte Hebamme Lucy möglicherweise ein gefährliches Geheimnis über jemanden aus der Gegend anvertraut hatte. Diese Frau wusste doch angeblich über so einiges Bescheid, was nicht unbedingt bekannt werden sollte. Doch dann …« Fentje schilderte erneut, wie Lucy während der Hochzeitsfeier auf die Fotos reagiert haben sollte.

Anna und Henning tauschten einen Blick.

»Uns war das zu dem Zeitpunkt nicht aufgefallen. Nur, dass Lucy und Gustav schrecklich früh gegangen sind«, meinte Anna.

»Es tut mir so leid, dass ich die Reaktion meiner Mutter nicht bemerkt habe«, fügte Henning voller Bitterkeit hinzu.

»Du musstest doch tanzen und mit allen reden. Das wurde von dir erwartet.« Anna legte ihm die Hand auf den Unterarm. »Mach dir keine Vorwürfe deswegen.«

Fentje erzählte ihnen auch von dem Gespräch zwischen Lucy und Gina, das eine der Kellnerinnen zufällig auf der Damentoilette mitangehört hatte.

»Es lag also wirklich an den Fotos«, stellte Anna fest. »Niklas hat es mir gegenüber auch erwähnt.«

Fentje warf ihr einen raschen Blick zu. Es berührte sie eigentümlich, wie vertraut Anna den Namen des Journalisten aussprach, weil es sie an Annas und Niklas' frühere Verbindung erinnerte.

»Genauer gesagt lag es ja wohl an einem Foto.« Hennings Gesicht verzog sich schmerzvoll. »An dem Bild, das uns alle zeigt, wie wir anlässlich des Geburtstags des alten Wilhelm Pohlmann draußen vor seinem Haus sitzen.«

»Sein neunzigster Geburtstag.« Fentje nickte. »Und am nächsten Morgen war Frederiks Großvater tot.«

»Noch eine Feier, die ein schreckliches Nachspiel hatte«, bemerkte Anna.

»Die Polizei geht davon aus, dass Frederik seinen Großvater ebenfalls ermordet hat«, sagte Henning düster. »Inzwischen ist wohl auch herausgekommen, dass er damals hohe Schulden hatte. Er hat sich mit geliehenem Geld an der Börse verspekuliert und wusste nicht, wie er es je zurückzahlen soll. Seine Gläubiger, irgendwelche privaten Kreditgeber, haben ihn angeblich massiv unter Druck gesetzt. Und zu seinem Großvater wollte er mit seinem Problem nicht gehen, weil der eh immer an Frederiks Fähigkeiten als Geschäftsmann gezweifelt hatte. Ich weiß noch, wie sehr Frederik früher darunter gelitten hat …«

»Trotzdem ist schwer zu begreifen, dass er deswegen zum Mörder geworden ist.«

Henning blickte sie gequält an. »Vielleicht gab es das eine oder andere Anzeichen. Aber ich war verblendet, weil wir schon so lange befreundet waren. Frederik stand das Wasser damals finanziell gesehen wohl bis zum Hals. Und sein Großvater, von dem er ein Vermögen erben würde, erfreute sich trotz seines hohen Alters bester Gesundheit.« Henning schnaubte. »Anstatt zuzugeben, dass er Mist gebaut hat, und seinen Großvater womöglich um Hilfe zu bitten, hat Frederik den Mord an ihm geplant.«

Fentje nickte. »Er hatte sich einen perfiden Plan dafür zurechtgelegt. Frederik hat dafür gesorgt, dass er für die Tatzeit ein Alibi hat. Er hat behauptet, zum Zeitpunkt des Todes seines Großvaters nicht auf der Hallig gewesen zu sein. In Wahrheit hatte er sich von seinem Angestellten Rico mit einem Boot nach Hooge bringen lassen. In der Nacht nach der Geburtstagsfeier hat er seinen Großvater mit einer Überdosis dessen eigener Medikamente ermordet. Seine damalige Freundin und dieser Rico haben ihm ein Alibi gegeben. Dass die Hallig so abgeschieden liegt und nur schwer zu erreichen ist, spielte Frederik natürlich auch in die Hände.«

Sie machte eine kleine Pause, bevor sie weitersprach. »Und das Foto war der Beweis dafür, dass er doch dort gewesen war. Deshalb hat deine Mutter so schockiert reagiert, Henning. Ich verstehe nur nicht, wieso das vorher niemandem aufgefallen war. Wilhelm Pohlmanns Tod ist doch polizeilich untersucht worden.«

»Anscheinend hat niemand daran gedacht, meine Cousine nach den Fotos in ihrer Kamera zu fragen«, schaltete sich Anna wieder in das Gespräch ein. »Sie durfte kurz nach der Geburtstagsfeier zurück nach Hause fahren. Wir hatten uns damals auf der Hallig furchtbar zerstritten, sind es im Grunde immer noch. Deshalb war sie auch nicht auf unserer Hochzeit, und meine Tante hat es aus gesundheitlichen Gründen nicht geschafft«, setzte sie betrübt hinzu. »Diese Fotos von meiner Cousine habe ich vorher nie zu Gesicht bekommen.«

»Als meine Mutter Frederik auf einer der Aufnahmen gesehen hat, muss ihr klar geworden sein, dass Frederik damals in Bezug auf sein Alibi gelogen hat. Die Erkenntnis, dass Frederik seinen Großvater womöglich ermordet hat, muss schrecklich für sie gewesen sein. Ich meine: Frederik ist bei uns auf dem Hof ein und aus gegangen.«

»Wenn sie doch nur etwas gesagt hätte!«, rief Anna.

»Ich nehme an, dass deine Mutter deinem Vater gegenüber zumindest eine Andeutung gemacht hat«, bemerkte Fentje. »Die beiden konnten daraufhin nicht länger fröhlich mit Frederik im selben Saal feiern. Sie wollten euch aber wohl auch nicht die Hochzeitsfeier verderben.«

»Ich wünschte, sie hätten uns die Feier verdorben und etwas gesagt. Dann wäre das alles nicht passiert«, erwiderte Henning bitter.

»Deine Mutter war sich bestimmt nicht ganz sicher. Frederik war auf dem Bild ja nur relativ klein im Hintergrund zu erkennen. Doch vielleicht hatte sie kurz darauf Blickkontakt mit ihm. Und da wurde Frederik klar, dass sie Bescheid weiß.« Fentje kroch bei der Vorstellung eine Gänsehaut die Arme hinauf.

»Aber meine Mutter hat offensichtlich unterschätzt, wie ernst die Situation war. Bestimmt wollte sie zuerst mit meinem Vater über ihren Verdacht sprechen und noch eine Nacht darüber schlafen, bevor sie damit zur Polizei geht.«

»Und Frederik hat ihr Zögern skrupellos ausgenutzt«, murmelte Anna.

»Aber war das nicht ein wahnsinnig großes Risiko, in ein Haus einzubrechen, in dem vier Leute schlafen, um zwei davon zu erschießen?«, fragte Fentje.

»Frederik ist davon ausgegangen, dass wir die Hochzeitsnacht in einem Hotel verbringen«, räumte Henning mit bebender Stimme ein. »Ich hatte das ursprünglich so geplant und es ihm gegenüber auch erwähnt. Ihn sogar nach einem schönen Hotel gefragt ... Ich habe mich erst relativ kurzfristig umentschieden.«

»Davon wusste ich ja gar nichts«, wandte Anna ein.

»Das mit dem Hotel sollte eine Überraschung für dich sein, Anna.« Henning starrte in die Kerzenflamme. »Frederik musste nicht einmal bei uns einbrechen«, fügte er mit rauer Stimme hinzu. »Er konnte davon ausgehen, dass die Hintertür nicht abgeschlossen ist. Außerdem wusste er, wo wir einen Ersatzschlüssel und den Schlüssel zum Waffenschrank aufbewahren. Als Jugendliche haben Frederik und ich ab und zu verbotenerweise Schießübungen gemacht, indem wir auf Konservendosen und Ähnliches gezielt haben.« Er barg das Gesicht in den Händen. »Ich bin schuld daran, dass er sich einfach in unserem Waffenschrank bedienen konnte!« Er schwieg einen Augenblick, schien nachzudenken. »Das Ganze sollte bestimmt nach einem missglückten Einbruch aussehen, bei dem es die Einbrecher auf unsere Gewehre abgesehen hatten.«

»Es muss ein ziemlicher Schock für Frederik gewesen sein, als du in den frühen Morgenstunden plötzlich unvermutet im Flur vor ihm aufgetaucht bist«, sagte Fentje, um ihn von seinen Selbstvorwürfen abzulenken.

»Und für Henning erst«, warf Anna ein.

»Ich habe nur eine dunkle Gestalt im Flur auf mich zukommen gesehen«, erinnerte sich Henning. »Dass das Frederik gewesen sein soll ... kann ich immer noch nicht fassen.«

»Oder es war Rico, sein Komplize«, warf Fentje ein. »Wer letzten Endes die Schüsse abgegeben hat, ist noch nicht eindeutig geklärt. Es ist ein Leichtes für Frederik, Rico zu beschuldigen. Es steht Aussage gegen Aussage.«

»Glaubst du, Frederik hat absichtlich nur einen Streifschuss auf dich abgegeben?«, wollte Anna von Henning wissen.

»Aus alter Freundschaft?« Er schüttelte mit verächtlicher Miene den Kopf. »Ich war ihm egal. Ihm müssen alle seine Mitmenschen vollkommen gleichgültig sein. Sonst hätte er meinen Eltern das nicht angetan – oder seinem Großvater. Ich dachte immer, er hängt an ihm.«

Sie schwiegen einen Moment. Anna räusperte sich. »Möchtest du noch einen Schnaps oder einen Grappa, Fentje? Ich denke, wir können jetzt alle einen vertragen.«

Als die Flasche Grappa auf dem Tisch stand und die Gläser gefüllt waren, kam Henning noch einmal auf das Verbrechen zu sprechen. »Eine letzte Sache noch: Weißt du eigentlich, wieso Frederik versucht hat, sich Haukes Wagen zu holen, Fentje? Warum hat er für die Flucht vor der Polizei nicht seinen eigenen genommen?«

»Nach Frederiks Auto hätte die Polizei sofort gefahndet. Er dachte wohl, das Verschwinden von Haukes Audi würde nicht so schnell auffallen. Das hätte ihm einen Vorsprung verschafft.«

»Ich bin so froh, dass sie ihn gefasst haben«, sagte Anna.

»Und ich erst.«

Eine weitere Pause entstand, in der Fentje an die Szene vor Haukes Haus dachte. Was für Ängste sie seinetwegen ausgestanden hatte! Wie knapp es gewesen war! Schließlich hob sie ihr Glas und sah von einem zum anderen. »Auf euch beide!«

Der Grappa brannte angenehm in Fentjes Kehle und vertrieb das flaue Gefühl in ihrem Magen. Anna hatte ihr Glas Henning hinübergeschoben, bemerkte sie. »Verratet ihr mir, wann es so weit ist?«

Anna lächelte glücklich und legte eine Hand auf ihren noch flachen Bauch. »Also …«

Ein Talent, zum ungünstigsten Zeitpunkt aufzukreuzen, hat dieser Niklas John ja, dachte Fentje. Sie melkte zwar gerade keine Schafe und fütterte auch keine Lämmer, aber trotzdem: Sie lag im Garten im Liegestuhl und genoss den warmen Sommertag. Schließlich war heute Sonntag.

Jemand musste ihm den Weg zu ihr gewiesen haben, denn er kam durch das Gras geradewegs auf sie zugestiefelt. »Moin, Frau Anwältin!«

»Ach herrje.« Sie erhob sich. »Es sieht für Sie wohl so aus, als würde ich nie arbeiten.«

»Ich bin mir sicher, dass Sie sich gerade über nichts anderes als Ihre Paragrafen den Kopf zerbrechen, während Sie im Bikini in der Sonne liegen.«

»Ha, ha, John. Sehr witzig.« Fentje blinzelte gegen das helle Licht. »Anstatt mich so ungeniert zu mustern, könnten Sie wenigstens so tun, als betrachteten Sie die Landschaft.«

Er sah sich andeutungsweise um. »Hier kann man es schon aushalten. Man hört nichts als den Wind, der durchs Gras streicht, das Gezwitscher der Vögel und ab und zu ein ›Mäh‹.«

»Das ›Mäh‹ bilden Sie sich ein. Die Schafe sind auf einer Weide ganz woanders.«

»Romantikerin, oder?«

»Aber ganz schwer.«

»Ich vermisse Blofeld«, sagte er unvermittelt.

»Die Ferienwohnung wäre doch zu klein für sie«, wandte Fentje ein. »Außerdem müsste sie sich dann ein weiteres Mal umgewöhnen.«

»Ich ziehe nächste Woche in eine neue Wohnung. Und dann würde ich Blofeld gern abholen kommen.«

Fentje widerstrebte der Gedanke. Sie hatte sich an die Abende mit der flauschigen Katze auf ihrem Schoß gewöhnt. Sogar an ihr Sabbern, mit dem sie einen »beglückte«, wenn man sie kraulte. Mehr als ein »Hm« brachte Fentje nicht zustande.

»Kommen Sie. Sie haben hier mehr als genug Tiere. Nehmen Sie sich ein kuscheliges Lämmchen mit ins Haus …«

»Ich habe mich noch gar nicht bei Ihnen bedankt.«

»Wofür das denn? Ich muss mich bei *Ihnen* bedanken, dafür, dass Sie meine Katze einfach so aufgenommen haben.«

»Ich meine unsere gemeinsamen Ermittlungen. Allein wäre ich nicht so schnell darauf gekommen, dass Frederik ein Mörder ist. Wer weiß, wie viel Schaden der sonst noch angerichtet hätte?«

»Wir waren ein gutes Team.«

Fentje nickte gedankenverloren.

»Es macht mir in der Regel Spaß, mit Ihnen zusammen Nachforschungen zu betreiben«, setzte er hinzu.

»In der Regel?«

»Nun, wenn Sie sich nicht gerade wie eine Rachegöttin vor mir aufbauen.«

»Ach, das vor dem Gericht.« Sie grinste. »Das war doch voller Einsatz. Ich habe erst später begriffen, dass Sie das Foto nicht schießen, sondern verhindern wollten.« Fentje blickte ihn prüfend an. »Ihre bezaubernde Kollegin hatten Sie angeheuert, damit Sie Ihnen dabei hilft, den Fotografen abzulenken. Habe ich recht?«

»So in etwa.« Niklas schaute wie unbeteiligt zur Seite.

»Aber benehmen wir uns nicht etwas albern? Sollten wir nicht …«

Er wandte sich schnell zu ihr um. »Was denn?«

»Uns langsam mal duzen?«

»Ach so, das.« Er klang enttäuscht. »Ich fand das Gesieze ganz unterhaltsam. Erhöht die Spannung.«

»Welche Spannung?«

»Ach, egal.« Er blickte in die Ferne. »Also hole ich Blofeld nächste Woche hier ab.«

»Vielleicht sollte Ihre Katze noch eine Weile hierbleiben. Ich muss Ihnen nämlich etwas gestehen, John.«

»So schlimm, dass es beim Sie bleibt?«, fragte er.

»Bis Sie wissen, was los ist.«

»Dann raus damit.«

»Blofeld ... Also, ich habe sie neulich gesehen ... mit dem Kater vom Nachbarhof. Ich dachte ja, sie wäre kastriert oder wenigstens der Kater, aber wir sind hier auf dem Land. Anscheinend ... Ihre Katze ist jedenfalls trächtig.«

»Blofeld ... bekommt Junge?«

»Das kommt normalerweise dabei heraus, wenn ein Tier trächtig ist.«

Niklas schüttelte ungläubig den Kopf. »Aber wie soll das gehen?«

»Das wird Ihnen Ihre Katze schon zeigen.«

»Die arme Kleine. Wir brauchen den besten Tierarzt, die beste Betreuung ... Ach, ich denke, wir organisieren ihr eine richtige Wellness-Geburt mit allem Drum und Dran.«

»Eine Well-ness-Geburt?«, wiederholte Fentje. »Was soll das sein? Wir Frauen vom Land gehen bis zum Schluss unserer Arbeit nach, bis die Wehen zu stark werden. Dann ziehen wir uns schnell mal ins Haus zurück und kriegen das Kind.«

»Na, für Blofeld wäre das nichts«, sagte er. »Mir schwebt da eher etwas mit sanfter Musik vor, zum Beispiel in der Badewanne. Viel warmes Wasser und Rosenblätter darin.«

Fentje prustete los. »Katzen genügt dafür doch der Heuboden oder ein gemütlicher Pappkarton.«

»Meinen Sie, meiner Blofeld auch?«

»Ich bin mir sicher.«

»Ihr Wort darauf, Frau Anwältin?« Sein Mundwinkel zuckte verräterisch. »Oder besser: Fentje?«

Und sie war auf diesen Blödsinn hereingefallen!

»Sei ganz, ganz vorsichtig, Niklas!«